FOLIO POLICIER

D1334944

Carlene Thompson

Six de Cœur

*Traduit de l'américain
par Jean-Luc Piningre*

La Table Ronde

Titre original :

IN THE EVENT OF MY DEATH

© *Carlene Thompson, 1999.*
© *Éditions de La Table Ronde, Paris, 2001,*
pour la traduction française.

À ma nièce Kelsey

*Merci à Pamela Ahearn, à Jennifer Weis,
et à l'équipe du Four Seasons Floral*

PROLOGUE

Angela Ricci regrettait de ne pas avoir de chien.
Elle en avait toujours voulu un, mais son ex-mari,
trop délicat, le lui avait refusé. Un chien ? C'est sale.
Comment avait-elle jamais pu trouver du charme à
Stuart ? Quel ennui cela avait été de vivre avec ce
pauvre type. Il passait ses journées à se laver les
mains, piquait des colères en trouvant la moindre
tache sur sa cravate, souffrait de migraines lorsque, à
son retour, la maison ressemblait à autre chose qu'un
musée.

Ils avaient divorcé un an auparavant. Angela avait
reçu de généreuses indemnités. Très généreuses. Et
pourquoi pas, d'ailleurs ?

De fait, Stuart Burgess était plus réservé sur ses
liaisons particulières que sur la propreté de sa maison. Il serait mort si l'on avait dû révéler au grand jour
son goût pour les prostitués. Des prostitués mâles,
et jeunes. Angela n'avait jamais menacé de le faire.
Elle n'en aurait de toute façon rien dit, parce qu'elle
n'avait pas besoin de ce genre de publicité, parce
que Stuart, aussi, savait parfois être menaçant. Par
chance, c'est lui qui s'était senti menacé, c'est pour-

quoi il avait pensé qu'avec suffisamment d'argent elle garderait le silence.

Il s'était retiré dans sa grande propriété du nord de l'État de New York, et il lui avait donné l'immeuble en briques rouges à Manhattan. Fidèle à son esprit pratique, Angela avait loué les deuxième et troisième étages — au grand dam de son snob d'ex-mari — et elle avait redécoré le rez-de-chaussée pour l'habiter. La maison n'avait maintenant plus rien d'un musée. C'était un appartement chaleureux, accueillant, avec une charmante courette au fond, où un chien aurait été tout à fait à sa place — un gros chien, qui sache protéger Angela. Mais elle n'avait toujours pas pris la peine d'en acheter un, et ce soir elle le regrettait, car elle commençait à se sentir mal à l'aise dans ce rez-de-chaussée. Elle ne se rappelait pas précisément quand cette gêne était apparue. Une semaine plus tôt ? Non, plus longtemps que ça. La sensation revint avec une intensité nouvelle lorsque Angela rentra du théâtre. Vedette de la grande comédie musicale du moment, elle était épuisée d'avoir dansé, chanté toute la soirée sur les planches de Broadway, et elle retrouva son immeuble avec un sentiment de solitude mêlé d'angoisse.

Elle était beaucoup plus fatiguée que d'habitude. Peut-être à cause du froid. Ou peut-être parce que son nouveau fiancé, Judson Green, était parti une semaine pour affaires. Il lui manquait terriblement et elle devait l'attendre encore trois jours. Trois journées interminables en perspective.

Angela se déshabilla et prit place sous la douche. Au bout d'une dizaine de minutes, elle sentit la tension quitter son cou et ses épaules. En se séchant, elle crut entendre un bruit quelque part dans la maison. Un bruit difficile à identifier. Celui d'un objet qui tombe, peut-être. Non, c'était plus léger, plus... *furtif*.

Elle sursauta à cette pensée et se figea. Lâchant brusquement sa serviette, elle saisit un épais peignoir en éponge et l'enfila comme on enfilerait une cotte de mailles. Le cœur battant, elle repoussa ses longs cheveux noirs en arrière et revint lentement dans la chambre à coucher. Tout était à sa place. Angela fonça comme un chat vers sa commode, ouvrit le tiroir du haut et en sortit le calibre .38 qu'elle avait acheté après son divorce. Stuart ne lui avait jamais permis de posséder une arme.

Tenant son revolver d'une main tremblante, elle traversa la salle à manger et arriva dans le salon, en allumant toutes les lumières sur son passage. Elle mit le système de sécurité en marche, et se reprocha de ne pas l'avoir fait dès son retour. Ce genre de négligence avait toujours exaspéré Stuart.

Elle refit le tour de l'appartement, alluma les lumières dans les autres pièces. Un quart d'heure plus tard, le rez-de-chaussée brillait d'une remarquable intensité électrique. Angela se servit un verre de cognac et s'assit, le pistolet sur les genoux.

Même enfant, elle n'avait jamais été angoissée. Il y avait bien eu cette période affreuse, treize ans plus tôt, au cours de laquelle les cauchemars l'avaient hantée. Qui y aurait échappé après ce qui s'était passé ? Le temps avait depuis fait son œuvre. Angela n'avait rien oublié, mais au moins les cauchemars s'étaient espacés.

Quelle nuit épouvantable cela avait été. Angela réprima un frisson. À peine âgée de dix-sept ans, elle avait été, à cette époque, une adolescente exubérante et sûre d'elle. Elle était jolie, douée, et rien n'avait encore troublé sa jeune existence. Mais ce qui avait commencé sous l'apparence d'un jeu innocent s'était soldé par une tragédie.

C'était peut-être la raison pour laquelle le malaise était revenu, pensa-t-elle. Cela avait eu lieu au même moment de l'année. Elle chercha la date exacte. Mon Dieu, oui, cela s'était passé un 13 décembre — et treize ans plus tôt cette semaine. Un 13 de malchance.

Pourtant Angela ne croyait pas plus à la chance qu'à son contraire. Quand les gens faisaient valoir celle qu'elle avait eue de décrocher ce rôle en or à Broadway, elle avait envie de leur rire au nez. La chance, cela n'existait pas — Angela avait obtenu ce rôle au terme d'années de travail, de persévérance, après d'innombrables rejets cuisants. Et l'événement terrifiant dont elle avait été témoin, treize ans plus tôt, n'était pas le fruit de la malchance. C'était la conséquence d'un acte délibéré, dévastateur, celui d'une jeune fille de son âge.

Frissonnant de nouveau, elle regretta de ne pas pouvoir appeler Judson. Minuit avait passé. Il serait en réunion tôt le lendemain matin et elle ne se sentait pas le droit de le réveiller. Non, elle viendrait toute seule à bout de cette nervosité soudaine. Dès que Judson serait rentré, qu'ils prendraient le temps de parler sérieusement de leur mariage au printemps, tout cela paraîtrait absurde.

Une heure plus tard, elle était allongée dans son lit, les yeux rivés sur l'écran de la télévision. C'était ridicule. Elle ne pouvait pas veiller ainsi toute la nuit. Elle aurait le lendemain une mine de déterrée, alors qu'elle avait rendez-vous au *New York Times* à treize heures pour une interview, avec séance de photos, sans compter la représentation du soir. Non, une insomnie prolongée était hors de question.

Angela savait que nombre de ses collègues abusaient des somnifères. Si elle était bien décidée à éviter toute forme de dépendance, il fallait quand même parfois, exceptionnellement, s'en remettre à la chimie. À contrecœur, elle repartit à la salle de bains, se remplit un verre d'eau et trouva le Seconal dans l'armoire à pharmacie. On le lui avait prescrit plus d'un an plus tôt, pendant son divorce. Elle n'avait pris qu'une dizaine de comprimés depuis. Cela ferait onze.

Elle s'endormit devant le récepteur de télévision qu'elle n'avait pas pris la peine d'éteindre. Sa tête glissa sur le côté contre l'oreiller. Rien ne pouvait plus la déranger, pas même la porte de la buanderie qui craqua doucement.

Une silhouette flotta lentement dans l'entrée. Elle s'arrêta un instant à la porte de la chambre à coucher. *Angela*, pensa-t-elle. Le nom était bien trouvé. La danseuse dormait paisiblement, comme un ange. Ses cheveux noirs dessinaient une auréole sur l'oreiller de satin blanc. Ses longs cils se détachaient nettement de sa peau d'ivoire.

Une peau si parfaite. Se rapprochant silencieusement du lit, la silhouette projeta son ombre sur le visage lisse d'Angela. Elle n'avait pas le droit d'être sereine. Elle ne méritait pas cette beauté. Ni la richesse, la célébrité, la réussite, le bonheur. Après ce qu'elle avait fait, elle ne méritait rien.

La silhouette brandit un démonte-pneu, resta un instant le bras levé. Jusqu'à ce qu'il s'abatte, Angela Ricci vivrait. Après...

Le corps entier d'Angela se contracta sous la puissance du premier coup. Le crâne fracturé, elle ouvrit les yeux sous le choc et le sang qui ruisselait. Elle ne resta pas consciente très longtemps. Une pluie d'autres coups suivit, qui lui déchirèrent la peau, lui brisèrent les os, lui broyèrent les organes vitaux.

Deux minutes plus tard, Angela Ricci n'avait plus forme humaine. C'était une masse convulsée, horrifiante, écarlate sur le satin blanc. Le souffle lourd, les bras rompus par l'effort, l'assassin regarda le cadavre sanguinolent et sourit. Du bon travail, minutieusement préparé, vite achevé. Trop vite. La silhouette jeta un bref coup d'œil au réveil. Deux heures treize.

1

Un cercle de jeunes filles qui dansaient dans la semi-obscurité. Psalmodiant. Les lueurs — rougeoyantes, bondissantes. Le feu. Des cris, de plus en plus aigus, puis des hurlements déchirants. La douleur. Enfin le noir.

Juste avant d'ouvrir les yeux, Laurel Damron comprit qu'elle se débattait violemment des quatre membres. Hoquetant, elle serra les poings pour arrêter de griffer le vide. Puis elle maîtrisa peu à peu sa respiration.

Sentant brusquement un poids entre ses épaules, elle tourna la tête et reconnut le chien aux longs poils noirs et blancs dont la truffe se trouvait à quelques centimètres de ses yeux. « Oh, April », murmura Laurel. Elle rouvrit une de ses mains pour caresser l'animal. Il grimpait sur son dos à chaque fois qu'il la voyait en proie à un cauchemar, comme pour l'apaiser, ou la protéger. « C'était affreux. La même scène, toujours. Pire, peut-être. Le feu qui... »

Elle ne finit pas sa phrase. Oubliant les flammes, elle entendit Alex, le frère d'April, qui battait du flanc sur la chaise près du lit, la tête tendue vers elle.

« Toi aussi, je t'ai fait peur ? » Elle lui gratta le cou. « Ça va aller, mon grand. Je vous ai fait peur pour rien, à tous les deux. Je sais que vous en avez assez de ce rêve. » Elle ajouta : « Pas autant que moi. »

En essuyant d'une main son front trempé, elle regarda son réveil. L'obscurité dans la pièce révélait que le soleil ne s'était pas encore levé. Sept heures moins le quart. Dans quinze minutes, la sonnerie allait retentir. « Un peu tôt, marmonna-t-elle. *Pour changer.* » Une dernière caresse à April, et Laurel se retourna sur le dos. Le chien pesait un peu plus d'une vingtaine de kilos. « Debout, tous les deux. L'heure du café et de la pâtée. »

April quitta le lit à contrecœur pendant que Laurel s'étirait. Elle referma un instant les yeux puis repoussa la couette.

Devant le miroir de la salle de bains, elle se dit qu'une femme de trente ans ne pouvait normalement afficher un tel air de fatigue après une nuit de sommeil. Les cernes mangeaient ses paupières et sa peau révélait une pâleur choquante. Ses cheveux bouclés étaient emmêlés jusqu'aux épaules. Il était temps de refaire un saut chez le coiffeur. Non que Kurt, son amant depuis sept mois, y prêtât attention. Laurel se demandait souvent pourquoi elle se donnait la peine de se faire belle avant de le retrouver. Kurt Rider ne semblait jamais remarquer qu'elle avait troqué ses jeans pour une robe neuve, ou qu'elle avait soigneusement maquillé ses traits tirés.

En revanche, ses parents n'avaient jamais été avares de remarques. Laurel se fit la grimace dans la glace en se souvenant des années de lycée avec sa grande sœur. Et d'un jour en particulier. Elle avait quatorze ans, Claudia dix-sept. Elles avaient toutes deux pris grand soin de leur apparence pour la photographie de classe. Lorsqu'elles étaient arrivées dans la cuisine ce matin-là, le père avait posé sa tasse de café en jetant à Claudia un regard d'admiration. « Ma chérie, tu es magnifique », avait-il roucoulé tandis qu'elle pirouettait en faisant danser ses mèches blondes. Puis son sourire s'était altéré. « Laurel, tu ne pourrais pas arranger tes cheveux, un peu ? » Laurel, blessée, avait bredouillé : « Je les trouve bien, moi, mes cheveux », et sa mère, levant les yeux par-dessus ses œufs brouillés, avait conclu : « Fiche-lui la paix. Elles ne peuvent pas être toutes les deux aussi jolies. Laurel fera une bonne épouse et ses enfants seront heureux avec elle. »

Eh bien, ça aussi, c'était raté, pensa-t-elle amèrement. À trente ans, elle était encore célibataire, seule, tandis que Claudia, mariée depuis dix ans, attendait son troisième enfant.

April, qui semblait comme toujours lire dans les pensées de sa maîtresse, lui posa une patte sur la jambe. Laurel sursauta, puis sourit. « Assez d'apitoiement. Laissons le passé où il est, puisqu'un jour nouveau nous attend. Fido, les enfants ? »

Les deux chiens connaissaient bien ce mot. Arrivant en courant depuis la chambre à coucher, Alex rejoignit sa sœur. Laurel hocha la tête. Ni l'un ni l'autre ne comprenaient des ordres simples, comme « Viens ! », « Couché ! », « Au pied ! » ou « Assis ! ». En revanche, tous les synonymes d'une nourriture quelconque appelaient chez eux une réaction immédiate.

Laurel passa à la cuisine, une cuisine gaie et simple

avec ses placards de chêne vernis, son carrelage immaculé. Soigneusement disposées, de nombreuses plantes insufflaient de la vie et de la couleur à cette pièce autrefois plus austère. Laurel s'y sentait toujours bien. Elle prépara une cafetière et, pendant que le café filtrait, elle servit à boire et à manger à April et Alex. Ils se ruèrent sur leur pâtée comme s'ils n'avaient rien avalé depuis un mois — c'était toujours ainsi. April était gracieuse avec ses longs poils et ses grandes pattes ; Alex, plus ramassé, le poil ras, trapu. À l'évidence, ils n'avaient pas eu le même père, et Laurel n'était pas bien sûre de leurs races respectives. Elle les avait découverts deux ans plus tôt, âgés de quatre semaines, tremblants et sales, sous un buisson de l'allée. Quelqu'un les avait posés là par un pluvieux après-midi d'octobre, et Laurel les avait adoptés de bon cœur. Ils lui avaient tenu compagnie depuis comme peu de personnes l'avaient fait.

Le café était maintenant prêt et Laurel s'assit avec une tasse devant la grande baie vitrée à l'angle de la cuisine. La vue était impressionnante, le paysage glacé : des hectares de terre enneigée, les arbres qui projetaient leurs branches nues sur un ciel d'acier. Laurel alluma la radio et le présentateur annonça moins deux degrés. « On dirait qu'on est partis pour un Noël blanc, dit-il. Attention ! Plus que dix jours pour faire vos cadeaux ! »

Contrairement aux autres années, Laurel n'avait encore rien acheté, faute de temps. Ces dernières journées au magasin avaient été épuisantes. Du moins voulait-elle le penser. En réalité, elle n'avait pas l'esprit à la fête. Une vague inquiétude, presque une appréhension, s'était emparée d'elle depuis une semaine, suffisamment pour qu'elle se sente détachée de ses occupations habituelles.

Le téléphone sonna et elle sursauta, puis ferma les yeux. Papa et maman, évidemment. Quatre ans auparavant, ils s'étaient acheté une petite maison, près de celle de Claudia en Floride. Deux ans plus tard, le père de Laurel avait eu une crise cardiaque, et ils étaient partis s'installer définitivement là-bas, en lui laissant le magasin et leur ancienne maison. Ils l'appelaient souvent.

Laurel décrocha et sa mère se mit aussitôt à jacasser gaiement en rapportant à son mari chacune des paroles de leur fille. « Hal, elle dit qu'ils ont de la neige. Qu'il fait moins deux, là-bas. » Puis, à Laurel : « Et la semaine prochaine, qu'est-ce qu'ils prévoient ? Tu pourras prendre l'avion pour Noël, *n'est-ce pas ?* »

J'espère que non, pensa Laurel. Noël avec les hurlements du père et du beau-frère devant les matches de football à la télévision, sans compter les disputes incessantes des enfants de Claudia, décidément mal élevés — ce n'était pas exactement une sinécure. Pour couronner le tout, Claudia, enceinte jusqu'aux dents, était d'une humeur massacrante à cause de ses nausées à répétition. « Bien sûr, j'y compte, dit Laurel en essayant de paraître convaincante. Mais si le temps est trop mauvais, vous devrez vous amuser sans moi.

— Ne dis pas de bêtises, répondit aussitôt sa mère. Ta nièce et ton neveu seraient tellement déçus. » C'est ça, tu as raison, pensa Laurel. Les enfants ne se rendaient compte de sa présence qu'au moment d'ouvrir leurs cadeaux. « Ça ne serait pas Noël sans toi. Évidemment, si tu as une *bonne* raison de ne pas venir... » La voix maternelle s'était empreinte d'une fausse timidité, et Laurel, qui devinait la suite, grogna intérieurement. « Comment ça va, avec Kurt ? Pas de bague de fiançailles pour Noël ?

— Je ne crois pas, dit Laurel d'un ton plus sec qu'elle n'aurait voulu. Je veux dire, on n'en est pas encore là.

— Vous vous voyez depuis bientôt sept mois. De mon temps, cela voulait dire quelque chose.

— Eh bien, peut-être plus aujourd'hui, maman. Bon, écoute, j'avais prévu de partir tôt au magasin. Dis à papa que les affaires marchent du tonnerre, cette année.

— Hal, elle dit que le magasin marche bien. »

Laurel perçut vaguement la voix de son père, mais sa mère la couvrit. « Chérie, est-ce que tu le vois toujours, Kurt ? Vous n'êtes pas séparés ?

— Mais non, ne t'inquiète pas. Il faut que j'y aille, maintenant. Je vous embrasse tous les deux. On se voit dans quelques jours.

— Au revoir, ma chérie. Prends bien soin de toi. Et ne te décourage pas. Je la vois venir, moi, cette bague de fiançailles. Aussi sûr que deux et deux font quatre. »

J'aimerais mieux que tu te trompes, pensa Laurel en raccrochant. Elle aimait beaucoup Kurt, mais peut-être pas jusqu'au mariage. S'il devait réellement lui offrir cette bague, elle la refuserait, ce qui chagrinerait sa mère probablement bien plus que Kurt.

Elle laissa April et Alex sortir un moment pour jouer dans la neige. En les regardant s'ébrouer, elle grignota son pain grillé en se demandant comment se dégager de ses obligations de Noël, et ce qu'elle dirait au juste si Kurt lui proposait finalement de devenir sa femme. D'un geste las, elle reposa sa tranche de pain. « Laurel, c'est *Noël*, se dit-elle sévèrement à haute voix. Tu as toujours adoré Noël. Tu es en train de sombrer dans la déprime. Secoue-toi ! »

Une demi-heure plus tard, lavée, vêtue d'un pantalon de laine marron et d'un chandail angora assorti, les cheveux soigneusement démêlés, avec quelques touches discrètes de maquillage, elle se sentait mieux et avait meilleure allure. Soulagée, elle était prête à affronter ce qui allait être une longue journée. Les clients s'attendaient à la trouver gaie et enjouée, et son père lui avait appris à ne pas les décevoir.

Il n'avait neigé que depuis deux jours et les routes étaient encore dégagées. Laurel ne mit que quinze minutes pour arriver au magasin. Comme à chaque fois qu'elle le retrouvait, elle éprouva un sentiment d'orgueil. Situé dans le quartier historique de Wheeling, Virginie-Occidentale, *Damron Floral* occupait le rez-de-chaussée d'un immeuble victorien de deux étages, bleu et vert avec d'élégants volets blancs. Le magasin de fleurs appartenait aux Damron depuis trois générations. Quand le grand-père de Laurel l'avait ouvert au lendemain de la Seconde Guerre mondiale, il avait habité le deuxième étage avec sa femme et son premier fils. Les affaires fleurissant, c'est le cas de le dire, dans les années 1950, puis trois autres enfants étant nés, il fit construire la grande maison de rondins au nord de la ville, près du splendide parc national d'Oglebay, où Laurel résidait maintenant.

Elle entrait toujours par l'arrière pour préparer du

café dans la kitchenette au fond du magasin, avant l'arrivée de Mary Howard, son assistante. Laurel aimait que son magasin soit toujours accueillant, même vis-à-vis de ses employées. Et plus particulièrement de Mary. Mary était la bouquetière la plus douée qu'elle eût jamais engagée. C'était aussi la sœur cadette d'une ancienne amie de Laurel : Faith, si belle, si insouciante, si courageuse. Faith qui avait disparu il y avait maintenant treize ans.

Laurel frissonna et repoussa l'image de son amie. Bon Dieu, était-elle en train de sombrer dans une de ces dépressions de fin d'année dont les journaux faisaient leurs choux gras ? Se refusait-elle le droit d'être heureuse ? Elle semblait décidée à broyer du noir, et la mémoire de Faith était justement son souvenir le plus noir.

Laurel traversa le magasin pour allumer les lumières. Elle avait fait remplacer récemment la moquette brun clair qui avait couvert le sol depuis aussi longtemps qu'elle se rappelait. Tous les cinq ou six ans, lorsqu'il fallait la changer, le père de Laurel avait choisi invariablement la même teinte fade. Aujourd'hui, une nouvelle moquette, d'un bleu profond, répondait harmonieusement au gris perle des murs, qui venaient d'oublier par la même occasion leur antique teinte rouille. Les parents avaient prévu une visite au printemps. Laurel espérait que son père apprécierait ses embellissements, mais elle en doutait au fond d'elle-même. Hal Damron était hostile au changement.

D'un regard bref au-dehors, Laurel s'assura que la rue était encore vide. Tant mieux. Elle voulait attendre une vingtaine de minutes avant d'ouvrir, le temps de parcourir les commandes de la journée. Il y avait celles, habituelles, de Noël, auxquelles il fallait ajouter trois enterrements le lendemain. Le travail ne manquait pas.

Laurel fit un rapide inventaire de ce qu'elle avait en magasin. Les étagères de verre étaient couvertes de poinsettias exubérants, de jardinières pleines de nombreux rubans de couleurs, de fleurs de soie. Des couronnes de vigne vierge étaient suspendues aux murs, avec d'autres, plus traditionnelles, en rameau de sapin, dont le parfum caractéristique le disputait avec celui des sachets de fleurs séchées disséminés dans le magasin. Pas de doute, Noël approchait.

Laurel entendit la porte arrière se refermer et, une minute après, la voix de Mary Howard retentit : « Bonjour, Laurel. »

Laurel repartit au fond. Mary, en train de retirer son grand manteau marron, lui sourit. Grande, âgée de vingt-six ans, les yeux bleu pâle, elle avait les cheveux roux clair, coiffés en queue-de-cheval, et quelques taches de rousseur sur un nez en trompette. Jolie, légèrement osseuse, elle ne ressemblait que de loin à sa sœur défunte, Faith. Faith avait été d'une beauté éclatante, sensuelle, qui n'était pas sans rappeler Rita Hayworth. Laurel l'avait toujours comparée à du satin rouge — Mary à un coton bleu.

« Bonjour, dit Laurel, tu es en avance.

— On a du pain sur la planche. » Mary lui tendit un sac ventru en papier blanc. « Doughnuts.

— Tu es un amour. Je n'ai mangé qu'une moitié de tartine, ce matin, et je ne me donne pas deux heures avant de mourir de faim.

— Prends-en un tout de suite avec un café. Dans deux heures, tu n'auras plus le temps. »

Laurel hésita, puis sourit. « D'accord. Puisque tu me prends par les sentiments. Il y en a au chocolat ?

— Non, bien sûr, répondit Mary, pince-sans-rire. Je ne vais quand même pas choisir ceux que tu préfères, voyons. »

Mary avait raison. Deux heures plus tard, le téléphone sonnait toutes les cinq minutes et trois personnes faisaient leurs choix. Mary s'occupait des arrangements floraux dans la pièce du fond, pendant que Laurel accueillait les clients. Elle venait juste de vendre une couronne de houx, entrelacée de ramilles de sapin, quand le téléphone sonna pour ce qui semblait être la vingtième fois. Lâchant un soupir, Laurel ouvrit son carnet de commande et répondit : « Damron Floral. »

Quelques secondes passèrent avant qu'une voix féminine, voilée, ne demande : « Je suis bien chez Laurel ?

— Oui. » Cette voix était familière, mais Laurel ne la remit pas tout de suite. Certains clients se montraient vexés si elle ne les reconnaissait pas instantanément, c'est pourquoi elle poursuivit : « Comment allez-vous ?

— Ça va. Enfin, non. Ça pourrait aller mieux, ce matin.

— Oh ?

— Tu ne sais pas qui tu as au bout du fil, hein ? »

Dieu, comme si j'avais le temps de jouer aux devinettes, pensa Laurel, irritée. Mais, brusquement, un visage aux yeux clairs apparut dans son esprit. « Monica ! Monica Boyd.

— Bravo. Surtout qu'on ne s'est pas vues depuis douze ans.

— Nous étions amies. Et tu es le genre de personne qu'il serait difficile d'oublier. »

Une femme avait saisi maladroitement deux pots de poinsettias, qu'elle tenait inclinés. De la terre finit par tomber sur la moquette. Laurel se raidit, prête à lâcher : « Faites attention, voyons ! » Mais, d'une voix égale, elle poursuivit sa conversation au téléphone : « Tu habites toujours New York, Monica ?

— Oui. Je dois bientôt prendre des parts chez Maxwell, Tate & Goldstein. Pas plus tard que ce matin.

— Félicitations. » Le contenu entier d'un pot de poinsettias menaçait de se renverser. Laurel allait demander à Monica de patienter une seconde, lorsque Mary, faisant une courte apparition, comprit immédiatement la situation, se précipita auprès de la cliente avec un sourire gracieux, et récupéra les pots dans ses deux grandes mains fermes. « Tu pars en vacances ? demanda Laurel à Monica.

— Je dois y renoncer. Il faut que je vienne à Wheeling.

— Après toutes ces années ?

— Oui. J'ai besoin de te parler, c'est important.

— À moi ? » Laurel était sincèrement étonnée.

« Oui, à toi. À Denise, et à Crystal aussi. »

Toutes des amies d'enfance, puis d'adolescence. Amies d'une vie entière, avaient-elles pensé à l'époque. À l'âge de douze ans, elles avaient formé un club, le Six de Cœur — Monica, Laurel, Crystal, Denise, Angela, et la pauvre Faith, disparue. Laurel réprima un frisson d'angoisse. « Monica, que se passe-t-il ?

— Tu savais qu'Angie vivait à Manhattan, elle aussi ?

— Oui. On s'écrit de temps en temps. Elle m'a envoyé une carte, il y a quelques jours. Elle a un premier rôle dans une comédie à Broadway.

— Elle avait. » Laurel entendit Monica respirer profondément à l'autre bout du fil. « Laurel, Angie a été assassinée il y a deux jours. Son corps n'a été retrouvé qu'hier. Elle devait se rendre à une interview l'après-midi, et le théâtre a averti la police en ne la voyant pas arriver le soir. Ce qu'ils ont trouvé est plutôt... brutal. Elle a été frappée à mort pendant son sommeil.

— Ô, mon Dieu, hoqueta Laurel, l'estomac noué à la pensée des traits si fins d'Angela, de sa superbe voix. C'est abominable !

— Ce n'est pas tout. Je ne sais pas comment t'annoncer ça, mais la mort d'Angela a quelque chose à voir avec le Six de Cœur. »

2

Le visage de Laurel s'affaissa sous le choc. Apercevant Mary qui la regardait, elle se ressaisit et reprit la parole. « Monica, ils ont arrêté l'assassin ?

— Non. »

Laurel poursuivit à voix basse. « Qu'est-ce qui te fait dire qu'il y a un rapport avec le Six de Cœur ?

— L'assassin a dessiné un six et un cœur sur le miroir de la salle de bains. Avec le sang d'Angie.

— Oh, lâcha Laurel dans un souffle. Comment l'as-tu appris ?

— L'inspecteur de police est un de mes amis. Comme il savait que je connaissais Angie, il m'a tout raconté. Les gens et les journaux ne savent pas. Il pensait que je pouvais l'éclairer. Je lui ai dit que je n'y comprenais rien.

— Pourquoi ne lui as-tu pas dit la vérité ?

— Parce que nous n'avons jamais dit la vérité à *personne*. Je ne veux pas être mêlée à cette histoire. Et je serais étonnée qu'aucune d'entre nous en ait tellement envie. »

Laurel se rendit compte qu'elle tenait le combiné du téléphone d'une main sans cesse plus crispée et elle s'efforça de desserrer son emprise. « Monica, ces dessins dans la salle de bains ne peuvent être qu'une coïncidence.

— Une coïncidence ? » Monica haussait rarement le ton, et Laurel perçut la tension sous-jacente. « Une coïncidence qu'on ait dessiné un six et un cœur sur la glace, alors qu'Angie faisait partie du club ? Et puis, écoute ça. On a trouvé un carte de tarot près de son corps — celle du « jugement ».

— Du jugement ?

— Oui. Comme si l'assassin voulait se venger.

— Se venger ? Un jugement ? Monica, c'est ridicule. Le Six de Cœur était un club secret. Personne ne savait rien de nous.

— Laurel, nous n'étions pas des agents de la CIA. Nous étions une bande de jeunes filles qui avaient monté un club pour combler notre ennui. Pour nous donner l'impression d'être quelqu'un, même si ce qu'on faisait, dans l'ensemble, était stupide et insignifiant. Qui sait si l'une d'entre nous n'en a pas un jour parlé à quelqu'un ? Ce n'est quand même pas en révélant l'existence du Six de Cœur qu'on va se retrouver avec un tueur à gages sur le dos.

— Je n'ai jamais parlé à personne.

— Moi non plus. Mais on était six, et il en reste quatre.

— Non, pas Faith, puisqu'elle... » Laurel s'interrompit en découvrant subitement Mary devant elle, le front plissé d'une ride inquiète. « Monica, il faut que je raccroche. Il y a un travail fou, aujourd'hui.

— Laurel, c'est grave. Tu ne peux pas me refuser ton aide.

— Ce n'est pas ce que je voulais dire. C'est juste que...

— Je viens à Wheeling, dit Monica d'une voix ferme. Je serai là demain. Dis-le à Denise et à Crystal. »

Elle raccrocha. Laurel resta figée, le combiné du téléphone en main.

« Mauvaises nouvelles ? demanda Mary. Ce n'est pas ta sœur, au moins ?

— Comment ? » Laurel cligna des paupières, puis raccrocha lentement à son tour. « Non, ce n'était pas Claudia. On vient de m'annoncer qu'une vieille amie a été assassinée.

— Assassinée ? Qui ça ?

— Angela Ricci. Tu ne la connais pas.

— Si, c'était une amie de ma sœur, répliqua aussitôt Mary. C'est pour ça que tu as parlé de Faith ? »

Laurel hocha la tête et Mary poursuivit :

« Je me souviens d'Angela. Une très jolie fille. Et tellement douée. Mon Dieu, c'est horrible ! »

Laurel hocha encore la tête.

« Ça va ?

— Oui.

— Tu n'as pas l'air bien.

— Ça va, Mary, je t'assure. »

Mais, non, ça n'allait pas. Laurel n'avait pas ressenti une telle peur, doublée d'un tel sentiment d'horreur, depuis treize ans.

*

Laurel passa le reste de la journée dans le brouillard. Elle se rendit compte que Mary, mais aussi

Penny et Norma, voire quelques clients, la regardaient avec un air bizarre lorsqu'elle ne réagissait pas avec son efficacité coutumière. Elle ferma le magasin à dix-sept heures, s'obligea à rester jusqu'à dix-huit heures trente pour aider Mary à terminer ses compositions florales, et elle se sentit soulagée de pouvoir enfin rentrer chez elle.

Comme d'habitude, April et Alex l'accueillirent avec une de leurs exubérantes démonstrations d'affection. L'esprit ailleurs, elle les caressa une seconde, offrit à l'un et à l'autre un biscuit pour chiens, jeta son manteau sur un siège, et s'effondra sur le canapé.

Elle n'avait pas été dans son état normal de toute la semaine. Était-ce le pressentiment que quelque chose allait arriver à Angie ? Impossible. Même si Angela avait régulièrement envoyé ses vœux chaque année à Noël, même si elle avait téléphoné en apprenant que le père de Laurel avait eu une crise cardiaque, les deux femmes n'étaient plus très proches. En fait, Angie n'aurait pas gardé le contact, Laurel l'aurait probablement reléguée dans un coin isolé de sa mémoire, comme elle l'avait fait pour Monica. Qu'avait-elle en commun, finalement, avec une star de Broadway ?

Rien. Rien, sinon quelques années d'enfance à Wheeling, et le fait d'avoir appartenu à un club imbécile que Monica, toujours précoce, avait formé lorsqu'elles avaient une douzaine d'années.

Le Six de Cœur. Monica, qui avait trouvé le nom, leur avait expliqué que le cœur était le centre symbolique du pouvoir et de l'intelligence. Crystal avait répondu que, selon elle, l'intelligence se référait plutôt au cerveau. Et Monica avait lâché : « J'ai dit *symbolique*. On ne t'a jamais appris ce qu'était un symbole ? Tu préfères le Six de Cerveau, peut-être ? » Mouchée, Crystal s'était tue. Jamais sûre d'être assez intelligente, ou de suffisamment le montrer, Monica n'avait fait qu'une bouchée de la timide Crystal. Mon Dieu, elle nous intimidait toutes, pensa Laurel. Monica était une force en mouvement. Il fallait croire que c'était toujours le cas, puisqu'elle arrivait le lendemain à Wheeling pour parler à Laurel, à Crystal et à Denise, d'un meurtre qu'elle croyait lié au Six de Cœur.

Le club avait été au départ un jeu innocent. Après une initiation secrète, qui avait consisté, les yeux bandés, a avaler des olives en guise de globes oculaires, puis du foie de génisse intronisé foie humain, elles avaient joué des farces à plusieurs camarades de classe qu'elles détestaient unanimement. Elles avaient parfois fait des plaisanteries au téléphone à des garçons plus âgés, en leur parlant d'une voix grave et sexy, pour raccrocher dans une salve de rires hystériques. À l'âge de quinze ans, armées de paires de tenailles, elles célébrèrent toutes, à l'exception de Denise, la prise de la Bastille en cassant une fenêtre de la fourrière locale, et en libérant dans la nuit une cinquantaine de chats et de chiens. Ces frasques-là avaient été mentionnées dans les journaux locaux, et personne ne les avait suspectées. C'était encore drôle. Quelques années plus tard, cependant, les activités du club avaient pris une tournure plus sombre.

On sonna. Laurel fit la grimace en se demandant qui cela pouvait être, et elle se leva lentement. Il suffisait qu'elle ne veuille pas être dérangée pour qu'on arrive à l'improviste.

Kurt ne venait pourtant pas vraiment à l'improviste. « Salut, dit-il. Oui, oui, oui, je meurs de faim. »

Laurel ferma un instant les yeux. « Oh, Kurt, j'avais complètement oublié qu'on dînait ensemble.

— Pas grave, dit-il en passant précautionneusement son mètre quatre-vingt-douze par la porte. On y va ?

— Je préfère pas. Je ne me sens pas très bien ce soir. »

Elle lut la déception dans son long visage sympathique, dans ses yeux bruns tranquilles. « Qu'est-ce qu'il y a ? Tu es malade ?

— Pas exactement. » Elle s'effaça en lui indiquant le salon. « Viens. »

Il fit quelques pas, puis se retourna pour la regarder. « Pourquoi est-ce aussi sombre chez toi ?

— Parce que je n'ai pas allumé la lumière, peut-être ? »

Il sourit. « Très drôle.

— Que je sache, c'est toi qu'on paie pour faire des déductions intelligentes, non ?

— Oh, je ne suis qu'un simple agent de police, moi, pas Columbo ni Derrick. Ce qui ne m'empêche pas de poursuivre d'affreux criminels toute la journée et de m'apercevoir, le soir, que ma petite amie a oublié que nous avions rendez-vous.

— Je suis désolée, Kurt. »

Il alluma une lampe et s'assit sur le long canapé de cuir. « Arrête de t'excuser et dis-moi ce qui ne va pas. Tu es toute pâle. C'est la grippe ?

34

— Non. J'ai appris quelque chose d'affreux. » Elle s'assit près de lui. « Tu te souviens d'Angela Ricci ?

— Angie ? Oui, bien sûr. Elle a juste un an de moins que moi. Elle était dans la même classe que toi, au lycée. Sa mère raconte à tout le monde qu'elle a décroché le gros lot à Broadway.

— Angie est morte, Kurt. Quelqu'un l'a tuée. »

Déconcerté, Kurt observa Laurel un moment. « Tuée ? Comment ?

— Elle a été frappée à mort dans son lit. » Et il semble que ce meurtre ait quelque chose à voir avec un club qu'on avait monté pour s'amuser quand on était gamines, pensa Laurel, sans rien en dire. Elle n'avait aucune intention de parler à Kurt du Six de Cœur. En outre, les théories de Monica n'étaient que des théories.

« Laurel ?

— Oui ?

— Je viens de te demander si tu avais encore des relations avec elle. Je ne me rappelle pas t'en avoir entendue parler depuis qu'on se fréquente.

— Elle m'envoyait de ses nouvelles de temps en temps.

— Comment as-tu appris qu'elle était morte ?

— Par Monica Boyd. Elle vit aussi à New York.

— Monica. Je me souviens d'elle. Une fille grande et autoritaire. Elle n'est pas avocate, ou quelque chose comme ça ?

— Si. Elle arrive demain à Wheeling.

— Qu'est-ce qu'elle vient faire ? »

Laurel marqua un temps. « Assister à l'enterrement », dit-elle brusquement. Monica n'en avait pas parlé, mais les parents d'Angela Ricci avaient été convoqués à New York, d'où ils avaient appelé quelques personnes pour leur faire part du décès de leur fille et de la date des obsèques. Angie serait inhumée à Wheeling. Les premières commandes de fleurs et de couronnes funéraires étaient arrivées au magasin quelques heures avant la fermeture.

Kurt fronça les sourcils. « Je comprends que c'est épouvantable, mais tu me parais drôlement perturbée pour quelqu'un que tu ne voyais plus.

— Je la connaissais si bien. On a été amies une bonne dizaine d'années. Et la façon dont on l'a tuée... Kurt, c'est épouvantable.

— Je sais. Tous les meurtres sont épouvantables. » Il prit Laurel dans ses bras. « Je suis navré, ma chérie.

— Tu es gentil.

— Je sais qu'il n'y a pas de mots utiles dans ces circonstances, mais il faut que tu manges.

— Je n'ai pas faim.

— Tu as l'estomac qui gargouille.

— Non ?

— Si. Nettement. »

Elle sourit. « Je n'y pensais plus. Maintenant que tu me le fais remarquer, je me rappelle que je n'ai rien mangé de la journée, à part une demi-tranche de pain et un doughnut.

— Pas étonnant que tu sois dans les vapes. Ma mère dit toujours qu'il faut manger, quoi qu'il arrive.

— Ta mère pèse cent kilos », rétorqua Laurel sans réfléchir. Elle rougit brusquement. « Oh, excuse-moi, Kurt. Je ne voulais pas dire ça. Je ne sais pas ce qui m'a pris. » Elle bafouilla. « Ta mère est tellement adorable. »

36

Kurt rit de bon cœur. « Ma mère *est* une adorable personne qui pèse cent kilos. Ce n'est pas grave, Laurel. Les faits sont les faits. Et le fait est que tu es trop mince pour sauter un repas. Si tu préfères ne pas sortir, veux-tu que je commande une pizza ? »

Elle hésita. « Oui, après tout, une pizza... Bonne idée.

— Parfait. Tu as de la bière ?

— Deux packs entiers.

— C'est plus qu'assez. Donne à manger à ces affamés de molosses qui me regardent en chien de faïence pendant que je passe la commande. Je te promets que, d'ici à une heure, tu seras une autre femme. »

Kurt insista pour faire du feu dans la grande cheminée de pierre. Après avoir nourri ses chiens, Laurel s'assit devant l'âtre, un coussin sur les genoux, et se réchauffa. Elle venait juste de se rendre compte que le coup de téléphone de Monica l'avait glacée, qu'elle avait eu froid depuis. On vint livrer la pizza, que Laurel attaqua à belles dents. « Je croyais que tu n'avais pas faim, la taquina Kurt. Heureusement que j'ai pris le grand modèle. »

Elle posa une part entamée. « Tu as raison, je mange comme un cochon.

— Pas du tout. C'est même plutôt agréable de te voir dévorer comme ça. La plupart du temps, tu te contentes de grignoter.

— J'ai peut-être moins d'allure que ma sœur, mais je garde ma ligne. »

Kurt sourit. « Sans vouloir en dire du mal, je me demande encore ce que tout le monde pouvait lui trouver, à Claudia.

— Tu dis ça parce qu'elle n'a jamais voulu sortir avec toi.

— Comme quoi elle manquait de goût en plus du reste. Si j'ai essayé de l'inviter une fois, c'est pour la seule raison qu'aux yeux de tout le monde, c'était un exploit de décrocher un rendez-vous avec Claudia Damron. Je préfère largement ton style de fille.

— Parce que j'ai un style ?

— Bien sûr. Tu es la seule à l'ignorer, apparemment. »

À neuf heures, l'appétit calmé, le corps enfin réchauffé près du feu, Laurel demanda à Kurt si cela ne le gênait pas de ne pas partir trop tard. « J'ai eu une journée chargée au magasin, et ça promet d'être encore pire demain, lui expliqua-t-elle.

— Bien, bien, soupira-t-il. D'abord tu oublies qu'on dîne ensemble, ensuite tu me fiches dehors par ce froid...

— Kurt, pardonne-moi, je...

— Je plaisante. » Il l'embrassa sur le front. « Dors de tout ton saoul si tu peux. Samedi soir on sortira dans un bon restaurant. Et, pour une fois que tu ne travailles pas le lendemain, on ne sera peut-être pas obligés de se coucher avant onze heures.

— C'est une bonne idée, Kurt. J'ai de la chance que tu sois si compréhensif. »

Elle le regarda remonter l'allée vers sa voiture. C'est vraiment un chic type, pensa-t-elle. Calme, doux, constant. Pas étonnant que maman voudrait nous voir mariés. Si seulement je pouvais être amoureuse de lui.

Le véhicule avait à peine quitté l'allée que Laurel referma la porte et se précipita sur le téléphone. Elle n'avait pas menti — elle était réellement épuisée — mais elle avait deux personnes à appeler.

Laurel composa d'abord le numéro de Crystal et s'étonna qu'elle ne décroche pas. Depuis que son mari, Chuck Landis, l'avait quittée six mois plus tôt, Crystal restait constamment chez elle et ne voyait quasiment plus personne. C'était donc peut-être un bon signe qu'elle ne réponde pas. Pour une fois, Crystal était sortie.

Laurel appela ensuite Denise Price. Denise avait été une amie proche au lycée, qui, sitôt passé son bac, n'avait plus donné de nouvelles. Laurel, qui en avait été blessée, avait au fil des années appris à accepter qu'aucun des membres du Six de Cœur ne souhaitait réellement garder le contact avec les autres. Aucun, à l'exception d'Angie. Au hasard des conversations, Laurel avait fini par apprendre que Denise avait obtenu un diplôme d'infirmière, qu'elle avait épousé un médecin, qu'elle avait eu une petite fille nommée Audra, et qu'elle vivait à Chicago. C'est pourquoi Laurel s'était étonnée, douze ou treize mois plus tôt, de voir Denise revenir s'installer à Wheeling avec mari et fille. Denise avait simplement téléphoné un après-midi à Damron Floral, en demandant à Laurel de venir décorer sa jolie maison pour une réception de Noël. Elles avaient renoué, quoique avec un minimum de distance, et Denise avait expliqué que Wayne, son mari, préférait élever sa fille dans une petite ville comme Wheeling, plutôt qu'à Chicago, jugée trop dangereuse.

Ce fut Wayne qui répondit. « Tiens, bonjour, Laurel. » Il avait une voix chaleureuse, chantante. « Vous appelez pour les décorations de notre petite sauterie annuelle ? Vous viendrez avec Kurt, j'espère ?

— Bien sûr, vos réceptions sont toujours réussies. » En réalité, elle en avait tout oublié. Tant pis, donc, pour la sortie au restaurant, samedi soir avec Kurt. « Je voulais parler avec Denise, des décorations, et d'une ou deux petites choses.

— D'accord. Voyons voir si je la trouve. »

Denise mit presque trois minutes avant d'arriver au téléphone. « Oui, Laurel, quel est le problème ? lança-t-elle, cassante, irritée.

— Il ne s'agit pas des décorations. » Laurel était un peu surprise par ce ton revêche. S'il était clair qu'elle et Denise ne retrouveraient jamais leur intimité d'antan, elles étaient quand même en bons termes. « Est-ce qu'on peut parler une seconde ?

— Tu ne tombes pas très bien. Audra couve quelque chose et j'ai la migraine.

— Navrée. J'espère que vous n'avez pas attrapé cette sale grippe qui traîne.

— Moi aussi. Mais ça ne va pas fort.

— Bon, je serai brève. Tu te souviens, évidemment, d'Angela Ricci ? »

Denise baissa la voix. « Je viens d'apprendre que quelqu'un l'a tuée.

— Oui. Monica m'a dit ça, tout à l'heure. Elle connaît le policier qui s'occupe de l'affaire. Il lui a expliqué qu'il y avait un six et un cœur dessinés sur le miroir de la salle de bains. Avec le sang d'Angela.

— Quoi ? hoqueta Denise.

— Je te le répète : un six et un cœur. On a aussi trouvé une carte de tarot à côté du corps. Celle du jugement. Monica est certaine que la mort d'Angela a quelque chose à voir avec le Six de Cœur. »

Denise resta silencieuse un instant, puis bafouilla : « C'est ridicule.

— C'est ce que j'ai pensé, moi aussi, seulement j'ai réfléchi et je ne vois pas comment cela pourrait être une coïncidence. Monica arrive à Wheeling demain. Elle veut te parler, ainsi qu'à Crystal et à moi.

— Je n'ai aucune intention de la voir, dit Denise catégoriquement. Je ne veux plus jamais entendre parler du Six de Cœur.

— Moi non plus, Denise, mais on n'a pas le choix.

— Que si. En tout cas, moi oui. »

Laurel n'avait pas réagi autrement le matin même, mais elle avait eu le temps de changer d'avis au cours de la journée. « Denise, nous sommes *obligées* d'y penser. Si la mort d'Angie a vraiment quelque chose à voir avec le Six de Cœur, alors nous pourrions être en danger. Monica n'est pas une imbécile, et elle sait tout ce qu'il y a à savoir pour le moment sur l'affaire.

— C'est Monica qui a formé ce club idiot, dit amèrement Denise. C'est à cause d'elle si on s'est retrouvées dans le pétrin. »

Laurel commençait à perdre patience. « Monica ne nous a jamais obligées à faire quoi que ce soit. Nous sommes toutes responsables. » Denise ne répondit pas. « Bon, enfin, je voulais te dire exactement ce qui s'était passé. Et que tu saches que Monica arrivait demain. Maintenant, c'est à toi de décider si tu veux lui parler ou pas.

— Absolument. » Denise resta un instant silencieuse. « Excuse-moi, mais j'ai beaucoup à faire ce soir. Je te rappellerai. Au revoir. »

Le clic du combiné résonna dans l'oreille de Laurel.

*

Laurel cherchait à en vouloir à Denise d'avoir été aussi sèche, mais elle n'y parvint pas. Denise avait un mari, un enfant, elle menait une vie aisée et paisible. Que le meurtre d'Angela y soit lié ou pas, le Six de Cœur était la dernière chose qu'elle avait envie de se rappeler. Et Laurel avait sans doute été aussi abrupte à l'égard de Monica que Denise venait de l'être avec elle.

Elle se prépara une tasse de thé à la cannelle, et retira de ses étagères garnies de livres un vieil album de photos à la couverture de vinyle craquelée. J'aurais pu en prendre un peu mieux soin, se dit-elle en se rasseyant sur le canapé. D'un bond, April et Alex vinrent l'y rejoindre. Buvant son thé à petites gorgées, elle feuilleta les pages de l'album. Elle en avait quantité d'autres, dédiés à Claudia, toujours à l'aise et satisfaite devant l'objectif. Celui-là était le seul qui lui soit personnellement consacré. Laurel passa rapidement les pages qui la montraient bébé, puis petite fille, et s'arrêta sur une série de clichés qui la représentaient avec Faith Howard, sa première, sa *meilleure* amie.

Elle sourit en se voyant avec elle, bras dessus, bras dessous, devant un parterre débordant de fleurs dans le jardin. Elles avaient toutes deux les cheveux longs. Épais, naturellement bouclés, ceux de Faith rayonnaient au soleil comme un casque de cuivre. Elles étaient coiffées de couronnes de marguerites que Laurel se rappela avoir tissées, en pensant qu'elles ressembleraient ainsi à la reine Guenièvre. « Guenièvre avec deux dents de lait en moins », pouffa-t-elle en se regardant sur le cliché.

Laurel était vêtue d'un short rouge et d'un chemisier blanc paré, semblait-il, d'innombrables taches de chocolat. Le pied en pointe comme une ballerine, Faith portait une jolie robe bain de soleil à fleurs, dont l'une des bretelles pendait négligemment sur sa jeune épaule — elle avait sept ans et les pieds sales. Tu parles d'une paire de femmes fatales, pensa Laurel. Comment elles avaient réussi à trouver grâce aux yeux de Kurt Rider et Chuck Landis était un mystère.

Ils les avaient tout d'abord rejetées. Les deux garçons habitaient alors près de leurs maisons respectives, et Faith s'était mis en tête d'apprivoiser coûte que coûte ces deux jeunes bagarreurs aux allures sympathiques. Mais ils s'obstinaient à les éviter. « Les gonzesses, ça ne nous intéresse pas », avait affirmé Chuck alors qu'elles les regardaient toutes deux monter dans la cabane qu'ils s'étaient construite dans les arbres, derrière le jardin de Kurt. « C'est la cabane de Tarzan, ici, on n'accepte pas les filles.

— Ah bon ? Et Jane, alors ? » avait rétorqué Faith, inébranlable.

Les garçons s'étaient regardés sans d'abord trouver rien à répondre. Mais Kurt n'était pas sans ressources. « Jane savait se déplacer avec les lianes, elle. Pour rentrer dans notre cabane, il faut pouvoir en faire autant. »

Ils avaient ricané en les regardant s'éloigner. Faith faisait semblant de pleurer. Un quart d'heure plus tard, ils avaient poussé des hurlements en la voyant brusquement atterrir, accrochée à une liane, sur le toit de leur cabane. Faith s'était cassé un bras, mais elle avait gagné l'admiration de Kurt et de Chuck. Ils l'avaient acceptée comme amie, et elle avait insisté pour qu'ils adoptent Laurel. Puis, l'été venant, tous les quatre ne s'étaient plus quittés. Naturellement, les années suivantes devaient se charger de les séparer, Kurt et Chuck préférant fréquenter des garçons de leur âge, tandis que Laurel et Faith nouaient des liens serrés avec d'autres filles. Cependant l'amitié précoce qui les avait unis à la veille de l'adolescence ne s'était jamais tout à fait estompée. Du moins jusqu'à ce jour maudit, il y avait maintenant treize ans.

Reposant l'album de photographies, Laurel attisa le feu dans la cheminée, pendant que son esprit remontait les années, à la recherche d'une nuit qui n'était pas sans rappeler celle-ci.

Elle se souvint du froid terrible qu'il avait fait. Elle était censée, ce soir-là, passer la nuit chez Angie. Toutes avaient d'ailleurs dit la même chose à leurs parents, lesquels ignoraient que ceux d'Angie étaient partis en week-end. Quant à M. et Mme Ricci, ils pensaient que leur fille dormirait chez Laurel. Des six amies, cinq se seraient largement satisfaites de rester chez Angela à faire du pop-corn, téléphoner aux garçons, regarder des vidéos, et boire le vin que Monica avait apporté. Elles n'avaient pas l'habitude de boire, et l'alcool, bien qu'assez léger, leur avait tourné la tête. À l'exception de Monica, qui refusait de rester enfermée. Elle voulait que le Six de Cœur fasse une de ses visites rituelles à la ferme Pritchard.

Monica avait toujours été fascinée par cet endroit,

plus particulièrement par la vieille grange. Tout le monde dans la région connaissait l'histoire d'Aimée Dubois, l'esclave des Pritchard. En 1703, le fils aîné de la famille, désarçonné au cours d'une promenade à cheval, avait trouvé la mort. Quelques semaines plus tard, la scarlatine avait emporté quatre des cinq enfants restants, et c'est Mme Pritchard que l'on retrouva peu après, noyée dans l'étang.

Les Pritchard se piquaient d'être de fervents religieux. Ils trouvèrent injuste de subir de telles épreuves, pensèrent que c'était forcément l'œuvre du diable et que celui-ci s'était insinué parmi eux. Aimée Dubois était originaire de ces îles barbares où l'on pratiquait le vaudou. Ils en déduisirent rapidement qu'elle leur avait jeté le mauvais sort. Aimée fut déclarée coupable de sorcellerie par un tribunal dont les juges et le jury étaient tous d'une façon ou d'une autre redevables aux Pritchard. À peine âgée de dix-neuf ans, elle fut pendue dans leur grange, cette même grange qui devait attendre trois siècles pour, délabrée et vermoulue, servir de lieu occasionnel de réunion au Six de Cœur.

Ce fut par une nuit glaciale de décembre que Monica avait décidé d'y refaire un tour. Tout le monde avait protesté. « Monica, il *gèle* dehors. Il tombe de la neige fondue, avait gémi Crystal.

— On a des manteaux », avait coupé Monica.

Laurel s'était rangée du côté de Crystal : « On ne pourrait pas attendre qu'il fasse un peu plus chaud ? »

Monica lui avait décoché un regard brûlant. « Il va faire froid pendant des mois. En plus, on court moins le risque de se faire prendre tant qu'il n'y a personne dehors. Je me disais qu'on pourrait imaginer quelque chose d'un peu délirant, ce soir, d'un peu dingue.

— Oh, non, avait grimacé Denise. J'en ai assez de ces rituels de sorcières à la noix. Ça me fait peur, ces histoires, ça n'est pas pour moi. »

Faith, qui était restée jusque-là bizarrement silencieuse, s'était brusquement animée. « Si. C'est vraiment le moment, avait-elle déclaré avec fougue. Nous sommes vendredi treize, on ne peut pas rêver mieux. »

Médusée, Crystal l'avait regardée. « Ton père est pasteur. S'il y a quelqu'un parmi nous qui devrait s'opposer à ces trucs de sorciers, c'est bien toi. »

Faith avait levé les yeux au ciel. « Mon père s'est improvisé lui-même pasteur d'une religion qu'il a inventée. Il est aussi dérangé que ses prétendus fidèles. Son Église ne sert à rien, alors que la magie noire fait des miracles. Allons-y.

— Ouais, allons rigoler un peu », avait soudain renchéri Angela, qui prenait un plaisir certain aux rituels pseudo-sataniques de Monica. « On ne retrouvera pas une nuit aussi parfaite avant des lustres. » À contrecœur, Laurel, Denise et Crystal avaient acquiescé. Monica, Faith et Angie avaient de loin été les personnalités les plus fortes du groupe.

Avec le recul, Laurel se rendait compte maintenant que Monica avait été le véritable chef du Six de Cœur, que Angie et Faith lui avaient servi de seconds, tandis qu'elle-même, Denise et Crystal suivaient leurs décisions. Elle but une autre gorgée de thé et se redressa sur le canapé, mal à l'aise, en se remémorant le reste de la soirée. Si les Pritchard avaient cédé leur ferme bien des années auparavant, leur nom y était resté associé. À l'époque d'Aimée, le domaine s'étendait sur plus de cinquante hectares. Il n'en comptait qu'une dizaine aujourd'hui. Le nouveau propriétaire ne se servait plus de la vieille grange, qui se dressait, massive, à une centaine de mètres de la ferme. Les filles avaient garé leur voiture à cinq cents mètres de celle-ci, et s'étaient mises à courir silencieusement dans la nuit. Laurel se rappela avoir pris un sac à dos, qu'elle avait probablement rempli avant de quitter la maison. Quoique — avait-ce bien été elle ?

Elles avaient à peine entrouvert la porte de la grange, suffisamment pour s'y faufiler l'une après l'autre. Un chien avait aboyé quelque part, et Laurel se rappela avoir craint qu'il ne se rue soudainement sur elles. Mais rien n'arriva. Il était sans doute attaché. Elle se souvint aussi que l'une d'elles, probablement Angie, s'était mise à pouffer.

Une fois à l'intérieur, Monica avait retrouvé la lampe à pétrole qu'elle gardait cachée derrière de vieux outils de ferme. Elle avait craqué une allumette et, instantanément, une faible lumière avait éclairé la vieille grange, ses poutres incertaines, ses outils rouillés.

Monica était la plus grande du groupe. Elle avait levé la lampe à hauteur de son visage. Des reflets de feu follet avaient dansé sur sa chevelure auburn. Ses yeux d'émeraude avaient brillé d'un éclat diabolique entre ses pommettes hautes. « Ce soir, nous allons invoquer l'esprit d'Aimée Dubois.

— Quoi ? » avait couiné Crystal. Elle semblait si fragile, si puérile avec ses longs cheveux blonds, ses grands yeux bleus, et sa petite taille. À dix-sept

ans, elle mesurait encore un mètre cinquante-cinq.
« Invoquer un esprit ?

— Oui », avait dit calmement Monica, de sa voix
rauque et autoritaire. Elle avait sorti une bouteille
pleine du sac à dos. « Rouge. Ce vin a la couleur du
sang. » Elle avait retiré le bouchon à moitié dégagé.
« Buvons.

— Je n'en veux plus, avait dit Crystal. Je n'aime
pas ça. »

Laurel n'aimait pas le vin non plus. Elle devait
apprendre plus tard qu'elle était victime d'une forte
intolérance à l'alcool. À peine quelques gouttes
suffisaient à la faire vomir. Cette nuit-là, pourtant,
elle avait bu parce qu'elles avaient toutes bu, parce
qu'elle ne voulait pas que les autres se moquent
d'elle. Une fois la bouteille vide, Monica avait repris
son discours péremptoire d'un air hautain et dégagé.
« Ce soir, nous invoquons l'esprit d'Aimée Dubois. »
Elle avait sorti une corde du sac à dos. « Nous allons
reconstituer l'acte de pendaison. »

Hagarde, Laurel avait répondu : « Tu veux *pendre*
quelqu'un ? »

Monica l'avait toisée. « Bien sûr que non. On va
faire semblant jusqu'à un certain point, c'est tout.
Jusqu'à ce que l'esprit d'Aimée Dubois se manifeste
à nous.

— Ça ne me plaît pas beaucoup », avait osé
contrer Denise.

Monica l'avait regardée : « C'est toi qui fais
Aimée. »

Denise avait ouvert de grands yeux. « Pourquoi
moi ?

— Parce que j'ai décidé que c'était toi. Parce

que tu as les cheveux bouclés, comme Aimée, et que d'entre nous c'est toi qui lui ressembles le plus. Angie, aide-moi. Il faut faire passer la corde sur une poutre. On fera le nœud coulant après. Denise nous prête sa tête.

— Que non ! avait répondu Denise.

— Bien sûr que si », avait dit Monica.

Denise l'avait regardée d'un œil froid comme la neige. « Aimée était peut-être une esclave, mais pas moi. Je n'ai pas d'ordres à recevoir de toi, Monica Boyd, et ma tête reste où elle est. Sur mes épaules. »

Monica l'avait fixée un instant, avant d'éclater de rire. « Denise, il faut toujours que tu prennes tout tellement au sérieux. C'est un jeu, rien de plus.

— Moi, je veux bien prêter ma tête ! » avait lancé Faith d'une voix enivrée. Les autres l'avaient regardée. Ses longs cheveux roux lançaient des éclairs de feu. Ses yeux trahissaient un air d'abandon profond. Toute la soirée, elle s'était distinguée par un comportement excentrique, en passant d'un moment à l'autre du repli sur soi à la fanfaronnade. C'était sans doute le vin. Elle avait bu plus que les autres. « J'ai envie de m'amuser.

— Ne fais pas ça, avait dit Laurel. Tu es dingue. »

Faith s'était esclaffée. « Ouais, je suis dingue et ça me plaît. Détends le nœud, Laurel.

— Faith...

— Je fais ce que je veux ! avait dit Faith. Allez, Monica, aide-moi. »

L'alcool aidant, Laurel avait commencé à se sentir sérieusement malade. Elle s'était assise sur le sol terreux, tandis que Faith et Monica s'attelaient à leur tâche morbide. Monica était allée chercher une botte de paille moisie afin de la placer sous le nœud coulant. Faith avait pris place dessus. Monica avait approché la lampe à pétrole. Des ombres dansaient sur le beau visage sensuel de Faith. Elle avait paru plus grande qu'elle ne l'était vraiment, et la scène tout entière avait revêtu un aspect irréel.

« Faith, la corde au cou, maintenant, avait dicté Monica. Les autres, placez-vous tout autour et joignez vos mains. »

Laurel avait essayé de se lever, sans y parvenir. Monica lui avait jeté un regard exaspéré. « Tu es saoule.

— Désolée, avait dit Laurel. C'est la première fois que je bois du vin.

— Bon, alors, reste assise. Tu es verdâtre. Je n'ai aucune envie que tu nous vomisses sur les pieds. Allez, les autres, toutes dans le cercle.

— Je ne me sens pas très bien non plus, avait dit Denise.

— Tu vas très bien, avait tranché Monica, rentre dans le cercle. »

Faith, qui était montée sur la botte de paille, avait passé le nœud coulant autour de son cou. « Ça y est, je suis prête, avait-elle crié. Dépêchez-vous !

— Doucement, avait sifflé Monica. Ils vont t'entendre depuis la ferme.

— Faith est ivre, avait observé Laurel. Elle ne tient plus debout. Faith, enlève ce nœud, c'est trop dangereux. »

Faith tapait du pied. « Non, allez-y. Psalmodiez.

— O.K., qu'on en finisse, avait dit Crystal. Je suis gelée. »

Joignant leurs mains, elles avaient commencé à

danser autour de Faith. Laurel les avait regardées un instant, mais leurs mouvements la rendaient plus malade encore. La pièce entière s'était mise à tournoyer.

D'une voix plus rauque encore que d'habitude, Monica avait entamé sa psalmodie, en débitant mot après mot sur un ton hypnotique. Elle avait scandé son chapelet une première fois toute seule, tandis que les autres la regardaient. Angie avait répété avec elle la deuxième fois, suivie de Crystal, et finalement de Denise. « Je te salue, ô prince des ténèbres. Au nom des maîtres de la Terre et des enfers, présente-toi en ces lieux. Ouvre-nous ta porte, et redonne vie à ta fidèle messagère Aimée Dubois, qui a servi ta cause parmi les adorateurs de Dieu. » Les filles accéléraient leur cadence autour de Faith. « Azazel, Azazel, toi qui, dans la géhenne, un jour de Grand Pardon, as reçu le bouc émissaire des anciens Hébreux... » Elles psalmodiaient maintenant d'une même voix, en tournant de plus en plus vite. « Apparaissez, Aimée et Azazel. Apparaissez devant le Six de Cœur, vos serviteurs d'aujourd'hui. Nous vous accueillons dans notre sein. »

La lampe à pétrole, qu'elles avaient posée près de la botte de paille, projetait des ombres tremblotantes. Laurel avait refermé les yeux une fois de plus en essayant désespérément de refouler ses nausées. Elle ne pensait qu'à quitter cet endroit glacial, pour se réfugier quelque part, au chaud, où elle pourrait s'allonger et attendre que les effets pervers du vin disparaissent enfin. Puis, les bras serrés sur sa poitrine, elle avait rouvert les yeux.

Laurel se souvenait nettement des événements jusqu'à ce point seulement. La suite était toujours restée floue et imprécise. Les filles avaient continué de psalmodier : « Redonne vie à ta fidèle messagère... » Et soudain, un cri. La lampe renversée, la botte de paille qui prit feu, les flammes qui s'élevèrent aussitôt en enveloppant les jeans de Faith. Faith.

D'autres cris retentirent et Laurel comprit brusquement que les jambes de Faith avaient disparu de la botte de paille. Avec le reste de son corps, elles se balançaient lentement, mollement, au bout de la corde. Faith avait la nuque brisée, la tête inclinée, les yeux révulsés.

Les filles s'étaient dispersées en voyant le feu s'étendre. Maintenant les flammes cachaient presque le corps entier de Faith. Horrifiée, Laurel avait rampé vers elle. Elle avait entendu une voix crier : « Laurel ! » alors qu'elle tendait les bras vers le feu, dans l'espoir de reposer Faith sur le ballot. Mais les jambes de Faith brûlaient et Laurel n'avait pu les toucher. « Faith », avait-elle gémi. « *Faith !* »

Quelqu'un l'avait tirée en arrière. « Inutile, Laurel. Elle est morte !

— Non ! sanglotait Laurel.

— Si. Il est trop tard. Mon Dieu, regarde tes bras ! » D'autres mouvements précipités, d'autres cris. « Il faut partir d'ici. Tout de suite !

— On ne peut pas la laisser là, avait dit Laurel.

— Elle est *morte*, avait hurlé Monica. Denise, attrape Laurel. Il faut partir ! »

Dans la mémoire de Laurel, les minutes suivantes n'étaient plus qu'un kaléidoscope d'images. Le froid. La neige fondue qui chuintait en tombant sur le feu. On tira Laurel vers la voiture. Le bruit du moteur.

Monica qui s'engagea à fond de train dans la petite route de campagne. Les ornières et les cahots. La lunette arrière révélait la grange à moitié engloutie par les flammes. Elles bondissaient dans le ciel hivernal, sans étoiles.

D'un sursaut, Laurel retrouva le présent, et elle se rendit compte qu'elle haletait. Elle reposa sa tasse de thé froid et s'efforça de maîtriser sa respiration. Bien que son sommeil fût hanté par le cauchemar de cette nuit, elle se permettait rarement d'y repenser le jour. Elle aurait cru que, treize ans après, ses souvenirs auraient perdu de leur vigueur, mais, elle le voyait bien, c'était loin d'être le cas. Elle se rappelait parfaitement s'être retrouvée dans la salle de bains d'Angie, où cette dernière lui avait appliqué un antiseptique sur les bras et les mains, avant de les panser avec de la gaze et de lui faire avaler un comprimé. « Qu'est-ce que c'est ? avait marmonné Laurel.

— Un antibiotique. J'en ai pris une boîte dans le bureau de papa.

— Mais ton père est vétérinaire, pas médecin, était intervenue Denise.

— Il arrive que les animaux prennent les mêmes médicaments que nous, lui avait répondu Angie. Tu ne cours aucun risque avec ça, Laurel. Et tu continues à prendre une pilule toutes les huit heures jusqu'à ce qu'il n'y en ait plus. Laurel, tu m'écoutes ? »

Elle avait donc pris les pilules, elle avait expliqué à ses parents qu'elle s'était renversé de l'eau bouillante sur les mains, elle avait gardé ses bras soigneusement couverts, et elle n'avait vu personne pendant quelques jours. Elle avait aussi gardé le silence. Comme les quatre autres, et alors même que la ville entière ne parlait que de la mort de Faith Howard. Si les propriétaires de la ferme Pritchard avaient laissé de la lumière, ils n'étaient pas restés chez eux ce soir-là et ils n'avaient pas entendu les filles crier. Tout le monde avait conclu que Faith s'était rendue seule à la grange, ce qui paraissait inexplicable. Puis les enquêteurs avaient déclaré qu'elle était enceinte de dix semaines. Les habitants de Wheeling avaient alors cru comprendre ce qui s'était passé. Faith, la fille du prêcheur zélote Zeke Howard, avait eu peur d'avouer à son père qu'elle attendait un enfant, et, sans le moindre doute, son petit ami Neil Kamrath, que tout le monde prenait pour un intellectuel froid et excentrique, avait refusé de l'épouser. Faith, avait-on pensé, avait préféré se suicider. En se pendant, elle avait renversé la lampe à pétrole et mis le feu à la grange.

Laurel avait enduré les commérages et les spéculations avec un sentiment monstrueux de culpabilité. Comme le reste du Six de Cœur, elle savait que Faith n'avait jamais eu l'intention de se suicider. Laurel et Denise avaient souhaité révéler la vérité. Mais Monica les avait contrées de toutes ses forces. « Non mais, vous vous rendez compte de ce que les gens vont penser de nous, s'ils apprennent ce qu'on était en train de faire ? Ils nous mettront plus bas que terre. Et nous n'avons *pas* tué Faith. C'était un accident. Elle était saoule. Elle a glissé sur la botte de paille et, quand la corde s'est resserrée, elle a donné un coup de pied dans la lampe, exactement comme a conclu l'enquête.

— Mais il faut leur dire, aux gens, qu'elle ne s'est pas suicidée », avait maintenu Laurel.

En colère, Monica avait rétorqué : « Si on leur dit la vérité, on sera obligées de révéler qu'on s'est enfuies et qu'on a laissé Faith seule dans la grange. »

Denise avait paru affligée. « Mais elle était déjà morte. Tu l'as dit toi-même.

— Absolument. C'est ce que j'ai dit, et j'ai raison. Vous avez vu, vous aussi, comment sa tête était inclinée, et ses yeux exorbités ? Elle était consumée par les flammes et elle n'a même pas poussé un cri. Maintenant, réfléchissez : et si les gens ne nous croyaient pas ? S'ils nous suspectaient de l'avoir tuée ?

— Pourquoi penseraient-ils cela ? avait demandé Denise, consternée.

— Pourquoi ? Parce qu'on était saoules, par exemple.

— Ça, personne ne le sait.

— Ça ne serait pas difficile de le confirmer en pratiquant une autopsie, ce qu'ils feraient certainement. Ensuite, comment allez-vous expliquer qu'elle ait eu la corde au cou ? »

Denise avait commencé à céder. « Il n'y a qu'à leur dire ce que c'était. Un jeu. C'était un jeu innocent, après tout.

— Tu appelles ça un jeu innocent, Denise ? Bravo. Depuis quand s'amuse-t-on innocemment à pendre ses camarades ? Non, on ne dira *rien*. On ne peut tout simplement pas. Même si ce qui est arrivé n'est pas notre faute, les gens ne nous croiraient pas. On pourrait nous accuser d'homicide involontaire. Et on risque la prison ! » Toutes s'étaient exclamées. « Alors nous aurons brisé nos vies, et pour quoi ? À cause d'un *accident*. Nous sommes *innocentes* ! »

Pendant toute la conversation, Crystal n'avait pas dit un mot. Elle avait seulement pleuré, silencieusement, en se mordant les lèvres. Et, finalement, toutes s'étaient tues, laissant Monica avoir le dernier mot, et le pauvre Neil Kamrath subir les railleries méprisantes des habitants de Wheeling. Il avait engrossé Faith, il l'avait abandonnée, et elle en était morte, avaient-ils pensé. C'était un porc, dirent-ils. Laurel s'était inquiétée de lui, ce que Monica lui avait reproché, en la taxant d'imbécile. Il avait eu un alibi pour la soirée qui s'était révélée fatale à Faith. La police n'avait donc pu prouver qu'il l'avait tuée, et Neil devait partir à Harvard l'automne suivant avec une bourse complète. D'ici là, il lui avait fallu supporter les racontars. Non qu'il eût jamais fait d'efforts pour se montrer sympathique à quiconque. Il ne semblait pas se soucier de ce que les gens pensaient de lui. Entre-temps, le Six de Cœur s'était dissous, et les cinq filles avaient suivi leurs chemins respectifs les années suivantes, toutes privées de l'innocence de leur jeunesse, toutes hantées par le noir souvenir du décès de leur amie.

Laurel remonta les manches de son chandail. Ses bras portaient encore les cicatrices de ses brûlures, quoique si imperceptibles que la plupart des gens ne les remarquaient pas. Il lui semblait qu'elle avait courageusement tenté d'atteindre Faith malgré les flammes. Aurait-elle été plus profondément brûlée, si elle y était arrivée ? Ses cicatrices étaient aujourd'hui à peine visibles. Peut-être sa mémoire de la scène avait-elle été altérée par l'alcool. Peut-être n'avait-elle pas vraiment essayé de sauver sa meilleure amie, après tout.

Le feu dans la cheminée allait bientôt s'éteindre. Il faisait presque froid dans la pièce. Laurel tira sur ses manches pour recouvrir ses bras. April et Alex dormaient profondément sur le canapé. Alex ronflait légèrement. Laurel aurait aimé avoir sommeil.

Elle se leva lentement pour ne pas réveiller les chiens et se mit à marcher dans la pièce. Le plancher vernis était recouvert de longs tapis, et les murs lambrissés étaient ornés de scènes de la vie locale, peintes à l'huile par la grand-mère de Laurel. Ces tableaux avaient aujourd'hui une grande valeur, mais personne dans la famille n'aurait jamais eu l'idée de les vendre. Laurel trouvait en général son salon accueillant, chaleureux, avec une touche de charme rustique. Ce soir, il semblait immense et plein de recoins sombres. Laurel regretta de n'avoir rien sous la main pour se changer les idées un moment. Elle avait beaucoup trop pensé au Six de Cœur toute la journée.

Elle se rappela soudain qu'elle n'avait pas pris son courrier en rentrant. Voilà qui servirait momentanément de distraction. Elle enfila son manteau, alluma la lumière du porche, se munit d'une torche et sortit.

La nuit était froide et claire. Précédée du rayon de sa torche, Laurel parcourut lentement la longue allée de gravier jusqu'à la boîte aux lettres, montée sur une perche au bord de la petite route de campagne. À cette heure-là, il n'y avait guère de circulation. La nuit était d'un noir intense, curieusement renforcé par le croissant glacial d'une lune émaciée. Laurel frissonna et ajusta son manteau. Il n'y avait rien à proprement parler d'inquiétant au-dehors — ni bruit bizarre, ni l'impression d'une présence cachée —

mais elle se sentit mal à l'aise. Elle ouvrit la boîte, en ressortit plusieurs enveloppes, et rentra à la maison en courant.

Elle claqua la porte et la verrouilla. Surpris, effrayés, les deux chiens bondirent en aboyant, et Laurel se le reprocha. « Tout va bien, fit-elle d'une voix réconfortante. Il n'y a pas de voleur à attaquer. »

Qu'April ou Alex attaquent un jour quiconque était d'ailleurs douteux. Ils étaient tous deux d'une nature douce, presque craintive. Laurel s'était toujours demandé s'ils étaient ainsi parce qu'ils avaient été trop tôt séparés de leur mère.

Rassurée de retrouver son intérieur, et la porte bien fermée, Laurel retira son manteau et s'assit avec le courrier. Ses mains tremblaient légèrement. Tu es ridicule, se dit-elle. La mort d'Angie était horrible, et la théorie de Monica troublante, mais ce n'était qu'une théorie. Peut-être le six et le cœur dessinés sur le miroir n'étaient-ils qu'une coïncidence. Peut-être la police avait-elle seulement pris pour un cœur quelque symbole mystérieux d'une tout autre signification.

En donnant libre cours à ses pensées, Laurel dépouillait mécaniquement son courrier. Il y avait trois cartes de vœux, son relevé bancaire, puis une enveloppe épaisse sans adresse de retour. Elle avait été expédiée de New York.

Laurel la décacheta avec une forte appréhension. Elle déplia une feuille de papier sur laquelle un six et un cœur étaient tracés à l'encre rouge. Deux photographies s'en échappèrent.

La première était un vieux portrait d'identité de

Faith en noir et blanc, avec un chandail noir et un collier de perles. Elle souriait. C'était la photo de sa carte de lycéenne, pensa Laurel, les yeux gonflés de larmes. Elle regarda le second cliché.

Un Polaroïd en couleurs d'un corps allongé sur des draps de satin blanc, aux formes brisées, grotesques, sanguinolentes, sous une masse de cheveux noirs.

3

Laurel se glissa au lit une heure environ après avoir ouvert son courrier. Elle passa la majeure partie de la nuit éveillée, sans pouvoir dormir, à regarder la télévision d'un œil aveugle, incapable de s'intéresser aux films des chaînes câblées.

Elle savait maintenant que Monica avait vu juste. Le Six de Cœur était en cause. Le Polaroïd montrait le corps mutilé d'Angie. Cela n'était évidemment pas un cliché de la police. L'assassin avait photographié son œuvre.

Laurel, qui grelottait presque, tira sa couette au-dessus de son nez. Les corps que l'on présentait aux obsèques étaient généralement embaumés, correctement habillés, maquillés d'un semblant de vie. On les voyait reposer tranquillement dans un cercueil garni de satin. La mort, pour Laurel, avait d'abord pris la forme d'une très jeune femme, en train de se balancer au bout d'une corde dans les flammes. Aujourd'hui c'était la photographie d'un autre corps, broyé. Pire, ces deux cadavres étaient ceux d'amies proches.

La mort de Faith avait été un accident — un horrible accident. Pas celle d'Angie. Mais quel genre de personne était capable de matraquer un corps ensommeillé, de taper et taper encore jusqu'à ce qu'il n'en reste plus qu'une masse écarlate, pour ensuite prendre calmement une photo ? Et l'envoyer à Laurel ?

Quelqu'un qui avait connu l'existence du Six de Cœur. Quelqu'un qui cherchait à se venger de leur responsabilité dans la disparition de Faith. Qui serait la prochaine victime ? Moi ? se demanda Laurel. Était-ce le message convoyé par le Polaroïd ?

Laurel finit par trouver le sommeil vers quatre heures du matin. Elle sursauta violemment quand le réveil sonna à sept heures. Elle n'avait dormi que trois heures, trois heures de cauchemars. Et elle était soulagée de retrouver la lumière du jour.

Deux heures plus tard, quand elle arriva au magasin, Mary la fixa longuement. « Laurel, tu es sûre que ça va ? Tu n'avais déjà pas l'air bien hier, mais alors aujourd'hui...

— Je te remercie. »

Mary rougit, gênée. « Je ne disais pas cela pour te vexer. »

Laurel se força à sourire. « Je sais. Ça fait plusieurs jours que je ne me sens pas bien.

— Tu as l'air épuisée.

— Je suis restée debout toute la nuit à regarder des dizaines de films à la télévision. Je vais boire un autre café. Il va m'en falloir des quantités si je veux tenir jusqu'à ce soir. »

Mary la suivit dans la cuisine. « Si tu as besoin de rentrer te coucher, je suis sûre qu'on peut y arriver sans toi.

61

— Tu rigoles ? On a des tonnes de travail. Ça va aller. »

Laurel appela les grossistes pour commander le stock de fleurs dont elles auraient besoin dans la journée. Le journal de la veille au soir avait fait part de la disparition d'Angela et l'on pouvait d'ores et déjà s'attendre à de nombreuses commandes — même si la date et l'heure des obsèques et de la veillée étaient encore incertaines, la police de New York n'ayant pas restitué le corps.

Laurel prenait justement une commande au téléphone lorsque Crystal entra précipitamment, en manquant d'arracher la sonnette de la porte. « Laurel, il faut que je te parle », lança-t-elle, essoufflée.

Laurel leva un index pour lui signifier d'attendre une minute. Elle ne comprend donc pas que je suis au téléphone, pensa-t-elle. Crystal était visiblement à bout de nerfs. Elle portait un affreux manteau à carreaux qu'on aurait cru découpé dans une couverture de cheval, et qui cachait bien mal les dix kilos que Crystal avait pris récemment. Les cheveux qu'elle avait longtemps teints en blond avaient retrouvé leur couleur naturelle châtain clair, et Crystal les avait fait couper court, ce qui ne lui allait guère. Son beau visage de petite fille avait vieilli prématurément, elle avait le front creusé de trois rides profondes, et ses yeux bleus trahissaient l'angoisse et la désillusion.

Crystal avait pourtant eu une enfance dorée. Elle venait d'une famille aisée qui possédait l'une des plus belles maisons de la ville. Fille unique, Crystal avait été jolie, avait eu beaucoup de succès avec les garçons, et ses parents ne lui avaient jamais rien refusé. Mais les choses avaient changé peu avant sa vingtième année. Elle avait épousé Chuck Landis, l'ami d'enfance de Laurel, Kurt et Faith. Elle en avait été amoureuse depuis le début de son adolescence, ce qui n'avait rien d'étonnant. Chuck avait été une star locale — beau garçon, plein de charme, quarterback de l'équipe de football du lycée. Arrivé à l'âge adulte, il avait malheureusement perdu de son lustre. L'université lui avait offert des études gratuites pour l'inclure dans son équipe de football, mais elle s'était débarrassée de lui, élève médiocre, au bout d'un an et demi. Quelques mois plus tard, les parents de Crystal avaient trouvé la mort dans un accident d'avion, et, à la surprise générale, il n'y avait pas d'héritage. Les investissements excessifs et imprudents du père avaient laissé la famille pratiquement au bord de la ruine, et il avait fallu tout vendre pour régler quantité d'arriérés. Brusquement humiliée et sans le sou, Crystal avait été obligée de quitter l'université. Elle était revenue à Wheeling avec Chuck, où ils s'étaient installés dans une petite maison mal entretenue qui appartenait à la grandmère de celui-ci. Chuck avait ensuite été régulièrement flanqué à la porte par une série d'employeurs, et Crystal avait fait trois fausses couches l'une à la suite de l'autre. Enfin, Crystal accouchant d'une petite fille mort-née il y avait maintenant six mois, Chuck l'avait quittée pour une femme plus âgée, Joyce Overton, divorcée et riche. Crystal, anéantie, avait ce jour-là vieilli de dix ans.

Laurel raccrocha et l'observa. « Excuse-moi, il faut bien que je prenne les commandes.

— Tu sais qu'Angie a été tuée ? demanda Crystal sans préambule.

— Oui. J'ai voulu t'appeler hier soir, mais tu n'étais pas là.

— J'étais au cinéma. » Crystal se pencha par-dessus le comptoir. « Tu peux t'absenter une seconde ? J'ai besoin de te parler.

— Crystal, on a un travail de... » Laurel s'interrompit. Crystal paraissait dévastée. « On va boire un cappuccino au coin de la rue ?

— Où tu voudras. »

Laurel prévint Mary qu'elle s'absentait une demi-heure, elle enfila son manteau et partit en hâte avec Crystal. Quelques minutes plus tard, assise devant un café crème et un croissant à une table tranquille d'un salon de thé désert, Crystal lâcha à brûle-pourpoint : « Que sais-tu à propos de la mort d'Angie ?

— Monica m'a appelée hier matin. Elle connaît l'inspecteur qui s'occupe de l'affaire. Elle m'a dit que la police a découvert un six et un cœur dessinés sur le miroir de la salle de bains d'Angie avec son propre sang. Elle pense que le meurtre est lié d'une façon ou d'une autre au Six de Cœur. »

Crystal blêmit. « Elle a dit ça à la police ?

— Non. » Laurel observa son amie. « Qu'est-ce que tu as ? Ce n'est pas la mort d'Angie qui te met dans cet état ?

— Je veux dire, je trouve ça absolument horrible, mais... » Sans finir sa phrase, Crystal porta sa tasse de café à ses lèvres d'une main tremblante. « Laurel, j'ai reçu une lettre tout à l'heure. Avec le cachet de la poste de New York. » Laurel eut l'impression d'un coup de poing au foie. Crystal fouilla dans son sac et en sortit une enveloppe, qu'elle tendit à Laurel. « Regarde. »

Laurel n'avait pas besoin de l'ouvrir pour savoir ce qu'elle contenait, mais elle le fit malgré elle. La feuille pliée à l'intérieur révélait un six et un cœur dessinés au feutre rouge. Elle renfermait également un vieux photomaton de Faith, et un Polaroïd en couleurs. Crystal désigna ce dernier d'un doigt incertain. « C'est bien ce que je suppose ?

— Oui, cela doit être Angie. » Crystal semblait suffoquer. « J'ai reçu la même lettre hier », ajouta Laurel.

Les lèvres de Crystal tremblaient. « Quoi ? Toi *aussi* ? »

Laurel hocha la tête.

« Qui a pu prendre une photo aussi atroce ?

— L'assassin, je dirais.

— Oh, Laurel, c'est abominable ! s'exclama Crystal.

— Chhhht ! » En regardant rapidement autour d'elle, Laurel reprit la parole à voix basse. « Tu as une idée de qui nous a envoyé ça ? Ce n'est quand même pas la police de New York ?

— Et pourquoi y a-t-il une photo de Faith avec ?

— Selon Monica, la police a trouvé une carte de tarot à côté du corps. La carte du jugement, à ce qu'elle dit. Si on ajoute ça aux dessins du miroir de la salle de bains, cela pourrait vouloir dire que quelqu'un cherche à se venger sur nous de la mort de Faith. »

Crystal saisit le poignet de Laurel. « Personne n'a jamais rien su de ce que nous faisions, ou de l'endroit où nous étions le soir où Faith... est morte.

— J'ai bien l'impression du contraire, figure-toi. » Laurel n'aurait pas cru possible que Crystal pâlisse davantage. Elle se trompait. « Crystal, Monica est aussi inquiète que nous le sommes. Elle arrive aujourd'hui à Wheeling pour parler avec nous — toi, Denise et moi. »

Crystal parut effrayée. « Je ne veux pas lui parler !

— Et pourquoi ?

— Parce que... » Elle baissa les yeux. « Parce que j'ai toujours eu peur d'elle.

— Crystal, ne dis pas de bêtises. Je sais qu'elle a eu beaucoup d'influence sur nous autrefois, mais c'est fini. Nous sommes des adultes maintenant.

— Je ne veux pas lui parler », répéta Crystal, obstinée.

Laurel soupira. « Denise non plus. Pourtant je crois qu'il le faut. Monica sait probablement des choses qu'elle ne pouvait pas lâcher au téléphone, ce que j'ai dit à Denise. Monica pense que nous sommes toutes en danger et elle veut nous aider.

— Mais les lettres viennent de New York. L'assassin ne peut pas se trouver à Wheeling.

— Crystal, New York, ce n'est pas la planète Mars. Rien n'empêche l'assassin de venir nous chercher ici.

— Tu crois ? »

Laurel la regarda, perplexe.

« Oui, bien sûr, reprit Crystal, je suis complètement idiote. Cette histoire est un vrai cauchemar.

— Je suis bien de ton avis. Et *je* crois que nous devrions parler à la police.

— *Non !* asséna Crystal. Il n'en est pas question ! Tu sais très bien ce que les gens iront dire sur nous.

— Quelle importance, maintenant ? Treize ans ont passé, et il vient surtout d'y avoir un meurtre... »

Crystal leva la tête et écarquilla les yeux. « Oh, non. »

Laurel suivit son regard. Joyce Overton et le « futur » ex-mari de Crystal, Chuck Landis, venaient d'entrer dans le salon de thé. Ils passèrent leur commande au comptoir. Chuck se retourna et reconnut évidemment Crystal. Laurel remarqua la mine embarrassée qu'il afficha aussitôt. Il se pencha et murmura quelques mots à l'attention de Joyce, qui hocha la tête. L'instant d'après, leur commande à la main, ils se dirigeaient vers l'unique seconde table, ce qui les obligea à passer devant celle de Crystal et Laurel. Joyce arborait un air rayonnant, comme s'ils étaient tous quatre les meilleurs amis du monde, que la situation était parfaitement banale. « Bonjour, Crystal », dit-elle d'une voix gaie.

Mince, Joyce avait les yeux bruns, des cheveux châtains qui lui tombaient sur les épaules, et un bronzage permanent qui devait lui coûter une fortune en UVA. Elle avait au bas mot quinze ans de plus que Chuck. La différence d'âge se lisait sur son visage, mais son corps élancé, jeune et sportif comme ses vêtements, n'en révélait rien. Laurel, qui l'avait rencontrée à plusieurs reprises, la trouvait particulièrement sans-gêne et sûre d'elle. Elle était également très à l'aise financièrement. Certains prétendaient qu'elle allait offrir à Chuck une concession automobile.

Crystal la salua brièvement d'un signe de tête, puis regarda son mari. « Bonjour, Chuck.

— Crystal », répondit-il avec raideur. Il ressemblait encore — mèches blondes et corps puissant — à la vedette des terrains de football qu'il avait été. Il paraissait n'avoir vieilli que de quelques années depuis le lycée. Laurel comprenait l'attirance que Joyce devait ressentir pour lui. C'était peut-être un *loser*, il avait certainement traité Crystal comme le dernier des goujats, mais Chuck était terriblement beau garçon. Un beau garçon qui avait pour l'instant les joues écarlates, tant il était mal à l'aise. « Alors ? L'hiver est assez froid ? » demanda-t-il bêtement.

C'était bien Chuck, pensa Laurel. Toujours prêt à offrir une banalité de ce genre. Quelle situation affreuse. Crystal était encore éperdument amoureuse de lui. Laurel le connaissait depuis plus de vingt ans. Tout, autrefois, avait été simple et facile. Mais aujourd'hui, Laurel devait choisir. Elle ne pouvait à la fois se montrer amicale avec Chuck et essayer de réconforter Crystal.

« Il fait assez froid pour moi », dit cette dernière, glaciale.

Joyce braqua un regard dur sur Laurel, qui se demanda si elle ne portait pas de faux cils. « Ça doit bien marcher, les affaires, à cette époque-ci de l'année.

— En effet. »

Joyce avait glissé un bras sous celui de Chuck, qu'elle rapprocha d'elle. « On va faire une petite fête chez moi, ce week-end. J'avais pensé à vous pour les décorations... »

Cette fille ne manquait pas d'un certain aplomb, pensa Laurel en voyant Chuck, apparemment consterné, ouvrir de grands yeux. « J'ai peur de devoir refuser, madame Overton, répondit-elle froidement. Je suis surchargée en ce moment. »

Chuck rougit de plus belle, mais Joyce ne remua pas un seul de ses faux cils. « Eh bien, je peux toujours me rabattre sur Le Panier de Fleurs. C'est en général eux que j'appelle. Beaucoup de gens disent que c'est le meilleur fleuriste. » Elle se tourna vers

Chuck. « Viens, mon chéri. Nos cafés vont refroidir. »

Chuck la suivit docilement. Même sa nuque était rouge. Laurel s'aperçut que les lèvres de Crystal tremblaient. « Ne pleure pas, lui dit-elle. Tu vas tout gâcher. Joyce a cherché à te diminuer, et elle s'est finalement couverte de ridicule. Chuck en même temps qu'elle. Il va sûrement lui en vouloir. Combien tu paries qu'ils vont se disputer avant d'avoir fini leur café ? »

Crystal réussit à sourire faiblement. « Tu as raison. Il a le cuir épais, mais il déteste se faire humilier en public. Je te remercie d'avoir dit non. »

Laurel la regarda, tout de même surprise. « Bon Dieu, Crystal, tu crois vraiment que j'accepterais de travailler pour elle dans ce genre de moment ?

— Les affaires, c'est les affaires, et nous ne sommes plus ce qu'on pourrait appeler des intimes, toi et moi.

— Mais nous l'avons été, et je suis fidèle en amitié, même si nous avons toutes eu du mal à nous revoir après la mort de Faith.

— Et on va avoir besoin de se revoir. » Crystal se mordit la lèvre. « Je suppose que tu as raison. Nous courons un danger. En fait, je suis d'accord pour discuter avec Monica et trouver quelque chose à faire pour éviter que l'une de nous ne soit la prochaine victime. »

*

Monica appela au magasin peu avant l'heure de la fermeture. « Je suis à Wheeling, Laurel. Tu as parlé à Denise et à Crys ?

— Oui. Crystal veut bien qu'on se rencontre. Mais Denise s'y refuse.

— Je vais lui téléphoner. Tu as son numéro ?

— Pas en tête. Tu le trouveras dans l'annuaire. Elle porte le nom de son mari, Wayne Price. Cela dit, Monica, je doute que tu obtiennes quoi que ce soit d'elle...

— Ne t'en fais pas, dit Monica avec son assurance habituelle. Bon, je suis descendue à la Wilson Lodge de Oglebay Park, chambre 709. J'ai insisté pour qu'ils me donnent la suite Burton, mais il n'y a rien eu à faire. »

Laurel ne put s'empêcher de sourire. Monica s'attendait toujours à ce que le monde entier se prosterne à ses pieds. « Je suis sûre que ta chambre est aussi bien.

— Ça va. Tu peux venir à sept heures ?

— Oui.

— Bon. Appelle Crystal. Je m'occupe de Denise. » Monica raccrocha sans dire au revoir.

« Eh bien, bonne chance », grommela Laurel.

Elle arriva devant chez elle à six heures. Elle s'assura de ramasser le courrier tout de suite, et en fit rapidement le tri avant de garer la voiture au bout de l'allée. D'autres cartes de vœux, le prospectus d'un magasin local de *discount*. Dieu merci, rien qui lui fît dresser les cheveux sur la tête. Laurel ne savait pas comment elle réagirait devant une nouvelle lettre de cet épouvantable expéditeur.

Elle sortit de la voiture et ouvrit la porte d'entrée. Les chiens l'accueillirent à grand bruit. « Salut, mes jolis. Alors, qu'avez-vous fait de beau aujourd'hui ? Regardé la télé ? Vous avez pris mes messages au téléphone ? » dit-elle en se penchant pour distribuer ses caresses.

Ils gambadèrent derrière elle jusqu'à la cuisine. Comme d'habitude, ils étaient affamés. Laurel leur ouvrit une boîte à chacun et renouvela leur eau. Une fois qu'ils eurent fini de manger, elle se prépara un sandwich au fromage tandis qu'ils filaient dans le jardin par la chatière. Elle aurait préféré quelque chose de plus substantiel, mais le temps manquait.

Vingt minutes plus tard, elle filait sur la route du nord en direction d'Oglebay. Laurel avait toujours adoré cet immense parc de huit cents hectares, surtout à l'époque de Noël où il accueillait le plus grand spectacle d'illuminations des États-Unis. Le premier *Winter Festival of Lights* datait de 1985, et Laurel s'y était rendue chaque année depuis. Il avait été, au début, relativement modeste, mais les quelque deux mille projecteurs initialement utilisés avaient grossi pour atteindre bientôt le million, et la féerie lumineuse s'étendait sur cent cinquante hectares. Claudia se moquait volontiers de cette passion enfantine de sa sœur, qui n'en avait cure. Noël était le moment de l'année que préférait Laurel. Du moins jusqu'à aujourd'hui.

Elle avait téléphoné à Crystal avant de partir du magasin, et Crystal avait convenu de la retrouver à l'hôtel avec Monica. Laurel dépassa la dernière côte, fit le tour de la Wilson Lodge et scruta le parking à la recherche de la Volkswagen rouge de Crys. Elle n'était nulle part. Peut-être Crystal était-elle simplement en retard. Laurel espéra qu'elle n'était pas revenue sur sa décision.

Elle se gara et prit le temps de regarder les collines

autour de l'hôtel. Leurs contours noirs se dessinaient sur l'écran légèrement plus clair de la nuit. En contre-bas se trouvait le lac Schenk, et l'on distinguait à quelque distance le halo d'une des gigantesques installations lumineuses. Ce serait tellement agréable, pensa Laurel, d'être venue ici pour les admirer, au lieu de parler d'un meurtre.

Elle trouva rapidement la chambre de Monica et frappa à la porte. Monica ouvrit aussitôt. « Bonjour, Laurel, dit-elle d'une voix aimable. Tu arrives la première. Entre. »

À la grande surprise de Laurel, Monica n'avait presque pas changé en douze ans. À peine bouclés aux extrémités, ses cheveux auburn avaient toujours le même éclat et dansaient au milieu de son dos. Pas une ride n'était venue marquer sa peau fraîche au teint éclatant. Ses yeux brillaient du même vert léger. Monica, qui mesurait plus d'un mètre soixante-dix, semblait aujourd'hui plus mince qu'à la fin de son adolescence. Son pantalon noir, serré, et son col roulé en cachemire révélaient un corps qu'à l'évidence elle entretenait régulièrement.

« Tu as l'air en bonne forme, Laurel, dit-elle en refermant la porte. Tu as coupé tes cheveux.

— Il y a des années. C'est bien plus simple à entretenir.

— Ça te va bien.

— Merci. Je m'étonne de voir à quel point tu n'as pas changé. »

Monica leva un sourcil. « Est-ce une bonne ou une mauvaise chose ? »

Laurel sourit. « C'est un compliment, tu le sais

bien. Tu fais un travail dur et je m'étais attendue à ce que ça se voie un peu.

— J'ai dû apprendre à gérer le stress.

— Et, aujourd'hui, tu y arrives ? »

Monica se contenta de hocher la tête et prit le manteau de Laurel, qu'elle posa sur l'un des lits, couverts de grands édredons blancs aux motifs fleuris. Spacieuse et confortable, la chambre double disposait d'une baie vitrée qui dominait les toits enneigés des autres bâtiments de l'hôtel, puis les collines au loin. Une porte-fenêtre s'ouvrait sur un petit balcon.

Laurel s'assit sur un lit. « On aurait pu se retrouver chez moi.

— On a besoin d'être entre nous et j'ai appris que tu avais réintégré la maison familiale.

— J'y vis seule. J'ai attendu que mes parents déménagent en Floride pour quitter mon appartement.

— Je sais cela aussi. Seulement, quelqu'un pouvait toujours passer te voir. Tu sors avec un flic, non ? C'est Angie qui me l'a dit. Il aurait été malaisé qu'il nous trouve ensemble.

— Il s'appelle Kurt Rider, tu dois te souvenir de lui.

— Vaguement. Le genre sportif, c'est ça ? »

Il y avait un imperceptible accent de dérision dans cette remarque, que Laurel préféra ignorer. « Kurt est l'adjoint du shérif. De toute façon, je lui ai déjà dit que tu venais. »

Monica se figea. « Pourquoi as-tu fait cela ? Il va se douter de quelque chose. »

Se raidissant elle aussi, Laurel était déjà prête à s'excuser. Elle dut s'efforcer de se rappeler qu'elle avait maintenant trente ans et qu'il n'était plus question de se laisser intimider par Monica, si autoritaire et imbue d'elle-même fût-elle. « Monica, Kurt ne se doute de rien, répondit-elle fermement. Je lui ai dit que tu venais pour les obsèques d'Angie. Il se souvient que nous avons été amies. Et il n'y a rien de bizarre à ce que nous nous voyions ce soir.

— Tu lui as parlé de ce qu'on a trouvé dans l'appartement d'Angela ?

— Bien sûr que non. Et Kurt ne sait rien du Six de Cœur. Il sait seulement qu'Angie a été tuée, c'est tout. »

On frappa à la porte. Monica partit ouvrir et Laurel reconnut la voix de Denise. « Voilà, je suis là, tu es contente ?

— Eh bien, je vois que le temps n'a rien fait pour te rendre plus aimable. »

Monica et Denise avaient le don de s'irriter mutuellement. Elles avaient été les deux seuls membres du club à s'être souvent chamaillées, et cela datait de leurs seize ans.

Denise entra d'une démarche vive, assurée, avec un air maussade sous d'élégantes lunettes à monture métallique. Ses cheveux bouclés, mi-longs, étaient maintenus simplement par deux peignes en écaille. Légèrement empourprée, elle paraissait tendue.

« Bonsoir, Denise. »

Denise se radoucit. « Salut, Laurel. Désolée de t'avoir pratiquement envoyée balader l'autre soir au téléphone. C'était encore une de ces journées impossibles.

— Ce n'est pas grave. Est-ce qu'Audra va mieux ?

— Je l'ai sortie de l'école, mais, apparemment, elle n'a pas la grippe.

74

— Quel âge a ta fille ? demanda Monica.

— Huit ans, et un sacré caractère. Crystal n'est pas là ?

— J'espère qu'elle est seulement en retard, répondit Laurel. Je lui ai parlé cet après-midi et elle m'a assurée qu'elle viendrait. »

Denise s'assit sans enlever son manteau de laine gris pâle, assorti à ses yeux. « Je ne vois vraiment pas ce que tu essaies de faire, Monica. Tu veux monter un nouveau club ? Un groupe d'apprenties détectives pour arrêter le meurtrier d'Angie ? »

Monica lui lança une œillade assassine et Laurel s'attendait à une repartie cinglante, lorsqu'elle entendit frapper de nouveau à la porte. Crystal apparut, visiblement agitée. « Navrée d'être en retard. Cette voiture s'en va en petits morceaux. Il m'a fallu une demi-heure pour la faire démarrer. Vous avez dû penser que je ne viendrais pas, et, je sais, j'aurais dû appeler. Salut, Denise. Monica.

— Une bonne chose qu'elle ait démarré, finalement, répondit Monica sans prêter attention à l'énervement de Crystal. Bon, on peut peut-être s'y mettre, maintenant ? »

Toujours la même. Toujours directive. Balayant la pièce d'un regard rapide, Laurel observa tour à tour Denise et sa mine agressive, Crystal craintive et angoissée, puis Monica « le chef », et se demanda comment elles étaient autrefois arrivées à devenir amies. C'était leur jeunesse qui l'avait permis, cet âge où le caractère est encore doux et malléable, où les traits dominants d'une personnalité ne sont pas encore établis. Ou peut-être avaient-elles toutes profondément changé après la mort de Faith.

« Je suppose que Laurel vous aura décrit l'état de l'appartement d'Angie, tout ce qui semble faire clairement référence au Six de Cœur.

— Oui », dit Denise. Les yeux écarquillés, Crystal fixait Monica en hochant la tête.

« Je sais que certaines d'entre vous trouvent ces indices peu convaincants...

— Excuse-moi, Monica, mais il y a quelque chose que tu n'as pas encore vu. » Laurel sortit la lettre de sa poche. « J'ai trouvé ça hier dans ma boîte. Crystal a reçu la même aujourd'hui. Les deux plis portent le cachet de New York. »

D'une main longue et fine aux ongles manucurés, Monica saisit l'enveloppe que Laurel lui tendait. Impassible, elle en étudia brièvement le contenu — le dessin au feutre rouge d'un cœur et d'un six, les photos — et replaça le tout à l'intérieur. Puis elle déclara platement : « J'ai reçu ça hier, moi aussi. Cela n'a fait que renforcer ma décision de me rendre à Wheeling. »

Elle referma l'enveloppe qu'elle présenta à Denise. Celle-ci examina à son tour la feuille et les clichés, tressaillit en découvrant le Polaroïd d'Angie. « Je n'ai rien reçu de la sorte, dit Denise.

— Pourquoi le meurtrier nous aurait-il envoyé ça à toutes, et pas à toi ? demanda Crystal.

— Aucune idée. »

Laurel eut l'impression d'entendre parler quelqu'un d'autre, mais c'est bien elle qui répondit : « Parce que, contrairement à toi, nous vivons seules. L'expéditeur ne voulait pas que ton mari ou Audra tombent sur ces photos. »

Monica réfléchit un instant, puis dit : « Ça se tient.

— Quelle délicatesse, rétorqua sèchement Denise.

— Ne te plains pas, jeta brusquement Crystal. Imagine qu'Audra ait vu ça. »

Denise ferma les yeux. « Ça serait abominable, oui. » Elle regarda ensuite ses anciennes amies. « Mais rien ne prouve qu'il ne le fera pas. Il va falloir que j'examine tous les jours le courrier. Si Wayne tombait là-dessus...

— Denise, lui as-tu jamais parlé de Faith et du Six de Cœur ? » demanda Laurel.

En hochant vigoureusement la tête, Denise affirma : « *Jamais*. Je n'en ai jamais parlé à *personne*. »

Monica regarda Crystal. « Et toi ?

— N-non. »

Monica la braqua d'un œil féroce et vert, quasi hypnotique. « Tu n'as pas l'air bien sûre de toi. »

Crystal nouait et dénouait nerveusement ses mains sur ses genoux. « Quand j'ai perdu mon bébé en couches, on m'a fait prendre des sédatifs. Chuck prétend que j'ai parlé de « feu », et de « Faith », dans mon sommeil. Il a supposé que je délirais à propos de sa mort.

— Es-tu sûre de n'avoir rien dit sur le club, ou sur les circonstances dans lesquelles Faith a disparu ? insista Monica.

— Pratiquement sûre. »

Monica leva les yeux au ciel. « *Pratiquement*. Nous voilà bien.

— Je suis sûre que, si j'en avais parlé, Chuck me l'aurait répété. Il m'aurait demandé des explications.

— Bon. Ne prends plus cette mine terrorisée,

soupira Monica. Quant à moi, je n'ai jamais rien dit à personne, et Laurel affirme qu'elle non plus. Maintenant, pour ce qui est d'Angie, on n'en sait rien.

— Faith aussi aurait pu parler.

— Si, à l'époque, Faith avait parlé du club à quelqu'un, et que ce quelqu'un avait établi un lien entre le club et sa mort, alors je trouverais curieux qu'il mette treize ans à se manifester, dit Denise. À qui en aurait-elle parlé, d'ailleurs ? Sûrement pas à son père. Zeke Howard est un illuminé fanatique, prétendument religieux. Il l'aurait battue comme plâtre. Mais il reste sa sœur.

— Mary travaille pour moi, dit Laurel. Cela fait déjà plus d'un an. Je n'ai jamais décelé chez elle la moindre trace d'animosité à mon égard.

— Et Neil Kamrath ? demanda Crystal. Il sortait avec elle et elle en était enceinte.

— Il est marié, dit Laurel. Kamrath est devenu un auteur à succès. S'il était au courant, pourquoi déciderait-il de se venger aujourd'hui ?

— Sa femme et son fils ont trouvé la mort dans un accident de voiture il y a moins d'un an, leur apprit Denise. Justement, je voulais vous dire que Neil est à Wheeling en ce moment. Son père est en train de mourir du cancer.

— Neil est *ici* ? s'exclama Monica.

— Oui. Depuis une quinzaine de jours. C'est Wayne qui s'occupe de son père. Il dit que Neil est effondré. D'abord sa femme et son enfant, ensuite son père, presque les uns à la suite des autres.

— Effondré ? releva Monica. Le fiancé d'Angie, Judson Green, que je connais, m'a rapporté, il y a

78

deux semaines ou trois, qu'elle avait reçu quelqu'un pendant qu'il était en voyage. Angie n'a pas voulu lui révéler précisément qui c'était. Une vieille connaissance de Wheeling, c'est tout ce qu'elle lui a dit. Judson est sûr que c'était un homme. Et je *sais* que ce n'était pas l'une d'entre nous. Cela pouvait être Neil. Neil et Angela s'étaient rapprochés un moment au lycée, et il aurait pu se trouver à New York pour voir un éditeur, ou quelque chose comme ça. » Elle fixa Denise. « Penses-tu que la mort de sa femme et celle de son enfant l'ont suffisamment bouleversé pour qu'il fasse rétrospectivement une fixette sur Faith ? »

Denise fronça les sourcils. « Est-ce que je sais, moi ? Je ne l'ai pas rencontré depuis qu'il est ici, et de toute façon je ne sais pas lire dans les pensées des gens. Wayne l'a invité à notre réception, samedi soir. Je ne m'attends pas à le voir, mais si vous voulez venir, au cas où... »

Monica parut intéressée. « Cela en vaudrait peut-être la peine.

— Je ne veux absolument pas le voir, dit Crystal. Ce type était puant, une espèce de grosse tête qui se croyait supérieur. Je me demande encore pourquoi Faith était sortie avec lui. Elle disait qu'il était intéressant. Je ne vois vraiment pas en quoi.

— Oui, tu trouvais Chuck Landis plus à ton goût... » fit Monica d'une voix traînante.

Crystal rougit. « Eh bien oui, évidemment. Ce n'est pas un mystère. Au moins Chuck est normal. Non, mais vous avez lu les trucs horribles qu'il écrit, Karmath ?

— Oui, c'est de la littérature fantastique, et ses romans sont plutôt bien faits », dit Laurel.

Crystal se renfrogna. « C'est macabre, surtout. Il faut être cinglé pour inventer ce genre d'histoires.

— Cinglé, non, objecta Laurel. Il suffit d'avoir assez d'imagination. »

Crystal hocha la tête. « Des fantômes, des vampires, des monstres. Je ne comprends pas comment on peut vivre avec ces horreurs dans la tête, les écrire encore moins. »

Monica perdait patience. « Pouvons-nous réserver ce débat littéraire du plus haut intérêt pour une autre occasion ? Il y a quand même plus urgent. Essayer, par exemple, de trouver qui a assassiné Angie. Et qui s'efforce maintenant de nous terroriser, du moins trois d'entre nous.

— C'est plutôt le rôle de la police, non ? répondit Denise. Ils n'ont pas de suspects, à New York ?

— Un, si. L'ex-mari d'Angela, Stuart Burgess, dit Monica. *Vraiment pas* ce que j'appelle un individu sympathique. Pour une raison inconnue, il a accordé une énorme prestation compensatoire à Angie lors de leur divorce. La police se demande si elle savait des choses sur lui qu'il ne voulait pas la voir crier sur les toits. Cela fait des années que des rumeurs circulent, mais personne n'a jamais rien pu prouver. Peut-être Angie était-elle en mesure de le faire, elle. Cela étant, comme elle ne s'est pas souciée de faire changer son testament, tout ce qu'il lui a donné revient dans sa poche, sans compter l'argent qu'Angie commençait à gagner à Broadway, ce qui n'est pas mal non plus. On l'a arrêté.

— Eh bien voilà, lâcha Crystal, sur le ton de l'espoir. C'est probablement lui.

— Peut-être, et à condition qu'il ait connu l'existence du club et de Faith. Sinon, comment expliquer le six et le cœur sur le miroir ? Et pourquoi nous enverrait-il ces photos ?

— Pour mettre la police sur une fausse piste ?

— La police ne sait rien du Six de Cœur, Crystal. »

Monica baissa les yeux. « Je reconnais que Burgess a un excellent mobile, mais je doute qu'il soit coupable. Maintenant, Angie a été assassinée mardi matin entre zéro heure et trois heures. On est jeudi soir, et il est bientôt huit heures. Au bout de vingt-quatre heures les pistes refroidissent.

— Deux jours, ce n'est pas énorme, contra Crystal. Toutes les affaires ne sont sûrement pas réglées en vingt-quatre heures, que je sache.

— En effet. Je veux dire simplement que, plus le temps passe, plus les enquêteurs ont du mal à trouver ce qu'ils cherchent. Entre-temps, nous sommes trois sur quatre à avoir reçu ce que j'interprète comme des menaces. » Monica fixa l'un après l'autre les trois visages qui la regardaient. « En ce qui me concerne, je n'ai pas l'intention d'attendre les bras croisés que l'on me fasse subir le même sort qu'Angela.

— Il faut parler à la police, dit Laurel.

— Non ! répondirent les trois autres à l'unisson.

— Il n'en est absolument pas question, renchérit Denise.

— Que suggères-tu que nous fassions, alors ? » demanda Laurel.

Monica reprit les rênes. « D'abord, faites extrêmement attention. Assurez-vous de bien fermer vos portes et vos fenêtres. Portez une bombe lacrymogène sur vous. Gardez un pistolet près de votre lit.

— Je ne vois pas ce que je vais dire à Wayne si je planque une arme sous l'oreiller, dit Denise.

— Mets-la dans un tiroir à portée de main. »

Crystal toussa. « J'ai peur des armes à feu. »

Exaspérée, Monica l'observa. « Tu as moins peur de te faire tuer ? Jette un coup d'œil à cette photo d'Angie et dis-moi que tu préfères finir comme elle plutôt que te protéger. » Crystal détourna les yeux. « Bon, la seconde chose à faire consiste à essayer de savoir *qui* aurait pu apprendre l'existence du Six de Cœur. À commencer par Zeke Howard, sa fille Mary, et Neil Kamrath.

— Ce que je disais, gazouilla Denise. Mesdames les détectives amateurs.

— Tu aimes mieux dire la vérité à Wayne et à la police ? » asséna Monica.

Denise la fixa un instant avant de lâcher à contre-cœur : « Non.

— Parce qu'il n'y a qu'une alternative. Soit on révèle de quelle façon Faith a trouvé la mort, soit on se débrouille pour découvrir l'assassin toutes seules. Parce que, si Stuart Burgess n'a rien à voir avec cette histoire...

— Alors le meurtrier peut très bien se trouver à Wheeling, articula lentement Laurel. Où il est très facile de nous tomber dessus. »

*

Crystal et Denise partirent presque immédiatement. Monica pria Laurel de rester encore un instant. Les deux autres parurent s'en étonner, mais Crystal ne demandait pas mieux que s'en aller, et

Denise avait besoin de retourner au chevet de sa fille, alitée.

Une fois la porte refermée, Monica proposa : « Laurel, il y a une cafetière dans la chambre. Tu bois une tasse avec moi ?

— Oui, avec plaisir. J'ai l'impression d'être constamment glacée depuis que tu m'as appris la mort d'Angela. »

Monica passa quelques minutes dans la chambre, puis revint au salon s'asseoir près de Laurel. « On dirait qu'à part moi, tu es la seule à prendre cette affaire au sérieux.

— Vraiment ? Tu as bien vu Crystal. Elle est morte de trouille.

— Crystal a toujours eu peur de tout. Quant à Denise, elle paraît agacée, mais rien de plus.

— Denise n'a pas envie d'y croire, je pense. Elle est très jalouse de sa vie, de sa famille, on dirait qu'elle refuse de se sentir menacée.

— Pourtant elle l'est. Comme nous toutes.

— Monica, es-tu vraiment certaine que Stuart Burgess soit hors de soupçon ? Angie aurait très bien pu lui parler de Faith et du Six de Cœur, et les photos ont été expédiées depuis New York. Peut-être qu'Angie avait des photos de Faith ?

— Oui, mais ça ne lui servirait à rien si la police ne sait rien de Faith et du Six de Cœur, justement.

— S'il sait quelque chose, rien n'empêche Stuart de le dire à la police.

— C'est une éventualité, seulement rien ne prouve qu'ils le croiraient. D'autant plus que nous nierions toutes en bloc. On ne nous a pas soupçonnées il y a treize ans. La seule personne dont on avait vérifié l'alibi, à l'époque, c'était Neil Kamrath. Nous nous sommes toutes couvertes réciproquement, même s'il a fallu avouer que nous avions menti à nos parents, puisque nous n'étions pas chez Angie ce soir-là comme nous le leur avions dit. Burgess, lui, n'a pas d'alibi pour la nuit du meurtre d'Angela. S'il l'avait tuée, il est bien trop intelligent pour ne pas avoir pensé à ça. Non, Laurel, je suis certaine que ce n'est pas lui. »

Le regard de Laurel se posa sur la fenêtre. Les lumières étaient allumées dans le petit salon, et la vitre reflétait le visage des deux femmes. Laurel semblait inquiète. Monica, déterminée. Monica se leva et revint avec deux tasses de café.

« Monica, je pense quand même que...

— Ah, ne me parle pas de la police.

— Mais...

— *Non*, Laurel ! » Laurel eut un mouvement de recul et Monica se radoucit. « Attends encore un peu, au moins. Je t'en prie.

— D'accord, fit Laurel à contrecœur. J'accepte, pour l'instant. Mais seulement pour l'instant. Demain, je tâcherai de découvrir si Mary sait quelque chose.

— Il faut jouer fin.

— Je te remercie, Monica, je ne suis pas totalement une imbécile. »

Monica la fixa. « Non, mais tu as pris beaucoup d'assurance, je trouve.

— J'ai treize ans de plus.

— Crystal aussi a treize ans de plus. Elle n'a pas changé, elle.

— La vie s'est chargée de lui miner le peu d'assurance qu'elle avait. Et Chuck lui a donné le coup de grâce en la quittant.

— Ce crétin. Il était beau garçon, mais à part ça, il n'avait pas grand-chose pour lui.

— Il est toujours beau garçon, et c'est toujours à peu près tout, sauf qu'il s'est trouvé une fille qui a de l'argent. Je me souviens pourtant d'une époque où tu étais moins hostile à son égard.

— Comment ça ?

— Tu avais le béguin pour lui au lycée.

— Jamais de la vie.

— Allons, Monica, c'était évident. Il suffisait de te voir le regarder. Pourquoi en rougir, d'ailleurs ? Chuck était à croquer, et c'était le roi du football, la star du lycée. Toutes les filles rêvaient de lui.

— Tu trouves vraiment que je suis le genre de personne à tomber amoureuse de Chuck Landis ?

— Plus *maintenant*, non. Mais à l'époque tu avais dix-sept ans. J'ai même cru comprendre qu'il t'avait donné rendez-vous une fois ou deux.

— Laurel, tu dis n'importe quoi. Chuck sortait avec Crystal.

— Et alors ? Elle ne jurait que par lui, mais il faisait ce qu'il voulait.

— Il l'a tout de même épousée.

— Pour la quitter ensuite. Crystal est anéantie.

— Mon Dieu, quelle tragédie. »

Laurel en avait assez entendu. « Tu ne t'es jamais chamaillée avec elle comme avec Denise, et pourtant tu étais jalouse de Crystal, ne me dis pas le contraire. »

Elle s'attendait à un nouveau démenti, mais Monica détourna la tête en soupirant : « C'est vrai.

Crystal était le prototype de l'enfant gâtée. Une vraie petite princesse.

— Comme tu vois, c'est fini. Surtout après trois fausses couches et un enfant mort-né. Crystal voulait absolument avoir des enfants. Maintenant l'homme qu'elle aimait depuis l'âge de quatorze ans vient de la plaquer, et elle restera stérile. Je trouve que tu pourrais être un peu moins dure avec elle.

— Je ferai un effort, même si ces espèces d'yeux larmoyants et cette voix de castrat m'horripilent. » Monica haussa les épaules. « Que veux-tu que je te dise ? Je ne suis pas quelqu'un de facile. C'est sans doute la raison pour laquelle je n'ai personne dans ma vie. Enfin, personne de disponible. »

Laurel l'interrogea du regard.

« Il s'appelle John Tate. Et il est marié, dit Monica.

— Tate ? Celui de ton bureau — Maxwell, Tate & Goldstein ?

— Oui. Ne t'imagine pas que je me sers de lui pour prendre des parts dans le cabinet, ajouta Monica avec empressement. J'ai bossé assez dur, vois-tu ? Le mois prochain, je dois prendre la défense de Kelly Kingford.

— La femme de ce type, milliardaire, qui veut se débarrasser d'elle, mais garder les enfants après le divorce ?

— Oui. Tu n'as pas idée de la promotion que cela représente pour moi. » Monica fixa brusquement Laurel. « C'est pourquoi il est hors de question que Faith et le Six de Cœur remontent à la surface. On en ressortirait toutes en mauvais état, mais moi, je risque ma carrière en plus. »

Voici donc la raison pour laquelle Monica était aussi inquiète, pensa Laurel. Ce n'était pas tant leur sécurité à toutes les quatre qui lui importait. Elle avait eu peur qu'en recevant les photos d'Angie et de Faith, Crystal, Denise ou Laurel ne se présentent à la police, et elle craignait le scandale qui s'ensuivrait.

Laurel se souvint de sa rencontre avec Monica, dont la mère venait de mourir des suites d'une longue maladie. Peu après le décès, le père de Monica avait rencontré une autre femme qui avait refusé d'habiter avec sa fille. Il avait, sans scrupules, décidé de l'envoyer à Wheeling aux bons soins d'une grand-tante acariâtre. Celle-ci n'allait pas oublier un seul jour de rappeler à Monica qu'elle avait seulement accepté par devoir. À neuf ans, Monica était une enfant déprimée, raide, repliée sur elle-même, et Laurel avait déployé de nombreux efforts pour se lier avec elle. Cela n'avait pas été facile au début. Humiliée par le rejet d'un père qu'elle adorait, Monica était un animal blessé, méfiant et défensif. Mais Laurel avait persisté, elle l'avait introduite dans son cercle d'amies. Aujourd'hui, Laurel ne savait plus précisément à quel moment la gratitude paisible de Monica envers le groupe s'était transformée en une domination tout aussi paisible. Peut-être cela avait-il eu lieu après la formation du Six de Cœur. Elles avaient alors douze ans. Avec le recul, Laurel comprit que l'égocentrisme aujourd'hui avéré et quasi total de Monica avait germé à cette époque.

« Monica, aucune d'entre nous n'est prête à aller voir la police.

— Tu me promets ? Tu promets de ne rien dire à Kurt ?

— Oui, je te le promets. Nous ne sommes pour l'instant sûres de rien, et on risque de faire beaucoup de mal à trop de gens. Seulement, si les choses tournent plus mal encore...

— Alors on décidera de ce qu'il vaut mieux faire. En attendant, j'ai décidé d'aller à la réception, chez Denise. Je doute qu'elle ait très envie de m'y retrouver, mais peut-être Neil Kamrath y sera aussi.

— J'irai également. S'il n'y est pas, il n'est pas impossible qu'il vienne à l'enterrement d'Angie. Maintenant, pour ce qui est du père de Faith, je ne vois pas comment faire.

— Tu peux essayer d'adhérer à son Église de fous. »

Laurel fit la grimace. « Il doit y avoir plus simple. Je trouverai. » Elle se leva. « Il faut que je rentre. »

Monica lui posa une main sur le bras. L'espace d'un instant, elle ressembla à la petite fille de neuf ans, timide et mal à l'aise, que l'institutrice avait présentée aux trente autres élèves de la classe de huitième. « Laurel, tu es la seule sur qui je peux vraiment compter. C'est toi qui as fait le premier pas vers moi, et tu m'as toujours aidée. Je te remercie pour hier, comme je te remercie pour aujourd'hui. »

Laurel se demanda si elle était sincère ou si elle essayait de la manipuler. Cela n'avait pas d'importance. « Ce qui arrive est très grave, Monica. Je vais faire tout ce que je peux pour nous aider *toutes*. »

La nuit était devenue beaucoup plus froide quand Laurel retrouva sa voiture. Le vent qui s'était levé et dévalait la colline de l'hôtel lui fouetta son manteau et emmêla ses cheveux. Elle mit le contact, alluma la radio, et quitta le parking sur les accords de *Up on the Roof.* Des cars de tourisme et des dizaines d'autres voitures montaient sur la route étroite, en direction du spectacle de lumières. Si elle n'avait pas eu si froid, si elle n'avait pas été aussi soucieuse, Laurel aurait sûrement voulu y assister aussi, mais elle avait trop besoin de retrouver le confort et la sécurité de sa maison.

Elle avait bifurqué sur la Route 88 et commencé à descendre la colline lorsqu'elle vit, dans le rétroviseur, deux phares qui approchaient à vive allure. Encore un imbécile, se dit Laurel. Le conducteur de l'autre véhicule n'avait pas besoin de la coller ainsi pour doubler. D'ailleurs il ne pouvait pas. La route à deux voies était étroite, et la circulation incessante, dans l'autre sens, vers le parc. Laurel accéléra légèrement et prit de la distance. On va peut-être pouvoir souffler maintenant, se dit-elle.

En jetant un nouveau coup d'œil dans le rétroviseur, elle s'aperçut que le véhicule revenait derrière elle. Agrippant son volant des deux mains, Laurel sentit la moutarde lui monter au nez. Elle tenta d'apercevoir le visage du conducteur derrière son pare-brise, mais ne trouva que le spectacle aveuglant des pleins phares qui la suivaient. C'était ceux d'une voiture plus grande que sa petite Chevrolet.

Tentée d'accélérer encore, Laurel regarda son compteur de vitesse. Elle dépassait déjà la limitation. Si elle accélérait, l'autre en ferait autant. Il ne restait plus qu'à serrer les dents et souffrir le long des cinq kilomètres qui restaient à parcourir.

Elle venait de dépasser le Wheeling Country Club quand l'autre véhicule heurta son pare-chocs arrière. La secousse précipita Laurel en avant. *Mais qu'est-ce qu'il fout, ce con ?* cria-t-elle. Le poursuivant freina légèrement pendant qu'elle retrouvait son souffle. Puis il reprit son élan et recommença. Plus fort.

Il ne manquait plus que ça, pensa Laurel. Était-ce un alcoolique qui croyait s'amuser ou bien cela avait-il un rapport avec la situation présente ? Elle pencha pour la deuxième hypothèse. Au lieu de mourir dans un bain de sang, comme Angie, allait-elle finir dans un accident de voiture ?

Jamais de la vie, décida-t-elle. Elle était bonne conductrice, elle le savait, et il faudrait plus que quelques coups de pare-chocs pour la pousser hors de la route. Elle se concentra sur celle-ci, maîtrisa ses nerfs, et s'efforça de ne pas rester les yeux collés sur son rétroviseur.

Encore trois kilomètres. Un nouveau choc. Le souffle court, Laurel s'intima l'ordre de ne pas se laisser impressionner. Même si l'autre voiture venait de heurter suffisamment la sienne pour laisser une marque sérieuse — Laurel avait perçu le bruit du métal froissé —, la dernière chose à faire était de céder à la panique.

Le choc suivant fut plus violent encore, cinq fois, peut-être dix fois plus violent. Laurel fit une embardée, faillit perdre le contrôle de la Chevrolet, mais elle parvint à la garder sur le bitume. En revanche, l'angoisse était dévastatrice. Malgré le froid, Laurel sentit la sueur gorger la racine de ses cheveux. Encore un kilomètre jusqu'à la maison. Que fallait-il faire ? Tourner au deuxième virage et s'engager dans la longue allée déserte qui menait chez elle ? Avec ce dingue aux trousses ? Impossible.

Quand les deux véhicules arrivèrent à proximité

du second virage, Laurel ne put s'empêcher de regarder son rétroviseur. L'autre voiture ralentissait notablement. Le conducteur *s'attendait* à ce qu'elle tourne, comprit Laurel, hébétée. Ce n'était donc pas un chauffard sous l'emprise de la boisson, mais quelqu'un qui la connaissait et qui savait exactement où elle habitait.

Laurel pressa l'accélérateur, direction Wheeling. L'autre voiture reprit elle aussi de la vitesse, suffisamment pour un nouveau coup de pare-chocs. Et ce fut tout — le dernier. Peut-être Laurel avait-elle pris l'autre conducteur de court en ne rentrant pas chez elle comme il l'avait prévu.

Cinq minutes plus tard, elle était au centre-ville. Son poursuivant s'était évanoui. Laurel avait passé en chemin un feu à l'orange, où l'autre s'était arrêté. Elle avait ensuite bifurqué une paire de fois pour être bien sûre de le semer, et elle se trouvait maintenant devant chez Kurt.

Elle bondit hors de la voiture et fila droit à la porte. Kurt habitait au premier étage. Laurel entendit les talons de ses bottes résonner plus que de mesure dans l'escalier. Sans le moindre doute, l'impossible voisine de Kurt allait se manifester, mais tant pis.

Laurel martela la porte en regardant, angoissée, derrière elle. Il n'y avait personne dans l'escalier. Pour combien de temps encore ? Elle recommença à frapper. Enfin, où était-il ? Elle savait que Kurt, téléphage impénitent, ne sortait pas beaucoup. Elle frappa une fois encore, et ce fut l'autre porte qui s'ouvrit sur le palier.

« Mais vous savez quelle heure il est ? Qu'est-ce

que c'est que ce tapage ? Vous allez réveiller tout l'immeuble ! »

Mme Henshaw — boulotte, couperosée et les cheveux constellés de bigoudis roses — la fixait de ses petits yeux porcins.

« Je vous prie de m'excuser, madame Henshaw », dit Laurel. Il n'était pourtant que neuf heures. « Je cherche Kurt.

— J'aurais pu m'en douter toute seule. » L'irascible voisine arborait une robe de chambre matelassée, de même couleur que ses bigoudis, et d'immenses pantoufles en forme de petits lapins, roses eux aussi, avec des moustaches et des oreilles pointues. Elle était parfaitement ridicule. « Vous vous êtes disputés ou quoi ? »

Laurel était prête à lâcher que cela ne la regardait pas, mais elle se reprit. Kurt avait assez de problèmes comme ça avec son épouvantail de voisine. « Non, madame Henshaw, nous ne nous sommes pas disputés. Quelqu'un m'a fait peur. En me suivant, voilà. C'est pourquoi je suis ici.

— En vous suivant ? répéta la vieille pie. Un amoureux éconduit ou quoi ?

— Certainement pas. Un de ces malades mentaux, plutôt, mais j'étais effrayée. Vous ne sauriez pas où est Kurt ?

— Vous me prenez pour sa secrétaire ou quoi ? » *Ou quoi, ou quoi*, c'est tout ce qu'elle savait dire ? pensa Laurel. « Il a dû sortir il y a environ deux heures, indiqua tout de même Mme Henshaw.

— Ah. Bon, je vais peut-être l'attendre un petit moment, dans ce cas.

— C'est vos affaires. » Et la voisine, toujours aimable, de claquer sa porte.

Comme c'est gentil de m'inviter chez vous pour l'attendre, conclut intérieurement Laurel. Kurt répétait que Mme Henshaw était la personne la plus désagréable qu'il avait jamais rencontrée, et que son trouillard de mari n'avait quitté la vie, à l'âge de quarante-cinq ans, que pour se débarrasser d'elle une fois pour toutes.

Laurel s'assit sur la dernière marche, de façon à pouvoir garder un œil sur la porte du rez-de-chaussée. Qu'allait-elle faire si le conducteur de l'autre voiture venait la coincer ici ? Bon Dieu, elle ne savait même pas à quoi il ressemblait. Supposons alors que quelqu'un arrive, avec une mine patibulaire ? Il n'y aurait plus qu'à frapper directement cette fois chez Mme Henshaw. Et espérer qu'elle ouvre. Mais si elle ne le faisait pas ? Monica leur avait conseillé à toutes d'acheter une bombe lacrymogène, si elles n'en avaient pas déjà une. C'était un peu tard. Laurel n'avait pour l'instant *rien* pour se défendre.

Elle consulta sa montre. Vingt minutes s'étaient écoulées. Kurt n'était pas revenu, et Laurel était toujours là, recroquevillée dans son coin, parfaitement vulnérable. Elle attendit encore cinq minutes et décida qu'elle n'en pouvait plus.

Elle descendit silencieusement les marches, entrebâilla la porte d'entrée et regarda au-dehors. Plusieurs voitures étaient rangées le long du trottoir, toutes apparemment vides. Personne dans la rue. Les clés à la main, Laurel courut jusqu'à sa Chevrolet, ouvrit la portière, vérifia que personne ne s'était caché à l'arrière, et s'installa au volant.

Sur le chemin du retour, elle s'assura toutes les dix secondes ou presque, dans son rétroviseur, qu'on ne la suivait pas. La circulation paraissait normale. Au bout de ce qui parut durer des heures, Laurel s'engagea dans sa longue allée. Comme elle était bordée d'arbres, il aurait été difficile d'y cacher un véhicule. En revanche, quelqu'un pouvait s'y tapir sans problème.

Laurel s'arrêta devant le garage, prête à l'ouvrir, à ranger la Chevrolet, puis à se glisser chez elle par la porte intérieure. Elle appuya sur son boîtier automatique. Le battant du garage ne bougea pas. Elle appuya une nouvelle fois. Toujours rien.

Elle était furieuse contre elle-même. Cela faisait deux jours qu'elle avait du mal à ouvrir la porte du garage, ce qui signifiait que la pile du boîtier était presque vide. Aujourd'hui, elle l'était. Cela ne m'aurait pris que cinq minutes d'en acheter une autre, se reprocha Laurel.

Mais c'était ici aussi trop tard. Toujours furieuse, elle distingua parmi les autres la clé de la porte d'entrée sur son trousseau, regarda attentivement autour d'elle, inspira profondément et courut sur le perron. En insérant la clé dans la serrure, elle leva les yeux et se figea, glacée.

La jolie couronne de Noël, gaie et colorée, qu'elle avait accrochée à la porte deux semaines plus tôt, avait disparu. On l'avait remplacée par une autre, et celle-ci arborait un nœud de satin noir sur un entrelacs de lis blancs.

Une couronne funéraire.

4

Laurel trébucha en entrant, claqua la porte et la verrouilla. Geignant et aboyant en alternance, les deux chiens se précipitèrent vers elle. Alex se levait sur ses pattes arrière, comme il le faisait à chaque fois qu'il était énervé. Visiblement, les deux animaux l'étaient. Laurel travaillant six jours sur sept, ils étaient le plus souvent livrés à eux-mêmes, et, à part elle, ils ne connaissaient guère que Kurt. Cette agitation signifiait forcément qu'ils avaient vu ou entendu quelque chose de bizarre. Laurel regarda le canapé du salon. Généralement couvert d'un plaid vert, rouge et doré, il tournait pour ainsi dire le dos à la grande fenêtre du devant. Le plaid était par terre, en boule. De toute évidence, les deux chiens l'avaient fait tomber en montant et remontant sur le canapé pour regarder dehors. Ils savaient donc, eux, qui était venu placer cette couronne mortuaire à la porte. Voire tenter de s'introduire dans la maison.

Les jambes encore tremblantes, Laurel s'accroupit et serra ses deux chiens contre elle. « Quelqu'un vous a fait peur ? dit-elle. Quelqu'un qui a regardé par la fenêtre et qui a essayé d'entrer ? »

April se blottit contre Laurel, tandis qu'Alex continuait de sautiller sur ses pattes arrière en émettant de petits cris, comme pour expliquer ce dont il avait été témoin.

« Ce n'est pas la première fois que je regrette de ne pas tout comprendre de ce que vous dites, dit Laurel. Si seulement je pouvais vous entendre. »

Elle pensa brusquement à la « chatière » par laquelle les deux chiens entraient et sortaient librement de la maison. Elle ne prenait jamais la peine de la verrouiller — il fallait être franchement très menu pour passer au travers et, jusque-là, Laurel n'avait jamais été incommodée par les rôdeurs. D'un bond, elle partit à la cuisine et ferma solidement le battant. Les chiens tournaient en rond autour d'elle, leur inquiétude s'ajoutant à la sienne.

« Je crois qu'on aurait besoin tous les trois d'un calmant, leur dit-elle. Mais vous allez vous contenter d'une friandise et moi d'une camomille. »

Laurel remplit la bouilloire qu'elle posa sur la plaque, puis ouvrit un paquet de biscuits pour chiens. Voilà qui les apaiserait un moment.

Quand elle s'assit enfin au salon avec son infusion, il lui traversa l'esprit qu'elle n'avait pas examiné sa voiture pour évaluer les dégâts. Ils avaient en eux-mêmes peu d'importance par rapport à ce qui s'était passé, à ce qui *aurait pu* se passer. Laurel avait presque perdu le contrôle de son véhicule quand l'autre avait soudain redoublé de violence. La présence de cette couronne sinistre sur la porte effaçait complètement l'hypothèse que le conducteur s'en soit pris à une inconnue. C'était assurément après Laurel qu'il en avait.

Un double coup sec à la porte la fit sursauter. Laurel renversa la moitié de sa tasse sur ses genoux. Elle resta figée sur le canapé tandis que les chiens aboyaient. On frappa encore, plus franchement. Enfin un homme cria : « Laurel ! C'est Kurt. Ouvre-moi ! »

Était-ce vraiment lui ? se demanda-t-elle un instant, effrayée, Il l'appela de nouveau. Pas de doute, c'était sa voix.

Elle alla ouvrir. Kurt la regarda un moment d'un œil inquiet, et la prit finalement dans ses bras. « Qu'est-ce qui t'est arrivé, Laurel ? J'ai à peine eu le temps de rentrer que Mme Henshaw m'est tombé dessus en se plaignant que tu avais tambouriné des heures à ma porte, sous prétexte que quelqu'un te suivait. »

Sans se détacher entièrement de son étreinte, Laurel entraîna Kurt à l'intérieur. « Je rentrais de la Wilson Lodge...

— Que faisais-tu là-bas ?

— C'est là que Monica est descendue. Elle m'avait appelée pour que je la rejoigne.

— Pourquoi n'est-elle pas venue ici ?

— Les illuminations, dit rapidement Laurel. Tu sais que je ne rate jamais ça. J'en ai profité pour les voir. » Pas exactement la vérité, mais presque, pensa-t-elle. « Sur le chemin du retour, une voiture a commencé à me rentrer dedans. Doucement au début, et ensuite vraiment fort.

— Faut croire. J'ai vu l'arrière de ta voiture.

— Je pensais revenir ici, puis je me suis dit que ce n'était pas très malin. Alors j'ai filé chez toi, où la très délicate Mme Henshaw m'a appris que tu étais parti deux heures plus tôt.

— J'ai bu quelques bières avec Chuck. Il avait besoin de parler.

— J'espère que tu l'as convaincu de revenir avec Crystal.

— D'après ce que j'ai entendu ce soir, ça me paraît peu probable. » La mine sérieuse, Kurt poursuivit : « Laurel, pourquoi es-tu venue chez moi ? Je veux dire, pourquoi n'es-tu pas allée au commissariat ? »

Laurel hocha la tête. « Je ne sais pas. Je n'ai pas réfléchi. J'avais tellement peur.

— Ça ne te ressemble pas, toi qui as en général les pieds sur terre. » Il haussa le ton. « Enfin, tu ne te rends pas compte que c'était dangereux de rester toute seule sur le palier comme ça ? »

Laurel se détacha de lui. « Hé, du calme. D'accord, maintenant que j'ai retrouvé mes esprits, je reconnais que j'ai fait une erreur. Mais j'avais une trouille d'enfer et j'ai réagi comme j'ai réagi. De toute façon, la voiture avait disparu.

— Pour autant que tu saches.

— Oui, pour autant que je sache. » Laurel sentait les larmes lui monter aux yeux. « Écoute, Kurt. Après ce qui s'est passé, je n'ai vraiment pas besoin que, par-dessus le marché, tu viennes m'engueuler. »

Il inspira profondément. « Tu as raison, excuse-moi. Je suis désolé, chérie. C'est l'inquiétude qui doit me rendre comme ça. »

Il la reprit dans ses bras et Laurel répondit à son étreinte avec une ferveur inhabituelle. « On n'a même pas fermé la porte et il gèle vraiment dehors. »

Kurt recula, posa la main sur la poignée, mais

laissa la porte ouverte, les yeux brusquement levés. Il marqua un temps, et finit par dire : « Une couronne mortuaire. Mais qu'est-ce que ça vient faire là ? Ce n'est quand même pas pour Angie ?

— Non. Je l'ai trouvée, en rentrant, à la place de celle que j'avais mise. Je me demande si ce n'est pas aussi l'œuvre du type qui m'a suivie. »

Kurt la regarda durement. « Je te trouvais déjà bizarre depuis le meurtre d'Angela Ricci. Maintenant un dingue te suit en voiture et on pose une couronne funéraire sur ta porte. » Il s'interrompit. « Je ne m'en vais pas tant que tu ne m'as pas dit ce qui se passe. »

*

En partant au travail le lendemain matin, Laurel essaya de se convaincre qu'elle n'avait pas de raison de se sentir coupable envers Kurt. Elle ne savait pas qui conduisait l'autre voiture, elle ne savait pas qui avait accroché cette couronne sinistre, c'était la vérité et elle le lui avait dit. « Tu as juste omis de préciser que tu avais reçu un vieux photomaton de Faith avec un Polaroïd du corps mutilé d'Angie, et que tu te demandes, bien sûr, si l'assassin n'est pas aussi le dingue en voiture, poursuivit-elle à haute voix. Évidemment, tu n'as rien oublié d'important... »

Mais Laurel avait promis à Monica de ne rien révéler à la police, et elle avait tenu sa promesse devant Kurt, car elle avait une parole, un point, c'est tout. La belle excuse, comme c'est commode, rétorqua sa conscience. Si tu caches ces choses-là à Kurt, c'est parce que *toi non plus*, tu ne veux pas qu'on sache.

Treize ans plus tôt déjà, masquer la vérité avait été

un acte lâche et honteux que Laurel ne se pardonnait pas, et qu'elle jugeait de toute façon impardonnable. N'était-ce pas la raison pour laquelle elle avait rompu ses fiançailles avec Bill Haynes, il y avait maintenant cinq ans ? Elle avait essayé une douzaine de fois de tout lui raconter, sans jamais y parvenir. Cela avait été au-dessus de ses forces. Denise, apparemment, avait réussi à épouser un homme sans lui divulguer son secret, mais Laurel était incapable de s'engager sans dire tout. Comme si, pour l'aimer vraiment, son compagnon *devait* savoir.

Kurt était resté une bonne heure la veille à poser toutes sortes de questions. Il avait paru gêné que Laurel ne lui donne d'autre indication sur la voiture du poursuivant que celles-ci : elle était grosse et de couleur sombre. Il avait insisté successivement sur la description de la calandre, l'emplacement des phares, la présence ou non d'un emblème, jusqu'à ce que Laurel fonde en larmes. « Kurt, j'avais un dingue qui me rentrait dedans. Quand on s'efforce de rester sur la route, on n'a pas le temps de lire les plaques d'immatriculation. »

Il avait fini par se radoucir et s'excuser. Puis il avait demandé à Laurel si elle préférait qu'il passe la nuit avec elle, et il avait paru vexé qu'elle réponde non, presque sans hésiter. Mais Laurel avait besoin de se retrouver seule pour réfléchir aux propos échangés avec Denise, Crystal et Monica, ainsi qu'aux événements qui avaient suivi. Avant de partir à contrecœur, Kurt avait pris la peine de vérifier que toutes les portes et toutes les fenêtres étaient correctement fermées. Il avait promis également d'acheter une bombe lacrymogène et de consulter plusieurs garages avant de faire réparer la Chevrolet. « La plupart des mécanos se comportent comme des voleurs de grand chemin quand c'est une femme qui vient les voir. Je suppose que l'autre voiture doit elle aussi être abîmée, et j'en profiterai pour savoir si on ne leur a pas apporté une calandre à retaper.

— Merci, Kurt, avait répondu Laurel. Tu es super.

— Pour ce qui est de l'autre voiture, le chef me le demandera, c'est la routine », avait-il assuré. Puis il avait regardé April et Alex, qui, pour quelque raison, ne s'approchaient jamais de lui. Immobiles près de la cheminée, les deux chiens l'observaient d'un air prudent. « Si seulement tu avais un vrai chien de garde, au lieu de ces deux trouillards.

— Ces deux trouillards, comme tu dis, me conviennent parfaitement. Et je ne vois pas pourquoi ils seraient trouillards, d'abord ! »

Kurt avait souri. « Incroyable ce que tu peux être susceptible à propos de tes chiens. Je ne cherchais pas à t'offenser, mais tu devrais plutôt acheter un doberman, un chien de défense, quoi.

— Je n'ai aucune envie d'avoir un chien de défense, avait répondu Laurel, butée. April et Alex se chargent très bien tout seuls de me protéger.

— Tu parles. Il suffit de les regarder pour en être convaincu. »

Laurel avait fixé Kurt d'un œil maussade, et il n'avait rien ajouté. Enfin, avant de partir, il avait retrouvé la jolie couronne de Noël dans les buissons, et il l'avait remise sur la porte. « Je vais jeter l'autre, avait-il dit.

— Tu ne vas pas la faire analyser, pour trouver des cheveux ou quelque chose ?

« — Laurel, personne n'a été tué chez toi, et on n'est pas à New York ou à Los Angeles. On n'a pas de laboratoire, à Wheeling.

— Je plaisante, Kurt. Alors, je la garde pour l'étudier de près. Peut-être que je trouverai où elle a été faite. »

Il haussa les épaules. « Tu t'y connais mieux que moi. À demain, ma chérie. S'il arrive quoi que ce soit, appelle-moi aussitôt. »

Kurt partit et Laurel examina la couronne. Elle avait exactement la même structure que celles qu'elle utilisait à Damron Floral, ce qui n'avait aucune incidence. La plupart des fleuristes de la région les commandaient probablement chez un unique grossiste. Les fleurs n'avaient rien de spécifique non plus. Laurel, cependant, achetait rarement ce genre de lis en soie. Elle avait toujours en réserve de nombreuses fleurs artificielles qui servaient aux compositions florales des décorations d'intérieur. Parfois ses clients en demandaient aussi pour les enterrements, et elle-même les utilisait pour égayer les jardinières, mais ce n'était pas systématiquement des lis. En revanche, à Pâques, les églises en voulaient. C'était alors de vrais lis, frais, que l'on plaçait sur les autels, comme le voulait la coutume, en commémoration des fidèles disparus dans l'année. En tout cas, Noël n'était pas la saison des lis, quelle que soit leur couleur.

Les fleurs et les feuilles noires étaient attachées à la structure avec un fil de diamètre 0,3. Nu, le modèle était assez courant, toutefois les couronnes funéraires semblaient maintenant appartenir au passé. On n'en avait jamais commandé à Laurel. Elle décida d'emporter celle-ci au magasin pour voir si elle suscitait une réaction de la part de Mary.

*

La nuit avait été longue, parcourue de rêves déchirants, d'images de feu et d'une voiture qui, sans cesse, dévalait le même précipice. Laurel s'était constamment réveillée. En partant au magasin, elle se sentait plus fatiguée qu'elle ne l'avait été en se couchant.

Elle s'arrêta à la boulangerie pour acheter des croissants, des doughnuts et des pains aux raisins, et elle dut retenir ses bâillements en attendant qu'on la serve. Dix minutes plus tard, elle gara sa Chevrolet cabossée à sa place habituelle, prit la couronne, la rangea dans un placard du magasin, et mit une cafetière en route. Laurel n'avait rien mangé à la maison. Elle avait avalé une moitié de croissant et bu sa première tasse de café lorsque Penny et Norma arrivèrent. « Où est Mary ? » Elles étaient mère et fille, pourtant Norma avait l'air à peine plus âgée que Penny, qui avait vingt-deux ans. Elles avaient toutes deux les cheveux noirs et brillants, coiffés à la garçonne, les yeux noirs également, et un petit corps osseux et compact. Elles portaient des jeans et des T-shirts toute l'année, et d'épais chandails en hiver. « Mary est toujours là avant nous.

— Prenez un croissant ou quelque chose, dit Laurel. Elle n'a pas appelé, donc je suppose qu'elle viendra. Après tout, elle n'a que dix minutes de retard. »

Pâle et énervée, Mary arriva un quart d'heure plus

tard. « Laurel, je suis vraiment désolée, dit-elle en retirant son manteau. Papa a eu une drôle de crise, ce matin. »

Mary vivait encore avec son père, Zeke Howard. Son épouse, Genevra, l'avait quitté alors qu'ils habitaient Pittsburgh, quand Faith avait six ans, et Mary deux. La famille avait déménagé à Wheeling peu après le départ de la mère. « Que se passe-t-il ? demanda Laurel. Il est malade ? »

Mary hésita. « Pas physiquement, non. Disons que... il n'a plus toute sa tête. » Elle fit un demi-sourire. « Je sais que la plupart des gens en ville pensent qu'il n'a jamais joui de toutes ses facultés, et c'est faux. Il avait juste sa façon à lui de considérer la religion. Mais là, il devient inquiétant. Il a des absences, il oublie des choses.

— Tout le monde perd la mémoire en vieillissant.

— Non, c'est pire que ça. » Mary ferma les yeux. « Je l'ai retrouvé ce matin dans la rue. Il était parti à la recherche de Faith. Il était complètement bouleversé. J'ai eu toutes les peines du monde à le faire rentrer à la maison et à le convaincre que Faith était morte.

— Oh ? » Interloquée, Laurel ne savait quoi répondre.

« Ensuite il s'est mis à sangloter et à raconter que Faith ne s'était pas tuée. Comme quoi elle savait que le suicide était un péché, et qu'elle n'aurait jamais insulté Dieu. » Silencieuse, Laurel regardait Mary qui se servait une tasse de café. « Il a dû oublier que Faith était enceinte sans être mariée. Ce n'était pas la sainte qu'il fait mine de se rappeler. » Mary soupira. « Et, mon Dieu, ce qu'elle me manque. J'adorais ma sœur. Je crois que je ne me remettrai jamais de sa mort. »

Laurel avait envie de s'enfuir en courant, mais elle se força à prendre une voix posée pour demander : « Zeke a-t-il toujours pensé que Faith ne s'était pas suicidée ? »

Mary fronça les sourcils. « Honnêtement, je n'en sais rien. Il a très longtemps refusé de parler de ça. C'est récent. Mais, plus d'une fois ces derniers mois, je l'ai trouvé dans le grenier à la maison en train de fouiller dans les affaires de Faith.

— Vous les avez gardées ?

— Oh oui. » Mary versa du lait dans son café, puis choisit un doughnut. « J'ai tout monté là-haut quand elle est morte. » Elle regarda Laurel. « Il y a quelque chose qui ne va pas ? »

Laurel avait la bouche sèche. « Non, c'est de repenser à elle. » Elle se sentait oppressée, le souffle court. Mary était-elle en train de la mettre à l'épreuve ou Laurel l'imaginait-elle seulement ? « Et ton père, ça va mieux ?

— Oui. Le médecin lui a prescrit un tranquillisant il y a environ un mois. Je lui en ai donné un.

— Si tu préfères rentrer t'occuper de lui...

— Non, je te remercie. Il était calme quand je suis partie. Ça ira. Je m'excuse encore une fois d'être arrivée en retard. Je vais me mettre au travail. »

Laurel resta seule dans la cuisine, à faire semblant d'essuyer le comptoir pour cacher son agitation. D'où provenait réellement celle-ci ? De cet air de quasi-défi, arboré par Mary, après qu'elle eut révélé avoir conservé toutes les affaires de Faith ? Et que fallait-il entendre par *toutes* ? Des vêtements ? Des photos ? Oui, les photos et les almanachs du lycée, certainement. Des papiers personnels ? Des lettres, un journal intime, quelque chose dans quoi Faith aurait couché par écrit l'existence du Six de Cœur ? Peut-être Mary n'en avait-elle jamais rien ignoré, ou peut-être était-elle tombée dessus en fouillant dans le grenier. Zeke et elle seraient donc au courant ?

Arrête ! se dit sévèrement Laurel. Mary n'avait parlé d'aucun document écrit, et, si Faith avait tenu un journal, elle n'y avait pas nécessairement mentionné le club. Laurel doutait en fait sérieusement que Faith ait tenu un journal. Elle aurait eu bien trop peur que son père ne le découvre et ne s'empare de ses secrets.

Mais cette façon qu'avait eue Mary de la fixer — son regard avait-il été si étrange que cela, ou était-ce la culpabilité qui poussait Laurel à imaginer n'importe quoi ? Vrai, il lui fallait admettre que c'était par culpabilité qu'elle avait engagé Mary. Celle-ci avait paru tellement désespérée en arrivant un jour au magasin pour apprendre à Laurel qu'elle venait de perdre sa place de serveuse, et qu'elle ne savait plus vers qui se tourner. Elle n'avait alors aucune expérience en matière de fleurs, mais Laurel l'avait embauchée immédiatement, comme pour essayer de trouver un semblant de pardon en prêtant main-forte à la petite sœur de Faith. Peu à peu était apparu le talent magistral de Mary, dont les bouquets et les arrangements étaient toujours sublimes.

Laurel se décida à combattre le doute. Mary n'avait certainement rien eu derrière la tête. N'empêche, il allait être intéressant d'observer sa réaction quand

Laurel lui montrerait la couronne funéraire plus tard dans la journée.

Elle quitta la cuisine et servit une dame qui semblait déchirée entre une composition de fleurs roses et une autre, multicolore. La cliente comparait, étudiait, tergiversait à n'en plus finir. Laurel avait envie de hurler. Enfin, la dame repartit en déclarant qu'elle reviendrait lorsqu'elle aurait pris une décision. « J'adore les gens qui savent ce qu'ils veulent », marmonna Laurel une fois la porte refermée. Une demi-heure de perdue.

Vingt minutes plus tard, l'entreprise de pompes funèbres chargée de l'enterrement d'Angie appelait. La police de New York avait remis le corps à la famille. Il arriverait samedi à Wheeling, la levée aurait lieu dimanche soir et l'enterrement était fixé au lundi matin. Avant même la publication du faire-part dans le journal du soir, Laurel était déjà submergée d'appels et de télégrammes. Et il lui fallait s'assurer que le funérarium serait ouvert le dimanche après-midi, pour les livraisons de dernière minute avant le service de dix-neuf heures.

Elle était encore au téléphone quand un homme entra, auquel elle ne prêta pas spécialement attention. Il déambula d'un air incertain entre les différents arrangements et les jardinières. Laurel le laissa faire. Son père lui avait conseillé de ne pas se précipiter sur les clients. « Donne-leur le temps de regarder, ma chérie, lui avait-il appris. Les gens n'aiment pas qu'on se rue sur eux. Et, s'ils savent déjà ce qu'ils veulent, ils découvriront peut-être autre chose qui leur fera également envie. »

Laurel jeta de brefs coups d'œil discrets à l'homme,

tandis qu'il regardait les fleurs et les couronnes. Grand, il avait d'épais cheveux blond-roux, légèrement ondulés, des traits francs et les pommettes hautes. Elle eut l'impression d'une forte personnalité, probablement introvertie, sans doute parce qu'il observait chaque objet comme s'il cherchait à les mémoriser. Impassible, il ne regarda pas une fois Laurel. Elle était sur le point de lui demander si elle pouvait l'aider quand il avança enfin vers le comptoir.

Elle lui sourit. Lui pas. Ses yeux, gris-bleu, exprimaient une sorte de lassitude constante, comme ceux d'un homme miné par un profond chagrin. Il portait un manteau beige en cachemire, bien coupé, et il gardait les mains dans ses poches. « Il me faudrait des fleurs pour les obsèques d'Angela Ricci, dit-il, d'une voix grave et douce.

— Je viens d'apprendre que la levée du corps aura lieu dimanche soir entre sept heures et neuf heures, dit Laurel. Ce sera dans le journal du soir. »

Sans répondre, il continuait d'étudier Laurel.

« Vous avez une préférence pour les fleurs ? » reprit-elle.

Il lui paraissait maintenant familier, pourtant elle ne parvenait pas à le situer.

« Des roses blanches. Je vais vous en prendre deux douzaines. »

Hochant la tête, elle inscrivit la commande dans son carnet. Dans ce genre de circonstance, les gens indiquaient plus souvent un montant en dollars et les couleurs qu'ils souhaitaient. Rarement une fleur en particulier. En outre, deux douzaines de roses représentaient déjà une petite somme. « À quel nom, s'il vous plaît ? demanda Laurel.

— Neil Kamrath. »

Elle releva les yeux. Mais bien sûr ! Elle ne l'avait pas remis immédiatement car il semblait plus grand, ses cheveux étaient longs, et son visage paraissait plus anguleux qu'à l'époque du lycée. Laurel l'avait bien vu un jour à la télévision, trois ou quatre ans plus tôt, mais il avait encore changé. L'âge. Et comme un air d'abandon.

« Neil ! Vous ne vous souvenez sans doute pas de moi. Je suis...

— Laurel Damron. » Il sourit enfin, d'un sourire pourtant absent de ses yeux. « Comment aurais-je pu oublier ? Vous étiez une amie proche de Faith. Comme Angie.

— Oui. » Laurel sentit ses joues s'empourprer à la mention du nom de Faith. « Denise Price m'a appris que vous étiez en ville. Son mari dit que votre père est au plus mal.

— Cela fait longtemps qu'il souffre. Il sait que c'est bientôt la fin et je pense qu'il est soulagé. »

La plupart des gens auraient servi à Neil un lieu commun du type : « Que Dieu lui vienne en aide », mais Laurel préféra s'abstenir. Elle sentait qu'elle et Neil se situaient au-delà de ce genre de platitudes.

Il la regardait fixement, d'un œil pénétrant, sans besoin apparent de poursuivre la conversation. Laurel lui présenta sa facture, il tendit sa carte bancaire, puis signa son reçu. « Vous joindrez-vous à la réception de Denise, demain soir ?

— Non. » Il se ravisa. « Enfin, je ne sais pas. Je passerai peut-être cinq minutes. Le Dr Price est un bon médecin, il s'est bien occupé de mon père et c'est un homme ouvert. Je ne voudrais pas le froisser.

— Je ne pense pas qu'il s'offusquera si vous ne venez pas, mais votre présence lui ferait certainement plaisir. »

Mary sortit à cet instant de l'atelier. En apercevant Neil Kamrath, elle se figea, lui jeta un regard glacial, tourna les talons et partit à la cuisine.

« J'ai l'air d'un épouvantail ? demanda Neil.

— Oui. Euh, enfin non, bien sûr », bafouilla Laurel. Neil l'observait de ce regard auquel, semblait-il, on ne pouvait pas cacher la vérité. « C'est Mary Howard. La petite sœur de Faith.

— Oh, répondit-il simplement. La dernière fois que je l'ai vue, c'était une gamine. »

Gênée par l'attitude de Mary et par celle, impassible, de Neil, Laurel lui tendit son reçu. « J'espère vous voir demain soir, dit-elle d'une voix trop aiguë.

— Je vais y réfléchir. » La clochette de la porte retentit et Kurt entra à grands pas, en uniforme, imposant. Neil l'ignora. « Vous irez vous-même ? demanda-t-il.

— Oui. »

Neil finit par apercevoir Kurt, qui le toisa de toute sa hauteur. Pourquoi faut-il que tu arrives maintenant ? pensa Laurel. J'aurais pu lui parler un peu plus longtemps, savoir quel genre d'homme il était devenu. Neil ne se montra nullement impressionné par l'arrogance manifeste de Kurt. « Au revoir, Laurel, je suis content de vous avoir revue. »

Kurt suivit Neil des yeux jusqu'à ce qu'il disparaisse de son champ de vision. La porte s'était à peine refermée que Laurel lâcha, irritée : « Depuis quand tu regardes les gens comme ça ? On ne t'a jamais appris la politesse ?

— C'était Neil Kamrath, non ?

— Oui, c'était Neil Kamrath.

— Qu'est-ce qu'il faisait ici ?

— Il veut m'épouser. »

Kurt fit volte-face. « *Quoi ?*

— Il est venu commander des fleurs, évidemment. Il m'arrive d'en vendre.

— Des fleurs pour quoi ?

— Pour l'enterrement d'Angie. Tu as d'autres questions ?

— Je n'aime pas ce type. Il m'a toujours déplu.

— Je ne savais même pas que tu l'avais connu.

— Bien assez, si. Le genre d'individu qui ne fait rien comme les autres. Je suis étonné de te voir en si bons termes avec lui. Il s'est servi de Faith et puis il l'a abandonnée. Et maintenant il écrit des histoires de dingue. C'est un malade. »

Laurel eut envie de hurler que Neil était parfaitement étranger à la mort de Faith. Impossible, bien sûr. Du moins sans ternir ta propre image, lui rappela la voix âpre de sa conscience.

« Kurt, il ne savait sûrement pas qu'elle était enceinte, et rien ne prouve qu'il aurait refusé de l'épouser, dit Laurel en s'efforçant de garder son calme. J'étais la meilleure amie de Faith et je ne le savais pas moi-même. Et puis, si tu as des reproches à faire à quelqu'un, fais-les à ton cher Chuck qui a plaqué Crystal. Tu n'as pas l'air de beaucoup lui en vouloir, à lui.

— Ce n'est pas la même chose. Chuck a toujours été mon meilleur ami, comme Faith et toi, et il n'est pas cinglé, lui, au moins.

111

— Kurt, ce n'est pas parce qu'on écrit des romans d'horreur qu'on est fou. Tu penses que Stephen King est fou ?

— Probablement. »

Elle leva les yeux au ciel. « Eh bien, tu as des affinités avec Crystal.

— Comment ça ?

— Aucune importance, soupira Laurel. Pourquoi es-tu là ?

— Pour te donner ça. » Il lui tendit un petit aérosol de gaz lacrymogène. « Garde-le toujours sur toi. »

Laurel se détendit. « Merci, Kurt. C'est gentil d'y avoir pensé.

— Pas d'autre problème, cette nuit ?

— Non. Sauf que j'étais énervée et que je n'ai pas beaucoup dormi.

— Je t'ai proposé de rester.

— Je ne voulais pas abuser.

— Chérie, on peut dormir ensemble sans que tu abuses de moi », répondit Kurt avec sa grosse voix.

Laurel entendit des rires étouffés dans l'arrière-salle. « Parle moins fort, tu veux bien ? siffla-t-elle.

— Désolé. » Il n'avait pas l'air désolé du tout. « Il faut que j'y aille.

— Une seconde. Je t'ai dit que Denise et Wayne donnent une réception demain soir ? Nous sommes invités. »

Kurt fit la grimace. « Ça m'ennuie, les réceptions. Je croyais qu'on allait dîner tous les deux, en amoureux.

— On n'est pas obligés de s'éterniser, mais Denise est une vieille amie et...

« — D'accord. Je serai sage et je mettrai un smoking. »

Laurel sourit. « Tu n'as pas de smoking, et on ne va pas à la Maison-Blanche. Une chemise repassée fera très bien l'affaire.

— Vendu. » Le téléphone sonna. « Bon, je te laisse travailler. » Kurt fit un clin d'œil. « Surtout ne t'énerve pas et n'arrose pas tes clients de gaz lacrymogène.

— Non, mais fais attention si tu reviens. »

Après avoir raccroché, Laurel examina la bombe. Le mode d'emploi suggérait de bien s'assurer que l'embout soit tourné vers l'agresseur, et pas vers soi-même, puis de viser droit dans les yeux. « Droit dans les yeux, murmura Laurel. J'espère ne jamais être si près. »

*

Il manquait à Laurel tellement d'heures de sommeil que l'après-midi lui parut interminable. Malgré de nombreuses tasses de café, elle enchaînait bâillement sur bâillement.

Vers trois heures et demie, Penny et Norma sortirent charger plusieurs compositions florales dans le camion de livraison, qui attendait à l'arrière. Les sœurs Lewis, qui vivaient ensemble depuis des temps immémoriaux et qui arboraient toutes deux la même teinte de cheveux gris-bleu, arrivèrent ensuite. Elles firent le tour du magasin en se disputant pour choisir quelle couronne elles allaient accrocher chez elles — pin blanc ou cèdre. On les croirait en train d'acheter une nouvelle voiture, pensa Laurel, amusée. Une jeune femme se présenta avec un petit garçon qui montrait tout du doigt en annonçant à chaque fois : « Je veux ça, je veux ça. »

Brusquement la porte d'entrée s'ouvrit avec une telle violence qu'elle claqua contre le mur. Tout le monde bondit sur place et Laurel vit un vieil homme, maigre et horriblement ridé, entrer en trombe. Il portait un costume usé et sale, sans manteau par-dessus. Ses cheveux drus et blancs semblaient dressés sur sa tête, et ses yeux bleus brillaient d'une lueur inquiétante.

« Écoutez ! ordonna-t-il. Écoutez, car je parle au nom du Seigneur ! »

Ô, mon Dieu, non, pensa Laurel, horrifiée. Zeke Howard !

Quittant le comptoir, elle se précipita au-devant du vieil homme. « Monsieur Howard...

— *Révérend* Howard !

— Révérend Howard, c'est Mary que vous cherchez ? » demanda-t-elle en posant une main sur son bras.

Il la repoussa du tranchant de la sienne. « Ne me touchez pas !

— Je vous prie de m'excuser. » Il lui avait fait mal. Que devait-elle faire ? « Mary est sortie un moment, mais, si vous voulez bien vous asseoir une seconde, je vais aller la chercher.

— Qu'importe Mary ! C'est *vous* que je suis venu voir ! »

Les trois clientes restaient immobiles à les observer. Le petit garçon s'était caché derrière sa mère.

Laurel restait aussi calme et agréable que possible. « Pour quelle raison vouliez-vous me voir, révérend Howard ? »

Zeke Howard se raidit et balaya la pièce d'un regard. Il respira profondément, puis commença à débiter d'une voix de tonnerre :

« Si vous ne respectez pas docilement les commandements de votre Seigneur, si vous refusez d'obéir aux ordonnances de Dieu que je vous rappelle aujourd'hui, alors tous les fléaux de la Terre et des Cieux s'abattront sur vous... Vos carcasses serviront de nourriture aux vautours et aux bêtes sauvages, et rien ne pourra les en écarter... »

Si j'arrivais à lui faire quitter la porte, pensa Laurel, au moins les clients pourraient s'en aller. Zeke paraissait en être conscient, car il restait figé comme un roc en bloquant la sortie. Il poursuivit :

« Mais le jour du Seigneur viendra comme un rôdeur au milieu de la nuit. Le ciel s'effondrera dans un fracas d'enfer, et les éléments s'embraseront ; la Terre et les œuvres de Dieu seront consumées... »

L'enfant avait commencé à pleurer. Les sœurs Lewis, agrippées l'une à l'autre, tremblaient. Laurel n'osait pas laisser Zeke, le temps de chercher Mary. Dans son état, qu'était-il capable de faire ? Impuissante, elle le vit reprendre son souffle, et recommencer à délirer, quoique cette fois en l'incriminant :

« Et toi, Laurel Damron ! » Il plissa les paupières en levant un index incroyablement long, aux articulations épaisses : « Ta vie défilera devant tes yeux ; tu subiras nuit et jour les assauts du doute, et le sommeil te sera interdit...

— Papa ! » Mary, consternée, venait de refaire irruption depuis l'arrière-boutique. « Que fais-tu ici ? Comment es-tu venu ? »

Il la contempla dédaigneusement. Sa peau, terriblement ridée, était couverte de taches de vieillesse, mais ses yeux bleu pâle avaient gardé tout leur éclat. Ils ressemblaient tellement à ceux de Faith. Du moins s'il n'y avait pas eu cette lueur de démence. Laurel n'avait jamais rencontré de regard aussi effrayant. « Je suis ici pour répandre la parole de Dieu. Et j'ai pris la voiture. »

Mary le rejoignit. « Papa, tu sais que tu ne dois pas conduire. Je vais te ramener.

— Jamais ! cria-t-il. J'ai compris ton petit jeu. Tous ces médicaments que tu me forces à prendre pour m'empêcher de poursuivre l'œuvre de Dieu. Faith n'était pas comme toi. Toi avec tes mensonges et tes promenades nocturnes, exactement comme ta catin de mère. Faith a disparu bien trop tôt, contre la volonté divine, mais elle est chaque jour dans mon cœur. C'est elle qui me révèle la vérité et qui guide mes pas. Elle qui me protège de toi et de tous les infidèles qui nous veulent du mal ! »

Mary le tira par le bras. « Je t'en prie, papa, tu n'es pas bien. Laisse-moi te ramener à la maison. »

Lentement, Zeke posa ses deux grandes mains noueuses sur les épaules de Mary, puis il la poussa brutalement contre les étagères en verre. Elles se brisèrent contre le mur dans un fracas épouvantable. Mary s'effondra dans une pluie de verre broyé et resta immobile par terre.

Les sœurs Lewis poussèrent un hurlement. Le petit garçon se cramponnait au manteau de sa mère en sanglotant. Laurel recula, trop angoissée à l'idée de ce que Zeke allait lui faire si elle volait au secours de Mary.

Il reposa ses yeux fous sur elle. « Laurel Damron, toi par qui le péché est arrivé, chaque matin tu imploreras le soir, et chaque soir tu prieras pour le jour, car la crainte s'emparera de ton cœur, et le regard de ta conscience... »

La porte s'ouvrit à nouveau brusquement. Kurt arrivait, accompagné par un autre policier. Il aperçut Mary, et il s'empara aussitôt de Zeke. Le vieil homme se débattit violemment en menaçant Kurt des foudres divines. Malgré son mètre quatre-vingt-douze et sa centaine de kilos, Kurt avait du mal à le maîtriser. Il finit par l'immobiliser avec une clé au bras, pendant que l'autre agent lui passait les menottes.

Kurt regarda la jeune femme. « Rien de cassé, Laurel ?

— Non, mais Mary...

— Appelle une ambulance. » Zeke Howard continuait de s'agiter, quoique moins énergiquement, remarqua Laurel. « Laurel ! » répéta Kurt.

Elle revint brusquement à elle en voyant Kurt tirer Zeke vers la voiture de police. Elle fit à peine attention aux clientes qui se précipitèrent hors du magasin.

Elle allait décrocher le téléphone quand Norma sortit de l'atelier. « J'ai déjà appelé une ambulance, dit-elle. C'est moi qui ai téléphoné à la police dès que j'ai vu Howard arriver.

— Norma, tu as fait exactement ce qu'il fallait, l'assura Laurel. Je n'ose pas penser à ce qui aurait pu se passer si tu n'avais pas appelé Kurt. »

Penny, Norma et Laurel se rassemblèrent autour de Mary. Penny voulait l'allonger sur le sol, mais Laurel l'en dissuada : « Il ne faut pas la toucher. » La nuque de Mary saignait, et elle avait de nombreuses coupures au visage et aux bras. Laurel n'avait aucune idée de la gravité de ses blessures. Et Mary gardait la tête inclinée, comme si elle avait la nuque brisée.

L'ambulance arriva au bout de dix minutes et les infirmiers procédèrent à un examen rapide. La pression artérielle et le pouls étaient faibles, les pupilles dilatées. Mary souffrait d'hypothermie. Elle était en état de choc. Laurel n'entendit pas les commentaires des ambulanciers. Elle ne voyait que le corps inerte de Mary et la pâleur de sa peau. Les hommes lui relevèrent la tête, la placèrent sur un brancard et la transportèrent dans leur véhicule.

Le cœur battant, Laurel demanda à Norma et Penny de fermer le magasin, puis elle courut à sa voiture et suivit l'ambulance jusqu'à l'hôpital.

5

Sur le chemin de l'hôpital, Laurel recomposa plusieurs fois mentalement la scène du magasin, en se demandant ce qu'elle aurait pu faire afin d'éviter que Zeke ne blesse sa fille. Rien ne lui vint à l'esprit. Kurt lui-même avait eu du mal à maîtriser le vieil homme déchaîné, déterminé à annoncer à Laurel le châtiment divin qui l'attendait. Personne, et surtout pas Mary, n'avait été capable de le calmer.

Mais pourquoi avait-il été aussi véhément ? Tout au long des années, Laurel avait rarement croisé Zeke Howard, et il n'était jamais venu au magasin. Faith, à l'époque, refusait que ses amies lui rendent visite chez elle. Laurel n'y était allée qu'une fois. Faith avait honte de son père, et Laurel savait à quel point il lui tardait d'échapper à son emprise tyrannique. C'était peut-être la raison pour laquelle Faith avait souvent eu ce comportement extrême, cette propension à commettre toutes les imprudences, à mettre en œuvre toutes les idées absurdes que Monica suggérait au Six de Cœur. À commencer par la sorcellerie.

La sorcellerie. Le Six de Cœur. Mary affirmait que

son père avait fouillé dans les affaires de Faith, et Laurel s'était inquiétée que son amie ait pu laisser un journal où il aurait trouvé le détail des activités du club. Était-ce la cause de sa visite ? Zeke avait-il accroché la couronne mortuaire sur la porte de Laurel ? Il ne pouvait pas, en tout cas, avoir envoyé les photos d'Angela. Zeke n'était pas en état de faire un aller et retour à New York, il était trop instable pour préparer une telle expédition. Quoique ?

Après s'être garée, Laurel se dirigeait vers les marches de l'hôpital quand elle croisa un homme. Absorbée dans ses pensées, elle ne lui prêta pas attention mais elle l'entendit :

« Laurel ? »

Elle leva la tête. « Neil !

— On ne se voit pas pendant treize ans et, aujourd'hui, deux fois le même jour.

— Oui. » Laurel resta interdite un instant, puis expliqua d'une traite : « On a eu un problème. Enfin, c'est pire que ça. Zeke Howard est arrivé au magasin. Pour je ne sais quelle raison, il était fou furieux. Mary a voulu le calmer et il l'a poussée contre les étagères. Elle s'est effondrée dans un fracas de verre brisé. La police s'est occupée du père, et on a appelé une ambulance pour Mary. Elle est ici. Elle était dans le coma, tout à l'heure. » Laurel avait cru jusque-là maîtriser ses émotions, mais, à sa grande surprise, elle éclata en sanglots. « Neil, j'ai peur qu'elle n'ait la nuque brisée.

— Bon Dieu », murmura-t-il. Il la prit par le bras. « Je vous accompagne.

— Non, ça ira. » Elle se mit à fouiller dans son sac.

« Si j'étais un vrai gentleman, je vous offrirais mon mouchoir, mais je n'en ai pas.

— Ça ne fait rien, dit-elle en trouvant les siens. Je ne veux pas vous obliger à retourner à l'hôpital. Vous avez sans doute passé l'après-midi au chevet de votre père.

— C'est vrai, mais je me préparais à retrouver sa maison vide et froide. Et puis je ne veux pas partir avant de savoir comment va Mary. »

Ils entrèrent aux urgences, où Neil laissa Laurel dans la salle d'attente pour aller à la réception informer l'infirmière de service de leur présence et demander des nouvelles de Mary Howard. Il était encore trop tôt pour que les médecins aient établi un diagnostic. Neil repassa une seconde voir Laurel, qui, manifestement gênée, n'arrivait pas à retenir ses larmes. Il disparut et revint un instant plus tard avec deux gobelets de café.

« J'en ai bu des litres, la semaine dernière, dit-il. Il est tellement mauvais que vous allez tout de suite arrêter de pleurer.

— Merci. » Le café était noir, Laurel le préférait avec du lait, mais elle se tut. « Je ne sais pas ce qui m'arrive. Je ne pleure jamais. »

Il s'assit près d'elle. « Vous avez été choquée, et vous êtes terrifiée à l'idée que Mary soit gravement blessée. Je comprends qu'il y ait de quoi pleurer. »

S'il n'y avait que ça, pensa Laurel. Je pleure à cause de Faith, je pleure à cause d'Angie, et je pleure sur mon propre sort. Je me sens coupable, perdue, terrorisée. Elle avala une gorgée de son café et fit la grimace. « Vous avez raison, il est infect.

— Ça vous donnera du cœur au ventre.

— J'ai déjà l'estomac soulevé. »

Neil sourit. « Au moins, vous avez le sens de l'humour.

— À défaut d'autre chose. »

Neil resta un instant silencieux, puis finit par demander : « Pourquoi Zeke Howard est-il venu chez vous ?

— Je n'en sais rien. Il récitait un genre de charabia religieux.

— Il ne sait rien faire d'autre. Je n'ai jamais réussi à tenir une conversation normale avec lui. Il a passé sa vie à réciter la Bible. » Neil hocha la tête. « Mes parents avaient rejoint son espèce d'Église. Enfin, c'était surtout mon père. Ma mère ne l'y a suivi que pour avoir la paix. Et c'est la raison pour laquelle Zeke a laissé Faith sortir avec moi. Il supposait qu'elle courait moins de risques que dans les bras d'une brebis égarée. »

Il faut croire qu'il avait tort, pensa Laurel, puisqu'elle est tombée enceinte.

Elle sentit ses joues s'empourprer à cette remarque et s'empressa de demander : « Où vivez-vous maintenant ?

— À Carmel, en Californie. J'ai passé plusieurs années en Virginie, pas loin de Washington D.C., mais j'ai déménagé peu de temps après que ma femme et mon fils ont... trouvé la mort. »

S'étranglant presque à la fin de la phrase, il détourna les yeux.

« Je suis navrée, dit Laurel. Je suis désolée, je ne sais pas quoi vous dire...

— Qu'y a-t-il d'autre à dire ? » Neil la regarda de nouveau. « Je n'arrête pas de me répéter qu'un jour, j'oublierai, mais je crois que j'en suis loin. Cela fait dix mois maintenant, et le soleil de Californie n'y change pas grand-chose.

— Je ne peux pas vraiment imaginer l'effet que ça fait. Il faut vous donner plus de temps, sûrement.

— Je ne sais pas si c'est dans ces termes-là que ça se pose. C'est plutôt "marche ou crève", d'une certaine façon. » Elle l'interrogea du regard. « Je ne suis pas suicidaire, ce n'est pas ce que je voulais dire. Quoique peut-être au début. Helen a été tuée sur le coup, au volant, et Robbie est resté dans le coma près d'une semaine. La voiture a explosé. Les médecins ont pensé qu'il s'en sortirait, malgré toutes ses brûlures, mais il a eu une infection généralisée et ils n'ont rien pu faire. C'est les reins qui ont lâché.

— C'est affreux.

— Oui », soupira Neil. Il sembla se retirer profondément en lui-même. Laurel eut le sentiment que le monde extérieur ne signifiait plus rien pour lui. Il était comme happé par l'horreur et le souvenir. Puis, d'un instant à l'autre, il fut de nouveau là. « Je me serais attendu à ce que vous soyez mariée avec des enfants, après tout ce temps.

— C'est ce que dit ma mère. » La changement abrupt de ton et d'expression étonna Laurel, qui essaya de répondre nonchalamment : « J'ai jusque-là laissé la vie maritale et ses heureux événements à ma sœur.

— Je me souviens d'elle. Elle courait les concours de beauté.

— Elle devrait avoir son troisième enfant d'ici à un mois. Elle ne gagne plus de concours, mais mes

123

parents sont toujours fous d'elle. Ils ont déménagé en Floride il y a deux ans pour la rejoindre.

— Ils vous manquent ?

— Oui. » C'était un oui automatique. Laurel marqua un temps et répondit plus sincèrement. « Enfin, parfois. Je suis en fait soulagée de ne plus les avoir sur le dos, toujours prêts à me trouver un nouveau fiancé qui n'ait pas encore soixante ans. Je pense que je les déçois.

— Bienvenue au club. Ma mère a disparu voici cinq ans, et mon père se dit horrifié par ce que j'écris. Il ne plaisante même pas, ajouta-t-il en riant.

— Il pourrait être fier de votre succès.

— Il le serait si j'écrivais des livres d'histoire ou des choses, comme on dit, culturelles. Plus décentes, quoi. L'horreur et le fantastique ne le sont pas à ses yeux.

— Je les trouve très bien faits, vos livres. » Visiblement surpris, il l'étudia. « Quoi, vous les avez lus ?

— Tous. L'intrigue est toujours parfaitement bâtie, et je ne peux jamais m'empêcher de tourner les pages jusqu'au petit matin. Le style est excellent, les descriptions sont suggestives et poétiques, et les personnages sont si bien campés qu'on a l'impression de les reconnaître. » Se rendant compte qu'elle lui jetait des fleurs, Laurel trouva une porte de sortie maladroite : « J'ai aussi vu les adaptations cinématographiques qu'on a tirées des deux premiers.

— Un grand studio a acheté les droits d'un troisième. Je devrais être content, mais je n'ai pas la tête à ça. En tout cas, merci pour vos compliments, c'est ce qu'on appelle un dithyrambe. » Il se leva sans prévenir. « Je vais voir ce qu'ils peuvent me dire au sujet de Mary. »

Laurel finissait son café abject lorsqu'elle vit arriver Kurt dans la salle d'attente. « Comment elle va ?

— Je n'en sais toujours rien. Neil est allé voir. »

Kurt leva un de ses sourcils, plus noir encore en l'occurrence. « *Neil ?*

— Je l'ai croisé dans le parking. Il sortait de l'hôpital et il m'a proposé d'attendre le diagnostic avec moi.

— Mais à quoi il joue, ce taré ? Il te tourne autour ? C'est lui qui te suit ?

— Kurt, *s'il te plaît* », dit Laurel, mais il était trop tard. Neil, qui venait de revenir, entendit les paroles de Kurt. Son visage retrouva son impassibilité coutumière, et ses yeux le voile de la distance. « Le médecin veut vous parler, Laurel. » Il n'offrit pas un regard à Kurt. « Je m'en vais, cette fois. Ne vous inquiétez pas pour Mary. Ils disent qu'elle s'en remettra. »

Neil tourna les talons et disparut. Laurel était furieuse, car elle avait terriblement besoin de se faire une idée de ce qu'était devenu Kamrath. L'occasion, presque miraculeuse, s'était présentée deux fois aujourd'hui, et il avait fallu, l'une et l'autre, que Kurt gâche tout. Une troisième rencontre paraissait beaucoup plus improbable « Tu as vu comme il décampe dès que je pointe le bout de mon nez ? demanda Kurt.

— J'en ferais autant à sa place, dit Laurel. Tu as l'air d'un rottweiler quand tu l'aperçois.

— Je t'ai déjà dit que je ne l'aimais pas.

— C'est ton problème, pas le mien. Ce n'est pas parce que tu as des allures de chien de garde que je dois être incorrecte. » Laurel se leva et passa devant Kurt d'un air indifférent. Ahuri, il la regarda sortir de la salle sans lui.

Le médecin apprit à Laurel que, si Mary souffrait d'une légère commotion cérébrale, il n'y avait pas de fracture. Elle avait de nombreuses contusions et coupures, dont une, sur le cuir chevelu, qui avait nécessité dix points de suture. Ils n'avaient pour l'instant décelé aucune blessure à la nuque. Mary venait juste de reprendre connaissance. Kurt demanda s'il pouvait l'interroger, et le médecin répondit qu'il fallait encore attendre quelques heures, le temps qu'ils procèdent à de nouveaux examens, et que Mary intègre une des chambres.

« Combien de temps va-t-elle rester à l'hôpital ? dit Laurel.

— S'il n'y a pas de complications, elle sera chez elle demain », assura le médecin.

Celui-ci repartit et Laurel se retourna vers Kurt. « Où est Zeke ?

— En garde à vue pour trouble de l'ordre public. Ne t'inquiète pas — Mary n'a rien à craindre ce soir. » Il sourit timidement. « Tu veux aller manger un petit morceau avant qu'on revienne voir Mary ?

— Navrée, Kurt, je ne peux pas. Il faut que je repasse au magasin. J'ai demandé à Penny et à Norma de fermer, mais je veux être sûre que tout est en ordre. » Elle mentait. Laurel se hissa sur la pointe des pieds et embrassa Kurt sur la joue. « À plus tard. »

*

Laurel aurait besoin de lui parler plus tard, mais il fallait d'abord qu'elle voie Monica. Elle pensa rentrer chez elle et demander à Monica de l'y rejoindre, mais elle craignait de voir Kurt passer à l'improviste. Non, elle ne voulait pas être dérangée.

Elle roula jusqu'à la Wilson Lodge. Elle décida, en tout cas, d'en repartir avant la tombée de la nuit. La route du retour, la dernière fois, avait été suffisamment pénible. Laurel se gara et monta frapper à la chambre de Monica. Celle-ci ouvrit la porte presque aussitôt. « Laurel ! J'étais sur le point de sortir.

— Où vas-tu ?

— Me promener. Je deviens à moitié folle à tourner en rond dans cette chambre.

— Il faut que je te parle. »

Laurel était prête à entrer, mais Monica la repoussa d'une main sur l'épaule. « Descendons au restaurant. Je ne veux pas rester renfermée là-dedans une minute de plus.

— Non, il y aura du monde.

— Pas à cette heure-ci. Allez, viens. »

En la suivant, Laurel constatait une fois de plus l'autorité naturelle de Monica. À trente ans, elle obéissait encore à ses ordres sans même protester. Pas étonnant que le Six de Cœur tout entier, treize ans plus tôt, eût toujours suivi ses quatre volontés.

Si l'hôtel dans son ensemble était fort joliment décoré pour Noël, Laurel trouva la salle à manger particulièrement réussie. Elle était précédée d'un salon, aux larges canapés et fauteuils, avec une grande cheminée et un sapin de Noël éblouissant. Une serveuse leur fit descendre quelques marches et les conduisit à une table, devant une immense baie vitrée qui dominait les buttes enneigées au-dessus du lac Schenk. Les deux femmes allèrent se servir à un grand buffet de plats froids. Trop bouleversée pour manger, Laurel s'assit avec une assiette à moitié vide. Elle ne put s'empêcher de remarquer que Monica dévorait le contenu de la sienne comme si c'était son dernier repas. Elle doit avoir un métabolisme fantastique pour s'empiffrer ainsi et garder la ligne, pensa Laurel.

Monica observait Laurel d'un air interrogateur. « Que se passe-t-il ?

— Plusieurs choses. » Laurel regarda autour d'elle pour vérifier qu'on ne les écoutait pas. « Ça a commencé hier soir. »

Tandis qu'elle relatait les événements de la veille — la poursuite en voiture, les coups de bélier dans ses pare-chocs —, Monica continua d'avaler fourchettée sur fourchettée. Elle ralentit un peu à la mention de la couronne funéraire. Elle avait fini son assiette avant que Laurel n'en vienne à Zeke Howard et à sa fille évanouie sous les étagères brisées.

« Mon Dieu, c'est incroyable ! Dire que je suis restée ici à prendre les appels du bureau et à regarder la télévision, pendant qu'il t'arrivait toutes ces horreurs. Tu aurais dû me téléphoner.

— Pour quoi faire ? Tu aurais réussi à calmer Zeke ? De toute façon, je ne suis pas morte. Mais je voulais avoir ton avis sur tout ça.

— Cette histoire de poursuite qui se termine par une couronne mortuaire semble te désigner comme la prochaine victime.

— Trop aimable.

— Ne me dis pas que tu n'y as pas pensé.

— Bien sûr que j'y ai pensé », dit platement Laurel. Elle regarda par la fenêtre. Une couche de neige habillait la série de tertres. Un léger vent faisait trembler les quelques feuilles encore suspendues aux arbres. Des canards et des cygnes glissaient sereinement sur la surface grise et froide du lac. La scène respirait une immense solitude.

« Parle-moi de Neil Kamrath. »

Laurel se détacha du spectacle glacé pour retrouver les yeux verts de Monica. « Il ne ressemble plus beaucoup à ce qu'il était au lycée. Il a l'air plus grand, et je pense qu'il porte des lentilles de contact. Il a bien fait de se débarrasser de ses affreux culs de bouteille. Il est plutôt distingué, mais il émane de lui une grande tristesse. Le genre replié sur soi. Il venait de quitter son père quand je suis arrivée à l'hôpital. Il m'a parlé de sa femme et de son fils, Robbie, morts tous les deux. Ils ont eu un accident de voiture. Robbie a survécu quelques jours, avec des brûlures au troisième degré. À la fin, Neil a préféré déménager à Carmel.

— On dirait qu'il s'est ouvert à toi.

— Jusqu'à un certain point. Il paraît très méfiant. À chaque fois qu'il dit quelque chose sur lui, il semble aussitôt le regretter.

— Il t'a paru stable, ou...

— Je ne sais pas. Sa femme et son fils sont décédés. La voiture a explosé. La mère est morte sur le coup, et le garçon a été sévèrement brûlé. Je me répète, parce que c'est cette idée du feu qui m'est restée. Cela pourrait avoir fait remonter le souvenir de Faith. C'est un homme calme, mais je reconnais que c'est une situation difficile à gérer. De toute évidence, il n'en mène pas large.

— On pourrait en dire autant de Zeke.

— Zeke est fou à lier. Et il a une force de dément. Il est venu au magasin en baragouinant des versets de la Bible, comme quoi ma destruction serait proche.

— La tienne, ou celle de tout le monde ? C'est tout ce qu'il a jamais su faire, ce pauvre branque. Tu te rappelles à quel point Faith avait honte de lui ?

— Je n'ai pas oublié. Je maintiens que c'est à *moi* qu'il s'adressait. Il a dit mon nom plusieurs fois. Il n'y a pas de doute.

— Tu crois que ça pourrait être lui qui te suivait en voiture ?

— Il conduit encore. Il a pris sa voiture pour venir au magasin. Seulement Mary conduit elle aussi et elle parlait de Faith, ce matin, d'une façon bizarre. Il *faut* que nous allions trouver la police. »

Le regard de Monica prit la dureté de l'acier. « *Pas question.*

— Mais pourquoi, nom de Dieu ? Tu es complètement aveugle, ou quoi ? Tu n'as pas assez d'Angie ? Tu veux que j'y passe aussi ? Et tu prétends être venue ici pour nous aider ?

— Oui. C'est ce que je fais.

— Première nouvelle. Alors tu fais quoi, au juste ? On n'en sait pas plus aujourd'hui sur l'assassin qu'hier à la même heure.

— Cela ne fait qu'une journée, Laurel. Je n'ai pas appris à faire des miracles. »

Laurel tendit le bras et effleura du pouce le petit poinsettia qui ornait la table. « Faut croire. » Elle fixa le regard vert et vif de Monica. « Faute d'un miracle, si on ne trouve personne pour nous aider, je vais bientôt rejoindre Angie, moi.

— Mais non. On tirera tout ça au clair sans l'intervention de la police.

— Tu as toujours été trop sûre de toi, Monica. Tu vois où ça nous a menées. »

Monica ne baissa pas les yeux. « Je n'irai pas trouver la police, Laurel. Ni moi, ni les autres. Vas-y toute seule, si tu veux. Je doute qu'ils te croiront encore si on affirme de notre côté que tu dérailles complètement. »

*

Denise se gara devant la petite maison verte et s'engagea à pas vifs dans l'allée. La porte s'ouvrit avant son arrivée. Une femme âgée aux cheveux gris-bleu lui sourit.

« Navrée d'être en retard, mademoiselle Adelaïde, dit Denise. Il y avait une queue infernale au supermarché.

— Mais c'est sans gravité, ma chère. » D'une main légèrement frémissante, Adelaïde Lewis lui fit signe d'entrer. Denise n'avait jamais remarqué ce tremblement. « Nous mangions de petits gâteaux secs avec Audra et mademoiselle Hannah, en vous attendant. »

Denise entra dans le minuscule salon encombré. Le parfum de violette en sachets était presque écrasant. Hannah Lewis était assise derrière un service à thé en argent. Elle sourit rapidement. Un trait de rouge à lèvres sur sa bouche trop fine renforçait la pâleur de sa peau. Les deux sœurs avaient trois ans de différence. Denise le savait comme tout le monde, puisque Adelaïde le répétait à la moindre occasion.

Ceci mis à part, elles se ressemblaient en tout point — deux créatures frêles et bavardes qui auraient été mieux à leur aise au XIXᵉ siècle, et qui insistaient pour qu'on les appelle « mademoiselle Adelaïde » et « mademoiselle Hannah ».

Audra était en train de grignoter un cookie au chocolat.

« Ça s'est bien passé, aujourd'hui, chérie ? demanda Denise.

— Ouais, ouais », marmonna Audra.

Mademoiselle Adelaïde caressa son piano d'une main amoureuse. « Elle a un peu de mal avec *La Belle Rêveuse*. Mais c'est parce qu'elle n'y met pas encore tout son cœur, je pense. »

Audra parut décontenancée. « Désolée, dit-elle.

— Il ne faut pas, ma chérie, dit Adelaïde. Je suis certaine qu'avec un peu de pratique, tu deviendras une pianiste honorable. »

Honorable, releva Denise, déçue. Mais ni douée, ni talentueuse.

« Je la ferai répéter plus souvent. »

La petite tête d'Audra affichait un air misérable. Elle détestait les gammes et les répétitions.

Denise régla ce qu'elle devait à mademoiselle Adelaïde. Comme d'habitude, les sœurs n'en finissaient pas de dire au revoir. En retrouvant leur liberté, Denise et Audra poussèrent toutes deux un long soupir. « Ce qu'il fait chaud, chez elles. Et cette odeur désagréable ! se plaignit la petite fille en prenant place dans la voiture.

— Ce n'est pas si désagréable que ça. Elles y vont un peu fort sur la violette, c'est tout. Mets ta ceinture, ma chérie. »

Denise démarra et Audra reprit : « Je ne vois vraiment pas pourquoi il faut que je prenne ces leçons de piano.

— Quand j'avais ton âge, je n'aurais pas demandé mieux. Mes parents n'avaient pas les moyens de me les payer, moi.

— Ce n'est pas parce que *toi*, tu voulais apprendre, qu'il faut que je le fasse à ta place. Je ne veux pas devenir pianiste. Je veux être docteur comme papa, moi.

— Ton père joue très bien du piano. »

Jusque-là, cet argument avait fait effet, mais Denise doutait que son stratagème fonctionne encore longtemps. Audra était trop fine et lui ferait bientôt remarquer que le piano et la médecine n'avaient rien à voir l'un avec l'autre.

« Les sœurs étaient toutes bizarres quand je suis arrivée, dit Audra, temporairement mouchée.

— Pourquoi ?

— Elles n'ont pas voulu me le dire, mais elles parlaient entre elles d'un vieil homme, et de la Bible, et de Laurel, et de quelqu'un qui a été blessé. Tu crois que c'est la même Laurel que tu connais, celle qui a les deux petits chiens ? »

Qu'est-ce que c'est que cette histoire ? pensa Denise. Ses mains se refermèrent plus étroitement sur le volant. Un vieil homme ? Était-il arrivé quelque chose à Laurel ?

« Maman, je t'ai demandé si c'était ton amie Laurel ?

— Je ne sais pas. D'autres gens peuvent s'appeler comme elle. »

Audra fronça les sourcils. « Si c'est elle, j'espère

qu'elle n'a rien. Je l'aime bien, Laurel, et j'adore Alex et April. »

Avant les fêtes de Noël de l'année précédente, Laurel s'était rendue chez Wayne et Denise pour décorer la maison, et elle avait emmené les deux chiens. Audra s'était précipitée pour les voir. Intimidés, ils n'étaient pas sortis de la voiture, c'est pourquoi Audra était montée les rejoindre sur la banquette arrière. Elle les avait couverts de baisers.

Sachant ce qu'Audra allait dire maintenant, Denise compta jusqu'à cinq.

« Je voudrais avoir un chien, annonça la petite fille comme prévu.

— J'ai peur des chiens.

— Maman, on a *besoin* d'en avoir un.

— Pour quoi faire ?

— Pour nous protéger des cambrioleurs.

— On a une alarme et des caméras.

— Oui, mais un chien, ça serait mieux.

— On verra.

— Ça veut dire que tu ne veux pas. » De dépit, Audra ourla sa lèvre inférieure.

« Audra, ne sois pas irritable comme ça.

— Je ne sais pas ce que ça veut dire.

— Cela veut dire : arrête de bouder », répondit Denise qui se demandait toujours de quoi les sœurs Lewis avaient parlé entre elles.

« Je ne demande qu'un petit chien, c'est tout », dit Audra d'une voix plaintive et aiguë. Denise connaissait sa fille : elle savait jouer des émotions de sa mère bien mieux que du piano, et elle arrivait souvent à ses fins.

« Ne fais pas la tête, j'en parlerai à papa, promis. »

Audra ne répondit rien. « Tu sais ce qui est arrivé au courrier, aujourd'hui ? Une lettre adressée à Mlle Audra Price. »

Audra aurait préféré rester murée dans son silence, mais elle ne résista pas à demander : « C'est papy et mammie ?

— Non. Dis-moi, Audra, aurais-tu un petit ami dont tu ne m'aurais rien dit ? »

Audra sourit. « Harry Lovely.

— *Harry Lovely !* J'espère que c'est un surnom.

— Je crois, mais je ne sais pas vraiment. Il m'a dit que j'étais sa chérie et il a essayé de m'embrasser dans la cour de l'école, l'autre jour.

— T'embrasser ! Mais tu ne m'as pas raconté ça.

— Parce que tu crois que je te dis tout, peut-être ? Il est vraiment mignon.

— Mignon ou pas, tu n'as que huit ans, et ce n'est pas un âge pour embrasser les garçons. »

Audra fit semblant de ne pas entendre, trop excitée, sans doute, d'avoir reçu une carte de vœux d'un joli cœur de la classe supérieure, répondant au doux nom de Harry Lovely.

Denise s'engagea dans l'allée de sa maison coloniale à un étage. Elle n'avait pas souhaité revenir à Wheeling — Wayne et elle s'étaient disputés plusieurs fois à ce sujet, avant qu'elle ne rende finalement les armes —, mais elle adorait cette maison. Elle était imposante, deux fois plus grande que ce qu'ils auraient pu obtenir pour le même prix à Chicago, et Wayne avait insisté pour qu'ils utilisent les services d'un architecte d'intérieur. Denise s'était inquiétée de l'ampleur de la dépense, cependant Wayne était plus libéral à cet égard que son épouse, et il avait trouvé les arguments *ad hoc*. « Tu n'avais pas envie d'habiter à nouveau ici et tu as accepté pour me faire plaisir. Je tiens à te remercier et je t'offre la maison de tes rêves. »

Elle avait alors proposé de retrouver du travail, comme infirmière, mais Wayne avait répondu : « Je sais que tu préfères rester à la maison et t'occuper de ta fille à plein temps, alors fais-le. » D'où me vient cette chance ? se demandait souvent Denise. Je ne mérite ni Wayne, ni Audra, même si j'ai décidé de leur consacrer ma vie. C'est le moins que je puisse faire pour réparer les erreurs du passé. Réparer *cette* erreur effroyable.

Audra bondit hors de la voiture et se mit à courir vers la porte. Ses longs cheveux châtains ondulaient sur ses épaules. Denise était sûre de n'avoir jamais vu de petite fille aussi jolie. C'était un autre miracle, sans doute, car ni elle ni Wayne n'étaient d'une beauté sensible. « Dépêche-toi, maman ! » cria Audra à sa mère qui sortait ses provisions du coffre. « Je veux lire ma lettre !

— Une minute, ma chérie. Elle ne va pas disparaître dans la nature. »

Denise cala le paquet sous son bras et inséra la clé dans la serrure. Elle avait à peine ouvert qu'Audra se précipita vers la table de l'entrée où sa mère avait l'habitude de déposer le courrier. Denise partit à la cuisine ranger ses achats, et Audra parcourut les enveloppes. « Ça y est, je l'ai ! » fit-elle de sa voix haut perchée.

Une minute plus tard, elle arrivait à la cuisine, déconfite. « Maman, je ne sais pas qui me l'a envoyée. Elle n'est même pas écrite à la main. »

Denise sentit une griffe glacée lui racler la moelle épinière. Elle referma la porte du réfrigérateur et prit la carte des mains de sa fille.

Il y avait au recto une photographie d'une vieille grange, qui n'était pas sans ressembler à celle de la ferme Pritchard ; du moins avant qu'elle ne fût à moitié embrasée par les flammes, treize ans plus tôt. Denise ouvrit la carte. Il n'y avait pas de formule de vœux toute faite, en lettres d'or, mais ceci, tapé à la machine :

Avant ce jour merveilleux de l'année
Où le père Noël brave la nuit et le froid,
Qu'une pensée tourbillonne dans la cheminée
Et nous rappelle à toutes de garder la FOI[1].

---

1. Foi en anglais se dit « Faith », comme le prénom.

6

Arrêtée devant son garage, Laurel maudit une fois de plus sa télécommande qui ne fonctionnait plus. Elle s'était bien promis d'acheter une pile neuve en rentrant du magasin, mais les événements de la journée en avaient décidé autrement. Il ne faisait pas encore tout à fait nuit. Laurel se gara aussi près que possible de l'entrée, regarda autour d'elle, empoigna sa bombe lacrymogène, et sortit en trombe de la voiture. Elle était prête à ouvrir quand elle s'immobilisa.

Un grand cœur rouge flamboyait sur le chêne clair de la porte.

Laurel reprit son souffle et posa un doigt timide sur la peinture. Elle était sèche, parfaitement sèche. Le cœur, tracé à l'aérosol, pouvait se trouver là depuis des heures.

Elle ouvrit mollement sa porte et la referma. April et Alex la rejoignirent aussitôt, en bondissant et en aboyant. Laurel regarda le canapé. Le plaid était à nouveau en boule par terre. Les chiens étaient donc allés à la fenêtre, d'où ils avaient vu le peintre amateur. Ils avaient même laissé l'empreinte de leurs truffes sur la vitre.

138

« Je me demande ce que Kurt dira quand il verra *ça*, marmonna Laurel. Me voilà devenue Hester Prynne dans *La Lettre écarlate*. »

Elle verrouilla soigneusement la porte, posa son manteau et son sac, partit à la cuisine faire du café. Elle avait froid jusqu'aux os, ses mains étaient gelées. Une semaine plus tôt, Laurel avait craint de ne pas trouver un prétexte suffisant pour échapper à la traditionnelle réunion familiale de Noël, en Floride. Aujourd'hui elle craignait pour ses jours. Cela semblait impossible, incroyable. Mais elle n'avait qu'à retourner examiner la porte d'entrée pour se convaincre de la réalité de la chose.

Elle passa une main sur son front moite. Combien de temps encore allait-elle pouvoir cacher cette situation à Kurt ? Combien de temps encore cela en vaudrait-il *la peine* ? Monica affirmait qu'en gardant le silence, elles protégeaient toutes quatre leur réputation, mais à quel prix ? Celui de leurs vies ?

Assis, les chiens la regardaient, pleins d'expectative. « Vous attendez le dîner, je suppose ? »

Elle leur servit une boîte à chacun, renouvela leur eau, et disposa quelques biscuits dans une assiette en guise de dessert. Au moins, eux n'avaient rien perdu de leur appétit. Laurel n'avait presque rien mangé à la Wilson Lodge, mais elle n'avait pas faim. L'estomac noué, elle se sentait incapable d'avaler ne serait-ce qu'une miette de pain.

Le téléphone sonna. Laurel devina qui l'appelait avant même de décrocher.

« Salut, Kurt.

— Tu pratiques la divination ?

— Non. Je pensais qu'à cette heure, tu aurais des nouvelles de Mary.

— Gagné. Elle ne m'a pas dit grand-chose. Je lui ai demandé de porter plainte contre Zeke, pour coups et blessures.

— Tu as bien fait.

— Va savoir. Elle dit qu'elle veut y réfléchir.

— *Réfléchir ?* Après ce qu'il lui a fait ?

— J'ai déjà vu ça cent fois. Un type bat sa femme jusqu'à ce qu'elle soit obligée d'appeler les flics, on arrive et elle refuse de porter plainte. La plupart du temps, le type recommence le week-end suivant. Évidemment.

— Qu'est-ce qu'on peut faire, alors ?

— Il faudrait un mandat d'amener, avec le cachet d'un psychiatre. Le vieux Zeke se retrouverait au moins quelque temps en observation dans un endroit où on pourrait le soigner.

— Je pense qu'il en a besoin. Bon. Et Mary, ça va ?

— Bien plus mal qu'elle ne veut le montrer.

— Je devrais aller la voir ce soir.

— Non, dit Kurt avec fermeté. Ce soir, tu restes chez toi. Tu as couru assez de dangers comme ça.

— Pourtant j'ai dans l'idée maintenant que c'est Zeke qui m'est rentrée dedans en voiture et qui a suspendu cette couronne sur ma porte. Il est au poste, ce soir, non ?

— *Personne* ne sait encore qui s'en est pris à ta voiture. On ira voir la sienne, mais pas avant demain. Pour l'instant, je veux que tu prennes toutes les précautions. Et j'ai l'impression que Mary a plutôt envie de rester seule. Tu iras la voir demain.

140

— Bon, dit Laurel, résignée.

— Tu m'en veux toujours pour ce que je t'ai dit sur Kamrath ?

— N'y pensons plus. J'étais folle d'inquiétude pour Mary. Tu n'as pas oublié la réception de Denise, demain soir ?

— Non. Je viendrai te prendre vers huit heures.

— Parfait. Merci de m'avoir appelée. Je suis contente de savoir que Mary va mieux. »

Laurel raccrocha et se sentit moins oppressée. À l'évidence, Kurt n'avait pas l'intention de passer chez elle dans la soirée. Peut-être aurait-elle le temps de s'occuper de l'œuvre d'art sur sa porte avant le lendemain soir.

Toujours cette sensation de froid. Laurel était en train de se servir une deuxième tasse de café quand les chiens se mirent à aboyer. Une minute plus tard, on frappait à la porte. Laurel s'en rapprocha, en regrettant de ne pas avoir de judas. On frappa à nouveau et elle demanda : « Qui est-ce ?

— Denise. »

Elle eut un choc en ouvrant la porte : Denise, hagarde, les yeux exorbités, les lèvres blanches, paraissait effrayée. Elle fit un pas à l'intérieur et se figea quand Alex et April recommencèrent à aboyer. « Ils mordent ?

— Non. C'est juste qu'ils ne te connaissent pas et qu'ils ont peur. » Laurel s'agenouilla et caressa les deux chiens. « Tout va bien. Denise est mon amie », leur dit-elle. Ils se calmèrent, mais continuèrent à fixer l'intruse d'un air inquiet. « Essaie de leur dire quelque chose, tu veux ? C'est parce que tu as peur qu'ils ont peur, eux aussi. »

Déconcertée, Denise finit par déclarer : « Gentils chiens. Jolis chiens. »

Pas vraiment inspiré, pensa Laurel, mais c'était toujours ça. « Tu vois, ça va déjà mieux. Bon, entre et assieds-toi. Tu veux un café ?

— Merci, non. J'ai les nerfs en pelote.

— C'est du déca, et tu as l'air frigorifiée. J'arrive.

— Laurel, je t'en prie, ne me laisse pas seule avec les chiens.

— Allons, allons. » Quand elle revint au salon avec une tasse pour Denise, Alex et April, assis près d'elle sur le canapé, ne la quittaient pas des yeux. Elle osait à peine les regarder. « Tu vois, je t'avais dit qu'ils ne te feraient rien.

— Oui, jusque-là, mais je sais que les chiens ne m'aiment pas.

— C'est parce que tu as peur d'eux, et je me demande bien pourquoi. Tu n'as jamais été mordue, quand même ?

— Non. C'est à cause d'un film, quand j'étais petite, où un type se faisait lacérer par un molosse. Ça m'a terrorisée. Audra adore les chiens, elle. Elle parlait même des tiens, tout à l'heure.

— Comment va-t-elle ? demanda Laurel, en prenant place dans un fauteuil profond, face au canapé.

— Bien. Enfin, elle est un peu troublée. Elle a reçu une lettre aujourd'hui. Elle était toute contente, et quand elle l'a ouverte...

— Oh non, pas ça, hoqueta Laurel. Ce n'est pas la photo d'Angie ?

— Non. Je reconnais que ça pourrait être pire. Je te l'ai amenée. »

Denise retira l'enveloppe de son sac, et la tendit à

Laurel. Celle-ci remarqua l'adresse dactylographiée, le cachet de la poste de Wheeling, et l'absence d'adresse de retour.

« Mais ouvre ! »

Laurel leva les yeux.

« Excuse-moi.

— Il n'y a pas de quoi. » Laurel retira la carte de l'enveloppe et étudia l'image. « On dirait...

— La grange de la ferme Pritchard, admit Denise. Ça ne peut pas être une coïncidence. »

Laurel ouvrit la carte et lut à haute voix :

> *Avant ce jour merveilleux de l'année*
> *Où le père Noël brave la nuit et le froid,*
> *Qu'une pensée tourbillonne dans la cheminée*
> *Et nous rappelle à toutes de garder la FOI.*

— C'est insupportable, non ?

— Très malin. Pas de menace à proprement parler. Rien qui puisse réellement effrayer un enfant.

— Mais sa mère, oui.

— C'est l'intention. Le meilleur moyen de te faire peur est de s'en prendre à Audra, même d'une façon voilée.

— Tu crois que c'est voulu ?

— C'est un genre de métaphore, le père Noël passe par la cheminée, même si les portes sont fermées. C'est ce que veut suggérer l'expéditeur, qu'il entrera de toute façon. Et Audra est capable de percevoir ça, en fait. C'est tordu. »

Denise posa sa tête dans ses deux mains. « Mon Dieu, qu'est-ce que je vais faire, moi ? Porter la lettre à la police ?

— Ça ne sert à rien si tu ne leur dis pas tout.

— *Impossible !* C'est hors de question. » Denise releva la tête, ses yeux gris brillaient d'un éclat féroce. « Et toi non plus, tu ne leur dis rien ! »

Laurel changea de ton. « Ne me dis pas ce que j'ai à faire, je te prie.

— Si tu parles, je démens tout. Et Monica fera la même chose.

— Eh bien, c'est parfait, lâcha Laurel, dégoûtée. Dans ce cas, qu'est-ce que tu décides ? De montrer une lettre anonyme aux policiers, des fois que l'un d'eux serait féru de poésie ?

— Oui.

— Et que veux-tu qu'ils fassent ?

— Découvrir qui a envoyé ça.

— Par quel moyen ?

— Les empreintes digitales.

— Denise, as-tu idée du nombre de personnes qui ont touché cette enveloppe ?

— L'enveloppe, oui, mais la carte ?

— Il y a déjà Audra, toi, et moi. S'il y a d'autres empreintes, elles seront probablement effacées ou brouillées. Et, même dans le cas contraire, elles ne serviront à rien si l'expéditeur n'a pas de casier judiciaire, s'il n'a intégré aucune administration ni aucun service de sûreté. Réfléchis. Les flics ne vont pas se donner la peine de faire des recherches au vu d'une carte de vœux malsaine. »

Denise ferma les yeux. « Tu as raison. Que ferais-tu à ma place ?

— J'irais à la police, à condition qu'une autre d'entre nous appuie mes dires.

— Monica et moi avons beaucoup plus à perdre que toi. »

Laurel contre-attaqua : « Parce que tu trouves que ma vie et celle de Crystal ne valent rien ?

— Non, non, bien sûr que non. » Denise leva les mains en signe d'impuissance. « Pardonne-moi, Laurel, je suis tellement bouleversée que je ne sais plus ce que je dis.

— Mais tu n'iras pas trouver la police.

— Avec la lettre, si.

— Ce qui ne servira à rien, tant qu'ils ne connaissent pas le reste de l'histoire, et donc ce que ça veut dire.

— Que puis-je faire d'autre ?

— Tu sais qu'en refusant de révéler la vérité, tu joues avec le feu, quand même ? Que tu joues avec *nos* vies. Peut-être même avec celle de ta fille.

— Ne dis pas ça !

— Je dis ce que j'ai à dire, Denise. Et ce que je dis est vrai. »

Denise hocha violemment la tête. « Je n'irai pas. Monica n'ira pas, et je ne pense que Crystal ira non plus. Elle a trop la trouille. Donc, je te repose la question, que crois-tu qu'on puisse faire ? »

Laurel était furieuse, pourtant elle s'efforça de maîtriser ses émotions. Morigéner Denise n'avançait à rien. Elle inspira profondément et répondit calmement : « Faute d'autre chose, essayer de trouver qui se cache derrière tout ça. Après ce qui m'est arrivé aujourd'hui, je mets Zeke Howard sur la liste des suspects. »

Denise se pencha vers Laurel. « Audra a pris sa leçon de piano chez mademoiselle Adelaïde, cet après-midi. Elle m'a rapporté que les sœurs Lewis parlaient entre elles d'un vieil homme fou. Elles disaient qu'on avait blessé quelqu'un, et elles ont mentionné ton nom.

— Ah ça, je n'ai pas eu le temps de m'ennuyer, je te le concède. Et les sœurs Lewis ont tout vu. » Laurel rapporta à Denise l'irruption de Zeke au magasin, son baragouin biblique, et la façon dont il avait projeté Mary sur les étagères. « Mary est à l'hôpital avec une commotion cérébrale et dix points de suture sur la tête.

— C'est affreux », commenta Denise presque automatiquement. Elle connaissait à peine Mary. « Mais qu'a dit Zeke, précisément ?

— Je ne me souviens pas exactement de la teneur de son charabia. Comme quoi les foudres du ciel allaient me tomber dessus, etc. Quand il s'en est pris à Mary, en revanche, il hurlait que Faith avait été rappelée à Dieu trop tôt, mais qu'elle le guidait depuis là-haut, même qu'elle le protégeait contre tous ceux qui lui voulaient du mal, à elle et à lui.

— À elle et à lui ? » répéta Denise d'une voix blanche. Elle ôta ses lunettes et se frotta les yeux. « Est-ce que Zeke connaîtrait l'existence du Six de Cœur ?

— Mary m'a appris qu'elle avait conservé toutes les affaires de Faith, et que son père avait fouillé dedans il n'y a pas longtemps. Peut-être a-t-il trouvé des lettres ou un journal intime. Dans ce cas, cela voudrait dire que Mary est elle aussi au courant. J'ai eu l'impression qu'elle tenait des propos bizarres sur Faith, ce matin.

— À savoir ?

— À savoir qu'elle avait gardé *toutes* les affaires de Faith. J'y attache peut-être trop d'importance.

— À mon avis, tout a de l'importance en ce moment. Au fait, qu'est-ce que c'est que ce cœur en rouge sur ta porte ?

— Quelqu'un qui s'occupe de mes extérieurs. »

Denise leva un sourcil. « Je te trouve étrangement calme.

— Ce n'est pas la première fois que j'ai ce genre de surprise en rentrant. Quand je suis revenue de la Wilson Lodge, l'autre soir, c'est une couronne funéraire qui m'attendait.

— Non ? Mais qui s'amuse à ça ?

— La même personne dans les deux cas, je dirais.

— Alors, ça ne peut être ni Zeke, ni Mary. Lui, il est en prison, et elle, à l'hôpital.

— Denise, la peinture est parfaitement sèche. Ça peut faire des heures que c'est là. Zeke a fait son entrée fracassante au magasin vers trois heures et demie, cet après-midi. Et pour la première fois depuis un an, Mary avait vingt-cinq minutes de retard ce matin.

— Kurt l'a vu, le cœur ?

— Non. Je me demande bien comment je vais lui expliquer ça. Surtout après la couronne mortuaire, parce que, celle-là, il l'a vue. Et je ne t'ai pas dit que quelqu'un m'a suivie quand je suis revenue de notre rendez-vous à la Lodge, quelqu'un qui m'a à moitié défoncé le pare-chocs arrière. J'ai bien failli me retrouver dans le fossé. Ce que j'ai également dit à Kurt. » Laurel se pencha vers Denise. « Je ne vois pas comment je vais l'empêcher de mettre son nez là-dedans. »

Denise posa sa tasse de café sur la table basse. Elle n'y avait même pas touché. « Il faut que je m'en aille », dit-elle froidement. Laurel était ébahie. Denise l'avait-elle vraiment écoutée ? Si oui, elle préférait manifestement ignorer ce qu'elle venait d'entendre. Elle se leva : « Tu viens poser les fleurs, demain ? »

Laurel pensa à faire mention une dernière fois de la police, mais y renonça. Denise n'en pouvait plus, elle était en train de remonter sa garde, et dès lors elle était hors d'atteinte, impénétrable. « Oui, Denise, fit Laurel d'une voix lasse. Je serai chez toi vers onze heures, demain matin. »

Denise regarda les chiens. « Tu peux les amener avec toi ? Audra me l'a demandé plusieurs fois. »

Laurel sourit. « Oui, mais ils ne voudront peut-être pas sortir de la voiture. Tu te rappelles l'année dernière ?

— Cela n'a pas d'importance. Audra ira les voir sur la banquette arrière. Elle est en adoration devant eux. »

Laurel conclut gentiment : « Tu sais, Denise, tu es la bienvenue ici, toi et Audra et Wayne. N'hésitez pas à passer quand vous voudrez. Surtout si la petite veut voir les chiens. »

Les yeux gris de Denise se remplirent de larmes. « Nous étions si proches, autrefois. » Laurel hocha la tête. Denise prit sa main dans la sienne. « Je te promets que si nous sortons vivantes de cette situation, tout recommencera comme avant. Tu me manques terriblement. »

Les larmes aux yeux elle aussi, Laurel regarda Denise marcher vers sa voiture. Elle savait trop bien que, de toute façon, rien ne serait plus jamais comme avant entre les membres du Six de Cœur, vivants ou morts.

*

Assise dans son minuscule living-room, Crystal essayait de se concentrer sur un article d'un magazine féminin, intitulé : « Comment réconcilier le désir et votre homme ». Selon l'auteur, il suffisait de quelques gouttes de parfum, d'un porte-jarretelles, et d'un peu d'imagination. *Laissez-lui un mot sur la table du salon, qu'il trouvera en rentrant du travail, pour lui dire qu'une surprise l'attend dans la chambre à coucher.*

Écœurée, Crystal envoya promener son magazine, qui atterrit au milieu de la pièce. Joyce faisait-elle ce genre de chose pour Chuck ? Buvaient-ils du champagne dans un jacuzzi plein de sels parfumés avant de faire l'amour à la lueur des chandelles ? Probablement. En outre, Joyce était mère de plusieurs enfants, dont deux adolescents sportifs en qui Chuck se reconnaissait parfaitement, alors qu'elle, Crystal, n'avait eu que ses fausses couches à lui offrir. Joyce avait aussi une très jolie petite fille de sept ans. Crystal l'avait vue avec Chuck à la parade de Thanksgiving. Il l'avait prise sur ses épaules, et tous deux s'amusaient follement, criaient, applaudissaient, s'encourageaient mutuellement. Il était manifestement tombé amoureux d'elle, et elle avait l'air d'un ange. Crystal n'avait jamais vu Chuck afficher une telle expression d'amour et de bonheur. Elle en avait été affligée au point de vomir sur le trottoir.

Crystal se remit à trembler, comme à chaque fois qu'elle repensait à cette parade. Elle s'en aperçut. Elle regarda l'horloge au mur. Huit heures du soir. Encore trois heures avant d'aller au lit et espérer trouver un sommeil incertain. Ou prendre un somnifère, pour éviter l'exaspération. Bon Dieu, depuis quand se réfugiait-elle ainsi dans le sommeil ? Alors qu'elle avait tant aimé se blottir contre Chuck, soir après soir, et suivre leurs feuilletons préférés à la télévision. Avec le recul, elle se rendit compte qu'il avait toujours paru vaguement insatisfait, jamais vraiment heureux comme elle l'avait été — surtout la dernière année qu'ils avaient passée ensemble, après le désastre de cet enfant mort-né. Et le médecin qui avait dû pratiquer une hystérectomie.

Crystal ne voulait toujours pas croire que Chuck était parti. Lorsqu'elle revenait de faire les courses, ou d'un aller et retour en ville, elle s'attendait encore à le retrouver dans le fauteuil du salon en train de regarder les résultats des sports à la télévision. Parfois, oubliant franchement son absence, elle allait même jusqu'à préparer son dîner. Chuck aimait la cuisine qu'elle faisait. Des plats simples, une nourriture saine. Joyce était probablement un de ces cordons-bleus de magazine. Elle lui servait sans doute des spaghetti accommodés à différentes sauces, des cœurs d'artichaut et des escargots, toutes sortes de choses dont Chuck avait en réalité horreur...

Mais que croyait-elle ? Que Chuck allait lui revenir parce qu'il préférait sa cuisine ? C'était idiot, cependant Crystal n'avait jamais passé pour une lumière. Contrairement aux autres du Six de Cœur.

Ce qui lui rappela qu'elle avait plus important à

faire que préparer à manger, lire ces magazines stupides, ou se demander à quelle heure elle allait enfin pouvoir dormir. Elle se leva vers la vieille commode à un angle du salon, ouvrit un tiroir et en sortit le Polaroïd d'Angela. Crystal frissonna. Mon Dieu, il fallait être vraiment furieux pour transformer une aussi jolie femme en magma sanguinolent, furieux au point de continuer à frapper même après le décès probable d'Angie.

On sonna. Crystal laissa échapper un petit cri et la photo lui tomba des mains. Elle la ramassa aussitôt, la remit dans la commode, referma le tiroir. Deuxième coup de sonnette. Puis un troisième. Crystal restait immobile. Soudain ce fut la voix de Chuck, qui cria : « Crystal, je sais que tu es là, ouvre-moi ! »

Il revient ! pensa-t-elle joyeusement. Il vient me retrouver. Je me doutais qu'il ne pourrait pas rester longtemps loin de moi, alors qu'il sait que je l'aime tant ! Elle regretta de ne pas porter autre chose qu'un vieux pantalon de jogging, de ne pas s'être maquillée, de n'avoir pas mis quelques gouttes de parfum, de...

Elle ouvrit la porte en grand et son cœur chavira. Chuck la fixait d'un regard de pierre, les traits durs comme de l'ardoise, les yeux plissés et impavides. Il entra sans mot dire dans le salon, laissant Crystal, bouche bée, à la porte.

« Chuck, qu'est-ce qu'il y a ? » demanda-t-elle timidement.

Il se retourna vers elle. « Ferme la porte. » Elle ressentit un léger picotement d'angoisse. Ils s'étaient parfois disputés au cours des années, mais jamais elle ne l'avait vu pris de colère blanche, froide. Comme s'il lisait dans ses pensées, Chuck dit : « Je ne vais pas te frapper. Je veux seulement parler. »

Se détendant un peu, elle referma la porte. « Tu veux quelque chose à boire ? Un Coca ? Une bière ?

— Rien. » Il portait un manteau bien coupé par-dessus un pull marin et un pantalon de flanelle. Qu'avait-il fait de ses jeans délavés, de ses chemises en denim, de sa vieille veste en cuir ? se demanda Crystal. Tout avait disparu, évidemment. Au rebut — comme Chuck l'avait elle-même mise au rebut. Il s'assit sans retirer son manteau. « Pourquoi refuses-tu de signer les papiers ?

— Quels papiers ?

— Ne fais pas l'idiote. Les papiers du divorce. »

Crystal joignit ses mains. Il faisait bon dans la pièce, mais elles étaient gelées. « Je ne veux pas divorcer.

— Moi si.

— Je ne te crois pas.

— Sans blague ? Ça fait des mois que je t'ai quittée. Pas une seule fois je n'ai pensé à revenir.

— C'est parce que tu n'y vois plus clair en toi. » Elle le regarda d'un air désespéré. Il était plus beau que jamais. *Son* Chuck. « On a eu des moments pénibles. Tu as du mal à retrouver un travail. Ces enfants que je n'ai pu avoir. Mais Chuck, nous nous aimons.

— Non.

— Si, nous nous aimons. Nous nous aimons depuis toujours.

— Non.

— Si. Depuis l'adolescence. Nous sommes faits pour être ensemble.

— Peu de gens sont faits pour être ensemble, Crystal. C'est du romantisme de foire. »

Elle vint s'agenouiller devant lui. « Ne dis pas des choses pareilles, tu n'y crois pas toi-même. Il y a des gens qui sont faits l'un pour l'autre, et c'est notre cas. Joyce n'est pas pour toi. Tu traversais une phase difficile, et elle est arrivée avec son fric et ses enfants. Mais, des enfants, nous pouvons en adopter.

— Non. Je n'ai pas d'emploi stable.

— Oh, il y a toujours moyen de s'expliquer. Ils comprendront que...

— Crystal, ça n'est pas la question.

— Mais ce n'est pas Joyce que tu aimes. »

Il soupira. « Crystal, lève-toi et arrête de délirer.

— Je ne délire pas ! C'est la vérité, ce que je te dis ! Tu ne l'aimes pas, c'est moi que tu aimes ! » Chuck l'étudia. Son regard bleu parut troublé un instant. Il s'apercevait qu'elle avait raison, pensa Crystal. « Chuck Landis, regarde-moi dans les yeux et dis-moi que tu ne m'aimes pas. »

Les pupilles de Chuck retrouvèrent leur fixité. « Je-ne-t'aime-pas. »

Crystal crut recevoir une gifle. Elle s'accroupit et posa ses bras sur ses genoux. « Chuck, nous avons partagé tant de choses, émit-elle d'une petite voix. Tant de choses que tu n'auras jamais avec Joyce...

— Tais-toi ! Ce que je veux partager avec Joyce, c'est justement ce que tu ne pouvais pas me donner. » Il se leva. « Je veux que tu signes les papiers. »

Recroquevillée devant lui, la gorge serrée, Crystal refusa d'un signe de tête.

Chuck s'empourprait. Sa colère froide se transformait en furie bien réelle. « Nom de Dieu, tu vas les signer ces papiers, ou je te... » Le souffle court, il haletait. « Signe-les, Crystal. Pour ta propre sécurité, signe-les, et dépose-les chez l'avocat lundi matin. Je te préviens, c'est la dernière fois que je te le demande. »

Il partit en claquant la porte. Crystal resta immobile par terre une bonne minute. Puis elle baissa la tête entre ses genoux et sanglota comme cela ne lui était jamais arrivé.

*

Monica se servit un autre whisky-soda et repartit au lit. Elle savait qu'elle avait déjà trop bu, mais elle n'arrivait pas à s'endormir. L'inactivité de ces dernières journées la rendait presque folle. Elle qui avait l'habitude de travailler douze heures par jour. Elle qui s'épuisait à la tâche jusqu'à tomber de sommeil. Cela valait certainement mieux que ruminer dans le vide.

Lorsqu'elle avait quitté Wheeling en décrochant une bourse d'études, elle s'était promis de ne jamais y revenir. Elle avait parfois envoyé une carte de vœux à sa grand-tante. Quand celle-ci avait répondu, cela avait toujours été avec condescendance, sans jamais omettre quelque reproche sous-jacent. Et, en mourant dix ans plus tôt, elle avait laissé tous ses biens aux œuvres de charité. Monica avait envoyé un petit panier de fleurs, mais elle n'était pas venue assister aux obsèques.

Bien que Monica ne l'eût pas admis devant Crystal, Denise, ou Laurel, sa grand-tante l'avait toujours soupçonnée d'avoir joué un rôle dans la mort de

Faith. Elle avait connu l'existence du Six de Cœur.
Monica resserra ses doigts autour de son verre. Elle
avait trop longtemps sous-estimé la vieille fouineuse.
Pendant que Monica était à l'école, elle avait fouillé
sa chambre presque tous les jours. Elle avait discrètement écouté ses conversations téléphoniques. Elle
avait tendu des pièges adroits, sournois, en prêchant
le faux pour savoir le vrai, et elle avait réussi à tirer
les vers du nez à sa petite-nièce. Monica avait fini
par devenir aussi douée à ce jeu que sa grand-tante,
mais elle avait entre-temps lâché de précieuses informations.

Le problème était que Monica ne se rappelait plus
exactement ce qu'elle avait révélé, et elle ne pouvait
donc présumer de ce que la vieille pie avait répété
autour d'elle. Elle ne s'en était pas souciée à l'époque
du décès. Celui-ci avait eu lieu trois ans après la
mort de Faith et il n'avait eu, apparemment, aucune
incidence. Aujourd'hui, dix autres années s'étaient
écoulées, et les choses avaient changé. La carrière
de Monica était passée au premier plan. Elle représentait tout pour elle. Avec John Tate. Et les deux
étaient intimement liés. Car Monica avait beau être
une excellente juriste, elle savait bien qu'elle ne serait
jamais arrivée à un poste aussi élevé, à son âge, sans
l'aide de John.

Cédant à l'impulsion, elle décrocha le téléphone et
composa le numéro personnel de John. Il avait une
ligne privée chez lui, dans sa bibliothèque. Il répondit
au bout de deux sonneries.

« John, ce que je suis contente de te trouver », dit-
elle, un rien essoufflée. Elle craignait qu'il ne lui en

veuille, car John n'aimait pas qu'elle l'appelle chez lui.

« Je viens juste d'entrer prendre quelques papiers. » Il parlait d'une voix nette, légèrement saccadée, sans aucune trace d'accent. John avait révélé à Monica qu'il s'était entraîné tous les jours pendant un an à perdre cet accent du Mississippi qu'il abhorrait. De sorte que personne, aujourd'hui, ne pouvait plus déceler ses origines. Il ne semblait pas en colère, et Monica s'en réjouit. « On a invité les Goldstein à dîner.

— Comment ça va, au bureau ?

— Je m'ennuie sans toi. » Il avait certainement bu quelques verres lui-même, faute de quoi il ne lui parlerait jamais ainsi. Surtout depuis chez lui. « Quand reviens-tu ?

— L'enterrement a lieu lundi.

— Donc, je te vois mardi ?

— Je ne sais pas. Je vais peut-être rester un ou deux jours de plus.

— Pour quoi faire ?

— Régler quelques détails

— Mais quoi ? Tu ne représentes pas les intérêts d'Angela Ricci, que je sache.

— Non. » Monica, nerveuse, but une gorgée de whisky. « J'ai besoin de ces deux jours.

— Monica, tu n'oublies pas le dossier Kingford, quand même ? Le procès commence dans deux semaines.

— Bien sûr que je n'ai pas oublié. Je serai prête. Je l'ai toujours été. Où en est Stuart Burgess ?

— Il a été libéré sur une caution d'un million de dollars. »

156

Monica avait caché à ses anciennes amies que le bureau d'avocats représentait l'ex-mari d'Angela, et elle n'avait toujours pas l'intention de le leur dire. « Il t'a révélé quoi que ce soit ?

— Rien. Et, si ce taré a tué Angela, je ne veux pas le savoir. Il va certainement falloir qu'il témoigne et il n'est pas question pour nous d'être complices s'il nous avoue un meurtre.

— Il ne l'a pas tuée, c'est impossible. »

John émit un petit rire. « On est censés travailler pour nos clients, mais on n'est pas obligés de les croire.

— Tu le crois coupable ?

— Oui. Maintenant, si tu penses l'inverse, tant mieux. Parce que, si tu arrives à débrouiller l'affaire Kingford dans les temps, il faudra que tu soutiennes Burgess, après. »

C'était la chance d'une vie. Angie avait juste embrassé une carrière internationale, et Stuart Burgess était un milliardaire excentrique. Les radios, les télévisions, les journaux couvriraient l'événement. « J'ai bien l'intention de le faire, dit Monica d'une voix ferme.

— Dans ce cas, autant rentrer aussi vite que possible.

— Je... »

Monica entendit une voix féminine. « Chéri, tu abandonnes tes invités, et moi avec. Il y a quelque chose qui ne va pas ?

— Non, non, répondit John en hâte. J'arrive tout de suite. » Un instant plus tard, il reprit à voix basse : « Il faut que j'y aille.

— Bien sûr. »

« Chéri », l'avait appelé son épouse, d'une voix légère et douce. John connaissait Lou-Anne Tate depuis le lycée. Elle était dévouée, jolie et passive. Jamais il ne la quitterait, ni leurs deux enfants.

« Je rentre aussi vite que possible, dit Monica.

— Bien.

— John, dit-elle brusquement. Je t'aime.

— Euh, oui. À bientôt. »

Elle raccrocha et se laissa tomber lourdement sur son oreiller. De peur que Lou-Anne ne l'entende, John n'avait pas dit qu'il l'aimait lui aussi. Monica lâcha un rire amer. C'est ça, tu as raison. Tu as le cerveau ramolli par le whisky, ma pauvre amie. John n'a jamais dit qu'il t'aimait.

Et Chuck Landis non plus... Laurel avait abasourdi l'avocate, l'autre jour, en lui révélant qu'elle n'ignorait rien de ce béguin d'adolescente. Monica pensait que personne ne s'en était douté. Qui était aveugle, dans l'histoire ? Monica avait désiré Chuck au point de lui proposer d'être sa première amante. Elle avait été certaine que le sexe était le meilleur moyen de le détacher de Crystal. Rien dans sa vie, ni avant, ni après, ne l'avait autant humiliée que ce refus. Et jamais elle n'avait avoué à personne s'être un jour entichée d'un homme beaucoup moins intelligent qu'elle. Pourtant une jalousie sauvage l'avait déchirée intérieurement à chaque fois qu'elle avait vu Chuck en compagnie de Crystal ou d'une autre fille.

En jetant son dévolu sur Chuck, Monica avait cependant ébauché le moule de toutes ses relations futures. Son psychanalyste lui avait affirmé qu'elle courait systématiquement après des hommes déjà « pris », pour répéter le scénario de son enfance.

Puisque son père avait abandonné sa mère — et elle-même — afin de suivre une autre femme. Depuis, Monica s'était mis en tête de triompher d'une « première » épouse, en recherchant un homme qui ferait d'*elle* un second choix. Elle avait toujours échoué, tant avec Chuck treize ans plus tôt qu'avec une demi-douzaine d'hommes ensuite, puis aujourd'hui avec John. John la désirait physiquement, et il la respectait. Il admirait ses qualités, son esprit vif, ses vastes connaissances juridiques, son goût du travail bien fait.

Monica était bien trop intelligente pour confondre le respect et l'admiration qu'il lui vouait avec de l'amour, mais c'était tout ce qu'elle avait obtenu de lui. Cela comptait suffisamment pour qu'elle soit bien décidée à le garder, c'est pourquoi elle ne lui parlerait jamais ni du Six de Cœur, ni de Faith.

Quel que soit le prix du secret, John ne saurait jamais rien.

7

Laurel passa une nouvelle nuit fiévreuse. À deux heures du matin, elle se réveilla en sueur, en train de se débattre sous sa couette. Son rêve l'avait ramenée à la grange de la ferme Pritchard, où elle tendait les bras vers le corps inanimé de Faith au-dessus des flammes. Alex et April, voyant Laurel s'agiter en dormant, avaient sauté sur le lit et lui léchaient le visage, comme pour tenter de la ramener à la réalité.

Elle se leva, partit à la salle de bains et se rafraîchit. Elle avait les yeux injectés de sang, et les lèvres enflées par le manque de sommeil. « Tu as une forme resplendissante pour cette fête demain soir, se dit-elle. Enfin, demain... C'est dans dix-huit heures. »

Difficile d'avoir moins envie de se joindre à une réception, mais elle avait promis à Denise d'y aller. Neil Kamrath avait décidé d'en faire autant, et Laurel ne voulait pas rater cette deuxième occasion de parler avec lui.

Elle s'habilla rapidement et arriva au magasin plus tôt encore que d'habitude. Elle avait oublié, en se réveillant, le verre brisé et le désordre laissés par Zeke Howard. La scène lui revint à l'esprit en entrant, et Laurel se dit qu'il lui faudrait trouver quelqu'un pour l'aider à tout nettoyer avant l'ouverture.

Elle se rendit directement au comptoir sans laisser son manteau dans l'arrière-salle. Le soleil filtrait par les vitrines et Laurel se figea brusquement.

Le magasin était impeccable. Pas un tesson de verre au sol — plus de fleurs piétinées, de jardinières brisées, de traces de lutte, rien. Il y avait en revanche un curieux tapis marine sur la moquette gris-bleu. Laurel s'agenouilla et le souleva par un coin. Une odeur de détachant monta jusqu'à ses narines. Laurel repéra un carré de moquette encore humide dessous.

« On n'a pas réussi à enlever tout le sang. »

Penny et Norma venaient de sortir de la kitchenette. « Avec un dernier bon coup de brosse, ça partira peut-être. Sinon il faudra faire venir un professionnel, dit Norma.

— Qu'avez-vous fait des étagères ? demanda Laurel.

— Clint, mon mari, est venu hier soir avec son pick-up pour les emmener à la décharge. Elles étaient fichues, Laurel. Clint dit que c'était irréparable.

— J'ai bien vu, oui. » Laurel se releva. « Je vais devoir en acheter d'autres. Je vous remercie infiniment d'avoir tout nettoyé.

— On voulait que tu arrives dans un magasin propre.

— Comment va Mary ? demanda Penny.

— Commotion. Dix points de suture à la tête. Quand je suis partie de l'hôpital, hier soir, les médecins s'apprêtaient à faire d'autres examens. Je pense que ce n'est pas trop grave. Si cela ne vous embête pas de garder le magasin une heure, ce matin, je vais y refaire un tour.

— Bien sûr, dit Norma. On a presque fini les décorations pour la réception des Price, ce soir. Tu iras avant midi, je suppose ?

— Oui. » Laurel fronça les sourcils. « Mais je ne peux pas tout installer toute seule. D'un autre côté, il y a trop de travail au magasin, et vous aurez besoin d'être deux.

— Clint a offert de t'y accompagner avec la camionnette. Après, il suffira que tu lui expliques ce qu'il y a à faire. Il exécute très bien les ordres. » Norma sourit. « Ça fait trente ans que je lui en donne et il ne s'en est jamais aperçu. »

Laurel partit d'un rire bref. « Vous me sauvez la vie ! Vous êtes formidables. C'est vraiment chouette qu'il veuille bien me conduire, surtout que j'ai besoin de faire un détour avant d'aller chez les Price. Je leur ai dit de m'attendre vers onze heures.

— Je vais appeler Clint pour qu'il soit là à dix heures et demie.

— Parfait. On essaiera de fermer vers trois heures, cet après-midi. On aura assez travaillé comme ça. »

Norma et Penny parurent soulagées de partir tôt. Pas étonnant. Il leur avait fallu au moins deux heures, la veille, pour remettre le magasin en état.

Laurel alla à la cuisine faire du café. Elle voulait aujourd'hui que les choses reprennent un aspect aussi normal que possible. Puis elle examina les commandes de samedi et de dimanche, qu'elle passa par téléphone au grossiste, en lui demandant de livrer plus tôt dans la journée, en raison de leur fermeture avancée. Plus tard, elle partit à l'hôpital.

Adossée à ses oreillers, Mary était en train de regarder la télévision. Le présentateur d'une émission matinale couvrait d'éloges une actrice inconnue. « Bonjour, Mary. »

Mary se tourna vers elle. Elle avait les yeux vitreux, cinq pansements au visage, et un vilain bleu à l'œil gauche.

« Je ne t'ai pas apporté de fleurs en pensant que tu en voyais assez souvent comme ça. »

Mary s'efforça de sourire. « Tu as bien fait. De toute façon, je rentre à la maison au début de l'après-midi. » Ses lèvres tremblaient légèrement. « Laurel, tu me gardes au magasin ? »

Surprise, Laurel écarquilla les yeux. « Mais bien sûr ! Ne me dis pas que tu te posais la question.

— Si.

— Eh bien, sors-toi ça de la tête », dit fermement Laurel, qui voyait ses doutes au sujet de Mary s'effacer pour laisser place à la pitié. « Je ne vois pas comment je pourrais m'en sortir sans toi. On sera encore toutes les deux à radoter sur nos couronnes de fleurs à l'âge de quatre-vingts ans. »

Mary parut incroyablement soulagée. « Comme les sœurs Lewis. Je suppose qu'elles ne sont pas venues prendre la leur, après ce qui s'est passé ?

— En effet. Je crois qu'elles ont de quoi alimenter leurs conversations pendant un bon mois. Mais peut-être que je leur en porterai une, pour qu'elles ne restent pas sur une mauvaise impression. » Laurel tira une chaise près du lit et s'assit. « Comment te sens-tu ?

— Fatiguée. Entre les analyses et le reste, je n'ai

163

pas beaucoup eu le temps de me reposer. J'ai mal partout.

— Je m'en doute. »

Mary décocha à Laurel un regard incisif. « Papa n'a pas fait exprès de me blesser.

— C'était un geste quand même délibéré.

— Il ne savait pas ce qu'il faisait. Je t'ai dit qu'il n'était plus lui-même, ces derniers temps. Je suppose que c'est l'âge.

— Peut-être. » Laurel marqua un temps. « Mary, pourquoi m'a-t-il jeté ces espèces de versets bibliques à la figure ?

— Il est toujours en train de réciter la Bible.

— Sans doute. Sauf qu'il parlait précisément de destruction ou de damnation, et que c'est à moi qu'il en voulait. »

Mary baissa les yeux. « Je ne sais pas quoi penser.

— Et qu'est-ce que c'est que ces façons de te comparer à Faith, de dire que tu ne la vaux pas, que tu fiches le camp au milieu de la nuit, comme elle ou comme ta mère ? »

Les doigts de Mary plissaient nerveusement l'ourlet de ses draps. « Il arrive que papa me confonde avec ma mère. Elle l'a quitté pour un autre homme, ça l'a marqué. Il me confond encore plus souvent avec Faith. Tu étais sa meilleure amie, et tu sais qu'elle n'était pas exactement un ange. Elle s'en allait parfois en douce retrouver un garçon, ou toi, ou les autres du... » Elle s'interrompit. « Il me confond avec elle. »

Laurel se raidit. « Les autres *quoi* ? Qu'est-ce que tu voulais dire ? »

Mary détourna le regard. « Les autres filles du lycée. Les gens qu'elle connaissait, quoi. »

Mais ce n'est *pas* ce que tu allais dire, pensa Laurel, mal à l'aise. C'est du Six de Cœur que tu voulais parler.

*

Sachant que Penny et Norma aideraient Clint à charger la camionnette, puis qu'elles lui indiqueraient comment se rendre chez les Price, Laurel prit la route de chez elle en sortant de l'hôpital. Une fois arrivée, elle attacha Alex et April à leurs laisses et leur ouvrit la portière arrière. Ils la regardèrent d'un air suspicieux. Les promenades en voiture se terminaient généralement chez le vétérinaire. Cette pensée assombrit aussitôt Laurel. Le vétérinaire était Victor Ricci, le père d'Angela. Laurel savait que, rentrés de New York, M. et Mme Ricci étaient en train de préparer les funérailles de leur fille. Elles auraient lieu dans vingt-quatre heures.

Laurel chassa cette idée de son esprit. Un seul regard à sa voiture suffit à lui remettre en mémoire qu'elle devait avant tout s'occuper de sa propre sécurité. Pas question de laisser la tristesse l'en distraire.

« Allez, montez, pressa-t-elle les deux chiens hésitants. Nous allons voir une de vos amies. »

Il fallut qu'elle insiste, mais, au bout de quelques minutes, Alex et April étaient finalement installés sur la banquette arrière, blottis l'un contre l'autre comme s'ils se rendaient chez le bourreau. Laurel sourit en les apercevant dans le rétroviseur. Kurt avait raison — même si elle ne l'admettait pas devant lui, ils ne feraient pas de mal à une mouche, encore moins à un cambrioleur.

La camionnette de Damron Floral était garée dans l'allée quand Laurel arriva chez les Price. Il y avait également celle du traiteur. Laurel savait qu'il était inutile de tenter de faire sortir les chiens dans un endroit qu'ils connaissaient mal, et qui était, de plus, en pleine effervescence. Elle les laissa dans la voiture et entra par la porte du garage. Denise l'accueillit. « Clint a déjà presque tout déchargé. » Elle baissa la voix. « J'ai eu peur en l'entendant sonner. Je n'avais pas vu que c'était ta camionnette.

— Excuse-moi, Denise, j'aurais dû te téléphoner pour te prévenir. »

Audra les rejoignit en courant, les yeux brillants. « Bonjour, Laurel !

— Madame Damron, corrigea Denise.

— Je préfère Laurel, dit celle-ci en souriant. Comment vas-tu, Audra ?

— Très bien. Je croyais que j'allais tomber malade, mais papa dit que je suis trop jolie pour les microbes et qu'ils ont peur de moi.

— Wayne est un médecin fabuleux, commenta Denise avec un clin d'œil. Il lui a fallu des années d'études pour établir des diagnostics de ce genre.

— Vous êtes venue avec Alex et April ? demanda Audra, tout excitée.

— Mais oui. Il faut que tu ailles à la voiture, si tu veux les voir. Ils ont peur de sortir.

— Aucune importance. » Audra s'élança vers la porte, mais sa mère l'arrêta pour l'obliger à enfiler d'abord un manteau. Trois secondes plus tard, Audra était sur la banquette arrière en compagnie des deux chiens.

« Qu'est-ce qu'elle est jolie, dit Laurel.

— Je sais que c'est un parti pris, mais je pense comme toi. » Denise s'interrompit. « Je me demande quand même ce que tu as fait à tes chiens pour qu'ils soient si timides.

— Je les bats tous les jours. »

Denise s'esclaffa. « Sûrement, tiens. Je me souviens, quand on était petites, tu ramenais chez toi les lapins et les oiseaux blessés que tu trouvais au bord de la route. Le père Ricci disait que c'était peine perdue, mais tu arrivais toujours à les soigner.

— J'ai l'impression que cinquante ans ont passé. »

Denise haussa les épaules. « C'était le temps de l'innocence, des jours heureux. Allez, viens. Il faut que tu me fasses une maison merveilleuse. »

Elle était déjà si élégante que ce n'était pas bien difficile. Laurel avait choisi, cette année, des guirlandes de feuilles d'érable en soie, enlacées, blanc et or, ponctuées de petites pommes dorées, pour décorer la rampe courbe de l'escalier et les moulures du salon. D'autres bouquets de feuilles blanches, de poinsettias dorés en soie, avec les mêmes petites pommes, paraient la table de la salle à manger et le piano à queue, tandis que d'épaisses bougies moulées dans des étoiles d'or, placées aux endroits stratégiques, faisaient scintiller le tout.

Laurel et Clint eurent bientôt fini, et Denise s'exclama, rayonnante : « Laurel, c'est magnifique !

— J'espère que ça plaira à Wayne. Il aurait peut-être aimé plus de couleurs.

— Il y en a déjà plein sur le sapin. Je suis sûre qu'il adorera.

— Comment ça va, à la cuisine ? »

Denise sourit. « Je ne fais que le strict minimum. J'ai failli piquer une crise de nerfs, à Noël dernier, avec la pièce montée. Alors, cette année, j'ai appelé un traiteur.

— *Mamma mia*, dit Laurel. On ne se refuse rien.

— On a même un barman professionnel.

— Et moi qui ai dit à Kurt de ne pas mettre de smoking.

— Écoute, ce n'est pas la remise des Oscars. Je souhaite que tout le monde soit à l'aise, et qu'on s'amuse, y compris le maître et la maîtresse de maison qui, pour une fois, n'auront pas à s'occuper du service.

— Alex et April pourront venir aussi ? »

Laurel et Denise se retournèrent vers la porte. Audra était arrivée à mettre leurs laisses aux chiens et à les faire sortir de la voiture.

« Incroyable ! » dit Laurel. Tout de même nerveux, les chiens se blottissaient contre les chevilles de la petite fille. « Comment as-tu réussi ?

— Je leur ai parlé gentiment, c'est tout, expliqua Audra d'un air dégagé. Je crois qu'ils m'aiment bien.

— Ça ne fait aucun doute. »

Denise paraissait contrariée. Laurel le remarqua : « Ne t'inquiète pas, ils sont parfaitement propres. Et ils ne cassent jamais rien. »

Denise se détendit. « Ils sont mignons, quand même.

— Alors, ils peuvent venir ? », redemanda Audra.

Laurel épargna à Denise un refus catégorique.

« Tu sais, ma chérie, je crois qu'ils seraient très malheureux au milieu de tous ces gens qu'ils ne connaissent pas. Et puis, ils dorment déjà, à cette heure-là. » Audra faisait la moue. « Mais tu peux venir chez moi quand tu veux, le dimanche. Ils se feront un plaisir de te montrer leurs jouets et de s'amuser avec toi dans le jardin. »

Le visage d'Audra s'éclaira un peu. « Je pourrai y aller, maman ?

— Si Laurel n'y voit pas d'inconvénient, bien sûr. On ira en janvier. »

Un quart d'heure plus tard, Clint repartait avec la camionnette, tandis que Denise et Audra — celle-ci avait toujours les chiens en laisse — raccompagnaient Laurel à sa voiture.

« Je te remercie mille fois, Laurel, tu as vraiment bien travaillé.

— Je suis contente que ça te plaise. Audra, tu fais monter Alex et April à l'arrière, s'il te plaît ? »

La petite fille prit place la première sur la banquette et, d'une voix susurrante, demanda aux deux chiens de la rejoindre. Avant de redescendre par l'autre portière, elle se pencha vers le siège avant et glissa à l'oreille de Laurel : « Vous ne voulez pas m'aider à persuader maman de m'acheter un chien ? »

Laurel rit. « J'essaierai. »

De la main, Denise et Audra firent au revoir à Laurel pendant qu'elle démarrait. Derrière le sourire de son amie, Laurel ne put s'empêcher de deviner une angoisse écrasante. Elles étaient l'une comme l'autre taraudées par la peur.

8

Laurel enfila un pantalon de laine blanc, un chandail angora de même teinte, agrémenté çà et là de quelques mailles dorées, et elle chaussa des escarpins neufs blanc et or. Un coup d'œil rapide au miroir en pied l'assura que l'ensemble allait parfaitement. Elle s'était maquillée légèrement plus que d'habitude, avec un peu de rose sur les lèvres, les yeux soulignés d'un trait de lavande, les paupières rehaussées d'une touche de mauve. Et ses cheveux, ô miracle, semblaient domptés. Tout bien considéré, Laurel était d'humeur légère, festive même.

Kurt arriva à huit heures moins le quart. Les yeux sur la porte, il commenta : « Je me demande ce qu'il y aura la prochaine fois, dit-il. Qu'est-ce qui te vaut l'honneur d'un cœur ? Ce n'est pas la Saint-Valentin, pourtant.

— Peut-être Zeke s'est-il senti une âme d'artiste avant de venir au magasin, hier après-midi, répondit Laurel sur un ton nonchalant. C'est toujours mieux qu'une couronne mortuaire, remarque.

— Mais plus difficile à enlever. Il faudra faire ça

à la térébenthine, et tu en seras quitte pour revernir ta porte. »

Il entra, vêtu d'un costume anthracite et d'une chemise beige. « Eh, mais tu es superbe ! s'écria Laurel. C'est dix fois mieux qu'un smoking.

— J'ai fait les frais d'un costard, dit Kurt. Je commençais à en avoir assez de mon vieux veston.

— Tu as un goût exquis, mon chéri.

— N'en jette plus, la cour est pleine. Et c'est toi qui es superbe.

— Tu exagères, mais je te remercie. Avant de partir, tu me donnes des nouvelles de Zeke Howard ? »

Kurt poussa un soupir. « Je savais que tu allais me demander ça. Il a été relâché. »

Laurel en resta bouche bée. « Relâché ? Ce n'est pas possible !

— Mary refuse de porter plainte.

— Je ne le crois pas. » Elle se reprit. « Enfin, si, je m'y attendais. J'ai bien compris en voyant Mary ce matin à l'hôpital qu'elle ne ferait rien. Il doit y avoir un moyen de le boucler, quand même ?

— Oui. Il faudrait un mandat d'amener, signé par un psychiatre.

— Et comment ça s'obtient ?

— Il faut déposer une demande d'examen psychiatrique au tribunal d'instance, qui la transmettra aux services sociaux.

— Qui doit faire cette demande ?

— N'importe qui. Le problème, c'est qu'on n'a pas beaucoup de témoins. Mary ne veut pas dire un mot. J'ai parlé aux sœurs Lewis, elles refusent de témoigner. Et je ne sais pas qui était la jeune femme au petit garçon.

— Moi non plus. Mais il reste Penny, Norma, et moi.

— Norma était dans l'arrière-salle, et Penny dehors.

— Pourtant tu étais accompagné par un autre agent, et tous tes collègues du commissariat l'ont bien vu arriver, eux aussi ?

— Laurel, dès qu'on a enfermé Zeke, il est redevenu doux comme un agneau. Un vieux monsieur affable et paisible, apparemment troublé par toute cette agitation.

— Il y a bien quelque chose qu'on peut faire !

— Chérie, si on avait l'attestation d'un psychiatre, c'est le juge qui déciderait de toute façon. Et je ne suis pas sûr que ce genre de papier nous aiderait. C'est la première fois que Zeke a un comportement dangereux envers quiconque, y compris lui.

— Et mes pare-chocs ?

— Rien ne prouve que c'était lui. On a regardé sa voiture, elle est impeccable.

— Mais... »

Kurt plaça ses deux mains sur les épaules de Laurel. « Écoute, même si on avait enregistré une plainte, le juge au tribunal conclurait à un écart de conduite. Il faudrait que Zeke remette ça une ou deux fois, et alors, on pourrait le faire interner. Pour l'instant... » Il haussa les épaules. « Il n'y a rien à faire.

— Eh bien, c'est admirable, fit Laurel, dégoûtée. Ce dingue se promène dans la nature, alors qu'il a failli tuer sa propre fille.

— C'est regrettable, j'en conviens. Il ne reste plus qu'à espérer qu'il fasse à nouveau des siennes. »

Laurel regarda Kurt. « Qu'il tue quelqu'un pour

de bon, par exemple. » Si ce n'est pas déjà fait, pensa-t-elle.

*

Une dizaine de voitures étaient déjà rangées devant la maison des Price quand Laurel et Kurt arrivèrent. De minuscules ampoules éclairaient de l'intérieur les deux arbres à feuilles persistantes, côté rue ; d'autres bordaient les contours de la grande baie vitrée.

« J'adore cette maison, dit Laurel tandis qu'ils se garaient.

— Je voudrais voir ta tête si tu devais payer leur note de chauffage.

— Kurt, arrête d'être matérialiste une seconde.

— Écoute, il faut admettre que cette maison est immense, pour seulement trois personnes.

— Ils auront peut-être d'autres enfants.

— Tu sais ce que je trouve bizarre ? demanda Kurt en fermant le contact. Vous étiez une demi-douzaine d'amies proches au lycée, et il n'y en a qu'une, parmi vous, qui ait un enfant aujourd'hui. » Laurel se tourna brusquement vers lui. « Évidemment, si Faith n'avait pas disparu...

— Mais elle n'est plus là, coupa Laurel.

— ... Son enfant aurait presque treize ans, poursuivit Kurt, comme s'il parlait tout seul. Je suis sûr que c'était un garçon. »

Laurel sentit son cœur battre plus vite. Le souvenir de Faith lui avait miné l'existence pendant des années, et le fait d'en parler la menait au bord de la panique. « Allons-y. J'ai froid. »

Elle descendit de voiture et s'engagea à pas rapides

le long de l'allée. « Hé, attends ! appela Kurt. Tu veux te débarrasser de moi ? »

Laurel avait déjà sonné et Wayne était en train de lui ouvrir quand Kurt la rattrapa. Wayne, un mètre soixante-quinze, bien en chair, le visage rond et les cheveux clairsemés, paraissait rayonnant. « Laurel ! Vous êtes superbe. Et bravo pour les décorations, c'est parfait. Bonjour, Kurt. Entrez vous réchauffer, il fait un froid de canard. On a des eggnogs[1] du tonnerre, ce soir. À réveiller les morts ! »

Il prit leurs manteaux. Plusieurs personnes étaient groupées dans le salon, et Laurel perçut de la musique. Elle se réjouit que ce ne fût pas des cantiques. Les traditionnelles bondieuseries de fin d'année avaient tendance à lui vriller les nerfs. Non, c'était du rock californien, paisible, ensoleillé, et d'assez bon goût. Denise vint à son tour accueillir les nouveaux arrivants. Elle portait une longue jupe écossaise aux couleurs de Noël, et un chemisier de soie blanche. « Tout le monde s'extasie sur les décorations, Laurel.

— Je suis flattée.

— Wayne prétend que vous avez les meilleurs eggnogs du monde ? demanda Kurt.

— Oui, sur la table de la salle à manger. Si tu allais nous en chercher, Kurt, pendant que je parle à Laurel une minute ?

— Ah, quand les filles ont des choses à se dire...

— Pas de remarques sexistes, ce soir, avertit Laurel. Et sers-moi un eggnog...

---

1. À Noël on boit en Amérique des « eggnogs » : lait de poule agrémenté de cognac.

— ... Sans alcool, je sais, dit Kurt. À vos ordres, mesdames. »

Il tourna les talons et Laurel demanda à voix basse : « Monica et Crystal sont là ?

— Crystal, oui. Je ne pensais pas la voir. Elle a l'air sur les nerfs. Cela fait des mois qu'elle ne sort plus, et tout ce monde semble l'impressionner. Elle a une mine affreuse, en plus. Il doit s'être passé quelque chose, mais je n'ai pas encore réussi à lui parler seule à seule.

— En revanche, j'étais sûre que Monica viendrait.

— Je la connais. Elle va attendre le bon moment pour faire une apparition remarquée. Neil Kamrath n'est pas là non plus. Tu as du nouveau au sujet de Mary et de Zeke Howard ?

— Ils sont tous les deux dans la nature, dit Laurel. Mary est sortie de l'hôpital et elle a refusé de porter plainte contre son père. Donc, ils l'ont relâché.

— *Quoi ?* C'est à peine croyable ! Et il n'y a rien à faire ?

— Kurt vient de m'expliquer. Il y a une procédure, mais c'est très compliqué, et on n'est jamais sûr de réussir. »

Kurt revenait avec les eggnogs. « Un maximum de calories, et pas une goutte d'alcool.

— Exactement comme je les aime. »

Audra les rejoignit dans une robe de velours rouge. « Bonjour. C'est vrai qu'ils dorment, Alex et April ?

— Oui. Ils se couchent tôt et ils se lèvent tôt.

— Ce soir, j'ai le droit de me coucher tard parce que c'est la fête. » Profitant de ce que Denise s'entretenait avec Kurt, Audra fit signe à Laurel de se baisser vers elle. « Maman veut que je joue du piano, mais je n'ai vraiment pas envie, lui dit la petite fille sur le ton de la confidence. Je suis très mauvaise. Je vais *mourir* si elle me force à jouer. »

Elle avait l'air si désespérée que Laurel prit fait et cause pour elle. « Je vais essayer de te tirer d'affaire. En suggérant que ce soit ton père qui joue. »

Audra rayonnait. « Vrai ? Vous feriez ça ?

— Qu'est-ce qu'il aime jouer ? »

Audra ourla ses lèvres. « La plupart du temps, il joue des trucs classiques sérieux. Mais ce qu'il aime *vraiment* jouer, c'est *Great Balls of Fire*. Maman n'aime pas qu'il le fasse devant tout le monde, mais je sais qu'il adore ça. Et moi aussi.

— Alors je vais le lui demander.

— Il faut que je te parle ! » entendit soudainement Laurel. Elle sursauta. Crystal, qui venait de les rejoindre, lui avait parlé à l'oreille.

Denise avait raison — Crystal avait une mine de déterrée. Ses yeux étaient cernés, et elle avait tenté de cacher sa fatigue sous des couches maladroites d'ombre à paupières qui produisaient l'effet inverse de celui escompté. Elle portait un pantalon bordeaux devenu trop étroit pour les kilos qu'elle avait pris au cours des derniers mois, un chandail de ski rayé, et son alliance pour tout bijou. Ses cheveux ternes, courts et filasses, étaient aplatis sur son crâne. Impossible de reconnaître la jeune fille mince au casque d'or et aux traits de poupée que tout le monde chérissait quinze ans plus tôt.

« Comment vas-tu, Crystal ? demanda Kurt.

— Ça va. » Elle jeta à Laurel un regard suppliant. « Tu as toujours cette vieille Volkswagen rouge ?

poursuivit Kurt. Tu ferais mieux de t'en débarrasser avant que les vrais problèmes arrivent.

— J'ai *déjà* de vrais problèmes.

— Quoi ? L'alternateur ? Les freins ? »

D'évidence, Kurt ne voulait pas lâcher le morceau.

« Il ne s'agit pas de ma voiture, lâcha Crystal sur un ton cassant. Si tu vois toujours Chuck, tu sais peut-être de quoi je parle. »

Kurt avait la tête de celui qui vient de poser le pied dans un champ de mines.

« Je suis désolé que ça n'aille plus entre vous, dit-il faiblement.

— Que ça n'aille plus ? C'est un euphémisme ! » Crystal lui empoigna le bras. « Chuck est ton meilleur ami. Tu ne pourrais pas faire quelque chose ?

— Faire quelque chose ? » répéta Kurt, dont les joues rosissaient aussi sûrement que Crystal donnait de la voix.

« Oui. Lui parler.

— Je lui ai parlé.

— Mais lui as-tu dit ce qu'il fallait ? » Crystal attirait déjà l'attention de plusieurs invités. Laurel était sûre qu'elle n'en était pas à son premier verre. « Que cette femme n'est pas pour lui ? Qu'elle est bien trop âgée ? Qu'il n'est qu'un jouet entre ses mains ? Elle s'en fiche, elle — elle n'aime pas Chuck comme je l'aime, moi... »

Denise interrompit la logorrhée. « Crystal, as-tu goûté la tarte aux raisins et au sucre candi ? Elle est vraiment délicieuse.

— Je n'ai pas faim et j'essaie de parler avec Kurt.

— Oui, eh bien, moi, j'ai faim, lâcha Kurt. Je vais goûter ça tout de suite. Merci, Denise. »

Il s'enfuit vers la table de la salle à manger où l'on avait disposé un immense buffet. Crystal se lança à la poursuite de Kurt pour continuer à en découdre. Denise leva les yeux au ciel : « Oh non, pas ça.

— Kurt lui rabattra son caquet, ne t'inquiète pas, l'assura Laurel. Mais elle va finir par dérailler complètement si elle refuse d'accepter que Chuck l'a quittée.

— Tu crois qu'elle y arrivera ?

— Je n'en sais rien. Je trouve qu'elle manque cruellement d'orgueil.

— C'est surtout qu'elle a vécu trop longtemps une vie sans problèmes, pour employer un euphémisme à mon tour. Un jour ou l'autre, on est toutes confrontées à une situation dont on ne veut pas. Elle, ça a mis du temps avant de lui arriver. Sans compter cette histoire de meurtre qui n'arrange pas les choses.

— Ça vaut aussi pour nous, dit Laurel. Je pense qu'on pourrait faire un petit effort pour l'entourer et la sortir de chez elle autant que possible. Crystal se sent délaissée par tout le monde.

— Il y a des choses que j'ai envie de changer dans ma vie, je te l'ai dit. Et j'ai plus de temps libre que toi. J'essaierai de m'occuper de Crystal. »

Laurel rejoignit Kurt à la table. Crystal était toujours près de lui, mais elle ne disait plus rien, malgré son air anxieux. Laurel se demanda si le mot détente signifiait encore quelque chose pour elle.

La sonnette retentit deux fois coup sur coup, et de nouveaux couples apparurent. Il y eut un troisième coup, et Denise alla ouvrir. Laurel tournait le dos à la porte d'entrée, mais Audra, qui lui faisait face, ouvrit grands les yeux en s'exclamant : « Ouah ! »

Laurel suivit son regard. Monica faisait une entrée rien moins que majestueuse. Elle portait une robe émeraude de style oriental avec un col chinois, sans manches et brodée de fil d'or, fendue jusqu'en haut des cuisses. Plus qu'il ne les cachait, le vêtement moulant révélait les formes séduisantes d'un corps parfaitement proportionné. Monica s'était maquillé les yeux, soigneusement et lourdement, ce qui lui allait à ravir — puisqu'elle était ravissante. Ses cheveux auburn semblaient danser autour de sa taille, et ses dents éclatantes attiraient la lumière entre des lèvres trop rouges. Elle donnait l'impression d'un oiseau exotique au milieu d'une volée de pingouins.

« Bonsoir, dit-elle d'une voix enjouée. Désolée d'être en retard. »

Le silence persista quelques instants. Laurel crut revoir Scarlett O'Hara faire irruption au bal de Melanie. Denise, qui fut la première à réagir, vint accueillir Monica avec un sourire forcé. « J'avais presque oublié que tu serais des nôtres, lui dit-elle.

— Je ne rate jamais une réception, vous savez bien. » Non, pensa Laurel, ni Denise ni moi ne le savions, et personne ne te connaît ici, à part nous et Kurt. « C'est tellement gentil de m'inviter », poursuivit Monica.

Restant auprès d'elle, Denise la présenta aux autres convives. « C'est une actrice ? demanda Audra, impressionnée, à Laurel.

— Non, ma chérie. C'est une avocate. Elle vit à New York.

— Ils s'habillent tous comme ça, là-bas ?

— Pas pour aller au bureau, quand même. »

— Elle a l'air super. J'aimerais bien que maman m'offre ce genre de robe.

— Je n'y compterais pas trop, à ta place, dit Laurel. De toute façon, tu es très jolie comme tu es. »

Kurt se glissa près de Laurel. « Est-ce que Monica se comporte d'une façon aussi déplacée que je le pense ?

— Elle a sans doute oublié qu'on est à Wheeling, ici, pas à Manhattan. Je reconnais qu'elle a fière allure.

— Et elle le sait. Regarde-la, elle est en train de mettre tout le monde dans sa poche. »

Laurel enfonça gentiment son index dans les côtes de Kurt. « Je dirais plutôt qu'elle t'intimide. Et que ce n'est pas nouveau.

— Qu'elle m'intimide ? Absolument pas. Je ne l'apprécie pas beaucoup, c'est tout. »

Vingt minutes plus tard, Monica lâchait à Laurel, d'une voix faussement nonchalante : « Denise m'a rapporté que Zeke était libéré ?

— Ça ne m'enchante pas. Et je trouve les procédures légales bien compliquées.

— Si elles ne l'étaient pas, je ne gagnerais pas ce que je gagne.

— Tu ne prendrais pas le même plaisir à aller travailler. Je ne te vois pas vendre des fleurs.

— Va savoir ? Ça doit être apaisant de tresser des couronnes. »

Laurel rétorqua que gérer un magasin de fleurs ne se réduisait pas à tresser des couronnes, mais Monica, sans l'écouter, scrutait la pièce d'un œil vigilant. Son commentaire avait quelque chose de hautain, de dédaigneux, ce dont elle ne s'était certainement pas rendu compte. Le tact n'avait jamais été son fort.

« Puisque tu me demandes de ses nouvelles, dit Laurel avec ironie, j'ai le plaisir de t'annoncer que Mary va mieux. Elle est sortie de l'hôpital aujourd'hui. »

Monica se retourna aussitôt. « Comme Zeke court lui aussi dans la nature, ça nous fait deux assassins potentiels en liberté, murmura-t-elle. Formidable. »

Crystal les rejoignit. Ce qu'elle avait dans son verre ressemblait étrangement à du bourbon, sec, mais elle ne paraissait pas plus calme pour autant. « Quelqu'un s'est introduit chez moi. Je suis allée faire des courses, dans l'après-midi, et il y avait des choses qui manquaient quand je suis rentrée. »

Monica la fixa aussitôt. « Quelles choses ?

— Une poupée de porcelaine. Et un almanach du lycée. »

Laurel en eut le souffle coupé. « Un almanach ?

— Oui. Celui qui comportait une page à la mémoire de Faith.

— Tu n'avais pas fermé ta porte ? demanda Monica.

— Tu veux rire ? Avec ce qui est en train de se passer ? Je la verrouille systématiquement, que je sois dedans ou dehors. Tu me prends pour une idiote ?

— Il n'y a pas eu d'effraction ?

— Non. »

Laurel fronça les sourcils. « C'était quoi, cette poupée ?

— Un cadeau de ma grand-mère. Une élégante avec une ombrelle et une longue robe froncée. C'est un bel objet, assez cher. Faith l'adorait.

— Dieu du ciel, gémit Laurel. Je m'en souviens maintenant. C'était une poupée française. Comment l'appelais-tu ?

— Bettina. » Crystal but une autre gorgée de son bourbon. « Monica, as-tu découvert quoi que ce soit ?

— Non. Mais je commence à me demander si Zeke n'est pas derrière tout ça.

— *Zeke !* » s'écria Crystal. Monica et Laurel lui intimèrent de baisser le ton. « Angie a été tuée à New York. Comment veux-tu qu'il soit allé là-bas ? »

Soupir de Monica. « Crystal, je te répète que New York, ce n'est pas le bout du monde. C'est à six cent cinquante kilomètres de Wheeling. Six heures de route.

— Mais Zeke est un vieillard.

— Un vieillard doué d'une force peu commune, apparemment. »

Laurel hochait la tête. « Il se sert encore de sa voiture et il est complètement fou. On ne t'a pas dit ce qui s'est passé hier ?

— Si, Denise me l'a appris. »

La sonnette retentit. L'instant d'après, Neil Kamrath faisait quelques pas incertains dans la pièce. Laurel jeta un regard rapide à Kurt, qui pâlit en même temps que ses traits se figèrent. Crystal sembla reculer, comme dégoûtée. Seuls Wayne et Monica paraissaient sincèrement heureux de le voir. Wayne lui offrit une poignée de main vigoureuse, pendant que Monica susurrait : « Ma parole, mais tu avais raison, Laurel. C'est *vrai* qu'il a changé. » Et, affichant un de ses sourires éblouissants, elle partit d'une démarche chaloupée dans la direction de Neil.

Crystal hochait la tête. « Monica et Faith. Il a toujours suffi qu'un type dépasse le mètre quatre-vingts pour qu'il leur plaise. »

On fit les présentations. Laurel savait que Neil maintenait un sourire forcé, lequel disparut complètement quand il croisa le regard de Kurt. Laurel s'en irrita. Kurt ignorait que Laurel et ses amies suspectaient l'écrivain du meurtre d'Angie. Peut-être, comme beaucoup à Wheeling, Kurt le croyait-il responsable de la mort de Faith. Seulement, s'il admettait qu'elle s'était suicidée, il ne pouvait pas en rejeter la faute sur Neil. Ce genre de décision se prend, après tout, seul. Et si Kurt pensait le contraire, alors il n'était pas seulement décevant, mais aussi ridicule. Kurt n'était pourtant pas un imbécile. Pourquoi se conduisait-il ainsi ?

De peur de voir Neil prendre la porte à cause de l'attitude de Kurt, Laurel alla le trouver. « Salut, Neil. Je me réjouis que vous soyez venu. »

Il retrouva son sourire — un vrai sourire, cette fois. « Je crois que vous avez réussi à me convaincre.

— Je ne me savais pas si influente.

— D'un autre côté, ma présence ici pourrait être mal vue. Mon père est en train de mourir.

— Wayne dit qu'il est dans le coma, lui rappela Laurel. Il ne sentirait pas votre présence, même si vous restiez à son chevet. Et il faut vivre, Neil, vous êtes bien vivant, vous. »

Il étudia Laurel d'un air grave. « C'est ce que tout le monde m'a dit après le décès de Helen et de Robbie. Je n'y croyais déjà pas beaucoup, et j'ai encore plus de mal aujourd'hui.

— Neil...

— Parlons d'autre chose. » Il sourit à nouveau. « Je ne suis pas venu jouer les trouble-fête. Je vais donc m'efforcer de m'amuser, même si votre petit ami me regarde de travers.

— Kurt est un bon garçon, à qui il arrive d'être irrationnel et têtu. Ne faites pas attention à lui. »

Laurel aperçut Denise en train de pousser Audra, désespérée, vers le piano. Zut, j'ai promis de l'aider, pensa Laurel. « Excusez-moi, Neil, fit-elle en s'éloignant.

— Chérie, disait Denise, tout le monde aimerait tant te voir jouer *Jingle Bells*.

— Maman, je n'ai vraiment pas envie.

— Elle n'a pas l'air un peu fatiguée ? » Denise, surprise, leva les yeux vers Laurel. « Et rouge ? » Laurel posa une main sur le front d'Audra. « Elle a chaud, on dirait. »

La surprise s'effaça sur le visage de Denise pour laisser place à l'anxiété. Je ne manque pas de culot, pensa Laurel, en trouvant les yeux de la petite empreints d'une immense gratitude.

« Tu n'as pas la fièvre, au moins ? dit Denise en posant à son tour une main sur le front d'Audra. Oh si, j'ai bien l'impression. Wayne ! »

Wayne accourut. « Qu'y a-t-il, ma chérie ?

— Laurel se demande si Audra n'aurait pas la fièvre. Regarde-la. Moi, je vais chercher le thermomètre. »

Denise s'éclipsa. Wayne — cela devenait comique — posa lui aussi une main, etc. Puis il s'esclaffa. « Tu as demandé à Laurel de voler à ton secours, c'est ça ? »

Audra acquiesça.

« Désolée, dit Laurel. J'ai compati.

— Ce n'est pas grave, répondit Wayne. Je n'arrête pas de répéter à Denise qu'en la forçant à prendre ces leçons, elle n'arrivera qu'à la dégoûter définitivement du piano. » Denise revenait avec son thermomètre. « Chérie, lui dit Wayne, Audra n'a rien du tout. Seulement il est grand temps qu'elle aille se coucher, d'autant plus qu'elle n'était pas bien il y a quelques jours. » Il embrassa sa fille sur le front. « Allez, au lit. »

Audra parut déçue, mais c'était les termes du contrat. Le clavier ou l'oreiller. Apparemment, elle préférait le second.

En redescendant l'escalier un quart d'heure plus tard, Denise trouva l'atmosphère plus animée. Plusieurs invités faisaient de fréquents allers-retours au bar. Laurel vit Neil prêt à prendre le départ, quand soudain Monica fondit sur lui avec ses yeux brillants, et ses longues jambes bien exposées. Impossible de savoir si elle avait l'intention de lui tirer les vers du nez ou de le séduire.

Une femme, dont Laurel ne se rappelait pas le nom, l'accapara un instant pour lui déclarer que les prix du fleuriste concurrent La Corbeille étaient disproportionnés, et qu'elle pensait sérieusement à s'adresser dorénavant à Damron Floral. Laurel se doutait que cela ne lui vaudrait que deux ou trois commandes par an, et elle sourit mollement. S'attendant visiblement à ce qu'elle saute de joie, son interlocutrice parut déçue, sinon insultée, et tourna les talons.

Laurel aperçut alors Kurt, qui avait engagé une vive conversation avec une jeune blonde fort avenante. Crystal était assise toute seule à grignoter des brownies d'un air désolé. Denise discutait sérieusement avec une brune d'âge moyen, enceinte d'environ huit mois. Comme Claudia, pensa Laurel. Ma sœur est censée accoucher dans quelques semaines et cela m'est parfaitement égal. Je n'ai même pas envie d'aller la voir à Noël. Qu'est-ce que j'ai donc en ce moment ?

La pièce parut soudainement enfumée, bruyante, confinée. Laurel pensa à proposer à Kurt de rentrer, mais alors Neil risquait d'en faire autant. Monica était peut-être en train de glaner de précieuses informations à ses côtés. Et Kurt semblait enthousiasmé par la jolie blonde. Laurel se dit qu'elle aurait normalement dû se sentir jalouse. Il n'en était rien.

Wayne approchait d'elle et, d'un geste qui l'étonna elle-même, elle le prit par le bras. « Audra n'avait pas envie de jouer, mais vous ? Il paraît que vous êtes le roi du piano. »

Il se montra réjoui. « Vous êtes sincère, ou c'est pure politesse ?

— Pure politesse, évidemment », répondit-elle.

Il pouffa. « Aucune importance. Mais, maintenant que vous avez demandé, tant pis pour vous. Le sort en est jeté. »

Il partit en direction du piano, pendant que Laurel frappait dans ses mains pour attirer l'attention. « Et maintenant les doigts de fée de votre médecin préféré vont vous montrer ce qu'ils savent faire au clavier. » Des rires fusèrent, on applaudit, et plusieurs personnes vinrent se placer autour du piano à queue.

« J'ai un répertoire plutôt limité, alors ne m'en demandez pas trop, dit Wayne solennellement en s'asseyant devant son instrument. Je ne joue que ce que je connais. Je vais commencer par quelque chose de facile. *Even Now* de Barry Manilow. »

Laurel n'avait entendu Wayne jouer qu'une fois, et elle avait oublié qu'il était vraiment doué. Il chantait bien, également — pas de cette voix polie et entraînée des professionnels —, tout simplement bien. Debout derrière lui, les yeux brillants, Denise sirotait son eggnog comme du petit-lait. Quelle chance elle avait eue de rencontrer Wayne, pensa Laurel. Avec Audra, ils formaient une famille parfaite et harmonieuse.

Wayne termina et quelqu'un s'écria : « Bravo ! Une autre ! »

Modeste, Wayne baissa la tête : « Si vous insistez... » Il enchaîna avec *Every Little Kiss* de Bruce Hornsby. Des mains frappèrent en rythme et, au bout de quelques instants, le salon entier vibrait au son du piano, de la voix de Wayne, et presque tout le monde claquait des doigts ou des mains.

À la fin de la chanson, la plupart des invités avaient trouvé l'humeur allègre qu'on attend de ce genre de soirée. Quelques-uns partirent remplir leurs verres, d'autres s'éloignèrent du piano, vite remplacés par de nouveaux. Laurel ne se préoccupait plus du tout de Kurt. Le living-room était maintenant plein, et l'assemblée paraissait prête à prendre franchement du bon temps.

Laurel parla fort pour couvrir le brouhaha. « Répertoire ou pas répertoire, il y a quelque chose que j'aimerais vous entendre jouer. Que diriez-vous de *Great Balls of Fire* ? »

Amusée, Denise décocha à Laurel une œillade

faussement réprobatrice. « Ça ne serait pas Audra qui t'aurait glissé ça à l'oreille ? lui demanda-t-elle.

— Elle m'a dit que Wayne adorait jouer ça et je veux le voir renverser le tabouret en montant sur le piano comme Jerry Lee Lewis.

— Le tabouret, je ne sais pas, s'esclaffa Wayne. Mais pour le reste je n'ai rien contre ce vieux Jerry Lee. »

D'un instant à l'autre, le bienveillant Dr Price, enrobé et le cheveu bientôt rare, se transforma en rock-star de la première heure. Quelques personnes se mirent à danser le rock'n'roll. Laurel ne parvenait pas à détacher ses yeux des doigts de Wayne, qui dansaient, eux aussi, sur le clavier. Jerry Lee, pensa-t-elle, enthousiaste, vous n'en savez rien, mais vous avez un sacré concurrent à Wheeling. Pour la première fois depuis des semaines, Laurel se sentait jeune et heureuse. Surgissant de nulle part, un homme la prit par le bras et se mit à la faire tournoyer en rythme avec les autres danseurs dans le salon.

Wayne approchait d'un finale somme toute paroxystique quand soudain une femme poussa un hurlement. Prenant la chose pour un cri d'enthousiasme, ou absorbés par la musique, beaucoup d'invités n'y prêtèrent pas attention. En revanche, les doigts de Wayne quittèrent instantanément le piano, tandis qu'il se levait si brusquement que son tabouret se renversa. Ses yeux étaient fixés sur l'escalier.

Laurel arrêta son cavalier et se retourna. Audra était dans l'escalier dans son pyjama rose. Elle tenait une petite poupée en plastique et, sous ses yeux affolés, sa bouche était couverte par de l'adhésif de plombier-zingueur.

La musique s'étant arrêtée brutalement, tout le monde ressentit une sorte de trouble. Les invités se figèrent les uns après les autres, puis leurs regards convergèrent vers Audra. Wayne et Denise, qui avaient traversé le salon en courant, rejoignirent leur petite fille au même moment.

Wayne retira délicatement le puissant adhésif de la bouche d'Audra. « Mon Dieu, ma chérie, mais que s'est-il passé ? murmura-t-il.

— J'ai vu un fantôme dans ma chambre, répondit-elle d'une voix plate. Un fantôme avec une grande robe blanche et de longs cheveux roux. Il m'a mis une main sur la bouche, puis un bâillon. Alors il a dit que ma mère ne me méritait pas. Et il m'a donné ça. »

Audra tendit la poupée à Laurel. La poupée avait également les cheveux roux. Elle était nue à l'exception d'un médaillon en forme de cœur, suspendu à son cou par une chaînette.

Denise accourut et prit l'enfant, raide et effrayé, dans ses bras. « Doux Jésus, dit-elle en hoquetant. Tu n'as rien, mon amour ? »

Laurel détacha le médaillon et le retourna. Elle l'avait déjà reconnu, mais elle vérifia tout de même et lut à haute voix les initiales gravées au dos. « F. S. H. — Faith Sarah Howard. » Puis, levant les yeux vers Denise : « C'est la dernière chose que la mère de Faith lui avait laissée avant de partir de chez elle. »

9

Laurel ne prit conscience de la présence de Kurt à ses côtés qu'au moment où elle l'entendit parler. « Audra, où est partie cette personne ?

— Ce n'était pas une personne. C'était un fantôme. Il me l'a dit.

— Avec une voix d'homme ou de femme ? »

Audra était indécise. Au moins l'hésitation venait-elle de remplacer l'effroi sur son visage. « Je ne sais pas. Il chuchotait.

— Où est-il parti ? insista Kurt.

— Je ne sais pas. Dans le couloir.

— L'escalier du fond ! » s'écria Laurel.

Pendant que Denise et Wayne tentaient de consoler l'enfant terrorisée, Laurel emmena Kurt à la cuisine. Elle était vide. Jouxtant le mur ouest de la maison, l'escalier du fond n'était séparé que de trois mètres de la porte arrière, qui donnait accès au jardin. Elle était entrebâillée. Se munissant d'un torchon, Kurt l'ouvrit en grand. Le petit perron du jardin était sec sous l'auvent. Une multitude d'empreintes maculaient un reste de neige sur la pelouse.

« Alors ? fit Laurel.

— Alors, il y a déjà un bon moment que le "fantôme" est parti.

— Mais qui...

— Mary ou Zeke. Qui d'autre pouvait détenir le médaillon de Faith ? » Kurt serrait les mâchoires. « Je vais appeler le shérif, et leur dire de venir pendant que je file chez les Howard.

— Tu ne préfères pas les attendre ?

— Si j'attends, Mary ou Zeke sont capables de brouiller les pistes derrière eux. Et on n'a pas refermé le dossier de Zeke.

— Pour voir où ça nous a menés.

— On a fait ce qu'on a pu, dit sèchement Kurt. Je te garantis que je vais bientôt savoir si l'un ou l'autre vient de s'en prendre à Audra. »

En retournant au salon, ils constatèrent que la moitié des invités étaient partis. Wayne s'excusait en leur disant au revoir. N'apercevant ni Denise ni Audra, Laurel conclut qu'elles étaient remontées dans la chambre de la petite. Crystal et Monica s'attardaient devant le piano. « Vous pouvez me rejoindre chez moi ? demanda Laurel. Je crois qu'on a besoin de parler. »

Crystal afficha son air craintif. Monica durcit son regard : « Tu vas encore nous bassiner pour qu'on aille à la police, c'est ça ?

— Je ne vais *bassiner* personne. Je vais en appeler à ce qu'il vous reste de raison. Monica, tu es avocate. Tu leur conseillerais quoi, à tes clients, dans une telle situation ?

— Je leur conseillerais de se taire. » Monica finit son verre d'un trait. « J'y vais. Et, Crystal, à moins que tu ne cherches d'autres ennuis et que tu ne sois décidée à perdre Chuck définitivement, je te conseille la même chose. »

Laurel posa une main sur celle de Crystal. Elle était gelée. « Crystal, *je t'en prie...*

— Je... je ne peux pas. » Crystal baissa les yeux. « Je suis navrée. Je sais que je te déçois, mais Chuck...

— Chuck t'a quittée ! dit brutalement Laurel. Et ce n'est pas en refusant de parler de la mort de Faith que tu le feras revenir. Ce que tu risques, c'est de te faire tuer.

— Je ne *dirai rien* à la police. Je ne peux *pas* ! »

Les joues perlées de larmes, Crystal se précipita à la porte.

*

Laurel savait qu'il ne servirait à rien d'essayer de raisonner Denise. Même si elle y arrivait, Denise était de toute façon trop bouleversée par les événements de la soirée pour réagir avant demain. Et Laurel avait déjà décidé de ce qu'elle allait faire, *elle*.

Kurt la déposa chez elle avant de partir chez les Howard. Elle ouvrit sa portière et lui demanda : « Tu repasses une fois que tu as fini ?

— S'il faut les emmener au poste, il y en a peut-être pour un moment.

— Ça m'est égal. J'ai vraiment besoin de te parler. »

Il l'observa d'un regard pénétrant. « Vas-tu enfin m'expliquer ce qui se passe depuis une semaine ? »

192

Elle ne répondit pas tout de suite. « Oui, Kurt. Je vais te le dire. »

Il l'embrassa. « Bien. Je n'aime pas que tu te replies sur toi comme ça, surtout que tu as l'air d'avoir peur et de souffrir. On se connaît depuis l'âge de huit ans.

— C'est Faith qui m'avait poussée dans tes bras. »

Il sourit. « Chuck et moi n'étions pas si bêtes qu'on en avait l'air. On n'avait peut-être que huit ans, mais on savait déjà ce que c'était, une jolie fille. » Laurel sourit en se souvenant d'elle à cet âge, avec ses cheveux emmêlés et ses premières incisives disparues. « Je reviens dès que je peux. »

Laurel avait laissé deux lampes allumées dans le salon. April et Alex levèrent la tête et la regardèrent, endormis, depuis leurs coussins devant la cheminée. Apparemment, il n'y avait pas eu de visite indésirable dans la soirée, du moins rien qui les eût perturbés. La victime, ce soir, avait été Denise. Laurel, pourtant, aurait préféré trouver quelque nouvelle décoration finalement inoffensive sur sa porte, plutôt que voir Audra ainsi effrayée. L'imbécile qui s'était grimé en fantôme pour affoler une petite fille sans défense méritait d'être fouetté. Enterré jusqu'au cou avec un pot de miel sur la tête au milieu des fourmis rouges.

Cela avait-il pu être Zeke ou Mary ? se demanda Laurel en calant quelques bûches bien sèches dans la cheminée. Il avait été facile d'entrer par la cuisine, de se glisser par l'escalier du fond, et de disparaître ensuite, ni vu ni connu. Tandis que le feu reprenait, Laurel s'assit pour réfléchir sur le canapé. Quelqu'un aurait pu aussi facilement, en profitant du léger vent de folie rock'n'rollienne qui s'était emparé du salon, s'éclipser cinq minutes. Laurel ferma les yeux en s'efforçant de se remémorer la scène. Neil Kamrath était-il resté dans son champ de vision ? Non. Elle en était certaine. Avait-il profité de l'agitation générale pour filer à l'anglaise, comme il en avait clairement eu l'intention avant que Monica ne jette son dévolu sur lui ? Ou bien s'était-il faufilé au-dehors pour enfiler cet odieux déguisement, avant de prendre l'escalier du fond ?

Laurel plia ses jambes contre sa poitrine et croisa ses bras par-dessus. Elle se représenta Neil, avec une grande blouse blanche et une perruque rousse, tenant à la main une poupée seulement vêtue du médaillon de Faith, et elle trouva cette idée parfaitement absurde. Seulement Audra avait été épouvantée, et l'épouvante était précisément le fonds de commerce de l'écrivain Neil Kamrath. Il gagnait bien sa vie avec ça, non ?

Laurel avait pourtant plaidé avec ferveur, devant Crystal et Monica, qu'il y avait un monde entre l'imagination et la réalité. Ce n'est pas parce qu'on écrivait des choses horribles qu'on était déséquilibré, ni qu'on leur donnait vie.

Laurel ne savait pas depuis combien de temps elle contemplait les flammes, ni où en était le cours de ses pensées, lorsque Kurt frappa à la porte. Elle remarqua en le recevant qu'il avait les joues rougies par le froid, que le pantalon de son costume neuf était mouillé, que ses chaussures étaient couvertes de terre.

« D'où tu sors ?

— De chez les Howard. Quand je suis arrivé, il y avait de la lumière, mais personne n'est venu m'ouvrir. J'étais prêt à repartir quand j'ai entendu

Mary appeler : "Papa ! Où es-tu ?" Je me suis laissé guider par sa voix. Il ne m'a pas fallu longtemps pour la trouver. Mary était dans tous ses états. Elle m'a dit qu'elle venait de faire un tour dans la chambre de son père pour s'assurer qu'il dormait, mais que son lit était vide. On a cherché dans les bois et on a fini par tomber sur lui. Il était assis sur une vieille souche en train de baragouiner des inepties.

— À qui ?

— À Faith et à Genevra. Mary m'a rappelé que c'était le nom de sa mère.

— Oui. Et qu'est-ce qu'il racontait ?

— Que Genevra n'avait pas mérité ses enfants, que Faith était injuste, et patati, et patata.

— Kurt, Audra disait que son fantôme lui avait affirmé que sa mère ne la méritait pas.

— Je sais.

— Où est Zeke, maintenant ?

— Chez lui. Au lit.

— *Chez lui ?*

— Laurel, je ne peux pas arrêter quelqu'un sous prétexte qu'il parle aux arbres. Je n'ai aucune preuve de rien. Évidemment, entre le moment où on l'a trouvé et l'apparition du fantôme, une bonne heure a dû s'écouler. Mais, écoute ça : Mary m'a empêché de rentrer chez elle sans mandat. Il n'y a rien eu à faire. »

Laurel leva un sourcil. « Comme si elle avait quelque chose à cacher.

— C'est ce que j'ai pensé. Elle m'a ordonné de partir avant d'appeler le médecin pour Zeke. »

Laurel comprit brusquement que Kurt était épuisé. « Assieds-toi. Tu veux quelque chose à boire ?

— Une bière, si tu en as. »

Elle partit à la cuisine chercher une canette et un verre. Lorsqu'elle revint, Kurt avait retiré ses chaussures. Les jambes étirées devant le feu, il était à moitié couché sur le canapé. « Ton pauvre costume, murmura Laurel.

— Tu crois qu'un teinturier peut arranger ça ?

— Je le porterai chez le mien. Il fait des miracles.

— Tant mieux. Ça me ferait mal de voir ce costume fichu, alors que je ne l'ai porté qu'une fois. » Kurt sourit. « Ma mère n'a même pas eu le temps de le voir.

— On aurait dû prendre un Polaroïd avant de partir chez les Price, tout à l'heure. » Un Polaroïd. La photo du corps mutilé d'Angie. Laurel avait pris une décision, qu'il n'était plus possible d'ajourner. « Kurt, je t'ai dit que je voulais t'expliquer ce qui se passe. » Il la regarda gravement. « Ça a commencé il y a treize ans avec la mort de Faith Howard. »

Le cœur battant, elle raconta l'histoire, en commençant par la constitution du Six de Cœur, puis leur intérêt croissant pour la sorcellerie, en finissant par la nuit où Faith, saoule et intrépide, avait passé son cou dans le nœud coulant et glissé sur la botte de foin. Le feu. Puis la fuite de la grange. Et treize années de silence.

Laurel s'attendait à une expression d'horreur, voire un regard incrédule de la part de Kurt. Il n'y eut rien de tout cela. À peine ses mâchoires se resserrèrent-elles, ou ses paupières battirent-elles parfois. « Kurt, à quoi tu penses ? demanda Laurel d'une petite voix.

— À rien, dit-il, imperturbable. Qu'est-ce que tout cela a à voir avec ce qui se passe en ce moment ? »

Il la regardait comme s'il ne la connaissait pas, comme s'il ne voulait plus la connaître, et, l'espace d'un instant, Laurel se sentit incapable de poursuivre. Mais il le fallait.

Elle passa à la seconde partie de l'histoire d'un ton presque dénué d'émotion. Elle rapporta à Kurt les indices laissés dans l'appartement d'Angie — le six et le cœur tracés avec son sang sur le miroir de la salle de bains, la carte du jugement trouvée près de son cadavre. Elle mentionna les photos qu'on avait envoyées à Monica, à Crystal, et à elle-même. Elle les lui montra. « Ensuite, la voiture sur la route, la couronne funéraire, le cœur peint sur ma porte. Crystal m'a dit tout à l'heure qu'on était entré chez elle pour lui voler un almanach du lycée et une poupée de porcelaine que Faith avait adorée, à l'époque. Et maintenant le fantôme d'Audra. Denise, Crystal et Monica refusent de révéler à la police les circonstances de la mort de Faith. Au point qu'elles menacent de nier les faits si, *moi*, je parle. Je ne vais quand même pas rester assise les bras croisés, pendant qu'on terrorise une petite fille et qu'un nouveau meurtre est toujours possible. »

Ses mains, glacées, tremblaient lorsqu'elle finit sa phrase. Kurt, détournant les yeux, braqua ceux-ci sur le feu. Son corps était parfaitement immobile. Laurel attendit aussi longtemps qu'elle le put, puis éclata : « Mais parle ! » Pas de réponse. « Kurt, si tu as envie de me dire que je suis un être immonde, une lâche, une menteuse, si tu as envie de m'engueuler, fais-le !

Ne reste pas là sans bouger comme une momie. Ton silence me rend folle !

— Pour ce qui est du silence, je n'ai rien à t'envier. »

Elle l'avait supplié de parler. Ses mots firent à Laurel l'effet d'une gifle, mais il avait raison.

« Je sais que nous avions tort, Kurt, et je ne vais pas me réfugier sous le prétexte que nous étions jeunes et que nous avons eu peur. C'est vrai, mais on avait plus de jugeote que ça. Ce que nous avons fait est terrible, pourtant nous n'avons *pas* tué Faith. C'était un accident.

— Vous étiez toutes en état d'ivresse et vous l'avez poussée à commettre un acte stupide, au prix de sa vie et de celle de son enfant. »

Elles n'avaient poussé Faith à rien faire. À l'exception de Monica, elles avaient voulu la dissuader, assurément, de se mettre la corde au cou, mais Laurel n'invoqua pas d'excuses supplémentaires. De toute façon, Kurt ne faisait même plus mine de l'écouter.

« Que vas-tu faire ? demanda doucement Laurel.

— Il n'y a plus rien à faire pour Faith et son bébé.

— Tu ne m'apprends rien, Kurt. Je te parlais de l'assassin qui semble déterminé à la venger.

— Je ne sais pas encore. J'essaierai d'interroger la police de New York, mais je doute qu'ils se montrent très coopératifs, d'autant plus que Monica a eu accès à des choses qu'elle n'aurait pas dû entendre. En revanche, ce que j'ai, *moi*, à leur dire les intéressera peut-être. » Il soupira. « Il faut que je m'en aille. »

Raide comme la justice, Kurt remit ses chaussures et se dirigea vers la porte. Laurel le suivit. « Kurt, tu m'appelles demain ?

« — Je n'en sais rien, répondit-il d'un air absent. Bonne nuit, Laurel. »

Il ne la toucha pas, ne croisa pas son regard. Pendant des mois, Laurel avait cru la présence et l'affection de Kurt acquises, naturelles. Elle sentit sa gorge se nouer en le voyant remonter silencieusement dans sa voiture. Comme si elle venait de perdre, maintenant, son meilleur ami.

10

Laurel préféra ne pas retrouver son lit. Elle se couvrit du plaid et se coucha en chien de fusil sur le canapé. Kurt étant parti, Alex et April vinrent se blottir contre elle. Elle savait que son pantalon et son chandail blancs seraient couverts de poils le lendemain matin, mais peu lui importait. La note du teinturier, ça n'était pas grand-chose. La présence chaleureuse — dans les deux sens du terme — de ses chiens affectueux, si.

« Denise, Crystal et Monica vont être folles de rage contre moi », leur expliqua-t-elle. Depuis deux ans qu'elle vivait seule avec eux, Laurel avait pris l'habitude de leur parler comme à des êtres humains. Alex pencha la tête, comme pour mieux prêter attention. « Mais j'avais besoin de me confier à Kurt. Je sais que les gens seront épouvantés d'apprendre comment Faith a réellement trouvé la mort. Elle était ma meilleure amie. Même les clients se détourneront, je suis sûre. Papa sera furieux. Mais j'ai bien fait. Il fallait que je parle à Kurt. J'aurais dû le faire dès que j'ai appris le meurtre d'Angela... »

Elle continua de marmonner pour le seul bénéfice d'Alex et d'April jusqu'à finalement trouver le sommeil au milieu de la nuit. Un soleil radieux, illuminant la grande baie vitrée, la réveilla au matin.

Laurel consulta sa montre. Huit heures et quart. Elle n'avait pas dormi si tard depuis des mois. Les chiens, déjà debout, la regardaient dans l'expectative. « Le petit déjeuner n'arrive pas, c'est ça ? » leur demanda-t-elle d'une voix ensommeillée.

Elle repoussa le plaid et se leva. Le canapé avait beau être long, large et confortable, Laurel était courbaturée. Si seulement elle pouvait prendre la journée pour elle et penser à se détendre. Impossible. Ce dimanche-là, il y avait trop à faire. Comme elle avait fermé tôt deux jours de suite, vendredi à cause de la scène de Zeke, et la veille pour pouvoir décorer à temps la maison des Price, Laurel devait aujourd'hui mettre à jour ses commandes pour la levée du corps d'Angela Ricci.

Une douche chaude, deux aspirines et une tasse de café lui donnèrent l'impression d'être redevenue à peu près humaine. Vêtue d'un jean, d'un épais chandail rouge, puis les cheveux négligemment coiffés en queue-de-cheval, elle gagna sa voiture, et, une fois de plus, évalua les dégâts — le pare-chocs enfoncé, le bas du coffre voilé. Kurt avait promis d'aller demander des devis à différents carrossiers. Il était peu probable qu'il tînt maintenant sa promesse.

Laurel partit vers dix heures et prépara une cafetière en arrivant au magasin. Ses yeux étaient irrités par le manque prolongé de sommeil, mais elle n'avait pas faim. Elle ressentit un curieux mélange de soulagement, puisqu'elle s'était confiée à Kurt. Et de détresse, au vu de sa réaction. Il n'avait pas voulu comprendre. N'était-ce pas ce que Monica avait prédit ? Que *personne* ne voudrait comprendre ? Que les membres encore vivants du Six de Cœur deviendraient des parias pour le reste de la ville ? Monica avait sans doute vu juste, mais Laurel ne regrettait pas sa décision. Elle avait fait ce qu'il fallait, et qu'importent les conséquences.

Elle travaillait depuis presque une heure à composer bouquets, crapauds et corbeilles, lorsqu'elle entendit frapper à la porte.

Nous sommes dimanche matin, pensa-t-elle, irritée. Les heures d'ouverture sont indiquées à la porte, et il y a le panneau FERMÉ. C'était peut-être Kurt, se dit Laurel subitement. Elle essuya ses mains mouillées en vitesse sur son jean et courut ouvrir.

Neil Kamrath l'attendait derrière la vitrine.

Laurel hésita. Souhaitait-elle vraiment se retrouver seule avec lui au magasin ? Rien n'établissait encore qu'il n'était pas l'assassin d'Angie. Mais son sourire était désarmant et il faisait grand jour. Laurel aperçut un couple qui passait dans la rue. À l'évidence, Neil ne se risquerait pas à un acte de violence en présence de témoins potentiels. Et c'était une occasion de plus de s'entretenir avec lui.

Laurel déverrouilla lentement, puis entrouvrit la porte, en gardant sur Kamrath un regard accusateur. « Bonjour, Laurel, dit-il poliment. J'ai appelé chez vous. Vous ne répondiez pas, alors j'ai pensé que vous seriez peut-être ici. » Sans arrêter de le dévisager, Laurel hésitait à le laisser entrer. « J'ai vraiment besoin de vous parler, dit-il en remarquant son manque d'empressement. Vous avez une seconde ? »

Laurel baissa les yeux, puis recula et ouvrit

franchement. Les vampires ne viennent chez vous que si vous les invitez, pensa-t-elle malgré elle, en se demandant aussitôt où elle avait déniché cette absurdité. Sans doute dans un livre de Kamrath lui-même...

« Vous travaillez toujours le dimanche ? lui demanda-t-il.

— Non. Mais on a fermé tôt hier soir, ce qui n'aurait pas posé de problème si les livraisons étaient arrivées à l'heure, comme je le leur avais demandé. Évidemment, ils ont oublié, et je suis en retard sur les commandes pour la levée du corps d'Angie, ce soir.

— Ah. » Il fit la grimace. « Je pense que je n'irai pas. À en juger par les réactions des gens quand je suis entré hier chez les Price, je n'ai pas laissé que des bons souvenirs ici.

— Il ne faut pas généraliser.

— Alors pourquoi est-ce que vous restez raide comme un piquet, sans même l'ombre d'un sourire ? »

Parce que c'est la première fois que je me trouve seule en votre présence, pensa Laurel. « Je crois que je suis encore secouée par cette histoire de fantôme.

— C'est justement ce dont je voulais parler.

— Ah ? »

Il hocha la tête. « Ce que j'ai vu me dérange. » Laurel le laissa continuer. « Je veux dire, je suis navré pour la petite fille. Mais c'est de la poupée qu'il s'agit. Du médaillon, exactement.

— Du médaillon ? »

Autre hochement de tête. « Une semaine après le décès de Faith, j'étais passé chez les Howard pour prendre de leurs nouvelles. Zeke n'était pas là. Mais Mary est sortie sur le perron et s'est mise à crier comme une folle en me trouvant. Elle disait que ni elle ni son père ne voulaient plus jamais me voir. Qu'elle me tenait pour responsable de la mort de sa sœur. Elle m'a jeté à la figure la bague que j'avais offerte à Faith. J'étais étonné, parce que je la croyais inhumée avec. Ce que j'ai dit à Mary. Elle a hurlé qu'elle n'aurait pas permis que Faith soit enterrée avec quelque chose qui venait de moi. Et elle m'a dit ces mots : "Le seul bijou qu'on lui ait laissé, c'est le médaillon que ma mère lui avait donné avant de partir." »

Laurel fronça les sourcils. « Mary a dit que sa sœur avait été enterrée avec ?

— Oui. Aux obsèques, le cercueil de Faith était fermé, comme vous devez vous en souvenir. À cause de son état, ils... »

Laurel sentit son estomac se soulever. « Ça va, arrêtez ! » Elle détourna les yeux. « Donc, ce qu'avait dit Mary est faux. Parce que le médaillon d'hier soir était bien celui de Faith. Je l'ai vu des centaines de fois.

— C'est ce dont je voulais m'assurer avec vous. Vous l'avez vu de très près, hier soir, moi pas.

— Neil, je vous croyais parti quand Audra est apparue dans l'escalier.

— Non, j'étais sur le point de le faire, mais j'ai vu la petite fille et j'ai attendu. Je ne suis parti qu'après vous avoir entendue lire les initiales sur le médaillon. Là, j'ai vraiment filé. Il m'arrive d'être émotif. La petite avait vraiment l'air terrifiée. »

Fallait-il le croire ? Oui. Puisqu'il avait *vu* Laurel saisir le médaillon, et lire l'inscription à haute voix.

« Neil, en sortant, vous n'avez pas remarqué si quelqu'un s'enfuyait ?

— Non. » Il inspira profondément. « Vous devez vous demander pourquoi je suis venu parler de cela avec vous. C'est que je suis interdit de séjour chez les Howard, voyez-vous ? Et je ne peux pas vraiment aller trouver la police, qui m'a suspecté du meurtre de Faith il y a treize ans.

— Les soupçons ont vite été levés.

— Peut-être, mais l'attitude de votre ami Kurt n'est pas le fruit du hasard. Les autres policiers réagiront de la même façon que lui. Même Crystal me regarde comme si j'étais un dingue.

— Crystal est quelqu'un de fragile, en ce moment. Elle a eu trois fausses couches, et un enfant mort-né l'année dernière. Ensuite Chuck l'a quittée. Tout le monde essaie de ne pas trop faire attention à ses sautes d'humeur et à ses propos incongrus.

— Je ne lui ai jamais dit plus de dix mots à la suite, et ce qu'elle peut penser de moi m'est parfaitement égal. Mais les Howard, ça n'est pas la même chose. Mary travaille pour vous. Je suis bien conscient que vous êtes plutôt de son côté, seulement ce qui s'est passé hier soir est à mon sens plus que troublant. Supposons que Mary ait menti et que Faith n'ait pas été inhumée avec ce médaillon. Cela impliquerait que Mary l'ait conservé depuis. Alors qu'est-ce qu'il faisait sur cette poupée, nom d'un chien ?

— Quelqu'un cherchait à affoler Audra. »

Neil devenait impatient. « C'est évident. Mais pourquoi ?

— Je n'en sais rien, répondit sèchement Laurel. Audra n'a jamais connu Faith. »

Neil fixait Laurel. Elle eut le sentiment que ses yeux bleu pâle scrutaient les profondeurs de son cerveau. Il poursuivit : « Et il est arrivé un certain nombre de choses pour le moins bizarres, récemment, non ? C'est même la raison pour laquelle Monica a cru bon de me faire subir un interrogatoire serré, hier soir. Ce pour quoi j'étais à Wheeling, quel jour j'étais arrivé, si j'étais passé par New York, et cetera. Comme si elle cherchait à reconstituer mon emploi du temps de la semaine dernière. » Il s'interrompit. « C'est-à-dire au moment où Angela a été assassinée ! »

Bravo, Monica, pensa Laurel, courroucée. L'Inquisition, à côté, ça devait être de la petite bière.

« Je ne me trompe pas, n'est-ce pas ? » reprit Neil.

Dieu du ciel, pourquoi l'avait-elle laissé entrer ? se demanda Laurel. Et qu'allait-elle faire maintenant ? Continuer à jouer les ingénues et le rendre fou de rage ? Ou bien en faire un confident, voire un ami ? Il fallait prendre une décision tout de suite.

« Neil, si vous avez encore un moment, je souhaiterais vous parler.

— Monica aurait-elle oublié quelque chose ?

— Non. Écoutez, j'ai bien dit vous parler. De ce qui se passe ces jours-ci, et du passé aussi. Venez vous asseoir dans la cuisine avec moi. C'est plutôt une longue histoire. »

Après leur avoir versé à chacun une tasse de café, Laurel recommença comme la veille avec Kurt — le Six de Cœur, les jeux toujours plus dangereux auxquels elles s'adonnèrent, et finalement cette nuit funeste à la grange Pritchard. Quand elle s'arrêta, Neil détourna les yeux, les mains serrées sur sa tasse de café. Il avait un teint de marbre. Il mit un certain temps avant d'articuler : « J'ai toujours su que Faith n'était pas suicidaire.

— C'est sûr. »

Neil reposa sur Laurel son regard pénétrant. « Cette nuit-là, vous saviez qu'elle était enceinte ?

— Elle ne m'en avait rien dit. C'est vrai qu'elle était bizarre depuis une ou deux semaines...

— Bizarre ?

— D'humeur changeante, capricieuse. Elle pouvait être repliée sur elle-même, puis, d'un instant à l'autre, exubérante et enjouée.

— C'est comme ça qu'elle était le jour de sa mort. Elle n'avait presque pas desserré les mâchoires de la soirée, et subitement elle était complètement excitée à l'idée de partir à la grange. C'est elle qui a insisté pour se mettre la corde autour du cou. On a presque toutes essayé de l'en dissuader.

— *Presque*, vous dites. Voyons, laissez-moi deviner. Ça veut dire toutes, sauf Monica, je suppose.

— Monica voulait que ce soit Denise. Et Denise a refusé.

— Faute de quoi, c'est elle qui aurait subi le sort de Faith, dit froidement Neil.

— Pas nécessairement...

— Et, une fois Faith bien morte au bout de sa corde, vous avez toutes perdu votre langue.

— Neil, on a eu peur que les gens ne s'imaginent qu'on était saoules et qu'on l'avait tuée. On nous aurait au moins accusées d'homicide involontaire.

— Ah, ça, c'est du Monica tout craché. Je l'entends d'ici. Même à l'époque. Je vais vous dire, moi, ce qui s'est passé, vous l'avez bouclée et c'est moi qu'on a accusé d'avoir poussé Faith au suicide parce qu'elle était enceinte et que je ne voulais soi-disant plus d'elle ! » Neil se leva, rouge de colère. « Allez vous faire foutre, Laurel ! Vous et votre club de foldingues ! J'espère que vous récolterez exactement ce que vous avez semé, les unes comme les autres ! »

Laurel crut qu'il allait la gifler. Le temps sembla se dilater tandis qu'elle attendait ce coup qui ne vint pas. Neil leva un bras, la foudroya d'un regard furieux et désespéré, mais tourna les talons et quitta la cuisine à grands pas.

Laurel entendit claquer la porte du magasin, et elle relâcha l'air retenu dans ses poumons. Puis elle partit la verrouiller, et regarda au-dehors par la vitrine. Neil avait disparu.

Laurel se rendit compte brusquement qu'elle tremblait. Alors elle se laissa couler par terre en pleurant comme cela ne lui était plus arrivé depuis des années.

*

Encore vingt minutes, et il fallait partir à la levée du corps d'Angela. Après avoir enfilé une robe marine, Laurel était en train d'ajuster de minuscules boucles d'oreilles en or. Si elle avait prévu d'y aller avec lui, Kurt ne s'était toujours pas manifesté.

Elle reprit espoir en entendant le téléphone sonner. Pas longtemps. C'était sa mère. « Laurel Damron, tu aurais quand même pu m'avertir, pour Angie ! Enfin, combien de fois a-t-elle dormi chez nous, autrefois ? Vous étiez amies depuis l'école primaire, et il faut que j'apprenne à la télévision qu'elle a été assassinée ?

— Excuse-moi, m'man. C'est un peu agité ici, en ce moment.

— Un coup de téléphone, ça ne prend que cinq minutes ! »

Une fois lancée, Meg Damron était capable de fulminer pendant une bonne heure. Et elle était, à l'évidence, bien lancée.

« Maman, je voulais seulement que tu ne t'inquiètes pas.

— Enfin, j'ai laissé quatre messages sur ton répondeur. Tu ne l'écoutes jamais ?

— Tu sais bien que je suis négligente pour ce genre de choses. Je suis désolée. » Il fallait changer de sujet. « Comment va Claudia ? »

Laurel avait visé juste. « On a eu une fausse alerte, hier. On a passé des heures à l'hôpital. Claudia a été plutôt, euh, grossière avec le médecin, parce qu'il n'a pas voulu lui faire une césarienne, et "en finir", comme elle disait. » Pour ce qui est de la grossièreté, j'ai toute confiance en ma sœur, pensa Laurel en souriant. Claudia avait un tempérament volcanique et constituait à elle seule un dictionnaire de jurons. Laurel imagina la scène. « Ton père s'est énervé et lui a dit que la prochaine fois qu'elle serait enceinte, on repartirait en Virginie pour avoir la paix. Je lui en ai voulu de se fâcher, mais au moins ta sœur s'est calmée. »

Maintenant, elle va bouder pendant trois semaines et cela ne sera pas une sinécure, conclut Laurel. Elle aurait préféré aimer sa sœur, mais elle avait eu beau faire toutes sortes d'efforts, elle n'y était jamais parvenue. Elle ne lui voulait pas de mal, non, mais rester auprès d'elle plus de deux heures à la suite constituait une épreuve pénible, et le sentiment était réciproque.

« Bon, explique-moi ce qui est arrivé à Angie, reprit Meg Damron, qui n'abandonnait pas un sujet aussi facilement.

— Je n'en sais pas plus que toi. Je pars dans cinq minutes pour la levée du corps.

— Et il n'y aura pas de fleurs de notre part !

— Mais si, maman. Une immense corbeille de M. et Mme Damron. C'est le genre de chose que je n'oublie pas.

— Bien. Pauvre Angie. Ce que je plains ses parents. Ils l'adoraient. Elle était dix fois trop gâtée, d'ailleurs. » Laurel leva les yeux au ciel. Si quelqu'un avait été gâté, pourri, c'était surtout Claudia. « Ils ont dépensé une fortune en leçons de danse et de piano.

— Et ils ont bien fait. Angie avait réussi.

— Oui, soupira Meg Damron. Je regrette que Claudia n'ait pas pris le même chemin. » Impossible, pensa Laurel. Angie avait du talent à revendre. Claudia n'a que son physique. « Comment va Kurt ?

— Ça va. Je l'attends d'une minute à l'autre. » Mensonge. Laurel voulait en finir au plus vite avec cette conversation. Et surtout ne pas parler de Kurt. « Il faut que j'y aille, m'man.

— D'accord. On te voit dans quelques jours. Transmets nos condoléances à M. et Mme Ricci.

— Bien sûr, maman. À bientôt. »

Laurel n'alluma pas la radio en route. Si elle aimait d'habitude chanter en conduisant, l'idée ne lui traversa pas l'esprit ce soir. Elle redoutait en fait cette levée du corps plus qu'elle ne l'aurait cru. Après la scène que lui avait faite Kurt la veille, puis celle de l'après-midi avec Neil, elle ne souhaitait rien d'autre que se retrouver seule. Lorsqu'elle s'engagea sur le parking de l'entreprise de pompes funèbres, elle eut envie de faire demi-tour. Cela ne suffirait-il pas d'aller à l'enterrement demain...

Quelqu'un frappa à la vitre. Sursautant, Laurel tourna la tête, reconnut Denise, et descendit de voiture.

« Mais ça va pas, non ? » explosa Denise avant que Laurel ait eu le temps de refermer sa portière.

« Quoi, *ça va pas* ?

— T'es pas malade ? Kurt est venu chez moi aujourd'hui. Encore heureux qu'Audra n'ait pas été là ! Je n'arrive pas à croire que tu aies tout raconté à la police !

— Comment, après ce qu'a enduré ta propre fille ! rétorqua Laurel. Bon sang, mais c'est moi qui n'arrive pas à croire que tu ne sois pas allée la trouver. Enfin, comment peux-tu rester les bras croisés ? C'est de ta fille qu'il s'agit, là, non ?

— Tu ne vas pas critiquer la façon dont j'élève mon enfant au vu d'un événement qui a eu lieu il y a treize ans !

— Je ne critique pas la façon dont tu élèves Audra, mais j'ai l'impression qu'en ce moment, tu n'as pas tous tes esprits. Denise, la mort de Faith, c'est du passé. En revanche, Angie s'est fait assassiner, je te rappelle ! » Reprenant son souffle, Laurel s'efforça de dompter sa colère. « Qu'as-tu dit à Kurt ?

— Que je n'avais aucune idée de ce que tu racontais. Que je n'avais jamais entendu parler du Six de Cœur et que je n'avais certainement pas assisté à la mort de Faith. »

Laurel resta bouche bée. « Tu as menti sur tous les points ?

— Un peu, oui, que j'ai menti. J'ai fait ce que je t'avais dit. Comme Crystal et comme Monica, d'ailleurs.

— Parce qu'elles aussi, il est allé les voir ? Et vous avez toutes démenti.

— Parfaitement. Il y a des choses sur lesquelles il n'est pas question de changer d'avis. On ne va pas foutre nos vies en l'air pour un accident stupide. » Denise tourna le dos à Laurel. « Jamais je ne parlerai ! lança-t-elle dans son dos. Jamais ! »

Laurel la regarda partir vers sa voiture. « Denise, tu n'as pas fini de le regretter, cria-t-elle. A moins que tu ne sois la prochaine à y passer ! »

*

Vingt minutes plus tard, Laurel ressortait du funérarium. Il y avait eu foule, et, dans l'ensemble, des gens qu'elle ne connaissait pas. Monica, qui n'avait pas lâché d'une semelle les parents d'Angela, avait gratifié Laurel d'œillades assassines. Gardant ses distances, Laurel l'avait ignorée en présentant ses condoléances aux Ricci.

« Je suis effondrée », leur avait-elle dit, à défaut d'une autre formule. Mme Ricci paraissait avoir pris dix ans depuis leur dernière rencontre, au printemps.

« Je m'en doute, ma petite, avait-elle répondu. C'est une tragédie. Angela était si jolie, et la voilà dans un cercueil fermé. On vous a dit que son ex-mari a envoyé des fleurs ? Des orchidées. Quel fils de pute !

— Allons, Gina, était intervenu M. Ricci.

— Il ne faut pas se voiler la face ! C'est lui qui l'a tuée, mais cette ordure a engagé un de ces cabinets d'avocats pourris pour plaider sa cause — Goldstein, Tate et je ne sais plus qui. » Laurel avait levé les yeux vers Monica, qui regardait ailleurs... « Ils vont nous refaire O. J. Simpson, version côte Est ! »

Le Dr Ricci, dont les talents de vétérinaire se doublaient de manières apaisantes, posa une main sur le bras de sa femme. « Gina, calme-toi. Si Stuart est coupable, il sera condamné. »

— Je l'avais suppliée de ne pas l'épouser, continua Mme Ricci, dont les larmes jaillissaient. Je l'avais suppliée... »

Le Dr Ricci offrit un regard d'excuse à Laurel et s'éloigna avec sa femme. Laurel signa le livre des invités, jeta un dernier coup d'œil au cercueil couvert de roses blanches, et se faufila dehors. La foule, le parfum entêtant des fleurs, la colère brutale de Gina Ricci, la douceur dévastée de son mari, le fait que la société de Monica allait représenter Stuart Burgess au procès — ce que l'intéressée avait soigneusement omis de mentionner lors des retrouvailles du Six de Cœur —, cela faisait trop, bien trop. Laurel combattait la nausée, elle avait hâte de rentrer chez elle aussi vite que possible.

Elle n'y trouva pas la tranquillité escomptée. Depuis deux ans que ses parents avaient déménagé en Floride, Laurel avait pourtant grandement apprécié cette maison. L'appartement qu'elle avait habité auparavant était minuscule, ses murs du papier à cigarette. Elle y avait constamment entendu les autres locataires, à gauche, à droite, au-dessus et en dessous, et elle s'y était sentie sans arrêt épiée, du moment où elle rentrait jusqu'à celui où elle reprenait sa voiture. Ici, par contre, elle n'avait pas de voisins, elle pouvait s'occuper d'animaux familiers si elle en avait envie, et jouer ses disques à plein volume au milieu de la nuit, sans déranger personne.

Toutefois, malgré la présence des deux chiens, elle avait fini par s'y sentir seule ces derniers temps. Elle savait sans le moindre doute que Kurt ne passerait pas la voir. Mary n'appellerait pas pour demander si elle avait oublié une commande du lendemain. Et Laurel ne se voyait pas téléphoner à Crystal ou à Denise. Elles avaient rétabli un semblant de relation, mais les propos de Denise devant le funérarium venaient de refermer les portes. Laurel se sentit brusquement plus seule que jamais.

Elle essaya de s'intéresser au film du dimanche soir à la télévision. En apprenant qu'elle allait mourir du cancer, l'héroïne paraissait découvrir le vrai sens de la vie. Déprimant. Laurel éteignit le poste et saisit un livre. Sur la quatrième de couverture, la critique, unanime, le qualifiait d'« envoûtant ». Depuis un mois que Laurel l'avait commencé, elle attendait encore l'envoûtement promis.

Elle posa le roman, se leva, alluma sa chaîne stéréo, et choisit un CD. Puis elle s'allongea sur le canapé, s'emmitoufla dans le plaid et laissa son esprit dériver sur les premières mesures de la *Sonate au clair de lune*. Quelques minutes plus tard, elle revoyait Faith et Angela danser au son de la même musique. Pour Zeke, la danse était un péché capital, mais Faith avait désespérément souhaité être danseuse. Combien de fois Faith et Angela étaient-elles venues le dimanche chez Laurel, une fois les parents de celle-ci partis au magasin l'après-midi ? Angela s'était toujours fait un plaisir de montrer à ses amies ce qu'elle venait d'apprendre à son dernier cours de danse.

Les yeux fermés, Laurel les observait qui tournoyaient au ralenti dans son imaginaire. Angela et Faith étaient grandes et gracieuses, la première avec ses cheveux de jais, l'autre avec de longues boucles cuivrées. Elles semblaient flotter dans un autre monde, celui d'une jeunesse éternelle, d'une perfection intemporelle.

Puis Faith regarda Laurel. Son regard bleu était vif, son sourire énigmatique. « Laurel, dit-elle doucement. Tu es en mesure d'arrêter la mort, parce que tu *sais*. Et toi seule sais. N'oublie pas ce que tu *sais*. »

Laurel se réveilla en sursaut et s'assit d'un même mouvement, tandis que ses yeux balayaient la pièce vide autour d'elle. Où étaient-elles parties ? Laurel n'avait pas cru rêver. Était-ce alors ce qu'on appelle un rêve éveillé ?

Plus important toutefois, que signifiait-il ? Faith et Angie étaient bien venues autrefois danser le dimanche, mais Faith n'avait jamais prononcé ces mots : « Tu es en mesure d'arrêter la mort, parce que tu *sais*. » Quoi ? Les véritables circonstances de la mort de Faith ? « Et toi seule sais. » Non, elle n'était pas la seule, puisqu'il y avait eu Angie, Crystal, Denise, Monica. Maintenant Kurt et Neil savaient également. Alors, ces mots imaginés se rapportaient-ils au meurtre d'Angie ? Laurel pensa que oui. La carte. Le jugement. Cependant elle ignorait qui avait tué Angela.

La sonate poursuivait son lent balancement, emplissait la pièce ombreuse. « Laurel, tu perds les pédales », marmonna-t-elle, en repoussant le plaid. Mais sa vision la hantait. Laurel était intimement persuadée que Faith, depuis l'au-delà, venait d'essayer de lui dire quelque chose. Plus vraisemblablement, son propre subconscient s'était exprimé.

Elle arrêta le CD et partit dans le couloir. En prenant possession de la maison après le départ de ses parents, elle avait emménagé dans leur chambre. Elle était grande et comportait de nombreux placards, à la différence de sa vieille chambre à coucher, qui servait maintenant de pièce d'hôtes. Mais rien n'y avait changé depuis l'époque où Laurel était partie à l'université. Elle alluma la lumière. Les murs jaunes avaient besoin d'être repeints — leur éclat s'était terni au fil des années. Laurel se rappela Claudia qui lui avait demandé : « Pourquoi du jaune ? » « Parce que c'est la couleur du soleil », avait-elle répondu. Claudia lui avait tourné le dos en déclarant : « Le rose est plus flatteur pour le teint. » Laurel s'était esclaffée. Qu'importe ce qui allait mieux au teint, elle avait voulu vivre dans une pièce gaie.

Elle fit quelques pas dans sa chambre et passa une main sur l'édredon à carreaux jaunes et blancs. Il y avait au mur une reproduction des *Tournesols* de Vincent Van Gogh, un portrait de Rusty, le setter irlandais de Laurel qui avait rendu l'âme il y avait maintenant longtemps, et une affiche de Tom Selleck, à l'époque où il incarnait le héros de *Magnum*. Bon Dieu, ce que j'en étais amoureuse, pensa Laurel. Elle rit à l'idée des nombreux jeudis après-midi où elle avait regardé son feuilleton religieusement, au point de se mettre en colère si son père osait parler en même temps que le détective chéri. Cela paraissait si vieux.

Le coffre en bois de cèdre, sous la fenêtre, était couvert d'animaux en peluche — un ours polaire, un chat siamois, un chien, et celui que Laurel préférait : un petit nounours qu'elle avait appelé Boubou, en référence à la série de dessins animés *Yogi*. Quel âge avait-elle lorsqu'on le lui avait donné ? Trois ans ? Quatre ? La fourrure synthétique était pelée, mais les yeux n'avaient rien perdu de leur brillant.

Il y avait encore sur la commode, entre un réveille-matin à l'ancienne et une bouteille d'eau de Cologne bleue qu'elle avait trouvée jolie, le coffret à bijoux bossu dans lequel elle avait laissé les quelques bagues et bracelets qu'elle avait portés à l'adolescence. Et au coin de la chambre, son bureau. Laurel avait le plus souvent fait ses devoirs à plat ventre sur son lit, mais sa mère avait insisté pour que les deux sœurs aient de vrais bureaux. Celui de Laurel arborait une lampe d'architecte, un petit globe terrestre, un dictionnaire d'anglais et un autre pour les synonymes, enfin un sous-main à buvard. Laurel l'examina. Il s'y trouvait encore quelques fleurs mal dessinées, des chats, un cœur avec les initiales L.D. /T.S. (Laurel Damron et Tom Selleck). Puis elle remarqua un autre petit dessin, celui-là bien exécuté. Il représentait un bébé. Laurel n'en était pas l'auteur.

Perplexe, elle s'assit à son bureau, passa un doigt léger sur le buvard. Soudain elle se rappela. C'était la semaine avant la mort de Faith, qui était venue dormir le samedi soir à la maison. Elles avaient écouté des cassettes, essayé différentes coiffures et maquillages — enfin, comme d'habitude, quoi. Sauf que Faith avait paru étrange. Elle ne s'amusait pas. Elle avait donné le change, mais Laurel s'en était aperçue. Elle avait demandé à Faith ce qui n'allait pas, et Faith lui avait dit de s'occuper de ses affaires. Puis s'était excusée.

Elles s'étaient couchées vers minuit. Laurel se souvint de s'être réveillée quelques heures plus tard. Faith était assise au petit bureau, la lampe allumée. « Qu'est-ce que tu fais ? » avait grommelé Laurel. « Rien du tout, avait répondu Faith. Rendors-toi. » Laurel était si fatiguée qu'elle ne s'était pas fait prier deux fois. C'était une chose à laquelle elle n'avait pas repensé depuis treize ans — jusqu'à aujourd'hui. Que faisait Faith ? Le portrait de ce bébé ? Sans doute. Mais ce n'était pas tout. Elle avait écrit, Laurel se le rappelait maintenant. Clairement. Seulement quoi ?

Elle retira tous les buvards du sous-main, fouilla chaque tiroir, regarda sous la lampe, sous le globe. Pas la moindre feuille, pliée ou pas. Faith avait-elle détruit ce qu'elle avait couché sur le papier ? Ou l'avait-elle caché en pensant que Laurel le trouverait un jour ? En tout cas, le dessin du bébé révélait ce qu'elle avait eu en tête. Peut-être avait-elle écrit quelques mots à Neil ? Pour lui demander de l'épouser ?

Le téléphone sonna dans une autre pièce. Comme il n'y avait pas de récepteur dans la chambre, Laurel partit en courant répondre au salon. Elle sentit une vague de soulagement inonder son esprit, car il était onze heures du soir et cela ne pouvait être que Kurt.

« Allô », dit-elle.

À l'autre bout du fil, la voix, masculine, ne parla pas tout de suite.

« Laurel, excusez-moi de vous déranger si tard. C'est Neil Kamrath. »

11

Laurel resta un instant confondue. Neil était-il encore en colère ? Appelait-il pour l'injurier ? Il parlait d'une voix calme, polie. Laurel finit par répondre : « Oui ?

— Je voulais m'excuser pour mon attitude de ce matin. »

Rassurée, Laurel répondit : « C'était une réaction compréhensible, je suppose.

— Comme la vôtre, il y a treize ans. Vous n'aviez que sept ans.

— Dix-sept, pas sept. Nous étions certainement assez mûres pour faire ce qui était nécessaire, au lieu de nous taire.

— C'est toujours facile de dire *a posteriori* ce qu'il aurait fallu faire. Sur le moment, on n'en mène pas toujours très large. »

Pourquoi se montrait-il si agréable ? se demanda Laurel, mal à l'aise. Alors que, par exemple, Kurt venait de lui tourner le dos, et lui n'avait aucunement souffert des conséquences de la disparition de Faith. Neil, par contre, avait été traité comme un lépreux.

« Je peux vous assurer, Neil, que s'il y avait eu le

moindre soupçon contre vous, nous aurions témoigné.

— Vous, sans doute. Peut-être Angie, aussi. Les autres, je ne crois pas. Bon, je voulais m'excuser. » Un temps. « Ce n'est pas tout, poursuivit Neil. Avant que je me mette en colère, vous vouliez me parler, non seulement du passé, mais aussi du présent. Je ne vous ai pas laissé le temps de le faire. »

Voilà pourquoi il était aussi courtois. Il voulait savoir. Dois-je tout lui dire ? s'inquiéta Laurel. Elle l'avait quand même suspecté d'avoir assassiné Angie, puis d'avoir envoyé les photos, peut-être de l'avoir poursuivie en voiture. Elle se rendit compte qu'elle n'avait jamais sérieusement considéré cette éventualité. Non qu'elle eût bien connu Neil au lycée, mais elle avait prêté attention à ce que Faith avait rapporté — que cette distance apparente qu'il affichait cachait une grande intelligence, un esprit créatif. Plus tard, Laurel avait été envoûtée par ses livres. Enfin, en lui parlant à l'hôpital, il s'était montré tel qu'il était, un homme sensible, probablement attentionné. Elle avait été touchée par le récit de la disparition de sa femme, de son petit garçon. En revanche, ce matin, Neil lui avait franchement fait peur. Oui, il était profondément blessé, mais il était aussi capable de s'emporter violemment. Maintenant il voulait des détails sur la situation présente. Alors, était-ce un jeu qu'il jouait, dans le seul but d'apprendre ce que savait réellement Laurel, ce qu'elle suspectait ?

« Laurel, vous êtes là ?

— Oui », dit-elle lentement. Si c'était un jeu, tant pis, elle irait jusqu'au bout, décida-t-elle. Peut-être les réactions de Neil révéleraient-elles quelque chose.

Elle reprit son récit là où elle s'était arrêtée — la scène du crime, le cœur et le six tracés avec le sang d'Angie, la carte de tarot, l'inconnu qui avait malmené ses pare-chocs sur la route, enfin la couronne funéraire et cet autre cœur sur sa porte. « L'autre jour, quelqu'un a envoyé une carte de vœux à Audra avec un curieux genre de poésie. » Laurel la récita de mémoire. « Et vous avez vous-même été témoin de ce qui s'est passé chez Denise. »

Il resta un instant silencieux. Puis il admit : « Quelqu'un en veut au Six de Cœur.

— Le mot est faible. Angie a été assassinée, et il faut voir comment.

— Vous pensez que cette personne cherche à se venger de la mort de Faith ?

— Vous ne trouvez pas ça évident ? » demanda prudemment Laurel.

Nouveau silence. « Plus ou moins. Treize années ont passé, tout de même. Pourquoi avoir attendu si longtemps ?

— Je n'en sais rien. Mary prétend que son père est allé fouiner dans les affaires de Faith. Peut-être a-t-il trouvé quelque chose qu'elle aurait écrit, et établi une relation avec sa mort. Ça peut être Zeke ou Mary, d'ailleurs.

— Peut-être.

— Vous n'avez pas l'air convaincu. Pourtant vous affirmez que Mary a menti, pour le médaillon.

— Oui. L'un comme l'autre peuvent avoir envie de se venger. Sinon, qui ? »

Laurel passa la langue sur le bord de ses lèvres. Ils entraient dans un territoire dangereux. « Je... je n'ai aucune idée.

— Que si, poursuivit Neil d'un ton égal. Faith n'est pas la seule personne à avoir trouvé la mort ce soir-là. Et vous pensez que le père de l'enfant peut lui aussi avoir envie de se venger.

— Euh, c'est que...

— Ce qui veut dire que vous me soupçonnez. »

Laurel chercha en vitesse quelque réponse inoffensive. Il n'en vint pas. « Oui, Neil. Ça m'a traversé l'esprit.

— C'est pourquoi Monica m'a soumis à un interrogatoire en bonne et due forme en me trouvant chez Denise.

— Oui, Neil.

— J'aimerais bien que ça me mette en colère, voyez-vous, qu'on me suspecte d'un meurtre. Seulement je suis déjà passé par là. À l'époque, on m'a soupçonné d'avoir tué Faith.

— Pas longtemps. Vous aviez un alibi en béton.

— Dieu merci. Mais aujourd'hui je n'en ai pas. J'aurais pu commettre toutes ces idioties dont vous venez de me parler. Et pourquoi pas tuer Angela, tant qu'on y est ? J'étais à Wheeling quand on l'a assassinée. New York n'est pas très loin. J'aurais pu faire l'aller et retour dans la nuit. » Laurel ne dit rien. « Seulement, ce n'est pas moi. »

Un autre silence s'installa, pendant que Laurel essayait d'analyser le ton qu'employait Neil. Pas une once de nervosité. Ce calme était-il calculé ?

« Laurel, je comprends très bien que vous suspectiez le père du bébé de Faith. C'est un raisonnement logique. Alors je vais vous révéler une chose que je n'ai jamais dite à personne. Faith n'était pas enceinte de moi. »

Vu la tournure qu'avait prise la conversation, ne pouvait-on pas s'attendre à ce genre de dénégation ? Tout homme n'aurait-il pas prétendu la même chose pour détourner les soupçons ? « Neil, dans ce cas-là, pourquoi ne l'avez-vous pas dit aussitôt après la mort de Faith ?

— Parce que je ne savais pas que ce n'était pas moi. Faith, d'ailleurs, m'avait caché qu'elle était enceinte. J'ai pensé que c'était moi en l'apprenant.

— Je ne comprends pas.

— On a découvert il y a quatre ans que j'étais stérile.

— Stérile ! s'exclama Laurel malgré elle. Neil, mais vous avez eu un fils avec votre épouse !

— J'ai épousé Helen six mois après qu'elle a accouché de Robbie, et je l'ai adopté. Le premier mari de Helen ne voulait pas d'enfant, et ils ont divorcé quand il a su qu'elle était enceinte. Elle avait pensé qu'il reviendrait après l'accouchement, qu'il craquerait en voyant Robbie, mais elle s'est trompée.

— Comment avez-vous découvert que vous étiez stérile ?

— Helen voulait d'autres enfants. On a essayé d'en avoir pendant deux ans sans jamais y arriver. Alors on a fait des dizaines d'examens. Il n'a pas fallu longtemps pour comprendre que c'était à cause de moi. J'ai eu les oreillons quand j'étais petit. Méchamment. C'est quand on a établi que j'étais stérile que mon mariage a commencé à battre de l'aile. C'est aussi là que j'ai compris que je ne pouvais pas avoir eu d'enfant avec Faith. »

Trop commode, pensa Laurel avec cynisme. Difficile à prouver aussi. Mais Neil paraissait sincère.

En outre, s'il mentait, pourquoi ne l'avait-il pas fait également treize ans plus tôt ? En tout cas, il ne niait pas avoir eu des relations sexuelles avec Faith. Et il admettait avoir cru qu'elle avait été enceinte de lui.

« Apparemment, vous doutez de moi, Laurel, dit-il. Je ne vous demande pas de me retirer de votre liste de suspects. Tout ce que je souhaite, c'est que vous considériez d'autres pistes, pour votre bien plus que pour le mien. Faith est tombée enceinte à cause de quelqu'un d'autre, quelqu'un qui, en d'autres temps, a peut-être eu vent de l'existence du Six de Cœur. » Il s'interrompit. « Quelqu'un, surtout, qui pourrait vous faire subir le même sort qu'Angela. »

*

Une neige paresseuse, nonchalante, commença à tomber vers sept heures du matin. Debout depuis une heure déjà, Laurel était assise à la table du coin dans la cuisine, d'où elle regardait les chiens jouer ensemble dans le jardin. April, plus grande qu'Alex, avait des mouvements plus gracieux que lui. Son frère, trapu, baissait la tête à la manière d'un taureau qui charge.

Laurel sourit. Elle aurait préféré, comme eux, n'avoir rien d'autre à faire que gambader dans la neige. Et surtout ne pas se rendre à un enterrement. Au moins, la neige était légère et, avec un peu de chance, on ne reviendrait pas trempés du cimetière. Enfin, tout pouvait encore changer jusqu'à onze heures.

Laurel avait servi une boîte à chacun des chiens, sans petit-déjeuner elle-même. De penser à une quelconque nourriture lui donnait des haut-le-cœur. Elle prit une douche, enfila un tailleur noir, des bottes noires, coiffa ses cheveux d'un peigne noir, et partit au magasin.

« Tu ne vas quand même pas travailler aujourd'hui, protestèrent Norma et Penny en la trouvant dans l'arrière-salle.

— Si. Je vais m'absenter deux heures pour les obsèques, mais je préfère vraiment rester occupée.

— Prends plutôt le comptoir, alors, suggéra Norma. Ce n'est pas la peine de salir ton tailleur.

— Mary vient aujourd'hui ? s'enquit Penny.

— Je ne sais pas. Je lui ai dit de ne pas revenir au magasin avant qu'elle soit complètement remise. Et je doute qu'elle le soit.

— J'espère qu'ils vont garder son père un bon moment, après ce qu'il a fait », dit Penny.

Laurel la regarda. « Je suis au regret de t'annoncer qu'ils l'ont relâché samedi après-midi, et que dimanche soir il faisait à nouveaux des siennes. »

Penny écarquilla les yeux. « Pas possible !

— Si. Il y a des moments, je me demande pour quoi ils sont payés, ces messieurs de la police.

— Il serait temps qu'ils trouvent l'assassin de ton amie.

— C'est bien mon avis, oui. »

*

Laurel suivait le prêche avec détachement. Étudiant la foule importante, elle reconnut quelques célébrités du spectacle, mais aussi le gouverneur de l'État de Virginie-Occidentale, ainsi qu'un homme plutôt joli garçon, aux côtés de M. et Mme Ricci. C'était Judson Green, le fiancé d'Angie. Laurel avait vu sa photographie dans un journal. Il paraissait anéanti. Quel beau couple ils auraient formé.

Laurel aperçut ensuite les sœurs Lewis, qui ne rataient jamais un enterrement. Monica était assise près d'elles. Il y avait plus loin Denise et Crystal. Sentant le regard de Laurel, Denise lui décocha une œillade froide et méprisante, que Laurel ignora. Qu'importe, pensa-t-elle. J'ai fait ce qu'il aurait fallu depuis le début.

Elle suivit le cortège jusqu'au cimetière. Nonchalante, la neige tombait toujours sans empressement. La foule s'était considérablement réduite au cimetière, où, à nouveau, Laurel n'arriva pas à se concentrer sur les paroles du prêtre. Des images traversèrent son esprit. L'institutrice perdant patience un jour qu'Angie faisait le clown dans son dos. Angie, punie, en train d'écrire cinquante fois au tableau « Je n'amuserai plus mes camarades ». Angie qui riait plus tard en leur faisant remarquer qu'elle avait plusieurs fois écrit « charades », « mascarades », « salades », « brimades », à la place de « camarades ». Angie en train de chanter *These Dreams* dans un radio-crochet. Angie qui apprenait à Faith un pas de deux sur la *Sonate au clair de lune.*

Dansant au ralenti, Faith regardait Laurel. « Toi seule sais. N'oublie pas que tu *sais.* » L'azur intense de ses yeux. Laurel frissonna.

« Froid ? » l'interrogea une femme dans un murmure.

Laurel hocha la tête, puis regarda cette femme. Elle avait sans nul doute été superbe autrefois.

Aujourd'hui, âgée d'une soixantaine d'années, pensa Laurel, elle avait la peau pâle, parcourue d'un lacis de fines rides. Ses yeux bleus avaient dû se ternir au fil des ans, et ses cheveux blancs, tressés, étaient coiffés en chignon. Le classicisme d'une telle coiffure aurait paru déplacé chez une autre, mais il convenait bien à la beauté austère du personnage.

En sursautant, Laurel se rendit compte que la cérémonie venait de s'achever. Les gens s'étaient rassemblés autour des Ricci. Certains formèrent de petits groupes, d'autres, un à un, rejoignirent leurs véhicules. Personne n'approcha Laurel, et elle se retourna, légèrement désorientée, un peu honteuse de n'avoir pas pleuré, mais largement soulagée que l'épreuve fût terminée. Elle ajusta son manteau et partit vers sa voiture. Tout en marchant lourdement dans la neige, elle se rappela qu'elle n'était pas loin de la tombe de Faith. Elle ne s'y était jamais rendue depuis l'enterrement de son amie. Elle ralentit le pas. Voulait-elle vraiment y aller, et surtout aujourd'hui ?

Ses pieds en prirent la direction avant toute décision consciente. De gros flocons de neige s'écrasaient sur son visage et se collaient à ses cils tandis qu'elle gravissait le tertre qui la séparait de cette autre tombe. Laurel enfonça ses mains dans ses poches. Son cœur se mit à battre plus fort. Qu'attends-tu ? se demanda-t-elle. Que Faith se matérialise devant tes yeux et pointe un doigt accusateur sur toi ?

Laurel aperçut une silhouette devant la tombe. Elle plissa les paupières. C'était une femme en noir. Une femme aux cheveux blancs, avec un chignon.

« Madame ! » appela Laurel en la reconnaissant.

C'était celle qui lui avait adressé la parole pendant l'inhumation.

La dame leva les yeux vers elle, puis, avec une rapidité étonnante pour son âge, elle partit en courant dans la direction opposée. Surprise, Laurel s'arrêta une seconde. Pourquoi cette femme s'enfuyait-elle ? *Qui* était-elle vraiment ?

Voyant la silhouette disparaître derrière un autre monticule, Laurel se remit à marcher, plus vite. Elle passa une main gantée sur ses yeux pour essuyer la neige. Elle arriva devant la tombe de Faith, et elle s'agenouilla. La dalle de grès simple semblait minuscule et pâle, perdue sous la couverture floconneuse. En revanche, rouges comme le sang, six œillets venaient d'y être posés, retenus par une cordelette à laquelle était accroché un petit cœur en plastique, lui aussi écarlate.

12

Pour la deuxième fois cette semaine, Laurel regretta de ne pas avoir de téléphone portable. Elle se rangea le long d'un trottoir, descendit de voiture et pataugea dans une mare de neige fondue vers une cabine téléphonique, d'où elle appela Norma et Penny pour les avertir qu'elle reviendrait au magasin plus tard que prévu. Cela fait, elle reprit le volant et se dirigea vers la maison des Howard.

Bien que celle-ci ne fût pas loin de chez elle, Laurel ne s'y était rendue qu'une fois, il y avait bien longtemps, un jour que Zeke Howard avait insisté auprès de Faith pour faire connaissance avec sa nouvelle amie. Laurel se souvint. Zeke avait déjà les cheveux blancs, broussailleux, et il regardait tout le monde d'un œil accusateur. Elle l'avait trouvé effrayant. Zeke, en revanche, avait paru satisfait, rassuré peut-être, par la timidité et le calme apparents de la jeune fille. Elle se rappela également ce qu'avait dit Neil. Zeke n'avait autorisé Faith à sortir avec lui que parce que ses parents s'étaient joints à son Église fantaisiste — il n'était donc pas « dangereux ». Sans doute Laurel avait-elle aussi semblé inoffensive au prétendu pasteur.

C'était une vieille maison à un étage, dont la peinture blanche s'écaillait. Un volet s'était à moitié détaché de la façade. Laurel n'avait jamais pensé à la situation financière des Howard. Zeke, bricoleur, avait autrefois été l'homme à tout faire de Wheeling. Il était compétent, mais les gens avaient fini par se lasser de lui, car on ne pouvait pas lui demander de réparer quoi que ce soit sans qu'il se lance dans un de ses interminables sermons. Et quand il ne prêchait pas, il hurlait ses cantiques à tue-tête. Les Howard vivaient aujourd'hui grâce à ce que Mary gagnait à Damron Floral. Ça n'était pas Byzance.

C'était encore le père de Laurel qui décidait des salaires au magasin. Ils n'avaient pas changé depuis longtemps, alors que le chiffre d'affaires progressait régulièrement. En franchissant les marches branlantes du perron, Laurel se promit de remédier à cette situation, avec ou sans l'aval de son père. Tout le monde à Damron Floral méritait une généreuse augmentation.

Elle frappa à la porte. Mary ne tarda pas à répondre. Elle avait toujours des cernes et un œil au beurre noir. Ses taches de rousseur ressortaient vivement sur une peau plus pâle que d'habitude, et ses lèvres paraissaient presque blanches. Elle portait une vieille robe de chambre bleue qui avait souffert de trop nombreux passages au lave-linge.

« Bonjour, Laurel, dit-elle lentement. Je savais que tu finirais par venir.

— Pourquoi ?

— Parce que tu as réfléchi à la situation, et que tu

préfères me licencier avant que papa ne recommence à faire des siennes. Kurt a fouillé les bois à sa recherche l'autre jour, et tu as peur qu'il revienne au magasin.

— Mary, je ne nie pas que ton père a besoin d'une aide spécialisée, mais je ne suis pas venue ici pour te licencier. » Elle marqua un temps. « J'ai besoin de parler un instant avec toi. Seule à seule.

— Oh. » Mary sembla déconcertée. « Entre, alors. Papa dort.

— Tu en es bien sûre ?

— Oui. Le médecin lui a donné un somnifère assez fort. »

Laurel entra dans la petite pièce morne et triste. Elle reconnut le papier peint jaune à fleurs bleues, qu'elle avait trouvé joli vingt ans auparavant. Il avait terni et des taches d'humidité étaient apparues sous les fenêtres. Le tapis était entièrement limé par endroits, le bois des tables éraflé, le canapé et les fauteuils affaissés.

« Je te prépare un thé ou quelque chose ? » proposa Mary, tandis que Laurel prenait place dans un fauteuil. Un ressort, saillant, lui piqua les fesses. Elle changea de position sans faire aucun commentaire qui pût offenser Mary.

« Merci, non. Je voudrais juste te poser quelques questions.

— On dirait Kurt.

— Je ne suis pas flic, Mary. Je suis ton amie. »

Mary sourit à peine. Elle s'assit sur le canapé. « Bon. Vas-y.

— Quand Kurt est venu ici, l'autre soir, il t'a parlé de la réception chez les Price ?

232

« — Oui.

— Et du médaillon sur la poupée ? »

Mary détourna les yeux avec un air coupable.
« Pour en parler, il en a parlé, oui.

— Bon. J'ai discuté hier soir avec Neil Kamrath. »
Mary se raidit. « Il m'a téléphoné pour en parler,
lui aussi. Pour me dire que, selon toi, Faith avait été
enterrée avec son médaillon. Et pourtant c'était bien
celui que Neil et moi avons vu au cou de cette poupée. »

Mary inspira profondément. « J'avais menti à Neil.
Faith n'a pas été enterrée avec. Papa avait refusé
qu'elle porte le moindre bijou, d'autant plus que
celui-ci était un cadeau de notre mère. Faith l'avait
toujours dans son sac, et elle ne le mettait qu'en sortant d'ici.

— Elle ne le portait pas le soir de sa mort.

— Il avait disparu une semaine avant, environ.

— Une semaine ? »

Mary regarda Laurel dans les yeux. « Oui, une
semaine. Il était introuvable. Faith a cru au départ
que papa l'avait découvert et le lui avait pris, mais il
n'en a jamais parlé. Faith était très malheureuse. Ce
médaillon signifiait beaucoup de choses pour elle. »

Mary semblait dire la vérité, O.K. Mais si Faith
avait été si bouleversée, pourquoi ne s'était-elle pas
confiée à Laurel, qui était sa meilleure amie ? Laurel
préféra ne pas insister, de peur de mettre Mary sur
la défensive. « Je comprends. Est-ce que tu peux me
parler de ta mère ? »

Mary eut un mouvement de recul. « Ma mère ?
Qu'est-ce qu'elle vient faire dans cette histoire ? Je
veux dire, le médaillon mis à part.

— Je voudrais seulement en savoir un peu plus sur elle. »

Les doigts de Mary jouaient nerveusement avec le napperon de dentelle qui ornait le bras du canapé. « Ça me met mal à l'aise. Papa nous a toujours interdit de parler d'elle.

— Tu as vingt-six ans, Mary. Tu as le droit de dire ce que tu as envie de dire. S'il te plaît. J'ai de bonnes raisons de te demander ça.

— Ma mère n'était encore qu'une adolescente quand elle s'est mariée. Mon père et elle vivaient alors en Pennsylvanie. Elle s'appelle Genevra. Elle a accouché de Faith à l'âge de dix-huit ans. Moi, je suis arrivée quatre ans plus tard. J'avais deux ans quand elle est partie. C'est à ce moment qu'on a déménagé ici.

— Pourquoi Zeke a-t-il choisi Wheeling ? »

Nerveuse, Mary semblait avoir les jambes montées sur ressorts. « Parce qu'il avait vécu ici quand il était petit. Il connaissait des gens et il aimait Wheeling.

— Parle-moi encore de ta mère.

— Elle était bien plus jeune que lui. Et très belle, comme Faith. J'ai trouvé une photo d'elle, il y a longtemps.

— Tu veux bien me la montrer ?

— Papa est tombé dessus un jour et l'a brûlée.

— Ta mère ne t'a jamais écrit ?

— N... non.

— C'est un non qui veut dire oui ?

— Oui. Mais il y a si longtemps. Je devais avoir quatre ou cinq ans.

— Où était-elle ?

— Je n'en sais rien.

234

— Il n'y avait pas d'adresse de retour sur l'enveloppe ? Pas de cachet de la poste ?

— Je ne me rappelle pas. Il y a plus de vingt ans, j'étais toute petite.

— Et Faith, elle lui a écrit ?

— Oui.

— Plus d'une fois ?

— Je ne sais pas. » Mary passa une main sur son front. « Si, je sais. Bien sûr. Elle et Faith s'écrivaient tout le temps. Faith m'avait suppliée de le faire aussi, mais j'ai refusé. Papa la traitait de pécheresse. Elle est partie avec un autre. Comme j'ai toujours obéi à mon père, je ne lui ai jamais dit que Faith correspondait avec elle. Je ne voulais me fâcher avec personne.

— Et les lettres ? Comment se fait-il que Zeke ne les ait pas interceptées ?

— Quelqu'un en ville avait loué une boîte postale pour Faith. Je ne sais pas qui c'était.

— Une boîte postale ! Est-ce qu'elles ont arrêté de s'écrire, un jour ? »

Mary regarda Laurel comme si elle était sotte. « Quand Faith est morte.

— Pas avant ? » s'exclama Laurel. Mary hocha la tête. « Faith ne m'avait jamais rien dit sur votre maman. Sinon qu'elle était partie avec un autre homme et qu'elle ne lui en voulait pas.

— Faith était elle-même volage. Je suppose qu'elle comprenait. »

C'était la première fois que Laurel entendait Mary prendre un ton critique à l'égard de sa sœur. Oui, Faith aimait les garçons, et peut-être un peu trop. En revanche, Mary semblait n'avoir jamais fréquenté personne. Fuyait-elle la compagnie des hommes, parce que son père avait couvert Genevra d'opprobre pendant tant d'années ? Avant de perdre la tête et d'identifier brusquement sa fille aînée à un ange, Zeke avait dû également la vouer aux gémonies. Puisqu'elle était morte enceinte. Zeke avait-il convaincu Mary que sa mère et sa sœur étaient deux traînées ? « Mary, dit doucement Laurel, où était ta mère quand Faith a disparu ?

— Mais pourquoi me poses-tu toutes ces questions ? Elle n'a plus rien à voir avec rien. Elle est probablement morte !

— J'en doute. »

Mary fronça les sourcils. « Comment ça, tu en doutes ? Qu'est-ce que tu en sais, de toute façon ?

— Il se trouve que je suis quasiment sûre de l'avoir vue aujourd'hui devant la tombe de Faith. »

*

« On devrait rentrer, dit Denise. La neige tombe de plus en plus fort.

— Oh, non, maman, geignit Audra. On y va tous les ans, voir les illuminations ! »

La circulation s'intensifiait aux abords d'Oglebay Park. Denise augmenta la vitesse des essuie-glaces. Elle en voulait encore furieusement à Laurel, elle était rudement éprouvée par l'enterrement d'Angie, et elle était en train de s'enrhumer. Elle aurait certainement rebroussé chemin si, depuis quarante-huit heures, Wayne et elle ne s'étaient pas mis en quatre pour faire oublier à leur fille la scène épouvantable qu'elle avait subie le soir de la réception. Audra exigeait qu'on lui laisse la lumière, la nuit, et que Denise reste avec elle jusqu'à ce qu'elle s'endorme. Ce soir, Wayne était parti à l'hôpital pour une urgence et Audra avait insisté pour que sa mère l'emmène à Oglebay voir le festival des illuminations.

« Tu venais déjà ici tous les ans, quand tu étais petite ? demanda Audra.

— Non, il n'y avait pas d'illuminations, à l'époque.

— Enfin, il y avait bien des arbres de Noël, quand même ?

— Oui, ma chérie. On a commencé à célébrer Noël juste avant ma naissance, dit Denise avec une ironie qu'elle n'utilisait que rarement en présence de sa fille.

— Tu as bien fait d'arriver, alors. »

Denise jeta un coup d'œil vers Audra en se demandant si elle ne répondait pas sur le même ton. Mais non, elle était parfaitement sérieuse. « Tu n'as pas froid ?

— Non.

— Je gèle, moi. Si on remettait ça à demain soir, papa pourrait venir avec nous ?

— Il aura encore une de ses urgences, dit Audra. D'ailleurs, on est presque arrivées. »

Denise poussa un soupir. Une heure, pensa-t-elle. Une heure à tenir et je retrouve une maison que j'aime, des pastilles contre le rhume, un thé à la menthe brûlant. Il y aura peut-être même quelque chose à voir à la télévision, sait-on jamais.

« Laurel était aussi à l'enterrement ? demanda brusquement la petite fille.

— Oui.

— Elle nous a invitées à passer chez elle dire bonjour à Alex et April quand on voulait.

— Je sais », dit platement Denise, qui ne se voyait sous aucun prétexte faire irruption chez Laurel.

« Quand c'est qu'on y va, maman ?

— Je ne sais pas. » Denise sentait un mal de tête vicieux poindre entre ses globes oculaires. Elle avait la nuque raide. « On trouvera une bonne occasion. » Le plus tard possible, pensa-t-elle.

Audra se pencha vers la radio et l'alluma. Un morceau de rap retentit à plein volume dans la voiture. Denise fit la grimace et éteignit.

« *Maman !* gémit Audra.

— Je ne supporte pas cette musique.

— J'aimerais bien écouter quelque chose. »

Denise poussa dans l'autoradio une cassette de chants de Noël interprétés par les *Carpenters*.

« Oh, non, grommela Audra. Ils chantaient déjà ça il y a un siècle.

— Et pourquoi pas au Moyen Âge, tant que tu y es ? En plus, c'est très joli. Arrête de te plaindre, je te prie. » Audra se tourna vers le siège arrière. « Qu'est-ce que tu cherches ?

— Mon appareil photo. » Wayne lui avait acheté un appareil jetable pour l'occasion.

« Audra, tu ne feras pas une photo correcte avec toute cette neige.

— On en prend toujours, des photos.

— Pas dans la neige. Elles seront loupées. Enfin, on a acheté la vidéo du festival !

— Ce n'est pas pareil. Mais où il est, cet appareil ? »

Audra se contorsionnait sous sa ceinture de

238

sécurité en fouillant autour d'elle. Denise serra les dents. La soirée s'annonçait pénible. Audra était à fleur de peau depuis la réception, et sa mère d'une humeur épouvantable. Bon, on y était presque, pensa Denise. Pas le moment de faire demi-tour. Ou, pour le coup, Audra piquerait vraiment une crise.

Qui est l'adulte ici, qui commande ? Denise entendait la voix de sa mère résonner dans sa conscience. Du calme, maman, répondit-elle mentalement. Tu n'as pas idée de ce que je vis en ce moment. Audra mérite bien que je cède à ses caprices encore un jour ou deux, surtout que je suis finalement responsable de ce qu'elle a enduré.

Elles arrivaient à l'entrée du parc. Deux immenses sapins de Noël aux décorations exubérantes bordaient la route de chaque côté. Audra s'exclama. Denise s'arrêta au kiosque pour payer.

« Je vais prendre toutes les photos, dit la petite fille. Combien il y en a, dans l'appareil ?

— Vingt-sept. Si tu t'entêtes à prendre des photos malgré la neige, descends au moins ta vitre avant. Sinon tu n'auras que les flocons sur le verre.

— Je sais », répondit Audra avec ce ton hautain qu'elle utilisait depuis peu pour signifier à sa mère qu'elle assénait des évidences. Denise serra les dents une fois de plus. Elle voulait bien croire qu'en grandissant, les enfants se plaisaient à revendiquer leur indépendance, qu'elle-même en avait sans doute fait autant, mais Audra n'avait que huit ans. C'était un peu tôt.

« Audra, j'aimerais que tu me parles autrement, je te prie, lâcha finalement Denise.

— Comment, autrement ?

« — Tu sais parfaitement ce que je veux dire. »

Audra soupira exagérément. Je suis probablement hypersensible, en ce moment, pensa Denise. Oui, j'ai les nerfs en pelote. Calme-toi, calme-toi.

« Tu n'as pas froid ? demanda-t-elle encore.

— Non, tu me l'as déjà demandé. Pourquoi tu te frottes le cou, maman ?

— Parce que j'ai mal. » Courbatures, symptômes avant-coureurs de la grippe. « Regarde, chérie, le *Trans Noël Express* ! »

La féerie lumineuse imitait ici un grand train en mouvement.

« Comme c'est joli ! » s'écria la petite fille, en baissant aussitôt sa vitre. De l'air froid et des flocons de neige s'engouffrèrent dans la voiture, pendant qu'Audra prenait une photographie.

« O.K., on l'a dépassé. Baisse ta vitre, je suis gelée. »

Audra obéit. « Maman, on peut mettre autre chose, comme musique ?

— Non, j'aime bien ça, moi. » Audra soupira à nouveau. « Excuse-moi. Je ne supporte pas ce rap que tu écoutes tout le temps.

— Je vois ça, fit Audra avec condescendance.

— Regarde, le *Bonhomme de neige qui dit bonjour.* »

Et Audra de baisser sa vitre. L'air était glacial. Comme la neige. Denise éternua. Son nez se mit à couler. Sa gorge commençait à piquer. « Audra...

— Je sais, je sais, "remonte ta vitre". »

Elles passèrent devant la *Petite fille au cheval de bois*, puis devant le *Manège de Noël*.

« C'est celui-là que préfère Harry, dit Audra en regardant le manège.

— Harry ?

— Mais oui, Harry Lovely, mon petit ami. Je te l'ai déjà dit.

— Et moi je t'ai dit que tu es trop jeune pour avoir un petit ami. »

Sans avoir besoin de la regarder, Denise savait que sa fille levait les yeux au ciel. « Il ne t'a pas embrassée, j'espère ?

— *Maman !*

— Tu m'as dit qu'il avait essayé. Je ne veux pas entendre parler d'un gamin sale qui te bave dessus.

— Il ne m'a pas embrassée, il n'est pas sale, et il ne bave pas. Mais qu'est-ce que tu as, maman ? Pourquoi tu es méchante avec moi, ce soir ?

— Je ne suis pas méchante avec toi. Je ne me sens pas bien, c'est tout, et...

— Regarde, *Cendrillon !* »

Denise jeta un coup d'œil aux lumières scintillantes qui représentaient un immense château à tourelles, puis aux chevaux tirant le superbe carrosse de Cendrillon, enfin à la grosse citrouille suspendue dans le ciel comme une épée de Damoclès.

« Moi, c'est celui-là que je préfère ! s'exclama Audra.

— Prends une photo.

— Gare-toi, alors, sinon je vais la rater.

— Oui, mais je vais gêner les autres voitures.

— Mets-toi sur le bas-côté. *S'il te plaît, maman !* »

Denise avait l'impression qu'on lui tapait sur la tête à coups de marteau. Ces derniers jours, la tension avait été insupportable. Le joli château de cartes qu'elle avait commencé à construire treize ans auparavant pour se protéger était sur le point de s'effondrer. Et il y avait tant à perdre. Wayne. La délicieuse Audra.

La petite fille ouvrit sa portière et partit vers le jeu de lumières. « Audra, remonte dans la voiture !

— Non, je veux aller plus près. »

Denise sentit sa colère et sa frustration exploser en même temps. « Audra Price, je t'ordonne de remonter tout de suite dans la voiture ! » crissa-t-elle d'une voix qu'elle ne reconnut pas. La petite la regarda, interloquée. « Tu m'entends ! » fulminait sa mère, elle-même effrayée par le ton qu'elle employait, bien qu'incapable d'en changer. « Et j'ai dit tout de suite, sinon je te jure que... »

Décomposée, Audra s'enfuit à toute allure, ses petits pieds bottés écrémant la neige devant elle.

« Mon Dieu, qu'ai-je fait ? » gémit Denise, qui ouvrit sa portière, contourna la voiture et se lança à la poursuite de la mince silhouette. Elle appela : « Audra ! » Sa voix enrouée, enrhumée, lui parut à elle-même brutale et menaçante. Rien qui pût rassurer un enfant, pensa Denise. « Audra ! » cria-t-elle encore. Bon sang. Pourquoi n'avait-elle pas cessé de s'en prendre à sa fille ? Pourquoi avait-elle soudainement cette voix désagréable ? Pourquoi avait-elle accepté de venir ici ce soir ?

Les installations lumineuses, gigantesques, étaient évidemment placées assez loin de la route. Denise aperçut un instant Audra devant les ampoules jaunes, vertes et rouges qui composaient le carrosse de Cendrillon. Mais la petite disparut. La neige, qui se mit soudain à tomber plus fort, couvrit le visage et les lunettes de Denise. Elle s'arrêta, les retira et les essuya avec un mouchoir qu'elle trouva dans son manteau. Elle ne les avait pas remises depuis plus de cinq secondes qu'elles étaient à nouveau opaques. Denise les ôta pour de bon et les glissa dans sa poche. Comme elle était très myope, tout paraissait vague et confus. Avec ou sans lunettes, elle restait infirme, pensa-t-elle, dégoûtée. Pourquoi était-elle l'une des rares personnes de ce monde qui ne supportaient pas les lentilles de contact ?

« Audra ! » Rien. Denise continua de labourer la neige. « Audra, je suis vraiment désolée. Excuse-moi ! Reviens ! » Denise pleurait. Elle trébucha et manqua de tomber. Puis elle regarda la route derrière elle. Des couples de phares se suivaient de manière ininterrompue, flous à cause de la neige et de cette fichue myopie. Denise reconnut tout de même sa voiture, qui était arrêtée. Se retournant de l'autre côté, elle se sentit minuscule, écrasée par la structure du jeu de lumières. Elle avait toujours su qu'il s'agissait d'immenses échafaudages, mais les approcher ainsi était réellement effrayant. Les tourelles du château semblaient gigantesques. Denise se vit brusquement impuissante, perdue.

Elle reprit son lent cheminement dans la neige, en s'efforçant de suivre les pas d'Audra avant qu'ils ne s'effacent. « Audra ! cria-t-elle encore. Audra, reviens ! »

Les boucles de ses cheveux s'étaient transformées en tire-bouchons givrés. Je dois ressembler à Méduse, pensa Denise. Mélangées à la neige, ses larmes gelaient sur ses cils. Elle grelottait. Les traces de pas semblaient contourner la structure, et Denise se rua en avant. Évidemment, elle n'avait pas pensé à mettre des bottes. Ses chaussures étaient pleines de neige fondue, et elle ne sentait plus ses pieds. « Audra, *je t'en prie* ! Reviens ! hurla-t-elle d'une voix brisée. Reviens ! »

Denise se trouvait maintenant derrière l'échafaudage. Elle regarda autour d'elle. Ce qui paraissait gentiment féerique depuis la route prenait ici des allures d'irréalité brutale. Les ampoules dégageaient une clarté aveuglante, et, par contraste, le monde autour était plongé dans une obscurité profonde. Denise savait qu'elle était invisible depuis la route.

Elle entendit un pas crisser dans la neige. Elle fit volte-face, n'aperçut rien. « Audra ! cria-t-elle, en essuyant ses yeux. Aud... »

Le premier coup l'atteignit au-dessus de l'épaule. Denise entendit un de ses os craquer. Elle vacilla mais parvint à garder l'équilibre. Elle poussa un hoquet : « Oh, mon Dieu ! » puis elle posa automatiquement ses mains sur sa blessure, sans comprendre vraiment ce qui lui arrivait. C'est alors qu'elle sentit le sang chaud couler sous son chandail.

Elle se retourna et essaya de courir. Le deuxième coup l'atteignit en pleine nuque. Denise s'effondra sur ses genoux. Elle se mit à ramper. Ses mains cherchèrent un appui sur la terre, mais elles ne trouvèrent que la neige qui s'effritait, glacée, entre ses doigts. « Non, dit-elle d'une voix chevrotante. Non, arrêtez... »

Un autre coup. Au même endroit. Cette fois, Denise s'effondra complètement, la tête la première. « Audra, marmonna-t-elle, tandis que le sang maculait la blancheur du tapis poudreux. Cours, ma chérie, va-t'en, enfuis-toi... »

Malgré son corps paralysé, Denise sentait la neige fondre sous ses joues, le sang qui bouillait dans ses yeux et l'aveuglait. Affalée, frissonnante, elle pensa une dernière fois à une si jolie petite fille aux cheveux bouclés, avec de grands yeux bruns qui la regardaient d'un air rieur. « Audra, je t'aime », murmura-t-elle avant le coup mortel qui lui fracassa le crâne.

Laurel était en train de rêver de Faith. Elles étaient deux petites filles avec des fleurs dans les cheveux. Seulement les marguerites étaient remplacées par des œillets rouges. Faith dansait gracieusement sur les lentes mesures de la *Sonate au clair de lune*. Elle s'interrompit pour regarder Laurel et lui dire : « Tu sais. Toi seule *sais*. »

Une sonnerie. Laurel grogna en voyant Faith qui s'éloignait en répétant : « Tu sais. Tu sais. Tu sais...

— Mais je sais quoi ? » cria Laurel.

Sonne, sonne, sonne le téléphone. Un poids sur le corps. Quelque chose de chaud sur le nez. Laurel ouvrit les yeux. Assise sur elle, April lui léchait les joues. Et le téléphone qui n'arrêtait pas.

« Je suis réveillée, April, marmonna Laurel en se débattant sous le corps du chien. Bouge-toi, ma belle. »

Effrayée par les halètements et les mouvements ensommeillés de sa maîtresse, April ne voulait pas quitter son abdomen. Laurel tendit un bras, finit par attraper le combiné du téléphone, et réussit à le coller sur son oreille.

« Allô ?

— Laurel, c'est Kurt.

— Kurt. » Laurel regarda son réveil. Minuit et demi. « Qu'est-ce qu'il y a ?

— Il n'y a pas trente-six façons de le dire. » Kurt reprit son souffle. « Denise Price vient d'être assassinée. »

Laurel eut l'impression que le sang cherchait à s'échapper de ses veines. Sa tête se mit à tourner, ses yeux ne voyaient plus. Elle ouvrit la bouche, aucun son ne sortit.

« Laurel, tu es là ?

— Oui. » Sa voix n'était qu'un murmure. « Dis-moi.

— Elle avait emmené Audra voir les jeux de lumières. Pour une raison inconnue, la petite est sortie de la voiture. On ne sait pas encore pourquoi. Elle n'est pas en état de parler. Denise a dû partir la rechercher. Et elle a été frappée à mort derrière l'une des structures.

— Frappée ? Comme Angie ?

— Oui.

— Bon Dieu. La petite a vu ce qui s'est passé ?

— On ne sait pas. Elle est à l'hôpital, prostrée. On est sûrs qu'elle a vu le résultat, en tout cas. Il ne reste plus grand-chose du visage de sa mère.

— Oh, non », gémit Laurel, comme si on venait de lui enfoncer un couteau dans le ventre. La scène était déjà épouvantable, mais qu'Audra y assiste en plus... Laurel chercha de l'air dans ses poumons oppressés. « Kurt, avez-vous trouvé quelque chose autour du corps ? »

Il ne répondit pas tout de suite. « Je ne suis pas

autorisé à te le dire, mais oui. Il y avait une de ces cartes ésotériques dont tu m'as parlé.

— Une carte de tarot. Celle du jugement, je suppose ?

— Là, tu m'en demandes trop. Il y avait aussi un cœur et un six.

— Où ça ?

— Sur le manteau de Denise. Tracés avec son sang.

— Kurt...

— Il faut que je te quitte. J'ai pensé que je devais te prévenir. » Il reprit d'une voix âpre : « Tout ça aurait pu être évité, si... » Il ne finit pas sa phrase. « Oh, et tant pis. Bonne nuit, Laurel. » Il raccrocha.

Elle garda le combiné un instant dans sa main. Elle était paralysée. Samedi soir, Denise organisait une fête dans sa grande maison. Deux jours plus tard, elle était morte. Pas seulement morte, *assassinée*. Matraquée à mort, comme Angie.

Les chiens aboyèrent. Laurel se raidit. Qu'avaient-ils entendu ? Un rôdeur ? Le meurtrier de Denise se préparait-il maintenant à attaquer Laurel ?

On frappa à la porte. Pelotonnée dans son lit, Laurel se cramponnait encore au combiné. On frappa de plus belle.

Un tueur ne se donnerait quand même pas la peine de frapper ? Tu parles d'un double sens, pensa Laurel. Justement, à propos de double sens. Et si c'était un proche, quelqu'un qu'elle connaissait bien ?

On frappait toujours. Une voix s'éleva : « Ouvre-moi cette putain de porte, Laurel ! C'est Monica ! »

Impossible de ne pas reconnaître cette voix rauque et autoritaire. Laurel se sentit revenir peu à peu à la vie. Elle reposa enfin le combiné du téléphone, se leva, enfila un peignoir et partit dans l'entrée. Jean serré, blouson de cuir, bottes de cow-boy, c'était bien Monica, raide et maussade. « Ils mordent, tes chiens ? » demanda-t-elle sans préambule.

Laurel regarda Alex et April, qui fixaient l'intruse d'un œil sournois.

« Ils ne mordront pas à condition que tu ne fasses pas de gestes brusques », répondit sérieusement Laurel. Il était évident qu'Alex et April ne ressentaient aucune sympathie envers l'avocate.

Monica fit quelques pas en direction du salon, et s'arrêta. « Denise est morte.

— Oui. Kurt vient de m'appeler. » Laurel s'interrompit, puis : « Comment le sais-tu ?

— La Wilson Lodge se trouve à Oglebay Park. Il y avait des flics partout. Je ne te décris pas la scène, ça grouillait. Je n'ai pas mis longtemps avant d'apprendre ce qui était arrivé. »

Tu m'étonnes, pensa Laurel. Ils ont dû te répéter mille fois d'aller voir ailleurs, mais quand tu as quelque chose dans la tête... Il semblait parfois impossible de contenir cette force en mouvement qu'était Monica Boyd. « Kurt dit qu'on a encore trouvé une carte de tarot, et qu'il y avait un cœur et un six dessinés sur le manteau de Denise.

— Il paraît.

— Mon Dieu, et Crystal ? s'exclama brusquement Laurel. S'il lui était arrivé quelque chose, à elle aussi ? »

Laurel s'élança vers le téléphone, mais Monica l'arrêta d'un geste. « Je l'ai déjà avertie. Elle est chez elle en pleine crise d'hystérie.

« — Elle serait peut-être mieux ici avec nous.

— Elle n'est pas en état de conduire, et je ne suis pas d'humeur à l'écouter pleurnicher.

— Tu dois être drôlement secouée pour être venue *chez moi*. Hier, tu ne m'as même pas adressé la parole. »

Monica ignora la remarque. « Tu aurais un scotch ?

— Non. De la bière, c'est tout.

— Je ferai avec. »

Laurel lui apporta une canette et un verre. Monica, comme Kurt, ne s'encombra pas du second. Elle but une longue gorgée, fit la grimace. « Tu pourrais avoir quelque chose de mieux.

— Je ne bois pas.

— Tu devrais. Ça rend les nuits de solitude un peu plus supportables. » Monica s'assit sur le canapé, posa sa cheville droite sur son genou gauche, et regarda le feu éteint dans la cheminée. « Je n'ai pas l'impression d'avoir servi à grand-chose en venant à Wheeling.

— C'est chez les flics, qu'il fallait aller.

— Tu parles. Tu as pleuré sur les genoux de Kurt, et regarde le résultat.

— J'ai parlé à Kurt il y a seulement deux jours. Ça ne leur laisse pas beaucoup le temps d'avancer.

— Et tu me fais des reproches.

— Non, c'est à moi que j'en fais. Je suis censée être adulte. J'aurais dû réagir en adulte depuis le début.

— Oh, laisse tomber tes grands airs, Laurel. C'est lassant. La vérité, c'est que tu m'en veux, et que tu m'en veux depuis le jour où je t'ai convaincue de ne rien dire sur la mort de Faith. »

Laurel sentit son ton monter en même temps que sa

colère. « Oui, je t'en ai voulu. Et je t'en veux aujourd'hui parce que c'est toujours plus facile de faire des reproches à quelqu'un d'autre. Mais je ne prends pas de grands airs, contrairement à toi. *J'aurais* dû faire quelque chose. *Voilà* la vérité. Maintenant je trouve lassant que tu te croies omnipotente et responsable de mes actes, ceux de Denise et ceux de Crystal. Nous avons toutes agi comme des imbéciles. » Imperturbable, Monica regardait droit devant elle. « Il y a encore une chose que je ne supporte pas, continua Laurel. Pourquoi ne nous as-tu pas dit que ton cabinet allait défendre Stuart Burgess, l'ex-mari d'Angie ?

— Enfin, Laurel, ce n'est pas moi qui décide des dossiers qu'on défend.

— Ne réponds pas à côté du sujet.

— O.K. Je n'ai rien dit là-dessus parce que je ne voulais pas que vous tiriez des conclusions hâtives.

— Hâtives ! A savoir ? Comme quoi faire endosser à quelqu'un d'autre l'assassinat d'Angie permettrait d'acquitter Burgess, par exemple ? Ah, ça ferait bien l'affaire de ton cabinet.

— Il est évident que Stuart n'a pas pu tuer Denise.

— Évident ? Il a été libéré sous caution, que je sache.

— Il est sous surveillance policière.

— Je t'en prie, Monica. Tu nous as répété dix fois que New York n'était pas si éloigné de Wheeling. Tu vas me dire que Burgess, avec tout son fric, n'est pas fichu de faire l'aller et retour incognito ?

— Il pourrait. À quoi ça l'avancerait ?

— Ça serait bien pratique de faire passer la mort

d'Angie pour une vengeance de quelqu'un d'autre. Quelqu'un qui aurait connu Faith et le Six de Cœur.

— Il faudrait que Stuart, lui aussi, en ait appris l'existence.

— Angie peut lui en avoir parlé.

— Non, ça ne tient pas debout.

— Que si. »

Monica terminait sa bière. « Puis-je avoir encore un petit peu de ce nectar des dieux ?

— Dans le frigo », répondit Laurel d'un ton sec. Son esprit galopait. Tandis que Monica se rendait à la cuisine, elle imagina un abominable scénario. Et si c'était Monica elle-même qui avait maquillé le meurtre d'Angie ? En faisant croire, bien sûr, que quelqu'un cherchait à se venger de la mort de Faith. Celle de Denise, aujourd'hui, ne rendait-elle pas plus plausible encore le mobile d'une vengeance ? Justement Stuart, lui, ne connaissait pas Denise. Alors la carte de tarot, le six et le cœur barbouillés sur la glace de la salle de bain chez Angie ? Après l'avoir tuée, Stuart aurait-il pu appeler quelqu'un pour arranger la scène, laisser des traces que l'on retrouverait, identiques, autour d'un nouveau meurtre ? Prémédité ? Qui pouvait mettre en œuvre quelque chose d'aussi diabolique ? Quelqu'un de froid, d'ambitieux, et d'intelligent, comme... Monica, qui s'était trouvée à New York quand Angela avait été assassinée. Et aujourd'hui à Oglebay Park, où Denise venait de trouver la mort.

Monica revint avec une autre bière et se rassit sur le canapé. Bien qu'elle eût les nerfs en compote, Laurel s'efforça de rester calme et posée. « Monica, quand tu es arrivée ici et que tu nous as appris comment

Angie avait été tuée, tu n'as pas pensé que l'une d'entre nous irait parler à la police ?

— Non. » Monica attaqua sa deuxième canette. « Enfin, si. Toi peut-être, puisque tu voulais déjà le faire il y a treize ans.

— Alors pourquoi m'as-tu parlé ? Pourquoi as-tu pris le risque ?

— Laurel, je ne suis pas un bloc de pierre. Je ne pouvais pas vous laisser toutes les trois dans l'ignorance, jusqu'à ce qu'un criminel vienne vous assassiner.

— Ah.

— Je ne mens pas. Tu penses que j'avais d'autres motivations ?

— Sans doute, mais je ne tiens pas à m'expliquer maintenant.

— Et moi, je ne tiens pas à entendre ces accusations voilées. J'ai bu trop de whisky, et la bière par-dessus n'arrange rien. » Monica se leva. « Je m'en vais.

— J'ai une question à te poser, avant.

— Une.

— Es-tu impliquée, d'une façon ou d'une autre, dans la défense de Stuart Burgess ? »

Monica repoussa ses longues mèches derrière ses oreilles. « Non. » Elle planta son regard dans celui de Laurel. « Qu'est-ce qui te fait sourire ?

— Tu as un certain aplomb, je trouve. » Laurel hochait la tête. « Ça ne t'est jamais venu à l'idée, n'est-ce pas, que j'ai toujours su quand tu mentais ?

— Sans blague ?

— Sans blague. Et tu viens de mentir, une fois de

plus. Tu as tout à gagner à ce que Stuart Burgess soit acquitté.

— Certainement, Laurel. Mais au même titre que le cabinet, ni plus ni moins.

— Oh, je t'en prie. J'ai comme idée que tes intérêts dépassent un peu ceux du cabinet, dans cette histoire. Une histoire qui arrangerait bien la suite de ta carrière.

— Laurel, je ne sais pas où tu vas avec ce genre de spéculations. En tout cas, je n'aime pas cette façon de me chercher des noises. Tu n'étais pas comme ça, avant.

— Cela fait treize ans que je vis dans la honte et dans la crainte. Je crois que je viens de me rendre compte que j'ai tout d'une recluse. Je n'ai pratiquement plus d'amies proches, et j'ai quitté le seul homme dont j'ai vraiment été amoureuse, parce que je n'arrivais pas à lui révéler le secret qui m'encombre. Je ne veux plus vivre comme ça, Monica. Peut-être que je te cherche des noises, oui. Peut-être que je ne devrais pas donner voix non plus à ce que je pense, sans réfléchir suffisamment, mais j'en ai assez de porter cette culpabilité sur mes épaules. J'en ai par-dessus la tête de la fermer, de faire constamment attention à ce que je dis, sous prétexte de ne pas perdre la face. Alors j'ai décidé que je ferai l'impossible pour découvrir qui a tué Angie et Denise, et pour me protéger, moi et Crystal. »

La bouche de Monica se tordit sur un demi-sourire. « Toi, Crystal, mais pas moi ?

— S'il y a une chose que tu as toujours su faire toute seule, c'est bien te protéger. »

Monica regarda un instant Laurel avec une expression de curiosité, puis elle se mit à rire. « Tu as raison, Laurel, je n'ai besoin de personne. Je n'ai jamais eu besoin de personne. »

Laurel l'entendit qui continuait à rire en ouvrant la portière de sa voiture.

*

Laurel resta éveillée toute la nuit, à mettre des disques, à faire les cent pas, à essayer de pleurer pour libérer un trop-plein d'émotions, mais l'horrible nouvelle était encore trop fraîche. L'image de Denise dans sa robe à carreaux, souriant fièrement, chaleureusement, derrière Wayne qui jouait *Great Balls of Fire*, revenait sans cesse dans son esprit. L'intensité de son regard, le gris unique de ses yeux, ces yeux qui ne regarderaient plus jamais personne, privés de chaleur, de fierté, de la joie d'être simplement vivante.

Laurel savait que, si sa mère avait été là, elle aurait déjà commencé à préparer des plats à emmener chez les Price, le lendemain, comme le veut la coutume américaine. Pour ce genre d'occasion, Mme Damron mère s'était fait une spécialité de thon en sauce et de flan. Laurel détestait l'un et l'autre. Dieu savait combien de mets délicats de cet ordre il y aurait chez les Price. Elle choisirait quelque chose d'agréable chez le traiteur. Elle doutait cependant que Wayne et Audra auraient beaucoup d'appétit. En général, seuls les amis mangeaient dans ces circonstances.

Et pour Noël, que fallait-il faire ? Laurel était censée, le surlendemain, fermer le magasin et prendre l'avion pour la Floride. Elle prit une décision. Pas seulement parce qu'elle n'avait pas envie de partir. À sept heures du matin, elle décrocha le téléphone et appela sa mère.

« Je n'ai pas l'habitude de t'entendre de si bonne heure, dit Meg Damron. Tu es allée aux obsèques d'Angie ?

— Oui, j'y suis allée. C'était affreusement triste, évidemment. Il y avait du beau linge. Le gouverneur et quelques célébrités. » Laurel respira un bon coup et lâcha tout d'une traite : « Écoute, maman, je ne vais pas pouvoir venir à Noël.

— *Quoi !* s'écria sa mère. Mais pourquoi ?

— Parce que... euh, eh bien quelqu'un d'autre vient de mourir. Denise Price. Que tu as connue sous le nom de Denise Gibson.

— Denise ! Mais tu penses si je me souviens d'elle ! Qu'est-ce qui lui est arrivé ?

— Elle a... été tuée hier soir.

— Tuée ? répéta Meg Damron. Où ? Comment ?

— A Oglebay, aux illuminations. On l'a frappée à mort. »

Laurel entendit presque sa mère combattre une telle idée. Elle finit par se reprendre : « À Oglebay ? Mais c'est inimaginable ! Enfin, dans cet endroit ? Tu dis frappée à mort ?

— Oui. Derrière un des échafaudages.

— Mon Dieu ! *Frappée à mort !* Comme Angie ? Dis-moi, vous étiez amies toutes les trois, toi, Angie et Denise. Qu'est-ce que cela veut dire ?

— Je n'en sais rien, mentit Laurel. Je pense qu'Angie et Denise ne s'étaient pas vues depuis longtemps.

— Ce serait une coïncidence, si... » La voix de Meg

se perdit quelque part entre ses neurones, la Floride et Wheeling. Mais elle revint aussitôt : « Laurel, je veux que tu fermes le magasin et que tu sautes dans le premier avion !

— Je ne peux pas, m'man.

— Tu fais ce que je te dis, tu m'entends !

— Maman, Denise avait une petite fille. Elle n'a que huit ans, et elle a vu le corps de sa mère...

— Elle a sûrement un père et d'autres parents pour s'occuper d'elle. Tu ne restes pas à Wheeling.

— *Si*, maman, je suis désolée.

— Laurel, pour l'amour de Dieu, qu'est-ce qui te prend d'être aussi têtue ? Tu sais qu'on ne peut pas venir, avec ton père. Claudia a besoin qu'on reste près d'elle...

— Je sais, je sais. J'aime autant vous savoir en Floride avec elle. Mais ma place est ici.

— *Et pourquoi donc ?*

— Je n'ai pas envie de discuter, ni d'entrer dans le détail. Je ne peux pas venir pour Noël, un point, c'est tout.

— Mais on va se faire un sang d'encre pour toi.

— Ne t'inquiète pas.

— Facile à dire. Comme si on ne se faisait pas assez de souci, ton père et moi, avec ta sœur qui se chamaille tout le temps avec tout le monde. Je ne sais pas ce qu'elle a, en ce moment. Et on ignore toujours quand elle va accoucher. » Meg semblait sur le point de pleurer. « Laurel, je trouve que tu manques cruellement d'égards.

— Je suis navrée que tu le penses, mais je fais ce que j'estime nécessaire. Ne t'inquiète pas, tout ira bien. »

Quand sa mère raccrocha enfin, Laurel murmura : « Ça, c'est une promesse que j'aimerais pouvoir tenir. »

*

Elle appela Norma. « Tu as toujours un double de la porte du fond ?

— Bien sûr. Tu ne crois quand même pas que je perdrais la clé du magasin ?

— Non. Ce n'est pas ce que je voulais dire. Tu ne sais pas encore ce qui est arrivé à Denise Price ?

— Non, qu'y a-t-il ?

— Elle vient d'être assassinée.

— *Hein ?* lâcha Norma. Assassinée ?

— Oui. Excuse-moi de ne pas t'en dire plus, tu l'apprendras forcément. Est-ce que tu peux tenir le magasin avec Penny, ce matin ? Je n'ai pas dormi de la nuit, et je ne tiens pas debout.

— Bien sûr, reste chez toi, Laurel. Tout ça est affreux. Angela Ricci, et maintenant Denise Price. Mais on vit dans un monde de fous ! Où allons-nous ?

— Ne me le demande pas, Norma. Je n'en sais rien.

— Laurel, essaie de te reposer. Toute la journée, si tu veux. On s'en sortira certainement, Penny et moi.

— Je ne sais comment vous remercier. En tout cas, j'ai l'intention de vous augmenter en janvier.

— Laurel, tu n'es pas obligée », dit Norma, qui parut tout de même ravie. « Pense à toi, avant tout, et ne t'inquiète pas pour le magasin. »

Non, pas aujourd'hui, pensa Laurel. Damron

Floral était la dernière chose à laquelle elle avait envie de penser. Sa seule préoccupation était, pour l'instant, d'arrêter le massacre.

« Et comment vas-tu y arriver, *Superwoman* ? » se demanda-t-elle, sarcastique. L'idée qu'elle — *elle*, la timide et tranquille Laurel Damron, qui, angoissée, avait renoncé à ses études pour venir se réfugier derrière le comptoir du magasin de fleurs de son père — soit capable de démasquer et de faire condamner un tueur paraissait ridicule. Un rêve d'adolescente en plein fantasme de roman policier. Seulement, y avait-il une alternative ? S'enfuir en Floride ? Céder à la peur et filer à l'anglaise jusqu'à ce que le meurtrier retrouve sa trace, après s'être occupé de Crystal ?

Non. Il était temps de sortir d'une coquille soigneusement agglutinée, et de faire face, non seulement au passé, mais aussi au futur. Il n'était plus possible de vivre avec le sentiment que d'autres avaient trouvé la mort, parce qu'elle, Laurel, n'avait pas fait à temps ce qu'il aurait fallu, faute du cran nécessaire.

Une heure plus tard, elle avait revêtu une paire de jeans et un bon chandail. En enfilant son anorak, elle décida d'emmener les chiens avec elle. Attachés à leurs laisses, ils bondirent dans une neige épaisse jusqu'à la voiture.

Laurel ignorait ce qui l'attirait à nouveau, malgré elle, à la ferme Pritchard. Il lui était déjà arrivé d'y retourner après la mort de Faith, en se demandant à chaque fois pourquoi on ne la faisait pas démolir. Le feu l'aurait entièrement consumée au cours de cette nuit maudite, si une neige abondante n'avait pas en fondant imprégné les murs et la charpente. Les derniers propriétaires de la ferme avaient laissé la vieille structure à l'abandon, et chaque année apportait son lot de délabrement supplémentaire. Découragés, ils avaient fini par partir cinq ans plus tôt. Comme aux autres acheteurs avant eux, la ferme ne leur avait valu que des déboires. Quand ce n'était pas les pluies diluviennes du printemps, alors la sécheresse, les vagues de chaleur et les insectes se chargeaient à leur tour de détruire les récoltes. Laurel doutait qu'on essayât d'y refaire repousser quoi que ce soit. Un jour ou l'autre, on finirait par bâtir à la place un centre commercial.

En cahotant sur les ornières de la vieille route de campagne, elle se rappela les nombreuses histoires qu'elle avait entendues toute son enfance. Juste avant d'être pendue dans la grange, alors que le prêtre l'implorait de se repentir, Aimée Dubois aurait jeté un sort, non seulement sur les Pritchard et le jury qui l'avait condamnée, mais sur toute personne qui aurait le malheur de poser un pied à la ferme. Fallait-il s'étonner que, pendant les presque trois siècles qui avaient suivi, les occupants de l'exploitation aient souffert d'un nombre incroyable de morts violentes et d'accidents ? À commencer par un meurtre, au milieu du XIXe siècle, le jour où le propriétaire avait trouvé sa fille en pleins ébats avec un ouvrier. Le père, furieux, avait tué l'homme à grands coups de fourche dans le dos. La jeune femme avait par la suite fait une fausse couche, disait la légende, et elle s'était enfuie sans plus jamais donner de nouvelles. Son père avait passé vingt années en prison, où il avait trouvé la mort. Son épouse et ses trois enfants, terrassés par toutes sortes de maladies, avaient fini dans la misère. Dans les années trente, le fils d'un jeune fermier était tombé du tracteur que conduisait son père, pour mourir déchiqueté dans les pales de la moissonneuse. Il n'avait que quatre ans. Trente ans plus tard, un nouvel exploitant s'était laissé happer par la manche de sa veste dans une vanneuse à grain. Sa jeune femme avait trouvé le corps, broyé, à la fin de sa journée. Et elle était morte de chagrin.

Cette ferme était funeste. Tout avait commencé avec le décès des enfants Pritchard, qu'on avait attribué à Aimée Dubois, pour finir avec... Laurel pensa à Faith, mais en réalité, cela ne s'arrêtait pas là. Le mauvais sort avait touché tous ceux qui avaient... mis le pied ici, et plus particulièrement dans la grange. Il planait encore au-dessus du Six de Cœur, ces quelques adolescentes étourdies, maintenant adultes, qui avaient voulu jouer avec le mystère.

Laurel n'avait jamais réellement cru en quelque pouvoir occulte, pas plus dans son jeune âge, alors qu'elle suivait avec les autres les chimères de Monica, qu'aujourd'hui. Il n'en restait pas moins que l'histoire, ou la légende, de la ferme Pritchard avait de quoi impressionner un esprit plus fragile que le sien, assez fragile et incertain pour se laisser persuader que Faith, depuis la tombe, cherchait un intermédiaire humain pour la venger.

Laurel se gara aussi près que possible de la grange et câlina gentiment ses chiens pour qu'ils veuillent bien sortir de la voiture. Bien que cela ne fût pas vraiment nécessaire, elle garda leurs laisses solidement en main. En territoire inconnu, Alex et April restaient toujours très près de leur maîtresse.

La neige crissait sous les pas de Laurel, qui scruta le paysage. Les arbres étaient couverts d'un uniforme de duvet blanc qui prenait des airs de dentelle sous le ciel d'étain clair. Un ou deux conifères ployaient sous leur manteau givré. Au loin, des oies — bernaches canadiennes — glissaient paisiblement sur l'eau blême d'une mare, comme par une journée ensoleillée de juillet.

Les vestiges de la vieille grange se dressaient devant Laurel. Les contours du toit pentu se perdaient sous la neige, et les maigres planches des murs avaient eu le temps d'oublier leur dernière couche de peinture. Laurel distinguait à peine les formes de la ferme, pourtant elle eut l'impression qu'on l'épiait. Le silence blanc était envahissant. Abandonné depuis plusieurs hivers, l'endroit était certainement devenu un abri de fortune pour les vagabonds. Laurel ne s'attendait pas à en rencontrer dans la grange. Tant que la ferme tiendrait debout, et même en l'absence de chauffage, d'eau courante ou de vitres aux fenêtres, personne n'irait trouver refuge dans un bâtiment à moitié effondré et au sol terreux. Suspendue dans l'air lourd, une brume opaque pesait sur la scène et semblait promettre de nouvelles chutes de neige plus tard dans la journée. Un vent acide se leva, qui flagella les boucles désordonnées de Laurel. Elle frissonna. Rien dans sa mémoire n'égalait la désolation dégagée par la ferme Pritchard. Irréelle, elle avait une allure d'effroi, sortie d'une imagination épouvantée.

Laurel s'arrêta tout net. Que faisait-elle ici ? Qu'est-ce qui l'avait attirée ? Le sentiment improbable que le malheur, étant apparu en ces lieux, y cachait également son antidote ? La résolution prise au cours des longues heures solitaires de la nuit, celle qui poussait Laurel à chercher l'assassin, avait-elle éclipsé son plus élémentaire bon sens ? Il était peut-être encore plus dangereux que malsain d'être venue ici. Laurel mit une main dans sa poche où elle trouva la forme devenue familière de la bombe lacrymogène. Mais elle n'avait rien de rassurant. Deux semaines plus tôt, l'idée d'acheter un pistolet aurait semblé ridicule. Elle ne l'était plus aujourd'hui. Il y avait un assassin dans les parages, contre lequel une bombe de gaz et deux chiens timorés paraissaient bien inoffensifs.

April et Alex durent lire dans les pensées de Laurel, et se ranger à son opinion. Elle dut tirer sur leurs laisses pour les forcer à entrer dans la grange, où, peu rassurés, ils se pressèrent contre les genoux de leur maîtresse.

Elle regarda autour d'elle. Il n'y avait dans l'entrée que les vieux piliers solitaires, mal élagués, hésitants et couverts de suie. Laurel fit quelques pas, les laisses toujours en main. Les boxes où vaches et chevaux avaient jadis passé leurs nuits étaient toujours entiers. Sales, ils respiraient encore l'odeur du crottin. Le toit troué égrenait des filaments de neige. Une vieille fourche était posée, droite, contre un mur. Était-ce celle avec laquelle un fermier avait autrefois percé le corps d'un homme ? Le jeune couple amoureux était-il sorti du secret ici même, dans la grange ? Une couverture moisissait en dessous, par terre. Laurel aperçut le regard saillant d'un rat qui l'épiait sous la laine. Bon sang, combien de rongeurs se cachaient-ils là-dedans ? Des centaines, peut-être.

Prête à partir, elle allait tourner les talons quand quelque chose attira son attention. Une balle de paille était posée au milieu de la grange. Une balle identique à celle où Faith avait autrefois pris place. D'un geste automatique, Laurel leva les yeux, puis retint un hoquet.

Une corde avec un nœud coulant était accrochée à une poutre élevée. Et c'était indubitablement une corde neuve.

Les chiens se mirent soudain à aboyer frénétiquement. S'envolant de leurs abris, des pigeons partirent dans les hauteurs à la recherche d'une issue. Le rat trouva deux compagnons pour prendre la fuite, qui détalèrent avec lui devant les pieds de Laurel. Elle poussa un cri guttural et fit volte-face.

À trois mètres derrière elle se trouvait Neil Kamrath.

14

« Neil ! éructa Laurel, d'une voix plus haute d'une octave au moins que sa voix habituelle. Qu'est-ce que vous faites ici ?

— Je pourrais vous poser la même question. » Il marcha vers elle, et à la grande surprise de Laurel, ses deux chiens se dressèrent sur leur séant. Alex grogna. « Ils vont se jeter sur moi ? demanda Neil.

— Peut-être. » Laurel savait qu'il ne risquait rien, mais c'était aussi facile de suggérer l'inverse. « Je ne sais pas encore pourquoi j'ai ressenti un besoin irrésistible de venir ici.

— Même chose pour moi. » Neil portait un jean et une veste fourrée en daim. Il alluma lentement une cigarette, pendant que le cœur de Laurel jouait du marteau-piqueur. Neil l'avait-il suivie ? S'il avait l'intention de nuire, personne ne viendrait en aide à Laurel. Elle enfonça nonchalamment une main dans sa poche. Peine perdue. Le couvercle de la bombe lacrymo était bien fixé. Le temps de le dégager, de sortir la bombe de sa poche, et de « viser les yeux », Laurel pouvait être déjà morte vingt fois.

Elle regarda autour d'elle. « Vous avez vu les rats ?

— Ils se cachent. Il doit y en avoir des dizaines. Et les rats *mordent*, à condition qu'ils se sentent en danger. » Neil posa les yeux sur le nœud coulant. « Vous avez vu ? » Laurel peinait à respirer normalement. « Ça vous inspire quoi ?

— Je ne sais pas. La corde est neuve.

— Elle n'est pas là par hasard, Laurel. »

Elle ne le quittait pas du regard. « Ça ne veut rien dire s'il n'y a personne pour la voir. Et c'est moi qui suis là.

— C'est peut-être destiné à quelqu'un d'autre que vous. À Crystal ou à Monica, par exemple.

— Je ne vois pas ce que l'une ou l'autre irait faire ici. Crystal a peur, et Monica a mis une croix sur certaines choses de son passé. » Sans répondre, Neil tira une bouffée de sa cigarette. Laurel reprit : « Vous m'avez suivie, non ?

— Si. » Il ne semblait ni gêné, ni menaçant. « J'ai eu l'intuition que vous viendriez ici après le meurtre de Denise.

— Qui vous a dit qu'elle était morte ? Ça s'est passé cette nuit, et ça n'était sûrement pas dans le journal du matin.

— Les gens parlent. Même à l'heure du petit déjeuner. On ne m'a pas tout raconté, mais je sais qu'elle a été tuée de la même façon qu'Angie. »

Laurel hocha la tête. « C'est immonde de mourir comme ça.

— C'est toujours immonde de mourir. »

Il paraissait calme, sa voix était tranquille, et il tirait nonchalamment sur sa cigarette. Qu'il fût dangereux ou pas, son attitude irritait maintenant Laurel au-delà de toute mesure. « Pourquoi m'avez-vous suivie ? Pour voir la tête que j'ai devant un nœud coulant ? »

Il sembla sincèrement surpris. « Parce que vous pensez que c'est moi qui ai mis ça là ? » Laurel ne répondit pas. « Moi qui croyais que vous étiez l'une des rares personnes dans cette ville qui ne me prennent pas pour un malade. Je n'aime pas me tromper à ce point-là. »

Ouh-là, pensa Laurel. Ne pas le mettre en colère. « Si je pensais que vous étiez malade...

— O.K., O.K. Si j'étais à votre place, j'aurais aussi la pétoche, c'est sûr. » Il jeta sa cigarette et enfouit le mégot dans le sol. « Je ne suis pas là pour vous ficher la trouille, Laurel. Si je vous ai suivie, c'est parce que vous courez un danger à venir toute seule dans un endroit comme celui-là. Surtout avec ce qui se passe autour de nous. Je viens de voir ce nœud coulant. Ça confirme toutes mes intuitions. Le meurtrier d'Angie, qui est aussi celui de Denise, est passé par ici. »

Laurel déglutit, mal à l'aise. « Vous n'allez quand même pas me dire que vous m'avez suivie pour me protéger ? »

Il sourit. « Je ne suis plus l'adolescent maigre et décharné que vous avez connu au lycée. Je ne suis pas *Superman* non plus, mais j'ai pris des cours de tir et je suis ceinture noire de karaté. » Il s'interrompit. « Kurt sait-il que vous êtes là ? »

Laurel hésita. Fallait-il mentir et dire oui ? Impossible, surtout ici et maintenant, de savoir ce que voulait Neil. Mais elle hésita si longtemps que la question avait déjà une réponse. « Non. »

S'il était malintentionné, Neil pouvait faire exactement ce qu'il voulait. Personne n'entendrait rien, et on ne retrouverait pas le corps de Laurel avant des journées, sinon des semaines.

Neil sembla lire dans ses pensées. « Je crois qu'on ferait mieux de s'en aller. Cette grange me donne la chair de poule, et ce nœud coulant a l'air de confirmer qu'on n'a rien à y faire.

— Oui. » Laurel perçut le soulagement dans sa propre voix. Neil dut le sentir également. « Je vais rentrer chez moi.

— Laurel, j'ai vraiment besoin de vous parler. » Elle le dévisagea prudemment. « Est-ce qu'on peut aller boire un café au McDonald's, par exemple ? »

Il n'y avait rien d'ouvertement menaçant dans cette proposition. Quoique... « Les chiens ont une peur bleue que je les laisse seuls dans la voiture. »

Neil les regarda. « Vous n'allez pas m'inviter chez vous, et je le comprends bien. On commandera nos cafés au comptoir-auto, et je vous retrouverai dans le parking. Comme ça, tout le monde pourra nous voir et vous n'aurez rien à craindre. D'accord ? »

De quoi voulait-il parler ? De la mort de Denise ? De Faith ? Malgré ses craintes, Laurel céda à la curiosité. « Entendu.

— Bien. Je vous accompagne jusqu'à votre voiture. Je suis garé derrière vous. »

Cela faisait quand même une petite trotte en compagnie d'un homme dont Laurel se demandait s'il n'avait pas tué son amie la veille. Mais avait-elle le choix ? Tandis qu'ils traversaient le champ d'éteule qui les séparait de la vieille route, Laurel eut à nouveau très nettement l'impression d'être épiée. Au point qu'elle s'en ouvrit : « Neil, avez-vous croisé quelqu'un autour de la ferme en arrivant ici ? »

Le vent rabattait sur son front ses mèches de sable, en lui donnant un air plus jeune. À l'époque du lycée, les parents de Neil l'avaient obligé à couper ses cheveux très court. Laurel ne s'était jamais aperçue qu'ils avaient une ondulation naturelle. « Je n'ai vu personne, mais j'ai le sentiment qu'il y a des gens ici. Des clochards, peut-être, qui viennent s'abriter l'hiver.

— Oui, approuva vaguement Laurel.

— Mais ce n'est pas ça qui vous inquiète, n'est-ce pas ? Vous vous demandez si la ferme n'abrite pas la personne qui est venue installer le nœud coulant ? » Laurel hocha la tête. « Vous voulez qu'on aille voir ?

— Non. » Une seconde, pensa-t-elle. Où est passée ta détermination de trouver l'assassin ? Puis, aussitôt : je ne vais quand même pas visiter cette maison avec l'un des suspects. « J'ai froid, et allez savoir qui on trouvera à l'intérieur. Peut-être, effectivement, l'auteur de cette mise en scène. Mais on risque aussi bien de se faire écharper par des vagabonds. »

Neil sourit. « Vous ne faites pas partie de ces belles âmes qui pensent que les sans-abri sont d'inoffensives victimes du système ?

— Ça doit être le cas pour certains. Je suis bien consciente que d'autres vous trancheraient la gorge pour la moitié d'un dollar. Je ne crois pas aux généralités.

— Vous avez raison. Par contre, vous avez peut-être tort de croire qu'on peut résoudre certains problèmes tout seul. »

Laurel le regarda durement. « Vous vous référez à quelque chose en particulier ?

— Plusieurs choses. » Ils arrivaient devant leurs voitures. « O.K., on se retrouve dans dix minutes. »

April et Alex retrouvèrent avec plaisir leur couverture chaude sur la banquette arrière. Alex, qui avait le poil ras, frissonnait.

Neil avait déjà fait demi-tour quand Laurel s'installa au volant. Était-ce une erreur d'avoir accepté ce café avec lui ? Non. Elle avait convenu qu'elle ne risquait rien dans un endroit fréquenté. De plus, Neil allait peut-être lui apprendre quelque chose d'utile.

En arrivant devant le McDonald's, elle commanda un café pour elle et des McNuggets pour les chiens. Puis elle choisit une place bien en vue sur le parking. Elle était en train de vider le petit pot de crème dans sa tasse quand Neil frappa à la vitre. Elle lui ouvrit la portière.

« Des fanas du McDo ? fit Neil en la voyant donner ses morceaux de poulet frit aux chiens.

— Fanas de tout ce qui se mange. J'essaie de veiller à leur alimentation, mais de temps en temps ils ont droit à un petit cadeau.

— Comment s'appellent-ils ?

— April a le poil long. L'autre, c'est son frère, Alex.

— Ils sont mignons tous les deux. Alex a l'air d'avoir de bonnes mâchoires.

— Oui. Le Dr Ricci pense qu'il y a un pitbull dans la lignée. C'est difficile à déterminer, chez les bâtards. Surtout s'il y a eu plusieurs pères, comme c'est visiblement le cas.

— Mon fils avait aussi un chien, qu'il avait appelé Apollo. Il l'adorait.

— Vous l'avez toujours ? »

Neil but une gorgée de café, puis regarda droit devant lui. « Non. Il est mort pendant l'accident. À l'hôpital, Robbie n'arrêtait pas de me demander de ses nouvelles. Alors qu'il était brûlé au troisième degré. » Neil afficha un sourire amer. « Il s'inquiétait plus de son chien que de sa mère. Et moi je lui ai menti en lui affirmant qu'Apollo allait bien. J'ai menti à mon fils sur son lit de mort.

— Vous avez sûrement eu raison, admit doucement Laurel.

— C'était peut-être la seule chose de valable que j'aie faite depuis longtemps. » L'expression de Neil se durcit. « Helen et moi nous étions séparés avant l'accident. Si nous étions restés ensemble et que ça avait été moi au volant...

— Un accident peut arriver à tout le monde.

— Oui. Sauf que Helen était alcoolique. C'est pour ça que nous nous sommes séparés. Je ne supportais plus de la voir boire.

— Vous l'avez quittée ?

— Non. Elle m'a fichu dehors parce que je lui répétais qu'elle avait besoin de se faire désintoxiquer. J'aurais dû emmener Robbie avec moi en partant. Mais je ne l'ai pas fait, et voilà le résultat. Helen avait bu quand elle a pris le volant, ce jour-là. Au moins, elle est morte sur le coup. Robbie n'a pas eu cette chance... » Laurel perçut dans sa voix, non seulement un profond chagrin, mais aussi de la colère. Il avait l'air d'avoir reporté toute sa haine sur Helen. Laurel pensa qu'à la place de Neil, elle réagirait probablement de la même façon.

« Neil...

— Excusez-moi, dit-il courtoisement. Je n'ai pas

271

demandé à vous voir pour vous raconter ma vie. » Il fit un effort pour s'arracher à ses pensées. « Je voulais parler des meurtres d'Angie et de Denise.

— Dites-moi une chose d'abord. Comment saviez-vous que j'irais à la ferme Pritchard, ce matin ?

— Cela vous dérange vraiment que je vous aie suivie ? »

Elle le regarda dans les yeux. « Vous aimez ça, vous, qu'on vous suive ?

— Laissez-moi vous expliquer. Je ne vous ai suivie que ce matin. Et il faut que vous compreniez bien cela : vous êtes la seule personne à qui je peux parler de certaines choses — de Faith, de l'enfant qu'elle n'a pas eu, et du reste. Vous m'avez rapporté ces indices curieux qu'on a retrouvés chez Angie après sa mort, et qui se rapportent à votre Six de Cœur. Quand j'ai appris pour Denise, ce matin, je suis venu aussitôt chez vous. Mais je me suis dit en chemin que je risquais de vous faire peur, parce qu'il était tôt, que vous ne me connaissiez pas beaucoup et que vous vivez seule. Je me suis arrêté sur le bord de la route pour réfléchir. J'étais décidé à attendre un moment, puis d'aller vous rencontrer au magasin, quand je vous ai vue en voiture quitter votre allée, et prendre la direction opposée à celle du magasin. J'ai eu bizarrement l'intuition que vous partiez à la ferme, et j'ai pensé que vous faisiez une erreur en y allant seule. Quand j'ai vu par la suite le nœud coulant qui nous y attendait, j'ai pensé que j'avais bien fait de vous suivre. »

L'explication était plausible. Neil paraissait sincère, et à son tour il regarda Laurel droit dans les yeux. Elle décida de lui faire confiance.

« D'accord, Neil, je comprends ce que vous essayez de me dire. Maintenant, je n'en sais certainement pas plus sur la mort de Denise que vous-même.

— Y avait-il à nouveau un six, un cœur, et une carte de tarot ?

— Oui. Encore.

— Bon Dieu. Il y a donc un lien. Ça ne peut plus être une coïncidence.

— Ça me paraît évident. »

Neil resta silencieux un moment. Puis : « Vous avez parlé à Mary, à propos du médaillon ?

— Oui. Elle a admis qu'elle vous avait menti. Son père avait refusé qu'on enterre Faith avec. Elle ne le mettait jamais en sa présence, seulement en dehors de chez elle. Cependant, le médaillon avait disparu une semaine avant sa mort. »

Sceptique, Neil répéta : « Disparu ? Comme c'est commode.

— En effet. Faith ne m'en avait rien dit, elle. »

Neil prit deux McNuggets dans le sachet et les offrit à chacun des chiens. April attrapa le sien délicatement, tandis qu'Alex manqua d'arracher en même temps l'index et le pouce de Neil. Laurel, surprise, le vit s'esclaffer. Il rit de bon cœur, même. L'espace d'un instant, le chagrin las qui se lisait dans ses yeux sembla presque s'effacer.

« C'est un dur, celui-là.

— Il n'est jamais sûr d'avoir assez à manger.

— Tiens, il a l'air sous-alimenté, peut-être. » Neil but une gorgée de son café. « Mary ne vous a rien dit d'autre ?

— Si, une chose que j'ignorais. Jusqu'à sa mort, Faith a entretenu une correspondance régulière avec sa mère. Comme Zeke ne voulait plus entendre parler de celle-ci, Faith se servait d'une boîte postale en ville.

— Une boîte postale qui s'appelait les sœurs Lewis. »

Laurel ouvrit de grands yeux. « *Les sœurs Lewis ?* »

Neil hocha la tête. « Genevra est leur nièce. »

Nouvelle expression de surprise : « Leur nièce ? Faith ne m'a jamais dit ça.

— Elle me l'avait appris malgré elle. Un soir qu'elle était saoule.

— Saoule ? »

Neil regarda Laurel et lui sourit. « Ne croyez pas qu'elle buvait pour la première fois, le soir où elle a disparu. Nous étions deux adolescents rebelles, elle et moi, pressés de faire tout ce qui nous était interdit. Comme boire, fumer, faire l'amour. On aurait pris des drogues, si on avait eu les moyens. Mais Faith ne voulait pas que vous le sachiez. Votre opinion comptait beaucoup pour elle.

— Pourquoi m'a-t-elle caché que les sœurs Lewis étaient ses grand-tantes ?

— Zeke ne voulait plus en entendre parler non plus. Alors elle les voyait en cachette, et elles ont elles aussi gardé le secret, pour la protéger.

— Mais pourquoi me cacher à moi qu'elle écrivait à sa mère ?

— Faith avait peur que cela arrive jusqu'aux oreilles de Zeke.

— Enfin, j'étais sa meilleure amie ! Je ne l'aurais jamais trahie ! »

Neil haussa les épaules. « Oui, vous étiez sa meilleure amie. Moi, je sortais avec elle et j'en étais fou amoureux. Cela n'empêche pas qu'il y a sans doute encore quantité de choses que nous ignorons à son sujet. Faith vivait dans un monde de secrets. Il y a aussi la question de savoir de qui elle était enceinte. Vous avez une idée ?

— Je me suis creusé la tête dans tous les sens. » Laurel n'était toujours pas persuadée que Neil était vraiment stérile, mais elle n'en dit rien. « On parlait des garçons tout le temps, elle et moi. Vous savez comment sont les filles, à cet âge-là. Elle ne m'a jamais parlé de quelqu'un d'autre. Jamais. »

Neil regardait sa tasse de café. « Je me suis demandé si... Enfin, Zeke étant complètement toqué, et sa fille à l'époque, si belle et si désirable... »

Laurel écarquilla les yeux. « Vous ne pensez pas à un inceste, quand même ? C'est complètement révoltant !

— Mais pas impossible.

— *Non.* » Laurel posa une main sur son front. « Oh, et après tout, qu'est-ce que j'en sais ? » Elle releva la tête et regarda Neil. « Il y a peut-être quelqu'un qui saurait, en revanche.

— Mary ?

— Non. Genevra Howard.

— La mère de Faith ? Elle a complètement disparu. À l'heure qu'il est, rien ne dit qu'elle soit encore vivante, d'ailleurs.

— Non seulement elle est bien vivante, mais en plus elle est à Wheeling, figurez-vous. Du moins elle s'y trouvait hier. Elle était à côté de moi à l'enterrement d'Angie. »

15

Neil n'en revenait pas. « Comment pouvez-vous dire que c'est sa mère ?

— Parce qu'elle ressemble à Faith. Elle m'a paru plus vieille, sans doute, qu'elle ne doit l'être, comme quelqu'un qui a eu une vie difficile, mais c'était le portrait de sa fille. Et elle a laissé des fleurs sur la tombe de Faith.

— Vous lui avez parlé ?

— Pas vraiment. Elle était à côté de moi à l'enterrement, et je n'aurais pas fait attention à elle si elle ne m'avait pas adressé la parole. Elle m'a simplement demandé si j'avais froid. C'est ensuite que j'ai pensé à aller voir la tombe de Faith. Je n'en étais plus très loin quand j'ai vu quelqu'un y déposer des œillets. Je l'ai appelée, elle a levé la tête et elle s'est mise à courir. Il ne s'est rien passé d'autre. J'ai regardé de plus près, et j'ai vu que les œillets étaient attachés à un ruban avec un petit cœur rouge en plastique. »

Neil fixa Laurel un moment. Puis il grommela : « Oh, merde.

— J'ai pensé la même chose. Il faut qu'on la

retrouve, Neil. Seulement je ne sais pas où aller la chercher.

— Vraiment ? Où iriez-vous à sa place ? »

Laurel hocha lentement la tête, puis s'exclama : « Les sœurs Lewis, évidemment !

— Et voilà.

— Mais si elle s'est enfuie en me voyant, c'est qu'elle ne tient sans doute pas à parler. Et elle a peut-être quitté Wheeling après l'enterrement.

— C'est possible. Je suppose que, contrairement à sa sœur, Mary ne communique pas avec elle.

— Non. Mary a toujours fait scrupuleusement ce que lui dictait son père. Et elle le fait encore. Neil, Faith ne vous a jamais laissé entendre où était partie sa mère ?

— Non. Faith en parlait rarement. Tout ce qu'elle disait, c'est qu'il ne fallait pas croire ce que Zeke racontait.

— À l'évidence, Faith aimait beaucoup Genevra. Pourtant elle les a abandonnés.

— Il est tout aussi évident que Zeke est un malade mental. Et j'ai bien l'impression qu'il l'a toujours été. La différence, c'est qu'autrefois il était capable de donner le change. Plus aujourd'hui.

— Faith avait une peur bleue de lui.

— Sans doute, même si elle ne l'a jamais ouvertement admis. En revanche, et ça, elle ne s'en cachait pas, elle le haïssait.

— Maintenant Zeke en a fait son ange gardien. Ça ne manque pas de piquant.

— Peut-être qu'il se sent tellement coupable qu'il a établi une relation imaginaire avec elle. En lui donnant le beau rôle. » Neil termina son café. « Bon, je crois qu'on a fait le tour de ce qu'on avait en main. Je vais essayer de retrouver la trace de Genevra, cet après-midi.

— Moi, je vais chez les Price. Vous savez qu'Audra est hospitalisée ? »

Neil observa Laurel d'un air soucieux. « Elle a été blessée ?

— Non, mais elle a vu dans quel état on a mis sa mère. Audra est prostrée. »

Un voile d'angoisse teinta le regard de Neil. « J'irai rendre visite à Wayne, mais je ne suis pas capable de voir un autre enfant dans un lit d'hôpital. »

Cédant à l'impulsion, Laurel posa une main sur celle de Neil. « Personne ne vous le demande. Vous connaissez à peine Audra. »

Neil sourit. « Je vous trouve bien plus humaine que Monica ou Crystal. Même que Denise. Je comprends pourquoi Faith vous aimait tant. Elle disait qu'elle pouvait vous confier sa vie. »

Laurel, prise au dépourvu, le regarda sans rien dire. Puis elle lâcha d'une voix rauque : « Et regardez où ça l'a menée.

— Ce n'est pas votre faute. Si je ne me trompe, vous n'aviez aucune envie de partir avec elle dans la grange, ce soir-là. Vous avez tenté de la sauver. »

Laurel hésita. « Qu'est-ce qui vous fait dire ça ?

— À l'hôpital, l'autre jour, vous avez remonté vos manches. J'ai vu qu'il restait de légères traces de brûlure sur vos bras et vos mains. Ça ne m'a pas frappé sur le moment. Mais, plus tard, vous m'avez dit exactement ce qui s'était passé à la grange. Et j'ai fait le rapprochement avec le feu. Il n'y a pas besoin d'être devin pour comprendre que vous vous êtes

278

brûlée en volant au secours de Faith. Je suis même pratiquement certain que vous êtes la seule à avoir essayé, que les autres ne pensaient déjà qu'à prendre la fuite. » Il caressa d'un doigt prudent le bas de la joue de Laurel. « Faith avait raison de vous faire confiance. Je vois que vous l'aimez toujours aujourd'hui. »

Sans s'en rendre compte, Laurel retrouva aussitôt la vision qui s'était imposée plus tôt à elle. Faith la regardait au fond des yeux en lui disant : « Tu sais. Toi seule sais. » Mais quoi ? Que *pouvait*-elle, que *devait*-elle faire ?

Le temps qu'elle reprenne ses esprits, et Neil avait refermé sa portière derrière lui. Sans dire au revoir.

*

Laurel le regarda quitter le parking dans sa propre voiture. Elle donna aux chiens le reste des McNuggets, but son café refroidi, et rentra chez elle.

April et Alex étaient visiblement ravis de leur expédition, notamment de l'épisode poulet, pourtant quand leur maîtresse les fit sortir devant la maison, ils bondirent tout droit vers la porte. « On n'est jamais si bien que chez soi ? » leur demanda-t-elle en insérant la clé dans la serrure. Une fois entrés, ils filèrent aussitôt sur leurs coussins devant la cheminée. Laurel savait qu'ils s'attendaient à ce qu'elle fasse du feu, mais elle avait l'intention de repartir assez vite, et jamais elle ne laissait un bout de bois brûler sans surveillance.

Vingt minutes plus tard, elle arrivait chez un traiteur où elle commanda un grand plat de charcuteries, une salade de pommes de terre, et une autre de chou. Elle paya et s'en alla chez les Price.

Il y avait des voitures d'un bout à l'autre de l'allée. Laurel lâcha un soupir. Cela devait être affreusement difficile de recevoir autant de gens lorsqu'on était affligé, de s'efforcer d'être poli et attentionné, alors qu'on ne pensait certainement qu'à se blottir dans son lit et pleurer. Mais Laurel avait grandi dans le respect de la tradition, et la tradition voulait que les parents et les amis se réunissent dans la maison du disparu. Laurel se serait sentie aussi coupable de ne pas venir qu'elle était malheureuse pour Wayne.

C'est lui qui ouvrit la porte. C'était un autre homme. Il avait un teint de terre, ses yeux pétillants étaient éteints, presque perdus dans le gris des cernes, et, recroquevillé sur lui-même, il paraissait plus petit.

« Wayne... »

Comme si la lumière du jour lui faisait mal, il plissa les paupières. « Laurel, c'est tellement gentil d'être venue. »

Elle entra. Des grappes de gens étaient agglutinées dans le salon. « Je vais porter ça à la cuisine », dit-elle.

Wayne acquiesça vaguement. À la cuisine, deux femmes approchant de la quarantaine bondirent pratiquement sur Laurel en la voyant arriver. « Encore à manger ! » dirent-elles. L'une des deux étudia attentivement le plateau. « Tiens, de la charcuterie. Oui, c'est plus commode. Évidemment, c'est une bonne idée. Jane et moi avons passé la moitié de la nuit à préparer un jambon en croûte et une tarte à la banane. » Laurel ignora l'injure.

« C'est vraiment abominable, hein ? fit la dénommée Jane d'une voix haut perchée. Denise et moi étions *si proches*. Et ce pauvre Wayne — il est en mille morceaux. Il paraît qu'il ne restait rien du visage de Denise...

— Oui, c'est ce qu'on m'a dit aussi ! renchérit l'autre. On prétend qu'on lui a tapé dessus avec un démonte-pneus, et qu'on a dénombré au moins une vingtaine de coups. Une vraie bouillie. Elle aura un cercueil fermé, évidemment. Vous en savez plus, vous ?

— Je ne suis au courant de rien », répondit Laurel, la gorge nouée. Elle avait envie d'attraper solidement le plateau métallique du traiteur et d'assommer les deux commères avec. « Excusez-moi.

— Mais qui c'est, celle-là ? » entendit Laurel dans son dos, alors qu'elle partait en vitesse de la cuisine.

« Aucune idée. Je crois l'avoir vue à la réception. Il y a des gens plus polis, tout de même. Elle est sûrement venue écouter les ragots. Et on n'en saura pas plus sur ses dons culinaires. »

Wayne aperçut Laurel qui revenait de la cuisine. Il l'arrêta lorsqu'elle prenait manifestement la direction de la porte d'entrée. « Venez en haut avec moi, lui dit-il. J'ai besoin de vous parler. »

Depuis la cage d'escalier, elle aperçut plusieurs visages dans le salon, qui les regardaient avec curiosité. Wayne la mena dans une grande chambre aux murs bleus et blancs, et il referma la porte. Elle savait ce qu'il allait dire avant qu'il ait ouvert la bouche.

« Laurel, avez-vous la moindre idée de la personne qui a pu faire ça ? »

Qu'est-ce que je lui dis, se demanda-t-elle. Que,

oui, je pense que quelqu'un cherche à se venger de la mort de Faith ? Impossible. C'était hors de question. De toute façon, Laurel ne savait *pas* qui avait assassiné Angela et Denise. « Non, Wayne. Je n'en ai aucune idée.

— Elle était si différente, depuis une semaine. Nerveuse, irritable. Elle faisait des cauchemars toutes les nuits, elle ne mangeait plus. Quelque chose la tracassait, mais elle ne voulait rien dire. Vous savez ce qui la tourmentait ?

— La mort d'Angie, dit Laurel aussitôt. Denise et Angie n'étaient plus aussi proches qu'avant, mais vous savez ce que c'est quand on a été amies toutes petites. Ça reste. On grandit ensemble et il y a tant de souvenirs... »

Laurel était consciente de débiter des lieux communs, mais Wayne ne sembla pas le remarquer. Peut-être n'écoutait-il simplement pas.

« Elle ne m'a jamais beaucoup parlé de ses amies d'enfance, dit-il. Je ne connaissais même pas l'existence de Monica jusqu'à l'autre jour. Il faut croire qu'elles étaient très liées, pourtant.

— C'est vrai. Même s'il y a longtemps. »

Agité, Wayne faisait les cent pas dans la pièce. Il saisit une brosse en argent sur la commode. « C'était à ma mère. Elle l'avait offerte à Denise.

— C'est un bel objet.

— Mes parents adoraient Denise. Ils sont morts tous les deux. Ils avaient presque quarante ans à ma naissance. Je regrette qu'ils ne soient plus là, vous savez. J'aurais bien besoin d'eux.

— Et les parents de Denise, où sont-ils ? »

Wayne grimaça. « En Europe. En voyage organisé

avec d'autres retraités. En plein hiver, vous vous rendez compte ? Nous avions essayé de les en dissuader, mais la mère de Denise ne voulait rien savoir. Comme quoi les prix étaient plus bas à ce moment-là de l'année. Elle m'a laissé un itinéraire avant de partir, et ça ne correspond à rien. Impossible de les joindre. Ils ne savent pas que leur fille vient de mourir.

— Wayne, comment va Audra ?

— Elle et sa mère jouaient à cache-cache avec la grippe, la semaine dernière. Audra est résistante, mais avec ce qui vient de se passer... Elle a souffert d'hypothermie. Si seulement quelqu'un avait pu la transporter à la loge, ou la mettre dans une voiture, au chaud. En plus, elle n'aurait pas vu... »

Il étouffa un sanglot. Laurel se rapprocha de lui et le prit dans ses bras. « Wayne...

— Je ne comprends pas, dit-il en libérant ses larmes. Mais je sais qu'il y a quelque chose. Ce n'est pas seulement à cause d'Angie. Denise faisait des cauchemars. Je vous l'ai dit ?

— Oui.

— Elle parlait sans arrêt dans son sommeil, d'une grange, d'un feu, de la foi ou de quelqu'un qui s'appelait Faith[1]. Qu'est-ce que cela veut dire ?

— Faith Howard. C'était une de nos amies. Elle est morte quand elle avait dix-sept ans. »

Wayne se détacha de Laurel, recula et la dévisagea. « Le médaillon ! C'était le sien ? » Laurel hocha la tête. « Comment est-elle morte ?

— Elle s'est suicidée, dit Laurel. Pendue. Dans une grange. Qui a pris feu. Voilà à quoi pensait

1. Cf. note p. 137.

283

Denise, sans doute à cause d'Angie. Nous étions proches, toutes les trois, à l'époque. »

Wayne fixait Laurel d'un air incrédule. « Je n'ai jamais entendu parler de Faith Howard avant la réception, l'autre soir. Pourquoi Denise m'a-t-elle caché cette histoire ?

— Parce que la mort de Faith a été un désastre pour nous toutes. Je peux comprendre que Denise ne voulait plus y penser. »

Wayne doutait : « Non, ça n'a pas de sens. Denise aurait au moins dû *mentionner* Faith, une fois ou l'autre. Pourquoi ne l'a-t-elle jamais fait ? Pourquoi a-t-elle tant tardé à se rapprocher de vous, quand nous sommes revenus à Wheeling ? Et qu'est-ce que c'était que cette scène impossible, l'autre soir ? Qui est le cinglé qui est entré chez nous pour effrayer ma fille ?

— Je n'ai pas toutes ces réponses, Wayne », mentit Laurel. Certes, elle en avait *quelques-unes*, mais elle savait avec quel acharnement Denise avait caché à Wayne le décès de son amie Faith. Un acharnement qui lui avait peut-être coûté sa vie. La vérité éclaterait un jour, mais pas aujourd'hui. Wayne était d'évidence anéanti. Laurel ne le connaissait pas bien, mais Denise avait semblé convaincue qu'il n'aurait jamais supporté de tout savoir. Laurel pensa à la réaction de Kurt. Que dirait Wayne en apprenant que sa femme, même si elle n'était alors qu'une adolescente, avait participé à des rituels sataniques, et qu'ensuite elle avait maquillé les faits devant la police ? C'est ce que Denise avait craint le plus — que Wayne se sente grugé, qu'il perde confiance en elle et qu'il la condamne. Le moins que je puisse faire envers lui dans un moment aussi affreux, pensa Laurel, c'est lui épargner ça. « Je suis navrée, Wayne, dit-elle d'une voix fermée, mais je n'en sais pas plus. »

*

Laurel partit ensuite au magasin. Elle eut la surprise, en arrivant, de trouver Mary dans l'arrière-salle. « Tu es sûre d'être en état de travailler ? lui demanda-t-elle.

— Oh, oui. » Mary sourit. « J'ai pensé qu'il valait mieux que Penny s'occupe du comptoir. Je ne voudrais pas faire fuir les clients, avec la mine que j'ai. »

Elle avait encore le visage marqué par les bleus, mais elle semblait de bonne humeur. « Je suis navrée pour ton amie.

— Mon Dieu, les gens ne parlent que de ça, aujourd'hui, intervint Norma. Tu ne m'avais pas tout dit ce matin, Laurel. Cette pauvre femme, c'est abominable. Et la petite fille, comment va-t-elle ?

— Elle est à l'hôpital. Elle a eu une hypothermie et elle est en état de choc. Elle a vu le corps mutilé de sa mère.

— Oh, quelle horreur ! » Norma était au bord des larmes. « Il y a des jours où on se demande s'il y a vraiment un Dieu qui veille sur nous.

— Bien sûr qu'il veille sur nous ! dit Mary, irritée. Sur les gens *bien* au moins.

— Qu'est-ce que ça veut dire, Denise n'était pas quelqu'un de *bien* ? contra Norma.

— Elle a dû faire quelque chose pour mériter ça.

— Et sa petite fille ? se fâcha nettement Norma. Qu'est-ce qu'elle peut avoir fait ?

— Je n'en sais rien, s'embourbait Mary. Faut bien que ça vienne de quelque part.

— Oh, foutaises ! »

Laurel leur fit signe de se taire. « Je vous en prie, ce n'est pas le moment. » Mary et Norma se regardaient en chiens de faïence. « Personne ne sait pourquoi ces choses arrivent. Pensez au chagrin qui s'abat sur cette famille.

— Et sur les amis. » Norma, désolée, posa une seconde sa main sur l'épaule de Laurel. « Ça doit être dur pour toi aussi. Pourquoi ne prends-tu pas la journée pour te reposer ?

— Non, je préfère être ici », répondit Laurel, tandis que Mary, toujours énervée, coupait avec humeur ses tiges de marguerites. « Je n'ai pas fait un seul arrangement depuis des mois. On a beaucoup de commandes ?

— Il y a largement de quoi faire, dit Norma. Surtout des couronnes de Noël. » Elle ajouta : « Pour l'instant. »

Laurel savait ce qu'elle impliquait. Que la date de l'enterrement de Denise n'était pas encore fixée. Dès qu'elle apparaîtrait dans le journal du soir, le téléphone allait se mettre à sonner sans arrêt.

Laurel tenta de se concentrer sur son travail et de ne pas penser à Denise, mais en vain. Elle se reposa cent fois la question de savoir si, en s'adressant plus tôt à la police, elle aurait pu éviter ce nouveau meurtre. Elle était également mal à l'aise d'avoir menti à Wayne. Mais qu'est-ce que cela aurait changé ? Cela n'aurait aidé ni l'un ni l'autre à découvrir l'assassin.

Se retrouvant seule au magasin, le soir venu, Laurel téléphona à Kurt. Elle tomba sur le répondeur.

Peut-être n'était-il pas rentré. Elle réessayerait. Elle voulait lui annoncer qu'elle avait vu la mère de Faith, et lui parler du nœud coulant à la grange des Pritchard.

Il était six heures quand elle quitta le magasin en direction de l'hôpital. Laurel ne savait pas si Audra était autorisée à recevoir des visites. Si ce n'était pas le cas, elle voulait au moins que la petite sache qu'elle était venue la voir. Elle fut, en fait, surprise que l'infirmière lui accorde cinq minutes avec l'enfant.

Adossée à d'épais oreillers, Audra était d'une pâleur mortelle, les cheveux aplatis sur sa petite tête, le regard fixé sans voir sur l'écran de télévision en face de son lit. Elle ne semblait pas entendre les bruits dissonants et les pétarades du dessin animé.

« Audra ? fit Laurel d'une voix douce. Audra, c'est Laurel. » Pas de réponse. Laurel approcha du lit et tendit un bouquet à l'enfant. « Audra ? April et Alex tenaient à t'offrir chacun un bouton de rose. Ils pensent que tu aimes bien les roses. »

Les grands yeux de la petite s'animèrent enfin. Elle tendit un doigt hésitant et toucha un pétale. « C'est les fleurs que je préfère. » Sa voix grinçait. « Ils sont venus avec vous ?

— Ils auraient bien aimé, mais on n'accepte pas les chiens dans les hôpitaux. » Laurel posa les fleurs sur la table de chevet et s'assit près d'Audra. « Comment tu vas, ma chérie ?

— Ça pourrait aller mieux. » Une larme glissa le long de sa joue. « Maman est morte. »

La gorge serrée, Laurel prit l'enfant dans ses bras. Elle paraissait si frêle, si fragile. « Ta maman est au ciel, ma chérie. Au paradis. C'est un endroit où il y a plein de fleurs et de gens gentils. Un endroit où personne ne lui fera de mal.

— Vous êtes sûre ?

— Certaine. »

Audra fut soudain prise d'une quinte de toux sèche, irritée. Laurel trouva de quoi l'aider à se moucher, puis elle lui servit un verre d'eau. « Tu as assez chaud ?

— J'ai beaucoup trop chaud. Vous ne pourriez pas m'enlever une couverture ?

— Je crois que ce n'est pas une bonne idée. Tu as chaud parce que tu as la fièvre. Il faut que tu attendes un petit peu. Ça ira mieux dans un jour ou deux.

— J'en doute. Ça n'ira jamais mieux. Laurel, j'ai entendu une infirmière dans le couloir dire que c'était ma faute si maman était morte. »

Laurel sentit la colère sourdre dans son esprit et dans son corps avec une rapidité qui l'effraya. « Qui est l'imbécile qui a dit ça ? C'est complètement débile !

— C'est une grande, avec des cheveux blonds. Elle a dit que si cette petite idiote était restée dans la voiture, il ne serait rien arrivé à sa mère.

— Cela n'est pas vrai.

— Si, c'est vrai. Maman était de mauvaise humeur, alors j'ai fait un caprice et je suis partie de la voiture en courant. Je voulais lui faire peur. » Les larmes ruisselaient sur les joues d'Audra. « Et on l'a tuée, et c'est ma faute. »

D'instinct, Laurel avait envie de réconforter la petite, de lui apporter de la tendresse, mais quelque chose lui dit que ce n'était pas la bonne tactique. Audra était une enfant éveillée, intelligente, avec un caractère solide. Il valait mieux faire appel à son esprit logique. « Audra. Tu as tué ta maman ? »

Audra écarquilla les yeux. « Moi ? Mais non ! Mais non !

— Alors tu n'es pas responsable de sa mort. C'est la personne qui l'a tuée, qui est responsable, pas toi. Est-ce que tu comprends ça ?

— Je ne sais pas. Mais si je ne m'étais pas enfuie...

— Quelqu'un a-t-il essayé de te tuer, toi ?

— Non.

— C'est parce que ce quelqu'un ne cherchait pas à te nuire. C'est à ta maman qu'on en voulait, et si cela n'avait pas eu lieu ce soir-là, cela se serait passé une autre fois. Je ne dis pas ça pour te consoler, Audra. » Laurel fixa les yeux farouches de la petite. « Et je sais ce que je dis. Tu me crois, maintenant ? »

Audra fronça les sourcils en reniflant. « Oui... Un peu.

— Bien. Cette infirmière dit n'importe quoi. *Moi*, je sais ce que je dis, et c'est moi qu'il *faut* croire. Il faut que tu croies aussi que ta maman est dans un bel endroit, d'où elle veille sur toi, et qu'elle t'aime comme elle t'a toujours aimée.

— Seulement je ne la reverrai plus, gémit la petite.

— Si, ma chérie. Un jour, je te le promets. Pour l'instant, il faut que tu penses à guérir. Et que tu y penses sérieusement. April et Alex ont envie de te revoir vite.

— Vraiment ?

— Je te donne ma parole. Tu es leur amie préférée.

— Après vous.

— Oui, mais moi, c'est parce que je leur donne à manger. »

Audra esquissa un demi-sourire. « Embrassez-les pour moi.

— Promis », dit-elle en embrassant la petite.

Une fois sortie de la chambre, Laurel se dirigea vers le téléphone à pièces de la réception, d'où elle appela Kurt. Elle tomba à nouveau sur le répondeur. Elle regarda sa montre. Sept heures moins le quart. Il était forcément rentré. Peut-être ruminait-il encore sa colère contre elle et filtrait-il les appels pour ne pas lui parler.

Laurel avait, elle, pris la décision de le faire. Dix minutes plus tard, elle se garait devant son immeuble. Elle se souvint de sa dernière visite, infructueuse, alors qu'elle venait d'être suivie en voiture par un chauffard. Kurt, absent, lui avait reproché par la suite de ne s'être pas rendue directement au commissariat de police. Il avait eu raison. Laurel avait fait une erreur. Mais, ce soir, la situation était différente.

Laurel monta à l'étage et frappa. Pas de réponse. Elle frappa encore. Au moment où elle s'y attendait, Mme Henshaw ouvrit sa porte et fit un pas sur le palier. « Toujours à lui courir après ? » demanda-t-elle grossièrement.

Laurel s'efforça de garder son calme. Elle avait été sur les nerfs toute la journée. « J'ai vraiment besoin de parler avec Kurt et il ne répond pas au téléphone.

— Je croyais que vous étiez sa petite amie. Comme qui dirait qu'il vous évite, non ? »

Je ne lui vole pas dans les plumes, se dit Laurel en étudiant la voisine de pied en cap. Elle portait un pantalon de laine épaisse, limé aux hanches et aux cuisses, un chandail à fleurs dorées, déformé autour de son ample poitrine, des tennis sales, et un peigne verdâtre retenait ses cheveux poivre et sel. Elle avait aussi les commissures des lèvres noircies par le chocolat. On entendait distinctement la télévision en arrière-fond, réglée à plein volume, avec les applaudissements sur commande d'un public imbécile.

« Madame Henshaw, Kurt est-il rentré ce soir ?

— C'que je sais, moi ? Croyez que j'écoute aux portes ?

— Vous auriez pu l'entendre, c'est tout.

— Je n'entends rien de chez moi quand ma porte est fermée.

— Vous m'avez bien entendue frapper.

— Vous avez cogné dur.

— Non, simplement frappé.

— Bon, enfin, je n'en sais pas plus. » Un air cauteleux se lut rapidement sur le visage rond de Mme Henshaw. « Je suis quand même responsable de l'immeuble. Et j'ai les clés de tous les appartements. Si c'est *vraiment* important...

— C'est vraiment important », dit fermement Laurel. Kurt l'évitait, mais il fallait qu'elle lui apprenne les quelques éléments qu'elle venait de découvrir. « Je n'ai besoin d'entrer qu'un instant, pour lui écrire un mot. Si vous le voyez, vous pourrez lui dire que je suis à peine restée une seconde ? »

Mme Henshaw retira une clé de son trousseau. Elle la confia à Laurel avec un air de conspiration sournoise et déplacée. « Oui, je lui dirai. Pouvez compter sur moi. »

Laurel se serait passée de compter sur Mme Henshaw, mais elle n'avait pas le choix. La voisine l'avait vue. Et elle en ferait sans le moindre doute la remarque à Kurt, à peine celui-ci serait-il arrivé en haut de l'escalier.

Laurel n'avait rendu visite à Kurt que rarement, et toujours rapidement. Austère, sinon spartiate, l'appartement ne renfermait que le strict nécessaire : un canapé éculé, des étagères sommaires, une table en mauvais état, un fauteuil et un poste de télévision au salon, enfin un lit et une commode dans la chambre. « Je n'ai pas besoin de grand-chose, et je préfère garder mon argent pour acheter une maison un jour », avait expliqué Kurt quand, recevant Laurel pour la première fois, elle s'était étonnée de ses tristes murs.

Peu lui importait, d'ailleurs, pour l'instant. Laurel observa le répondeur téléphonique. Au lieu de clignoter, le voyant rouge était éteint, ce qui impliquait que Kurt avait écouté les deux messages qu'elle avait laissés, puis qu'il les avait effacés. Laurel décrocha le téléphone, composa le numéro de chez elle et le code secret de son propre répondeur. Pas de message. Kurt n'avait donc pas retourné ses appels.

D'accord, d'accord, pensa Laurel. Si tu ne veux plus me parler, mon vieux, on ne va pas te forcer.

Il y avait un bloc-notes et un crayon à côté du téléphone. Laurel se munit du crayon, dont la mine se cassa à peine elle le posa sur le papier. Elle fouilla dans son sac à la recherche d'un stylo. Le temps d'écrire « Cher Kurt », et l'encre vint à manquer.

« Oh, et m... ! » marmonna-t-elle. Elle balaya la pièce du regard. Il y avait sur l'étagère un gobelet plein de crayons et de stylos à bille. Se dirigeant vers l'étagère, Laurel ne put s'empêcher de jeter un coup d'œil aux quelques livres de Kurt. Il n'y en avait guère plus d'une vingtaine : plusieurs romans policiers, des ouvrages de vulgarisation, de bricolage, et, perdue au milieu de tout ça, une édition des *Sonnets* de Shakespeare.

Laurel tendit le bras vers un stylo et s'arrêta subitement. Les *Sonnets* de Shakespeare ? C'était peut-être un vestige du lycée. Dans ce cas, Kurt avait jeté ses autres livres de classe pour ne conserver que celui-là. Toutefois, les *Œuvres choisies* de Shakespeare qu'ils avaient utilisées en terminale ne comptaient que quelques sonnets. Elles comportaient surtout des pièces.

Gagnée par la curiosité, Laurel saisit le livre. Il avait une jolie reliure de cuir, et c'était certainement une édition coûteuse. La poussière sur la tranche supérieure révéla qu'il n'avait pas changé de place depuis longtemps, ce qui ne surprit pas Laurel. Elle imaginait difficilement Kurt en train de s'adonner à la lecture des *Sonnets* en rentrant le soir chez lui.

Elle ouvrit le livre et découvrit la page de garde. On avait couché sur celle-ci, avec une élégante écriture penchée :

Mes journées sont baignées de nuit sans toi
Et mes nuits resplendissent de lumière du jour
Quand dans mes rêves tu m'apparais. »

Un extrait des sonnets. Ce livre était un cadeau. Et ce fut moins le choix de l'ouvrage que le nom du généreux donateur qui stupéfia Laurel. Car elle lut en dessous :

Avec tout mon amour,
FAITH.

16

Laurel s'assit sur ses talons. Quelle raison avait bien pu avoir Faith d'offrir à Kurt cette édition des *Sonnets* ? Eh bien, la réponse était dans la dédicace. Faith avait été amoureuse de Kurt. Laurel ferma les yeux. *Faith*, amoureuse de *Kurt* ? Ils avaient été amis depuis le jour où Faith s'était envolée au bout d'une liane pour atterrir à grand fracas dans la cabane que Kurt et Chuck avaient construite dans un arbre. Kurt et Chuck, Faith et Laurel. S'ils avaient été inséparables un été entier, leurs relations s'étaient par la suite distendues peu à peu. Faith n'était jamais sortie avec Kurt. Seulement avec Neil.

Du moins ouvertement. Neil prétendait avoir été le seul petit ami de Faith, le seul que Zeke Howard ait bien voulu accepter, du fait que ses parents appartenaient à l'Église fantaisiste de ce dernier. Mais Laurel se rappela à quel point Kurt s'était montré hostile envers Neil, ces derniers temps. Était-ce seulement parce qu'il le trouvait bizarre et inquiétant, ou parce qu'ils avaient autrefois été rivaux, amoureux de la même fille ? Ensuite, le soir de la réception chez les Price, Kurt avait parlé de Faith et de son enfant.

Qu'avait-il dit ? Laurel fit un effort de mémoire.
« Son enfant aurait presque treize ans... Je suis sûr
que c'était un garçon. » Kurt avait paru un moment
distant, comme happé par un autre monde.

Neil affirmait que Faith n'avait pas pu tomber
enceinte de lui. Si Laurel acceptait de le croire, il
fallait donc chercher le père ailleurs. Alors, Kurt ?
Était-ce la raison profonde pour laquelle il s'était
réfugié dans une colère froide quand Laurel lui avait
révélé, quelques jours plus tôt, les circonstances de
la disparition de Faith ? Était-il simplement déçu
de constater que Laurel lui avait longtemps menti,
ou était-il fou de rage de perdre à nouveau, par le
souvenir, la fille qu'il avait aimée et l'enfant qu'elle
portait — son enfant ?

L'appartement parut soudain oppressant, confiné,
étroit. Laurel prit un stylo à bille dans le gobelet et
inscrivit brièvement sur le bloc-notes : « J'ai appris
des choses qui devraient t'intéresser. Appelle-moi,
s'il te plaît. L. » Elle avait eu l'intention de rapporter
l'apparition de la mère de Faith et la présence d'un
nœud coulant dans la grange, mais elle ne voulait
plus rester une minute dans ces lieux. Elle arracha la
feuille du bloc, puis la posa sur le fauteuil, devant la
télévision, où elle était sûre que Kurt la verrait. Elle
sortit en vitesse de l'appartement, et frappa en face.
« Voilà, dit-elle sans manières, en tendant la clé à
Mme Henshaw.

— Trouvé ce que vous cherchiez ? demanda
celle-ci avec un sourire en coin.

— J'ai laissé un mot, dit courtoisement Laurel.
Merci pour la clé. »

En descendant les marches, Laurel sentait sur sa

nuque le regard de la voisine, qui l'épiait à travers sa porte entrebâillée.

*

Encore ébahie par ce qu'elle venait de trouver chez Kurt, Laurel partit directement chez elle. En s'engageant dans la longue allée qui menait à sa maison, elle se réjouit d'avoir enfin pensé à acheter une pile neuve pour la télécommande du garage. Laquelle fonctionna du premier coup. Laurel rangea sa voiture, referma derrière elle, et entra dans la partie habitée de la maison par la porte intérieure.

Les chiens l'attendaient avec impatience. « Je sais. Le dîner arrive en retard, leur dit-elle. Vous devez être morts de faim, mes chéris. Moi aussi, d'ailleurs. Je n'ai rien mangé de la journée, et je vais finir par tomber dans les pommes. »

Elle remplit d'abord leurs écuelles, puis fouilla dans le réfrigérateur jusqu'à trouver un paquet de saucisses à hot dog. Elle en fourra deux dans le four à micro-ondes, les enveloppa de pain et de ketchup, et les avala gloutonnement. Encore affamée, elle ouvrit ensuite le congélateur et en sortit un pot de glace au chocolat, qu'elle dévora aussi vite. « Il faut que je pense à aller faire des courses », dit-elle à haute voix, en même temps qu'une crampe à l'estomac venait conclure son festin. Laurel partit s'allonger sur le canapé, avec la nausée d'une gamine de cinq ans qui aurait mangé trop de gâteau.

Quelques minutes plus tard, alors que son estomac semblait se calmer, Laurel entendit le téléphone sonner. Elle décrocha pour entendre Kurt aboyer :

« Qu'est-ce que c'est que ces façons de s'incruster chez moi quand je ne suis pas là ?

— Je te prie de m'excuser, mais ce n'est guère plus poli de ne pas répondre au téléphone et de ne pas rappeler. Ensuite, je ne suis passée que dix minutes. Le dragon qui te sert de voisine ne te l'a peut-être pas dit ?

— Selon elle, tu es restée beaucoup plus longtemps.

— La belle affaire. De toute façon, je ne suis pas allée fouiller dans les coins, ni voler ta collection de *Playboy*.

— Très drôle. Qu'est-ce que tu veux ?

— D'abord, j'aimerais bien que tu arrêtes de te comporter comme un imbécile.

— Je te remercie.

— C'est la vérité et tu le sais. » Laurel avait du mal à se contenir. Si Faith avait été enceinte de Kurt, cela voulait dire que, sans broncher, il avait laissé Neil se faire couvrir d'opprobre. Et maintenant il la traitait, elle, comme une criminelle. « Tu m'en veux parce que je t'ai longtemps caché la façon dont Faith a trouvé la mort. O.K., j'ai fait une grave erreur et je le reconnais. Mais ne me dis pas que, toi, tu n'as jamais fait d'erreurs. »

Il resta muet un instant, puis demanda plus civilement : « Qu'est-ce que tu voulais me dire, Laurel ?

— D'abord, que Genevra, la mère de Faith, était à l'enterrement d'Angie.

— La mère de Faith ? Tu lui as parlé ?

— Non, pas exactement.

— Elle t'a affirmé être sa mère ?

— Non. Mais elle lui ressemble comme deux gouttes d'eau, et elle a laissé des fleurs sur sa tombe.

— C'est tout ?

— Kurt, elle y a posé six œillets rouges attachés avec un ruban et un petit cœur rouge en plastique. » Silence à l'autre bout du fil. « Tu ne trouves pas ça remarquable que cette femme, alors qu'elle a disparu il y a plus de vingt ans, qu'elle n'est pas venue à l'enterrement de sa propre fille, se montre soudain à celui d'Angie ? Et ces *six* œillets avec un *cœur* rouge en plastique ? Tu m'entends ?

— Si c'était bien la mère de Faith, c'est un peu bizarre, oui. » Kurt parlait d'une voix fausse. Il ne veut pas me croire, pensa Laurel. Pourquoi ? Genevra saurait-elle quelque chose qui le gêne ?

« Il y a autre chose, poursuivit Laurel. Je suis allée à la ferme Pritchard, hier, et...

— Qu'est-ce que tu es allée fiche là-bas ? rugit-il.

— Je ne sais pas, admit Laurel, confuse. C'était plus fort que moi. Je suis entrée dans la vieille grange et j'ai trouvé une corde de pendu attachée à une poutre.

— Une *corde* ?

— Oui. Neuve, avec un nœud coulant.

— Tu as dit une *corde* ?

— Oui, Kurt, c-o-r-d-e. Exactement comme le soir où...

— Nom de Dieu ! » Oubliant sa colère froide, Kurt s'animait peu à peu. « Je vais aller jeter un coup d'œil. Je ne veux pas que tu y remettes les pieds. Tu n'aurais jamais dû traîner là-bas. Tu ne devrais jamais partir seule nulle part, d'ailleurs. Regarde ce qui est arrivé à Denise.

— Denise ne se trouvait pas dans un endroit particulièrement isolé.

— Sauf que personne ne pouvait la voir de la route. »

Laurel déglutit bruyamment. « Kurt, ça me tracasse depuis un moment. Tu crois qu'elle a souffert, ou qu'elle est morte tout de suite ?

— Je n'ai pas encore le rapport du médecin légiste.

— Mais tu as vu le corps ? »

Il marqua un temps. « Laurel, je ne suis pas toubib. Il y avait beaucoup de sang. » Il reprit sa respiration. « Je pense qu'elle s'est débattue. Du moins qu'elle a essayé de se relever, de ramper. Il y avait des traces dans la neige, et... »

Laurel hoqueta. « Arrête.

— C'est toi qui as demandé.

— Je sais. J'ai eu tort. Il y avait deux espèces de sangsues, ce matin chez les Price, qui se faisaient passer pour des amies, et qui se gorgeaient de détails macabres. J'avais envie de les tuer.

— Il y a des tas de gens comme ça. »

Laurel se sentait un peu plus calme. Tant mieux, parce qu'elle ne voulait pas lui révéler qu'elle avait découvert le livre des *Sonnets*, ni la relation avec Faith qu'il impliquait. « Kurt, excuse-moi d'être entrée chez toi sans y être invitée, mais j'avais vraiment besoin de te parler.

— Tu aurais pu m'appeler au commissariat ou y passer, répondit-il sèchement.

— Oui... Enfin, euh...

— Tu ne veux pas parler de ces choses en public,

voilà tout. Tu ne veux pas que toute la ville apprenne comment Faith a trouvé la mort. »

Et toi tu ne veux pas que l'on sache que tu es sorti avec elle, faillit lâcher Laurel, qui se rattrapa juste à temps. Cela étant, il avait raison. Elle ne tenait pas à ce que l'on crie la vérité sur les toits. Mais ce n'était pas tout. Laurel avait toujours eu confiance en Kurt, elle avait jusque-là compté sur lui. Après avoir lu la dédicace de Faith sur cette édition des *Sonnets*, elle doutait maintenant de lui, sérieusement.

« Au moins tu sais que Genevra tient peut-être un rôle dans l'histoire. Et qu'il faut absolument faire un tour à la ferme Pritchard.

— Laurel, je te répète ce que je t'ai dit. Tu ne dois pas aller traîner seule dans des endroits dangereux. Tu as même eu de la chance de ne pas faire de rencontre malheureuse. Celui qui a installé ce nœud n'était sans doute pas bien loin. Tu es sûre de n'avoir vu personne ?

— Personne », répondit-elle. Elle ajouta intérieurement : à l'exception de Neil Kamrath, qui, justement, se trouvait lui aussi à côté de la corde.

*

En raccrochant, Laurel dut accepter la façon dont leur relation avait évolué. La semaine précédente, jamais ils ne se seraient parlé ainsi. Ils n'avaient pas formé un couple romantique, ils n'avaient pas été éperdument amoureux, cependant ils avaient partagé une intimité. Une intimité qui leur était maintenant interdite. Voilà ce qu'avait craint Laurel en rompant ses fiançailles avec Bill Haynes cinq ans plus tôt, et elle était aujourd'hui certaine qu'il aurait réagi de la même façon que Kurt.

Elle avait mis à chauffer la bouilloire pour le thé lorsque le téléphone sonna. Elle décrocha en espérant que ce n'était pas sa mère qui venait l'implorer de changer d'avis et de les rejoindre pour Noël.

« Laurel, je suis content que vous soyez chez vous ! » C'était Neil.

« Qu'y a-t-il ? demanda-t-elle, intriguée par l'excitation qu'elle décelait dans sa voix.

— J'ai retrouvé Genevra Howard.

— Comment ? Où ça ?

— Là où je pensais la voir.

— Chez les sœurs Lewis ?

— Oui. Je me suis garé dans la rue et j'ai attendu tout l'après-midi jusqu'à ce que j'aperçoive une femme qui correspondait à votre description. Elle sortait les poubelles.

— Vous lui avez parlé ?

— Non. Je ne voulais pas lui faire peur.

— Vous n'êtes pas allé frapper à la porte ?

— Non plus. » Neil paraissait légèrement embarrassé. « Bon, j'ai pris des leçons de piano, quand j'étais petit, chez mademoiselle Adelaïde, mais vous les connaissez. Elles regardent tous les hommes comme s'ils voulaient s'en prendre à leur virginité. »

Laurel éclata de rire. A plus de quatre-vingts ans, aussi maigres l'une que l'autre, les deux sœurs jouaient les coquettes effarouchées devant les messieurs, à la manière de belles Sudistes d'un autre âge, le soir du bal des débutantes. Laurel pensait qu'en privé, elles raffolaient des bluettes à l'eau de rose.

« J'ai une idée, dit-elle. Elles me connaissent à

302

peine, mais je suis une femme. J'avais déjà l'intention de passer leur offrir une couronne, parce qu'elles étaient au magasin en train d'en choisir une le jour où Zeke est venu faire son cirque. Je vais aller en chercher une et je vous retrouve devant leur maison. On n'aura plus qu'à jouer au gentil couple.

— Laurel, dit lentement Neil. *Moi*, elles me connaissent. Elles pensent sûrement que Faith était enceinte de moi. Elles ne me laisseront pas rentrer.

— Oh. » Laurel se mordit la lèvre. « Neil, vous ne ressemblez plus vraiment à l'adolescent que vous étiez. Je ne pense pas qu'elles vous reconnaîtront. Et elles sont probablement trop polies pour vous envoyer promener. En tout cas, je n'ai pas envie d'y aller seule. Donc on se retrouve là-bas.

— Bon, d'accord. Essayons. Vous savez où elles habitent ?

— Oui. J'y serai dans une demi-heure. »

Laurel éteignit la cuisinière, prit son manteau et partit au magasin. Si elle se souvenait bien, les sœurs Lewis avaient hésité entre une couronne en sapin et une autre en cèdre. Elle choisit la plus belle qu'elle trouvât déjà prête — en sapin, décorée de petits morceaux de fruits en cire, de minuscules cadeaux factices aux emballages dorés, et ornée, au milieu, d'un grand nœud à ruban rouge.

Une fois garée devant la maison des deux sœurs, Laurel inspecta un instant la rue sombre. Elle ne reconnaissait pas la Buick blanche avec laquelle Neil était venu à la grange. Elle le vit descendre d'une vieille Mercury Marquis. « Une autre voiture ? l'interrogea-t-elle lorsqu'il vint la rejoindre.

— Celle de mon père. Elle ne date pas d'hier,

mais elle roule impeccable. Ça faisait un mois qu'elle n'était pas sortie du garage. Jolie couronne.

— Trop grande, et ce n'est sans doute pas celle qu'elles voulaient. Enfin, ça devrait nous aider à passer la porte. »

Laurel sonna. Trente secondes plus tard, elle vit un rideau bouger à l'une des fenêtres. Elle compta jusqu'à dix et sonna encore. Cette fois, la lumière s'alluma sur le perron et la porte s'ouvrit lentement.

« Mademoiselle Lewis ? » Laurel n'était pas sûre de savoir laquelle des sœurs la dévisageait. « Je suis Laurel Damron, la gérante de Damron Floral. Vous étiez au magasin vendredi quand Zeke Howard a piqué une crise. Vous cherchiez une couronne et vous êtes parties sans rien. Je voulais vous en offrir une pour oublier ce fâcheux incident. »

Mademoiselle Lewis perdit un petit peu de sa raideur et afficha un mince sourire. « C'est fort aimable de votre part, madame, mais il ne fallait pas.

— Écoutez, ça me ferait plaisir que vous l'acceptiez. Si celle-là ne vous plaît pas, je peux vous en apporter une autre. »

La vieille dame étudia la couronne de ses yeux délavés. « Elle est franchement superbe. C'est celle que nous aurions aimée, mais nous la trouvions un peu chère. Je ne peux vraiment pas accepter.

— J'insiste. Je vois que vous n'avez pas de crochet. Nous allons en planter un, si vous voulez bien. » Avec une assurance qui l'étonna elle-même, Laurel mettait le pied dans la porte. « Mais où ai-je été élevée ? Mademoiselle Lewis, voici Neil Kamrath. Vous lui avez donné des leçons de piano, dans le temps.

— Oh, ce n'est pas moi, dit mademoiselle Hannah,

en battant des cils. C'est ma sœur Adelaïde qui enseigne le piano. »

Assise sur un vieux canapé à l'ancienne mode, mademoiselle Adelaïde se leva aussitôt. « Oui, c'est moi. Je sais que nous nous ressemblons beaucoup, mais je suis née trois ans après ma sœur. Je me souviens de vous, Neil. C'est que vous êtes devenu un très beau garçon ! Avez-vous fini par venir à bout du *Chant du cygne* de Tchaïkovski ? »

Neil semblait décontenancé par cette cordialité inattendue. « Mon Dieu, quelle mémoire ! » s'exclama-t-il. Mademoiselle Adelaïde rayonnait. « Eh non, je dois avouer que je n'ai jamais réussi à le jouer correctement. La musique, ça n'est pas mon fort.

— C'est vrai, il faut de la patience, même si on est doué. Il paraît que vous écrivez des romans ?

— Oui, mademoiselle, c'est ce que je fais. » Neil avait l'air plus qu'intimidé par ces deux vieilles dames, pensa Laurel avec quelque amusement. Dans une seconde, il va mettre un doigt dans son nez et appeler sa mère.

« Malheureusement, je n'en ai lu aucun, poursuivit mademoiselle Adelaïde. Hannah et moi sommes plutôt attachées aux classiques. Nous lisons et relisons M. Charles Dickens. » Ben voyons, se dit silencieusement Laurel. Sûr qu'elles connaissent *Oliver Twist* par cœur, mais je te parie qu'elles cachent sous leurs lits toute une littérature torride de quai de gare.

« C'est sans importance, mademoiselle Adelaïde, dit Neil. Vous n'aimeriez peut-être pas ce que j'écris. Enfin, je gagne bien ma vie, c'est toujours ça.

— J'en suis heureuse pour vous. »

Ils restèrent un instant à s'observer tous quatre sans savoir quoi ajouter. Ah non, pensa Laurel, ça ne va se terminer en queue de poisson. On n'est pas venus là pour échanger des civilités. « J'ai amené un bon crochet pour la couronne, dit-elle précipitamment. Peut-être Neil peut-il vous l'installer. Après tout, Noël arrive à grands pas. »

Les sœurs se regardèrent. « Vous avez raison, dit Hannah. Comme c'est gentil. Je vais vous chercher un marteau.

— Vous y arriverez ? chuchota Laurel à l'oreille de Neil, tandis qu'Adelaïde sortait de la pièce avec sa sœur.

— Je sais faire autre chose que taper à la machine, rétorqua Neil.

— Ne montez pas sur vos grands chevaux. Il y a des tas d'hommes qui ne savent pas bricoler.

— Ce n'est pas le bout du monde d'enfoncer un crochet dans une porte. »

Les sœurs revinrent avec un marteau — c'était plutôt une énorme masse. « Est-ce que ça ira ? Je crois qu'on en a un plus petit, quelque part. Mais il faudrait le trouver.

— Non, ça ira », dit Neil en étudiant la masse d'un air dubitatif.

Tandis qu'il partait à la porte, masse et couronne en main, mademoiselle Adelaïde fit un geste vers le canapé : « Asseyez-vous, ma chère. Vous prendrez bien une tasse de thé ?

— Euh... » Laurel se rattrapa. Il ne fallait surtout pas écourter la visite. « Oui, certainement, avec plaisir. »

Les sœurs repartirent dans leur cuisine. Laurel

les entendit murmurer et manipuler toutes sortes d'ustensiles. Cinq minutes plus tard, la couronne était en place, et les demoiselles posaient un service à thé en faïence sur la table basse, avec pince à sucre et petites cuillers en argent. Elles partirent s'extasier devant la couronne, puis servirent leur thé avec force cérémonie. Quand les tasses furent toutes pleines — ce qui prit à nouveau cinq bonnes minutes —, mademoiselle Adélaïde demanda : « Comment va Mary Howard ?

— Beaucoup mieux, répondit Laurel. Elle a eu une légère commotion cérébrale et une vilaine entaille à la tête, mais elle paraît bien rétablie. Elle est revenue travailler aujourd'hui.

— Ah, c'est une bonne nouvelle ! Franchement, j'ai bien cru m'évanouir quand elle s'est effondrée sous ces étagères. Son père est une nuisance. Il faudrait l'enfermer.

— C'est ce qu'a voulu faire la police, mademoiselle Adélaïde, mais les procédures sont d'une complexité incroyable, expliqua Laurel. D'autant plus que Mary a refusé de porter plainte contre lui.

— Elle a eu bien tort ! éclata mademoiselle Hannah, contre toute attente. Cet homme est un malade cruel et violent qu'on aurait dû mettre à l'asile depuis longtemps. Il a toujours été fou et dangereux !

— Enfin, Hannah ! intervint sa sœur, vaguement alarmée. Il ne faut pas te mettre dans cet état. Ton cœur, voyons !

— Mon cœur se porte parfaitement bien, aussi bien que Zeke Howard est *fou* et *dangereux*. Il l'était déjà quand il était petit. »

Neil bondit sur l'occasion : « Vous le connaissiez quand il était petit ?

— Et comment ! » poursuivit Hannah, décidément remontée. « Il a grandi ici à Wheeling. C'était un camarade de notre jeune frère Leonard. Quand je pense à ce que Leonard a...

— Hannah ! s'écria Adelaïde. Fais attention à ce que tu dis !

— J'en ai assez de garder le silence ! répliqua Hannah. Quand j'ai vu cet écervelé pousser cette pauvre Mary contre le mur, j'ai eu envie de le tuer de mes mains. Et tout ça finalement à cause de Leonard, qui...

— Mais qu'a-t-il fait ? » demanda Laurel, haletante.

Cheveux blancs et allure altière, la mère de Faith choisit cet instant pour faire irruption dans le salon : « Il m'a forcée à épouser Zeke Howard alors que j'avais seulement dix-sept ans. »

*

Laurel et Neil gardaient les yeux rivés sur elle. Mademoiselle Hannah leva deux mains fatalistes et tremblantes, tandis que sa sœur se levait brusquement. Son genou heurta la table basse, et elle faillit précipiter le service à thé par terre. « Genevra, ma chérie, tu as sûrement besoin de te reposer encore », dit Adelaïde.

Genevra Howard sourit. D'un sourire qui ressemblait tellement à celui de Faith que, pendant un court instant, Laurel crut voir le passé fusionner avec le présent.

« Je pense que ces deux personnes souhaitent me parler, dit Genevra.

— Pas du tout, ma chérie, l'assura Adelaïde. Ils sont venus nous porter une couronne de Noël. M. Kamrath était autrefois un de mes élèves.

— Neil Kamrath, compléta Genevra d'une voix douce. Vous étiez l'ami de ma fille.

— Oui. » Neil paraissait pris de court, comme si les mots lui manquaient pour s'adresser à cette femme qu'il avait pourtant ardemment souhaité retrouver. Il se reprit vite : « Comment savez-vous que j'étais son ami ?

— Ma fille m'écrivait. Elle vous admirait beaucoup. »

Laurel vit Neil sourire faiblement. De toute évidence, l'admiration n'avait pas été le sentiment qu'il aurait aimé susciter chez Faith.

Hannah leva la tête vers Genevra : « Si tu as des choses à dire, ce qui me paraît évident, tu ferais aussi bien de t'asseoir avec nous et de prendre une tasse de thé.

— Volontiers. » Genevra avait enfilé un long peignoir rose, noué à la taille. Elle était grande avec d'épais cheveux blancs qui tombaient gracieusement sur ses épaules. Si sa peau délicate était maillée de rides nombreuses et fines, ses yeux bleu-vert, très clairs, gardaient la vivacité de la jeunesse. Ses lèvres étaient parées d'une mince couche de rose. Trente ans plus tôt, elle avait dû être absolument superbe, pensa Laurel. Comme Faith. Mais quelque chose dans sa douceur paraissait décalé, comme si elle vivait entre deux mondes, ou comme si la présence d'autres personnes autour d'elle n'était pas tout à fait une réalité.

Elle prit sa tasse de thé de la main gauche. Laurel remarqua qu'elle ne portait pas d'alliance.

« J'ai entendu dire que Zeke a semé le désordre dans votre magasin de fleurs ? dit-elle à Laurel.

— C'était épouvantable. Il s'est contenté au début de citer des versets de la Bible, et il a brusquement poussé Mary contre des étagères en verre. J'ai eu terriblement peur pour elle. Enfin, comme vous devez le savoir, elle est à peu près remise.

— Vous me l'apprenez, dit Genevra. Contrairement à Faith, autrefois, Mary a rompu tout contact avec moi. »

Mademoiselle Adelaïde prit un air désapprobateur. « Mary est tout à fait charmante, mais elle n'a pas autant de caractère que sa sœur.

— Non, Faith était une forte personnalité, convint Hannah. Un peu comme moi quand j'étais jeune. »

Adelaïde la regarda avec un certain étonnement. Laurel doutait que l'une ou l'autre sœur aient jamais été de « fortes personnalités ».

« Madame Howard, pourquoi avez-vous fui en me voyant approcher de la tombe de Faith ? » demanda Laurel, tout à trac.

Genevra la fixa droit dans les yeux.

« Je suis venue ici quand Hannah et Adelaïde m'ont rapporté ce qui est arrivé à Mary. Je ne voulais pas qu'on sache que j'étais à Wheeling, parce que je voulais approcher Mary sans qu'elle se doute que c'était moi. Sinon, elle m'aurait évitée. Quant à son père... » Elle frissonna.

« Vous avez laissé six œillets sur la tombe, dit Laurel.

— Faith aimait beaucoup les œillets rouges.

310

— Et le petit cœur en plastique attaché au ruban ? »

Genevra sourit à nouveau placidement. « C'était un porte-clés. Faith me l'avait envoyé il y a longtemps, en m'expliquant qu'il représentait quelque chose d'important pour elle. »

Laurel eut l'impression d'une douche froide. Elle n'allait évidemment pas demander ce qu'il « représentait ». Si Genevra avait eu connaissance du Six de Cœur, il n'était pas question d'en parler devant les sœurs Lewis.

Neil se pencha en avant : « Madame Howard...

— Appelez-moi Genevra, si vous voulez bien. Je ne tiens pas beaucoup à être Mme Ezekial Howard.

— Je comprends, dit-il gentiment. Genevra, vous pouvez me répondre que cela ne me regarde pas, mais où avez-vous disparu pendant vingt-cinq ans ? »

Laurel vit les sœurs Lewis se raidir. Genevra but calmement une gorgée de thé, puis regarda Neil sans se départir de son calme. « J'étais dans un asile psychiatrique. On m'a internée à l'âge de vingt-trois ans parce que j'ai tué mon petit garçon. »

17

Un silence de plomb s'abattit sur la pièce. Les mains de mademoiselle Hannah semblaient collées sur ses accoudoirs. Neil gardait sa tasse de thé en suspens, quelque part entre la table basse et sa bouche. Laurel avait l'impression de ne plus pouvoir respirer. Finalement, mademoiselle Adelaïde les regarda les uns et les autres en demandant : « Personne ne veut un biscuit ? »

Laurel pensa que, si elle avait dû assister à ce genre de scène au cinéma ou à la télévision, elle aurait éclaté de rire. Mais il n'y avait rien de risible dans les expressions des deux sœurs, de Neil, de Genevra.

« Désolée, dit celle-ci. Je suis restée cloîtrée trop longtemps et je ne sais plus me comporter en société.

— Non, affirma Laurel. C'est l'effet de surprise. Neil et moi n'aurions jamais pensé que... »

Genevra hocha la tête. « Vous étiez si proche de Faith et elle ne vous a rien dit ? Ou a-t-elle répété la version de son père, comme quoi j'étais partie avec un autre homme ?

— Non, elle n'a jamais raconté cela, affirma Neil. Mais elle n'a jamais mentionné non plus que...

— J'avais tué mon propre fils, termina Genevra à sa place.

— Genevra, ma chérie, arrête de dire cela, la pria Adelaïde, affligée. En plus, tu sais bien que ce n'est pas vrai.

— *J'espère* que ce n'est pas vrai, dit Genevra.

— Pourriez-vous nous expliquer ce qui s'est passé ? » demanda doucement Laurel, en priant le ciel que les sœurs Lewis ne les envoient pas, elle et Neil, sur-le-champ à la porte. Mais elles semblaient trop émues, troublées, pour prendre ce genre de décision.

Genevra commença à parler d'une voix ferme et égale. « Vous savez que Zeke a établi sa propre religion et qu'il n'en démord pas. Il y a longtemps, quand il était un petit garçon à Wheeling, il s'est lié d'amitié avec mon père, Leonard Lewis. Et mon père est devenu un fidèle fervent de Zeke et de son Église...

— Leonard était déséquilibré, l'interrompit mademoiselle Hannah. Nos parents n'arrivaient pas à le prendre en main, et ils l'ont tout simplement laissé faire à sa guise, alors qu'il aurait fallu consulter les médecins. C'était une grave erreur, car Leonard est devenu de plus en plus malade. Quand Zeke a déménagé en Pennsylvanie, Leonard l'a suivi peu après. Le temps a passé et il a fini par épouser une pauvre jeunette, qui est morte en couches à la naissance de Genevra. Leonard a donc été obligé de l'élever seul. Comme il a quitté Wheeling il y a plus de cinquante ans et qu'il n'est jamais revenu, les gens assez vieux pour l'avoir connu l'ont maintenant oublié, comme ils ont oublié que sa fille est la mère de Faith.

— Mon père avait promis à Zeke que, s'il avait

une fille, il la lui donnerait pour épouse, poursuivit Genevra. Cette malheureuse fille, c'est moi.

— Mais on n'était quand même plus au Moyen Âge, dit Neil. Il ne pouvait pas vous *forcer* à l'épouser.

— J'ai eu une enfance peu commune. Régressive, comme ils ont dit à l'hôpital. Je ne suis pas allée à l'école. C'est mon père qui m'a appris à lire, à écrire et à compter. Je n'avais pas vraiment idée de ce qu'était la vie des autres enfants, des gens normaux. Je ne connaissais que le monde fictif dans lequel mon père évoluait, et mon père me terrorisait. Il était extrêmement violent. Il n'a jamais abusé de moi sexuellement, mais il me frappait à tout bout de champ. Il m'a souvent enfermée dans un placard plusieurs jours à la suite, sans rien à manger, pour des fautes que je n'avais pas commises. Quand je lui ai dit que je ne voulais pas devenir la femme de Zeke, il m'a menacée de châtiments exemplaires, que je n'imaginais même pas. Je n'étais qu'une adolescente, et je le répète, il me terrorisait. J'ai pensé à m'enfuir quelque part, mais j'étais persuadée qu'il arriverait à me retrouver n'importe où. En plus, je n'avais pas d'argent, j'avais peur du monde extérieur, qui représentait l'inconnu, alors j'ai obéi. J'avais trop peur. Et j'ai eu Faith à l'âge de dix-huit ans. »

Dix-huit ans ! pensa Laurel. Mon Dieu, Genevra avait seulement quarante-huit ans. On lui en aurait facilement donné vingt de plus.

« Zeke, évidemment, a été déçu que ce soit une fille, continua Genevra. Même si c'était un très beau bébé. Pendant quatre ans, ensuite, je n'ai pas pu avoir d'enfant. Ce furent quatre années insupportables, au cours desquelles Zeke n'a pas arrêté de hurler que Dieu me trouvait indigne et me refusait ses grâces. Zeke était à moitié fou, il me gardait enfermée à la maison, comme une prisonnière, pour m'empêcher, soi-disant, d'offenser le Seigneur. Il priait matin et soir devant mon lit. J'ai fini par tomber enceinte, c'était Mary. Encore une fille. Je vous laisse imaginer sa réaction. »

Genevra reprit son souffle. Elle tremblait légèrement. « Moins d'une année plus tard, j'ai fini par accoucher d'un garçon, Daniel. Il était prématuré et il avait des problèmes respiratoires. Tous mes enfants sont nés à la maison, vous comprenez. Ce n'est pas comme dans un hôpital, où l'on s'occupe de vous. J'étais très inquiète pour Daniel, mais Zeke n'a jamais voulu m'emmener voir un médecin. Il prétendait que Dieu veillait sur le petit. Daniel pleurait constamment. Il vomissait mon lait. Je voyais bien qu'il souffrait, et j'étais affligée. Je crois que j'ai fait une dépression nerveuse. C'est pour cela que j'ai du mal à me rappeler ce qui s'est passé. »

Le regard de Genevra devint vague, distant. « Et puis, un matin, j'étais assise dans le rocking-chair. C'était un beau matin de printemps, cela, je m'en souviens. Il y avait une petite brise, dehors. Et j'étais épuisée d'avoir passé la nuit au chevet de Daniel. Il s'était calmé, je l'avais laissé dans son berceau une heure auparavant. Enfin, je pense que cela faisait une heure. Tout ça est très flou dans ma mémoire. Brusquement, Zeke est arrivé devant moi. Il tenait Daniel dans ses bras, et Daniel était mort. Zeke criait qu'il venait de le trouver couché sur le ventre, avec un oreiller sur la tête. » Genevra réprima un frisson.

« Et Zeke criait, criait. Il a posé Daniel sur le canapé et il a commencé à me frapper. Mary s'est mise à hurler. Faith, qui était petite, tapait sur les jambes de son père pour qu'il s'arrête. J'ai eu tellement peur qu'il la frappe elle aussi. Et il criait de plus belle : "Tu as tué notre enfant ! Tu as tué notre enfant ! Tu es devenue folle et tu l'as tué parce qu'il n'arrêtait pas de pleurer ! Avoue !" Ce que j'ai fini par faire. Alors il a téléphoné à la police.

— C'était sans doute ce qu'on appelle la mort subite du nourrisson », dit Laurel.

Genevra sourit gentiment. « Je n'en avais jamais entendu parler, à l'époque.

— Mais vous n'avez pas nié, ensuite ? » s'étonna Laurel.

Genevra fit un signe de tête négatif. « J'ai dit à la police que c'était moi. J'ai laissé des aveux écrits. Je ne me rappelle pas les avoir signés, mais on me les a fait lire par la suite. Comme quoi j'avais délibérément étouffé mon enfant parce que je ne supportais plus de l'entendre. On m'a jugée. Mon avocat a plaidé la folie et on m'a condamnée. J'ai vécu dans une institution en Pennsylvanie jusqu'à ces dernières semaines. J'en suis sortie pour Thanksgiving.

— Mais elle n'a *pas* tué ce petit, insista mademoiselle Hannah. Je connais ma nièce. C'est la douceur incarnée.

— Bien sûr qu'elle ne l'a pas tué, renchérit mademoiselle Adelaïde. C'est ce que j'ai dit à Faith quand Zeke est revenu à Wheeling avec les deux filles. Faith aimait énormément sa mère, et Zeke lui avait raconté toutes sortes d'absurdités. Il a essayé de lui mettre dans la tête que, non seulement Genevra avait assas-

316

siné Daniel, mais en plus qu'elle devait répéter à tout le monde que sa mère avait abandonné sa famille pour s'enfuir avec un autre homme. Faith n'en a jamais rien cru. Elle ne s'appelait pas Faith pour rien, et elle avait foi en sa mère. C'est pourquoi Hannah et moi avons loué une boîte postale afin qu'elles puissent s'écrire. Nous voulions qu'elle connaisse sa *vraie* mère, pas celle que Zeke avait inventée.

— Nous avons tenté de faire de même avec Mary, expliqua Hannah. Mais elle n'a jamais voulu nous écouter, ni moi, ni Adelaïde, ni sa sœur.

— Mary était tellement petite quand on m'a internée, dit Genevra pour la défendre. Elle n'a jamais su de moi que ce que son père lui rapportait. Alors que Faith était plus âgée, et nous étions très proches. Je l'adorais.

— Elle vous le rendait », déclara Neil.

Genevra sourit. « Je vous remercie de dire cela. Je sais que, vous aussi, elle vous aimait beaucoup. »

Et Faith attendait un enfant, pensa Laurel. Aurait-elle le cran d'en parler devant les sœurs Lewis ? Cela semblait déplacé, mais le risque était trop grand de ne plus revoir Genevra.

Laurel se racla la gorge. « Faith était enceinte au moment de sa mort...

— Jamais de la vie ! » coupa Hannah.

Adelaïde écarquilla les yeux. « C'est une rumeur obscène ! C'est faux, faux, absolument faux ! Faith savait se conduire et Neil était un jeune homme sensé ! »

Laurel avait été déconcertée, au départ, par la gentillesse que témoignaient les deux sœurs envers l'homme qui avait prétendument séduit et engrossé

317

leur petite-nièce. Elle ne comprenait que maintenant. Tout simplement, les sœurs Lewis refusaient d'admettre que Faith était morte enceinte. Mais sa mère ? Laurel la regarda. Genevra sirotait lentement son thé. Elle paraissait habiter une autre dimension.

« Vous ne croyez donc pas que Faith se soit suicidée parce qu'elle attendait un enfant ? se hasarda Laurel.

— C'est parfaitement absurde ! s'offensa Hannah. Adelaïde et moi ne savons pas précisément ce qui s'est passé dans cette grange, mais nous sommes sûres que Faith ne s'est pas suicidée. Cette enfant était pleine de vie, et elle fondait de grands espoirs dans l'avenir. N'est-ce pas, Genevra ? »

Genevra Howard cligna des paupières, puis étudia sa tante, avant de se tourner lentement vers Laurel en affichant un sourire équivoque. « Ma fille ne s'est *pas* suicidée, madame. »

*

Ni Laurel ni Neil ne s'aventurèrent plus loin. Mademoiselle Adelaïde demanda à Laurel si elle avait été l'amie de Denise Price. Laurel lui répondit que oui, et la vieille dame parut sur le point de céder aux larmes. « Je donne des leçons à Audra. Le piano n'est pas son fort, mais cette petite est adorable. Mme Price avait l'air très bien, elle aussi. Est-ce que la police avance, dans son enquête ?

— Non, je ne crois pas », répondit Laurel. Elle fixa Genevra avant de reprendre : « Elle a été tuée pratiquement de la même façon qu'Angela Ricci. Nous étions très proches au lycée, vous savez — Angie, Denise, Faith et moi. »

Genevra porta poliment une main à sa bouche en étouffant un bâillement. « Je vais vous demander de m'excuser. Je me fatigue facilement, ces jours-ci. Bonsoir. Je suis contente de m'être confiée à vous.

— Bonsoir », murmurèrent-ils tous tandis qu'elle se levait. Les sœurs parurent étonnées de la voir se retirer, mais elles n'émirent aucun commentaire. Hannah afficha un sourire forcé, puis demanda : « Comment va la petite ?

— Audra est à l'hôpital. Elle était déjà en train d'attraper la grippe, et d'être restée dehors ce soir-là à rechercher sa mère...

— Quoi ? coupa Adelaïde. La police lui a demandé de rechercher sa mère ?

— Non, non, corrigea Laurel. Audra était dans la voiture avec sa mère, qui l'avait emmenée voir les illuminations d'Oglebay Park. La petite est sortie prendre une photo et, comme Denise ne la voyait plus, elle est descendue à son tour. C'est à ce moment qu'on l'a agressée. Audra n'a pas assisté à ce qui s'est passé, mais elle a vu ensuite le corps de sa mère. Le choc a été terrible.

— Dieu du ciel et de la terre ! » Adelaïde s'éventa comme si elle était sur le point de s'évanouir. « Mais je ne savais rien de tout ça. Cette pauvre petite ! Et sa maman ! Mais c'est épouvantable...

— Je suis navrée de vous l'apprendre, dit sincèrement Laurel. Je pensais que vous le saviez. Audra se remettra. Je suis allée la voir à l'hôpital.

— Je devrais lui rendre visite, moi aussi. Une

petite fille charmante, très éveillée. Et moi qui ai été si sévère avec elle, pendant notre dernière leçon.

— Allons, Adelaïde, calme-toi, lui intima sa sœur. Tu ne serais pas un bon professeur si tu ne faisais pas remarquer à tes élèves qu'ils ne travaillent pas assez. N'est-ce pas, Neil ?

— Bien sûr, admit-il gentiment. Je ne pense pas que vous ayez été sèche, de toute façon. Vous ne l'avez jamais été avec moi, même si je jouais terriblement mal.

— Je l'espère. Bonté divine, tout cela me rend très mal à l'aise.

— Nous devrions peut-être vous laisser, dit Laurel. Nous nous sommes imposés à vous, et nous n'apportons que d'affreuses nouvelles.

— Vous n'y êtes pour rien, répondit sagement Adelaïde. C'est le monde qui va de travers. Je supporte de moins en moins ces choses horribles qui arrivent. Pauvre Genevra. Pauvre Faith. Et maintenant Mme Price et sa fille. »

Hannah leur faisant un signe de tête complice, Laurel et Neil se levèrent. « Nous allons partir, dit Laurel à mademoiselle Adelaïde. En espérant que vous oublierez ces émotions.

— Mais oui, dit Hannah, sûre d'elle. Une bonne nuit de sommeil, et ça ira mieux. Merci encore pour la couronne.

— Oui, c'est extrêmement gentil, renchérit Adelaïde d'une petite voix.

— Je vous en prie, ce n'est rien du tout. »

Une fois dehors dans le froid mordant, Laurel confia à Neil avant de reprendre sa voiture : « Je devrais me réjouir d'avoir percé tant de mystères. En fait, je suis surtout désolée d'avoir bouleversé mademoiselle Adelaïde.

— Hannah a raison, elle s'en remettra. À leur âge, elles en ont vu certainement plus que nous. » Neil sourit : « Sous leurs manières de fragiles aristocrates du vieux Sud, elles forment une paire de sacrées dures à cuire, les sœurs Lewis. »

Laurel rit. « Ce n'est pas le mot qui me serait venu spontanément à l'esprit.

— C'est la première fois que je les appelle comme ça », admit Neil. Il enfonça ses mains dans ses poches. « Si on allait discuter dans notre restaurant favori ?

— Dois-je comprendre que McDo est notre restaurant favori ?

— Évidemment. Quoique, cette fois, on pourrait aller à l'intérieur. Il fait un froid polaire. »

Laurel réfléchit une seconde. Elle hésitait toujours à côtoyer Neil, mais il ne cherchait toujours pas à s'introduire chez elle. Il paraissait même faire de son mieux pour la mettre à l'aise. « D'accord. On se retrouve dedans dans un quart d'heure. »

*

Il était presque dix heures quand ils entrèrent chez McDonald's. Laurel et Neil commandèrent tous deux un café et une tarte aux pommes. À cette heure de la soirée, le café était fort et amer, et les tartes molles et détrempées d'avoir passé la journée sous les infrarouges. Comme si je n'en avais pas imposé assez à mon estomac, pensa Laurel tandis qu'ils s'asseyaient légèrement à l'écart des autres clients.

« Je ne sais pas trop par quoi commencer, dit Neil

d'une voix lasse. On croyait trouver une femme qui avait quitté son foyer il y a vingt-quatre ans, et aujourd'hui elle nous annonce qu'elle a passé la moitié de sa vie à l'asile.

— Que pensez-vous de son histoire ? demanda Laurel. Vous la croyez coupable ou pas ? »

Neil fronça les sourcils.

« Elle n'a pas l'air d'avoir jamais trop clamé son innocence. Et elle répète qu'elle se souvient mal. Elle dit en revanche que Zeke l'a frappée jusqu'à ce qu'elle reconnaisse les faits. Même si c'est un cas de mort subite du nourrisson, je comprends qu'elle ait tout fait pour que Zeke arrête de hurler et de lui taper dessus. Mais pourquoi avoir avoué ensuite devant la police ?

— Parce qu'elle avait peur ? Qu'elle ne savait plus où elle en était ?

— Au point d'*écrire* ses aveux ? Et l'oreiller sur la tête du bébé ?

— D'après ce qu'elle nous a dit, c'est Zeke qui a parlé d'oreiller, pas elle. Après ce qu'elle a subi toute sa vie, à commencer par son père, puis Zeke, enfin ce bébé qui meurt, il y a de quoi être suffisamment perdu pour signer n'importe quoi.

— Il est également possible que tout ce qu'elle a subi l'ait mise dans un tel état qu'elle a pu, un jour, tuer son propre enfant. Elle vous a semblé normale, à vous ?

— Relativement. Elle parle un anglais correct. Son discours est cohérent. Elle paraît très calme. »

Les regards de Neil et Laurel se croisèrent, et les mots sortirent simultanément :

« Trop calme. »

322

Laurel sourit. « On a l'air de psychologues de bas étage dans un reality-show. Il n'empêche qu'elle a parfois l'air d'être complètement à côté de ce qu'elle dit, comme si rien de cela ne l'émouvait plus.

— Et quand on a commencé à évoquer la mort de Denise, ajouta Neil, elle s'est mise à *bâiller*.

— J'ai vu. C'est étrange. » Laurel s'interrompit. « À votre avis, Neil, est-ce qu'elle croit que Faith était enceinte ?

— Oui. Je ne saurais pas vous dire pourquoi. Peut-être parce qu'elle est restée impassible quand on en a parlé, alors que Hannah et Adelaïde refusaient d'accepter l'idée.

— Oui, mais qu'est-ce que cela prouve ?

— Rien du tout. C'est l'une des rares fois où je n'ai pas eu l'impression qu'elle était à côté de la plaque. Comme si elle faisait semblant de ne pas réagir. »

Il leva les mains.

« Ce n'est qu'une impression, bien sûr.

— Neil, si elle croit réellement que Faith était enceinte, alors elle ne pense pas que vous étiez le père. Sinon elle n'aurait pas été si courtoise avec vous.

— C'est possible. Peut-être aussi qu'elle jouait au chat et à la souris, pour voir comment je réagirais. Mais je vais vous dire une chose : je suis bien certain qu'elle connaît l'existence du Six de Cœur. »

Laurel acquiesça.

« Moi aussi. Faith nous a caché à tous que sa mère était à l'asile, mais, comme elle était enfermée, cela faisait d'elle une confidente idéale. À qui pouvait-elle répéter quoi que ce soit ? Quand bien même elle aurait trouvé une oreille compatissante, personne n'aurait cru Genevra, puisqu'elle était officiellement déséquilibrée. Seulement, on ne m'ôtera pas de la tête que le petit cœur attaché aux œillets est une façon de nous faire comprendre qu'elle connaissait le Six de Cœur.

— Ouaip. D'ailleurs, ce n'est pas tout. Genevra nous a affirmé qu'elle était sûre que sa fille ne s'était pas suicidée. Vous avez vu le sourire sournois qu'elle nous a fait en disant cela ?

— On aurait cru Machiavel. » Laurel finit de manger sa tarte aux pommes. « Neil, et si elle était vraiment folle ? Si le bébé n'était pas décédé de mort subite ?

— Et qu'en plus Genevra était parfaitement au courant du Six de Cœur, qu'elle savait tout du rôle que vous avez joué dans la disparition de sa fille ? » Laurel hocha la tête et Neil la regarda gravement. « Dans ce cas, on a peut-être pris le thé avec un assassin. »

18

Le lendemain matin. Laurel attendait dans sa cuisine que le café soit prêt, lorsque le téléphone sonna. Elle décrocha en soupirant.

« Bonjour, maman.

— Bonjour. Ce n'est pas ta mère, c'est Crystal. » La voix était aussi tendue qu'aiguë. « J'ai essayé de t'appeler hier toute la journée, sans succès.

— J'étais sortie.

— Qu'importe. Laurel, tu as appris, pour Denise ?

— Évidemment.

— *Évidemment !* C'est tout ce que tu trouves à dire ? Comme si c'était normal ? »

En regardant par la fenêtre, Laurel aperçut un écureuil qui regagnait son trou en vitesse dans un noyer. « Crystal, je vous ai dit à toutes ce qui nous attendait si nous n'allions pas trouver la police.

— Oui, oui, en effet. Tu te sens mieux pour autant ?

— Crystal, ne dis pas d'inepties, répliqua Laurel, qui sentait la colère lui monter au nez. Je trouve que tu ne manques pas d'un certain culot pour me parler sur ce ton, alors que vous vous êtes toutes mises d'accord pour me contredire si j'allais chez les flics.

— Ça n'a rien changé du tout de te confier à Kurt.

— Je te répéterai ce que j'ai déjà dit à Monica. On aurait dû y aller *tout de suite*, voilà. La solution ne va pas leur tomber dans les mains comme par enchantement. Il faut un peu de temps. Maintenant, tu m'appelles pour me reprocher la mort de Denise, parce que je me suis ouverte à Kurt, pour te défouler, ou les trois ?

— Excuse-moi. Je ne voulais pas te faire de reproches. Tu sais comme je suis. Quand ça ne va pas, les mots s'échappent de ma bouche sans que je m'en rende compte. Je voulais simplement parler. Je commence vraiment à paniquer. Il n'y a plus que nous trois, toi, Monica et moi. Laurel, qui se cache derrière tout ça ? »

Le café était prêt. Laurel coinça le combiné du téléphone entre sa joue et son épaule, versa du lait dans sa tasse, puis son café. « Je ne sais pas.

— Je pense à Neil Kamrath.

— Pas moi. J'ai eu l'occasion de lui parler souvent, ces derniers jours. Je ne le vois pas assassiner Angie, ni Denise.

— Alors tu crois que c'est Zeke ou Mary ?

— *Ou* un autre membre de la famille. » Laurel hésita une seconde à révéler à Crystal que la mère de Faith se trouvait en ville, mais elle la tenait quand même pour suspecte, et Crystal était l'une des victimes potentielles. Elle lui raconta donc l'histoire de Genevra.

Crystal resta muette un instant. Puis elle lâcha, sincèrement méduséе : « La mère de Faith a passé je ne sais combien d'années dans un asile pour meurtre, et ils la laissent sortir comme ça ?

— Oui.

— Enfin, Laurel, les gens sont devenus dingues ?

— À condition de s'appeler Howard, peut-être.

— Tu as l'air de trouver ça drôle.

— Pas du tout. Figure-toi que, moi aussi, j'ai peur.

— Et tu penses que Faith était dingue ? murmura Crystal.

— Absolument pas. Je ne suis pas sûre au sujet de Genevra. Rien ne dit qu'elle n'a pas été accusée à tort. Il y a vingt-cinq ans, on ne savait pas grand-chose de la mort subite du nourrisson. Si elle a un comportement bizarre, c'est peut-être simplement parce qu'elle a mené une existence misérable, dont la moitié dans une institution.

— Et Mary ?

— Mary vit avec Zeke. À sa place, n'importe qui finirait par devenir fou.

— Moi, je pense toujours que Neil Kamrath est un individu louche. Et Monica prétend que l'ancien mari d'Angie est maboule.

— Et c'est pour ça qu'elle le défend ?

— Comment ?

— Stuart Burgess a choisi pour sa défense le cabinet d'avocats dans lequel travaille Monica.

— *Quoi ?* » La voix de Crystal venait de monter de presque une octave. « Mais c'est peut-être quelqu'un d'autre qui va plaider. Pas Monica elle-même.

— Je doute qu'on la laisse déjà plaider. Ça sera

John Tate, plutôt. Seulement Monica est son assistante et elle a accès au dossier.

— J'ai du mal à le croire.

— Tu as parlé de Denise avec elle ?

— Oui. Elle est consternée, même si elle ne réagit pas de la même façon que nous.

— Ben voyons. » Laurel but une gorgée de son café. « Écoute, Crystal, il faut que tu me promettes de ne prendre de risque à aucun moment. »

Crystal hésita, puis répondit sur un ton sarcastique. « Je croirais entendre ma mère.

— Franchement, je ne fais plus beaucoup confiance à Monica. Ne le lui répète pas. Pour te dire le fond de ma pensée, j'aimerais même mieux que tu ne la voies carrément plus. Je n'ai pas envie de te perdre, toi aussi. »

Crystal hésita, puis : « Je suis étonnée de t'entendre dire ça. Je ne te savais pas tant préoccupée par mon bien-être.

— Pourquoi pas ? On a été amies la majeure partie de nos vies. Tu penses que j'ai arrêté de penser à toi et aux autres le soir de la mort de Faith ?

— Pas ce soir-là, mais après, oui. Je veux dire, je ne suis plus le joli petit bébé chouchouté par papa-maman que j'étais au lycée.

— Comme quoi l'amitié se réduit pour toi à l'argent et à la beauté ?

— Parfois. Certains mariages, également.

— Crystal, je ne suis pas Chuck.

— Tu crois que si j'avais encore de l'argent et que j'étais toujours mignonne — que je ne n'étais pas devenue stérile, aussi —, Chuck reviendrait avec moi ? »

Laurel ferma les yeux un court instant. « Ce genre de question est absurde. Les choses ont changé, Crystal. Et, franchement, si Chuck ne s'intéressait à toi que pour faire des enfants et profiter d'un argent que tu n'as plus, ce n'est pas ce que j'appelle de l'amour.

— La plupart des hommes veulent des enfants. Je veux dire, dont ils sont pères.

— Tu dis bien que Chuck adore les enfants de Joyce, et il n'est pas leur père. Crys, je ne cherche pas à te faire mal, mais c'est fini avec Chuck. Il faut que tu l'acceptes. Il y a sûrement d'autres hommes qui t'apprécieront. Oublie Chuck. Mets de l'ordre dans ta tête, et recommence à vivre.

— Oui, mais c'est tellement dur, dit Crystal d'une voix faible.

— Ça l'est certainement, pourtant il faut que tu le fasses. D'autant plus que tu es confrontée à quelque chose de plus grave. Toi comme moi, on a besoin de sauver notre peau. C'est ça aussi, la vie. Tu y tiens, je suppose, non ?

— Je ne sais pas.

— Tu ne sais pas ? Arrête ces balivernes. Alors fais attention, jusqu'à ce qu'on trouve ce cinglé. » Laurel regarda l'horloge de la cuisine. « Il faut que j'aille travailler, Crystal. Rappelle-moi ce soir si tu as envie de parler. »

En raccrochant, Laurel se demanda si elle n'y était pas allée un peu fort à propos de Chuck. Elle savait que Crystal, désespérément attachée à lui, ne voulait que son retour. Elle savait aussi que Chuck, comme Crystal le pensait, n'aimait pas réellement Joyce. Il appréciait son argent, le fait qu'elle ait des enfants, et éventuellement sa force, dans le sens où Joyce, égoïste et volontaire, ne renonçait jamais avant d'obtenir ce qu'elle voulait. Ce n'était pas le tempérament de Crystal. Crystal avait besoin qu'on veille sur elle, ce dont Chuck n'était certainement pas capable, et ne le serait jamais.

Oh, et tant pis, à tort ou à raison, Laurel avait exprimé ce qu'elle ressentait. Peut-être avait-elle blessé Crystal, mais au moins elle avait essayé de lui faire comprendre qu'elle devait penser à autre chose qu'à son divorce. À une situation qui devenait à chaque instant plus menaçante, dangereuse, pour les anciens membres du Six de Cœur.

Laurel arriva quelques minutes en retard au magasin. Si Mary parut contente de la voir, Laurel eut quelque difficulté à réagir spontanément à cause de tout ce qu'elle avait appris la veille chez les sœurs Lewis. Lorsqu'elle s'était rendue chez les Howard quelques jours plus tôt, Mary lui avait répété avec une sincérité ostensible la version du père — que sa mère était partie avec un autre. Alors qu'elle savait fort bien où se trouvait Genevra depuis tant d'années, et surtout pourquoi. Faith n'avait jamais révélé que sa mère était à l'asile, mais au moins elle n'avait pas menti comme Mary venait de le faire.

Combien d'autres fois Mary avait-elle menti ? se demanda Laurel en essayant de se concentrer sur les commandes qu'il fallait envoyer au grossiste. Si Mary savait mentir avec autant d'aplomb, de quoi d'autre était-elle capable ?

*

« Où étais-tu passé ? » demanda Joyce en voyant rentrer Chuck. Il avait les joues rougies par le froid.

« Quelques courses de Noël de dernière minute. » Il plaça ses petits paquets sous l'arbre trop décoré, et se débarrassa de sa veste en daim d'un coup d'épaules. « Où sont les enfants ?

— Les garçons sont chez Sammy. Molly a son cours de danse.

— Je n'arrive plus à les voir depuis qu'ils sont en vacances. Et toi, ça va ? »

Joyce releva enfin les yeux du roman qu'elle était en train de lire. Elle était pâle, une colère retenue se lisait dans ses yeux. « Je viens de passer une heure au téléphone avec mon charmant ex-mari.

— Une heure ? Avec toi seule à l'autre bout du fil ? » Joyce hocha la tête. « Qu'est-ce qui se passe ?

— Il se passe qu'il veut demander la garde exclusive des enfants. »

Chuck se figea un instant avant d'éclater : « *Exclusive ?* Non, mais il n'est pas bien ! Qu'est-ce qu'il a, comme argument ?

— Notre situation. Nous vivons ensemble en concubinage depuis six mois, alors que Gordon s'est remarié et qu'il mène une vie respectable. Pour arranger les choses, tu es sans emploi. Sa femme est institutrice dans une école maternelle. Elle fait même le catéchisme, le dimanche. Une vraie petite sainte. »

Chuck s'assit près de Joyce. « Chérie, je vais travailler dès qu'on aura signé, pour la concession. Tu ne lui as pas expliqué que ça prend un peu de temps, que c'est normal ?

« — Il le sait. Il sait aussi que c'est moi qui achète la franchise.

— Qu'est-ce que ça vient faire ? »

Joyce referma son livre, qui produisit un bruit sec. « Chuck, le problème n'est pas que tu travailles ou pas, mais que nous ne sommes pas mariés !

— Je t'épouse dès que j'ai divorcé.

— Et quand auras-tu divorcé ?

— Dès que Crystal aura signé les papiers.

— Et quand est-ce qu'elle va se décider à les signer ? Ça fait des mois qu'elle les a.

— Je lui ai parlé.

— Je sais, tu lui as dit de les déposer chez l'avocat lundi matin. On est mercredi après-midi. J'ai appelé l'étude il y a une demi-heure, ils ne les ont pas. »

Chuck posa un bras sur l'épaule de Joyce. « Chérie, Crys vient d'avoir une semaine plutôt éprouvante.

— Crys a toujours des semaines éprouvantes.

— Enfin, c'est vrai. Lundi, c'était l'enterrement d'Angie. Je sais qu'elle y est allée. Et le soir même, Denise Gibson est assassinée.

— Gibson ? Ah oui, la femme du Dr Price. J'oublie toujours que tu as connu ces gens au lycée. »

Tu oublies toujours que j'ai quinze ans de moins que toi, pensa Chuck, irrité. Tu oublies toujours que j'aie pu exister avant de te rencontrer.

Joyce lâcha un soupir légèrement méprisant. « On dirait qu'elles tombent comme des mouches, les amies de ta Crystal, en ce moment...

— Tu veux parler autrement, je te prie ? »

Joyce tressaillit au ton de sa voix. « Tu as raison, excuse-moi. Je deviens mauvaise quand je suis en colère. Je suis navrée pour Denise Price, et encore plus pour Angela Ricci. C'était quelqu'un, *elle*. Je l'ai vue sur scène, une fois, à Broadway. Seulement le fait qu'elles soient mortes n'empêche pas Crystal de signer ces papiers. Je me répète, mais il y a des mois qu'elle les a.

— Je retournerai lui parler.

— Lui parler ! *Lui parler !* » Joyce se leva. Sans prendre la peine de se coiffer vraiment, elle s'était fait une queue-de-cheval. Elle ne s'était pas non plus habillée avec soin, contrairement à son habitude, et elle ne portait qu'un simple chandail par-dessus un pantalon trop grand. Il devait lui importer peu, ce jour-là, de mettre en valeur sa jolie silhouette jalousement entretenue. « Ça ne sert à rien de lui parler. Elle ne te prend pas au sérieux.

— Que veux-tu que je fasse ?

— Que tu te conduises comme un homme !

— Comme un homme ? répéta Chuck, furieux, en se levant à son tour. Parce que, le reste du temps, je fais quoi ?

— Quand il s'agit de Crystal, tu n'es qu'un petit gamin ! Un petit gamin coupable !

— Un gamin ! » Chuck leva un bras, et Joyce recula de quelques pas.

« Ne t'avise *jamais* de me frapper, siffla-t-elle entre ses dents. Ose seulement, et tu ne me reverras plus. »

Chuck baissa immédiatement son bras. Il s'emportait facilement, et Crystal y avait toujours fait attention. Mais avec Joyce, autoritaire et sûre d'elle, ce n'était pas pareil. Chuck savait qu'il devait se contrôler tout seul, car Joyce avait tous les atouts en main, quand lui il n'avait rien. « Je ne te ferai jamais de mal, la rassura-t-il.

— Tu avais l'air bien parti, il y a seulement une minute. »

Chuck se força à ravaler sa colère. Humble et soumis, il répondit : « Je suis désolé. Franchement. Cette situation est...

— Insupportable », finit-elle à sa place. Joyce se plaça devant le sapin et se mit à jouer avec la disposition des guirlandes, des boules et des autres ornements. « Chuck, j'ai envie de toi. J'ai envie de t'épouser. Je veux dormir chacune de mes nuits avec toi. Je veux te mettre aux commandes d'une affaire valable. Et je veux que ce soit toi, l'homme auquel se référeront mes enfants. Gordon n'est qu'une espèce d'andouille qui n'a rien dans le pantalon. » Elle se retourna vers Chuck. « Mais, si je devais choisir entre mes enfants et toi, je n'hésiterais pas une seconde. Ce sont mes enfants et je les garde.

— Si je prenais un appartement séparé pendant quelque temps ? Gordon n'aurait plus rien à dire. »

Joyce ferma les yeux en signe d'exaspération. « Crystal pensera que tu n'es plus amoureux de moi et, dans ce cas, *jamais* elle ne signera les papiers. Non, Chuck, il faut que tu fasses quelque chose. Et vite. Sinon... »

Chuck balaya leur superbe salon du regard. Cette maison était au moins quatre fois plus grande que celles qu'il avait habitées, avec ses parents comme avec Crystal. Il pensa à la concession automobile dont il devait être le patron, dès l'été. Il pensa à sa nouvelle Chevrolet Corvette dans l'allée. Enfin, et c'était ça, le plus déchirant, il pensa aux trois enfants qu'il avait mentalement adoptés. Il ne pouvait pas renoncer à cette nouvelle vie à cause de Crystal, qu'il avait fini par haïr. Non, c'était impossible.

« Ne t'inquiète pas, Joyce », dit-il, en la prenant dans ses bras. Elle se laissa faire à contrecœur. « Nous allons nous marier très vite. Je te le garantis. »

*

Laurel était dans la cuisine du magasin en train de prendre deux comprimés de paracétamol lorsqu'elle entendit à nouveau retentir la clochette de la porte d'entrée. Elle regarda sa montre. Quatre heures et quart. Dieu merci. Encore quarante-cinq minutes avant la fermeture. La journée avait été chargée, les fournisseurs avaient épuisé leurs réserves de glaïeuls, alors que tout le monde en demandait pour les obsèques de Denise, et il manquait à Laurel un trop grand nombre d'heures de sommeil. Elle avait l'impression qu'un pic à glace lui martelait le cerveau.

Elle partit au comptoir où elle trouva Kurt, visiblement impatient, qui l'attendait. Laurel lui sourit : « Bonjour. »

Il la regarda d'un air furieux et dit : « Il faut que je te parle. »

Laurel l'étudia un instant. « Ça ne peut pas attendre jusqu'à ce soir ?

— Non. Je suis occupé, ce soir. Et c'est assez déjà difficile de te mettre la main dessus, ces jours-ci. Quant aux *nuits*, je me demande... »

Tout bavardage cessa dans l'arrière-salle. Penny, Norma, Mary et Laurel étaient épuisées. Il ne manquait plus qu'une scène pour compléter le tableau.

Et faire redoubler les coups de pic à glace d'une migraine persistante.

« Norma, tu peux tenir le comptoir, une seconde ? demanda Laurel.

— Bien sûr.

— Allons à la cuisine », proposa-t-elle à Kurt. Il la précéda, à grands pas. Elle referma la porte. « Tu veux un café ? Il doit être trop fort, maintenant, d'avoir chauffé la moitié de la journée. Il y a peut-être du Coca dans le frigo.

— Merci, je n'ai pas soif. Assieds-toi. »

Elle fit ce qu'il lui demandait, puis elle le regarda droit dans les yeux. « Je suppose qu'on a encore tué quelqu'un, pour que tu me parles de cette façon ? Ou alors quoi ?

— On dit que tu passes ton temps avec Neil Kamrath en ce moment.

— Ah ? Et d'où viennent ces passionnants ragots ?

— On vous a vus chez McDonald's. *Deux fois.* »

Kurt était rouge de colère. Son indignation parut franchement absurde à Laurel. Elle s'esclaffa, fit semblant de hoqueter et frappa sa poitrine du plat de la main. « Mon Dieu, quelle humiliation ! Toute la ville nous a vus, que va-t-on penser de moi ? »

Kurt se renfrogna. « Arrête ton char, O.K. ? Je n'ai pas envie de rire. »

Laurel pouffa de plus belle. « On dirait, oui. C'est d'autant plus drôle. Tu n'as pas lieu d'être jaloux, donc je ne vois pas en quoi cela me concerne.

— Cela concerne ta sécurité. Je t'ai déjà dit que je n'aime pas beaucoup ce Kamrath.

— Et, parce que tu ne l'aimes pas, je cours un

risque à le voir ? » Ce fut soudain Laurel qui ressentit de la colère. « Kurt, tu m'ignores pratiquement depuis que je t'ai parlé de la mort de Faith. Et aujourd'hui tu débarques au magasin pour pratiquement m'humilier devant mes employées parce qu'on t'a rapporté que j'ai bu un café avec Neil. Non, mais ça ne tourne pas rond chez toi !

— Ça tourne parfaitement rond, je me fais du souci pour toi et je ne veux pas qu'il t'arrive quelque chose à cause de ce taré.

— Taré ? Qui est taré ? Neil ? Parce qu'il ne passe pas son temps à boire de la bière devant tes matches de football imbéciles comme toi et ton copain Chuck ? Attends, je vais te dire ma façon de penser. Chuck s'est servi de Crystal pour la jeter ensuite comme un vieux gant de toilette, et tu n'as pas fait grand-chose pour me remonter le moral ces derniers temps, monsieur l'âme noble.

— Chuck et moi sommes des gens normaux, pas Kamrath. C'est un désaxé, Laurel. Il est dangereux.

— Un désaxé ? Parce qu'il écrit des romans fantastiques ?

— Non. J'ai fait des recherches sur lui.

— Kurt...

— Ne me dis pas que ça n'est pas mes affaires. On a eu un meurtre ici après celui d'Angela à New York. On sait bien, toi et moi, qu'il y a un lien entre les deux, et que ce lien s'appelle Faith Howard. Kamrath est forcément suspect.

— Officiellement ?

— Non, pas officiellement, mais il n'empêche que...

— Stop ! ordonna Laurel. Tes recherches t'ont appris quoi ?

— Qu'il battait sa femme. Elle est allée deux fois trouver la police.

— Il battait Helen ? Je ne le crois pas.

— Eh bien, crois-le. On lui a conseillé de porter plainte, mais elle ne l'a pas fait. Il y a deux mains courantes enregistrées à son nom. La deuxième fois, elle avait un œil au beurre noir et une côte cassée. Elle a promis aux flics que, si ça recommençait, cette fois elle portait vraiment plainte. Quinze jours plus tard, elle était morte.

— Dans un accident de voiture. » Laurel avait la bouche sèche comme la poussière d'août. « Helen est morte dans un accident de voiture.

— Elle conduisait une voiture dans laquelle il manquait un boulon de la colonne de direction. » Laurel fronça les sourcils. « En d'autres termes, on l'avait sabotée. Le véhicule était incontrôlable.

— Et tu penses que c'est Neil qui a fait le coup ?

— Son beau-père le pense, en tout cas. La police y a cru suffisamment pour procéder à une enquête.

— Et elle n'a rien trouvé, d'évidence, qui établisse la responsabilité de Neil.

— Rien de suffisamment sérieux.

— Kurt, il y avait également son fils dans cette voiture. Son fils qu'il adorait. Tu vas sans doute me dire qu'il voulait le tuer, lui aussi ?

— Le gamin était censé passer le week-end chez des amis. » Kurt posa un regard sinistre sur Laurel. « Kamrath est violent et dangereux. Il est peut-être l'assassin de sa femme et de son gosse. »

Laurel sentit sa migraine qui empirait. Son front

était soudain perlé de sueur. « Même si Neil a saboté cette voiture, ce dont je doute sérieusement, je ne vois pas pourquoi il irait tuer Angie ou Denise ?

— Parce que c'est un cinglé qui n'a jamais aimé qu'une personne, excepté lui-même, à savoir Faith Howard.

— Tu es ridicule. »

Kurt frappa du poing sur la table. « Mais tu veux atterrir, un jour ? Que quelqu'un comme Crystal refuse de voir les choses en face, on a l'habitude, mais *toi* ? Nom d'un chien, tu ne sais pas qui c'est, ce type. Alors que tu me connais depuis qu'on est mômes, et tu préfères lui faire confiance à lui ! C'est incompréhensible.

— Je ne suis pas si sûre que ça de te connaître.

— Qu'est-ce que ça veut dire ?

— Si je te disais que Faith n'était pas enceinte de Neil, mais de quelqu'un d'autre, et qu'en plus je savais qui c'est ? »

Kurt lui jeta un regard aigre. « Et alors ? Qui était le bienheureux géniteur ? »

Laurel répondit d'une voix plate malgré son cœur qui battait fort. « Le jour où je suis entrée chez toi, j'ai vu les *Sonnets* de Shakespeare sur ton étagère. Sur la page de garde, il y avait écrit : "Avec tout mon amour, Faith". C'est elle qui t'a donné ce livre. Faith était amoureuse de toi. C'est de toi qu'elle était enceinte, pas de Neil ! »

Kurt encaissa l'accusation sans broncher. « Je pense que ce type devrait pratiquer l'hypnose. Il aurait plus de succès qu'avec ses bouquins. » Kurt hocha la tête. « Je suis venu te prévenir. Maintenant, je ne peux pas faire plus. Si tu finis comme Angie et Denise...

— Je sais, ça ne t'empêchera pas de dormir », coupa Laurel. Elle se leva si brusquement que la table tangua. « Puisque tu es si occupé, va-t'en. J'en ai assez de tes faux-fuyants et de tes insinuations. »

Kurt fit claquer la porte du fond sans dire un mot de plus, pendant que Laurel, à la cuisine, tremblait de tous ses membres.

19

Laurel était encore durement secouée quand elle retrouva sa maison. Jusqu'à ces dernières semaines, il ne lui était jamais apparu aussi clairement qu'elle menait une existence routinière, ô combien calme et retirée. L'université et son deuxième cycle en gestion des entreprises n'avaient pas posé de problème particulier. Laurel était rentrée à Wheeling en clamant qu'elle allait prendre le temps de « réfléchir à ce qu'elle voulait faire », et elle avait depuis fait sans réfléchir. Son abrupte rupture avec Bill Haynes, cinq ans plus tôt, lui avait donné l'impression d'un tremblement de terre. Comparé à ce qui lui arrivait maintenant, cela n'avait plus l'air de grand-chose. À cet instant précis, d'ailleurs, Laurel n'arrivait même plus à se remémorer le visage de Bill. Bon Dieu, pensa-t-elle en retirant manteau et chaussures dans le salon, est-ce le début de l'aliénation ? Tu avais envie de rester une vie entière auprès de Bill, et aujourd'hui tu ne sais plus à quoi il ressemble ! Si ça continue comme ça, la semaine prochaine, tu auras oublié l'adresse du magasin et la couleur des myosotis.

Elle donna à manger aux chiens, puis des os en

cuir brut pour qu'ils se fassent les dents. C'était une manière de cadeau, car Laurel se reprochait de ne plus leur consacrer assez de temps. Tandis qu'ils se mettaient à rogner voluptueusement, elle fouilla le réfrigérateur. Du fait qu'elle s'était préparée mentalement à passer Noël en Floride, il y avait longtemps qu'elle ne l'avait plus rempli. En général, Laurel faisait le plus souvent ses courses en revenant du travail. Mais, depuis quelques jours, à peine quitté Damron Floral, elle rentrait chez elle en ligne droite pour retrouver un semblant de sécurité.

Elle finit par mettre la main sur une boîte de bouillon de poulet aux nouilles. Le *design* astucieux qu'Andy Warhol avait conçu pour l'emballage ne lui donna pas plus faim pour autant. Le souvenir de la veille, où elle s'était jetée, affamée, sur un paquet de saucisses, paraissait déjà loin.

Dix minutes plus tard, Laurel regardait sa soupe trop chaude en repensant à ce que Kurt venait de lui affirmer. Il n'avait pas pu mentir à propos des mains courantes déposées par la femme de Neil. Ni à propos d'une enquête sur l'état de sa voiture après l'accident. Mais ces enquêtes-là n'étaient-elles pas simplement routinières ? Et Helen n'avait jamais réellement porté plainte.

Laurel reposa sa cuiller à côté de son bol. Kurt avait peut-être parlé sincèrement, pourtant il n'avait d'aucune façon expliqué la présence des *Sonnets* de Shakespeare, dédicacés, dans son appartement. Il n'avait pas non plus rejeté l'éventualité d'être le père de l'enfant que Faith n'avait jamais eu. Laurel avait déjà pensé que Kurt haïssait Neil par rivalité amoureuse. À l'époque, Kurt n'avait jamais parlé de lui. Et

Faith avait été la meilleure amie de Laurel. Laurel qui aurait certainement eu l'oreille assez fine pour déceler la trace d'un sentiment ou d'une attirance — quelque chose qui aurait dépassé le cadre d'une simple amitié.

Ce qui ramena Laurel à l'énigmatique Neil. Avait-il vraiment adopté Robbie en épousant Helen ? Il devait se trouver quelque part un genre d'archives des parents adoptifs, dans lesquelles Laurel aurait pu vérifier les dires de Neil. Encore fallait-il en trouver l'accès. Les parents de Helen détenaient la réponse, mais Laurel ne pouvait pas non plus les appeler. Où étaient-ils, comment s'appelaient-ils ? D'après ce qu'avait expliqué Kurt, le beau-père de Neil ne tenait pas celui-ci en haute estime. Autant de questions qui allaient donc rester un certain temps sans réponse.

Laurel posa sa tête sur ses deux mains jointes. « Tout cela devient trop compliqué, souffla-t-elle. Je n'ai pas plus de raisons de croire Neil que Kurt. » Cela étant, le vrai problème ne revenait pas à savoir de qui Faith était tombée enceinte — il était de mettre le doigt sur le meurtrier d'Angie et de Denise. Et cela n'avait sans doute rien à voir avec le bébé de Faith.

Laurel finit sa soupe, puis lava la casserole et le bol, tout en regardant par la fenêtre au-dessus de l'évier. À lourds flocons, une neige épaisse recommençait à tomber. Avec ce temps, il aurait été probablement impossible de prendre l'avion pour la Floride. La plupart des vols étaient sans doute annulés. Ou bondés.

Sa vaisselle terminée, Laurel eut envie de faire du feu. Elle passa dans le salon et vit qu'il n'y avait plus qu'une bûche devant la cheminée. Laurel soupira. Il fallait en chercher d'autres dehors.

Le désir de se blottir devant les flammes avec les deux chiens l'emporta. En frissonnant, Laurel revêtit son vieux manteau, accroché au mur de la cuisine, et ouvrit la porte.

Le vent du nord, puissant, s'engouffrait sur le perron couvert à l'arrière de la maison. Laurel prit deux, trois bûches, sur le dessus de la pile. Cela suffirait pour la soirée. Elle prévoyait de se coucher tôt.

Elle revenait vers la porte lorsqu'elle aperçut, du coin de l'œil, un genre de reflet blanc dans le noir. Elle se retourna et scruta l'obscurité. Selon l'acte de propriété, le jardin à l'arrière de la maison s'étendait sur un demi-hectare, et il n'y avait pas d'autre maison à proximité. Laurel avait pensé à faire clôturer son petit domaine lorsqu'elle avait recueilli les chiens, mais elle y avait renoncé du fait qu'ils ne semblaient jamais vouloir s'aventurer trop loin. Elle contemplait donc pour l'instant son demi-hectare, les quelques arbres qui s'y dressaient, et la maigre veilleuse du jardin dont la faible lumière paraissait engloutie par les kilomètres de forêt qui lui servaient de fond.

Qu'avait-elle vu ? Un reflet lumineux sur la neige, pensa-t-elle. Le vent fouettait le côté droit de son visage. Et le froid faisait naître des larmes dans ses yeux. Soudain, elle distingua de loin comme un mouvement. Qu'était-ce ? Un chien ? Un opossum ? Une marmotte ? En tout cas, la chose se dirigeait vers elle.

Laurel sentit la peur escalader sa moelle épinière. Un opossum ou une marmotte ne se dirigeraient pas vers elle. Au contraire, ils la fuiraient. En outre, elle avait déjà aperçu des animaux sauvages. Ils ne se déplaçaient pas ainsi. Cette chose courait à moitié, rampait à moitié. Pour quelque raison, Laurel était, elle, incapable de bouger.

Soudain Alex et April sortirent par la chatière, décidément mal nommée, en aboyant furieusement. Laurel cria de surprise et laissa tomber ses bûches. Les chiens s'arrêtèrent brusquement, à peine ils avaient dépassé le perron. Il faisait sombre. Laurel balaya son champ de vision. La chose s'était également figée. Le moment était frappé d'immobilité. Laurel, Alex et April semblaient attendre comme des chiens d'arrêt. Puis, sans prévenir, les chiens partirent ventre à terre, en projetant de la neige sous leurs pattes. Comme un spectre, l'apparition lointaine se réfugia derrière les arbres.

Les chiens couraient toujours lorsque Laurel retrouva l'usage de sa voix. Elle leur cria de revenir. Bon Dieu, mais quelle était cette chose, là-bas ? Elle était en tout cas trop grande, trop grosse pour qu'Alex et April s'y attaquent. Ils ne s'étaient jamais frottés à rien ni personne, et ils pouvaient y laisser leur peau.

« April ! Alex ! cria encore Laurel. Revenez ! » Elle tressaillit en les entendant gronder brusquement, puis japper. « April ! Alex ! Revenez tout de suite ! » Elle essaya de siffler. Ses lèvres étaient transies. « April ! ... »

Ils réapparurent soudainement devant la veilleuse du jardin. Laurel s'agenouilla et ouvrit les bras. Ils coururent aussitôt vers elle. Alex boitait, mais Laurel n'aperçut aucune trace de sang. Haletant vivement, il se blottit de son mieux contre elle. April restait légèrement en retrait. Elle tenait quelque chose dans sa gueule. « Donne », dit gentiment Laurel. C'était l'un des rares ordres que les chiens comprenaient.

Obéissante, April lâcha sa prise sur les genoux de sa maîtresse, qui l'examina à la lumière du porche.

C'était un carré de coton blanc, taché de quelques gouttes de sang.

*

Ce n'était sans doute pas une bonne idée, pensait Joyce en s'engageant à pied dans l'allée menant chez Crystal. Elle avait laissé sa voiture un peu plus haut sur la route et comptait sur l'effet de surprise. Elle n'avait rien dit à Chuck de ses intentions. Il aurait été vexé de comprendre qu'elle ne le croyait pas capable de venir à bout de cette situation tout seul. Crystal irait d'ailleurs probablement le trouver en rapportant que Joyce avait tenté de l'intimider. Et alors, quelle importance ? Chuck s'en offusquerait, mais Joyce savait le remettre à sa place. Elle savait qu'il ne voulait pas la perdre, ni renoncer à tout ce qu'elle représentait. Quant à Crystal, c'était une petite garce trop gâtée qui était toujours arrivée à ses fins en manipulant les autres, en les apitoyant sur sa prétendue impuissance comme une gamine pathétique qu'elle était. Les larmes et les supplications se révéleraient sans effet sur Joyce. Crystal ne la prendrait pas à son jeu. Elle pourrait pleurnicher tant qu'elle voudrait sans que Joyce ressente une once de sympathie à son égard.

La neige tombait lourdement. Pourquoi ai-je enfilé ce manteau en cachemire neuf ? se demanda

Joyce. Elle ne se souciait guère de faire impression. Surtout devant Crystal. Le vieil imper fourré aurait largement suffi.

Diable, quelle minable bicoque ! Comment Chuck a-t-il fait pour vivre là-dedans ? Même si la maison de son enfance n'avait été guère plus agréable. Chuck ne goûtait que depuis peu les charmes d'une existence luxueuse.

Il y avait de la lumière, cependant, quand Joyce frappa à la porte. Personne ne répondit. Elle frappa encore. Toujours rien. Elle s'y attendait. Elle ouvrit son sac dans lequel elle pêcha un anneau avec deux clés. Celles que Chuck avait gardées de la maison. Joyce ouvrit et appela : « Crystal ? » Elle sourit en pensant : « Elle est faite comme un rat ! », puis fit quelques pas à l'intérieur. « Crystal ? »

Deux lampes étaient allumées dans le minuscule salon défraîchi. Joyce, immobile, tendit l'oreille. Aucun signe d'une présence humaine. Crystal devait pourtant être là. Sa voiture était dans l'allée et il y avait de la lumière. Cette idiote avait-elle pris peur ? Était-elle en train de se cacher ?

Contrariée, Joyce passa rapidement de pièce en pièce. Le lino de la cuisine avait grand besoin d'être remplacé. Les murs étaient garnis d'une pléthore de canevas brodés, de corbeilles et autres macramés. Le témoin rouge de la cafetière indiquait que celle-ci était en marche. Joyce revint dans le couloir et entra dans une petite chambre à coucher, meublée d'une commode blanche et d'un berceau, avec un mobile suspendu au plafond. Selon Chuck, Crystal avait fait sa première fausse couche onze ans plus tôt. Depuis combien de temps cette chambre attendait-elle un bébé ?

Joyce chassa cette pensée. Elle n'était pas là pour pleurer sur le sort de Crystal. Plus bas dans le couloir, la salle de bains était carrelée de rose et de noir et il y avait — non ! — des flamants roses sur le rideau de la douche. Joyce sourit en hochant la tête. Pour quelqu'un qui avait grandi dans une relative opulence, Crystal avait un goût affreux.

Joyce en trouva confirmation dans la chambre des parents. Elle était également à dominance rose — descentes de lit et édredon roses, papier peint rosâtre sous des portraits de chatons et de gamins aux grands yeux. Les oreillers étaient en forme de cœurs, et il y avait d'autres napperons brodés sur la commode. Chuck, si viril, si masculin, avait dormi des années dans cette bonbonnière ? Certainement, pourtant Joyce ne voulait pas y penser, ne voulait pas l'imaginer en train de faire l'amour dans ce décor immonde, à essayer de concevoir des enfants qui ne verraient jamais le jour. L'insipide Crystal n'avait de toute façon pas ce qu'il fallait pour satisfaire le Chuck que Joyce connaissait. Sur le plan sexuel, elle ne se connaissait pas de rivale.

Elle quitta la pièce et resta un moment dans le couloir. La petite maison était impeccablement propre. Aussi propre que vide.

Joyce revint dans le salon. Mais où était Crystal ? Elle ne devait pas être bien loin, puisque la cafetière était allumée. Joyce partit regarder à la fenêtre. Il y avait un premier garage à une place, attenant à la cuisine, et, à une trentaine de mètres, un autre, deux fois plus grand. Chuck l'avait construit, disait-il, pour y faire de la mécanique, et améliorer ainsi l'ordinaire lorsqu'il restait trop longtemps sans emploi fixe. Joyce distingua de la lumière derrière la vitre du second garage, et elle pensa que Crystal devait s'y trouver.

Elle se dirigea vers la porte d'entrée, mais s'arrêta avant de l'atteindre. La neige tombait de plus belle. Joyce avait aperçu l'autre allée, dégagée, qui menait depuis la route directement au second garage. En revanche, le sentier qui partait de la maison vers celui-ci était étroit, plein d'ornières, et bordé d'arbres de chaque côté. Joyce vit un manteau à carreaux accroché au mur près de la porte, et des bottes en caoutchouc en dessous. Elle ôta en vitesse son cachemire, enfila le manteau à carreaux de Crystal, et les bottes par-dessus ses chaussures plates.

Je ferais mieux de rentrer, pensa-t-elle, furieuse, en entendant la neige crisser sous ses pas. Je ne serais jamais venue si j'avais pu deviner que ce serait aussi compliqué. Puis elle se rappela sa conversation téléphonique avec son ex-mari, le matin même. Gordon, fou de colère, n'y était pas allé par quatre chemins. Après leur divorce, deux ans plus tôt, il avait déménagé à Boston. Il n'avait pu se rendre compte par lui-même que Joyce hébergeait Chuck depuis maintenant six mois. Mais il venait de recevoir une lettre anonyme, postée à Wheeling, qui le lui révélait. Si Joyce suspectait Crystal, évidemment, d'en être l'auteur, elle ne lui en tenait pas vraiment rigueur. La lettre avait servi, après tout, de catalyseur. Alors que la situation aurait pu rester inchangée pendant des mois encore. Le coup de fil de Gordon avait simplement précipité les choses.

Mon Dieu, que cette maison est minable, se répétait Joyce. Chuck lui avait révélé que la famille de Crystal avait autrefois été riche. Joyce se souvenait à peine des Smith et elle savait que, sans être assis sur une véritable fortune, ils avaient vécu largement hors du besoin. Elle se rappelait tout de même avoir entendu ses propres parents, et Gordon, exprimer leur surprise au moment où les Smith avaient trouvé la mort dans un accident d'avion. Tout le monde avait appris alors qu'ils étaient ruinés. Le coup avait dû être sévère pour Crystal, pensa Joyce. Crystal n'avait jamais eu à fournir le moindre effort dans sa vie, et elle s'était brusquement retrouvée sans rien. Excepté Chuck, qu'elle avait épousé un an avant le décès de ses parents. Et Chuck ne l'avait pas abandonnée, du moins il avait attendu longtemps, alors qu'elle le diminuait constamment. Aujourd'hui, il est à moi, pensa Joyce. Je mérite de garder Chuck pour compenser toutes ces années déprimantes avec Gordon. Et Chuck mérite une autre existence que celle qu'il a menée jusqu'ici. Joyce avait en tête de bien le faire valoir ce soir à Crystal, même si cela devait la tuer.

Elle essuya la neige sur son visage, et jura en se tordant le pied dans un nid-de-poule. En s'arrêtant pour se masser la cheville, elle perçut un léger bruissement dans les arbres. Joyce étudia le garage. La porte était toujours fermée, mais peut-être Crystal avait-elle pu en sortir sans se faire remarquer. « Crystal ? » appela Joyce. Pas de réponse. Bon, c'était le vent dans les arbres, décida-t-elle.

Elle se remit en marche, et étouffa un cri. Sa cheville lui faisait très mal. Ah, non, pas une entorse, il ne manquerait plus que ça. Mais qu'est-ce que je fais ici ? Autant rentrer avant que...

Non. La voix de Gordon résonnait encore dans ses oreilles. Je suis venue dire deux mots à Crystal, et, *nom de Dieu*, je te jure qu'elle va m'entendre.

Un nouveau bruit dans les buissons. Joyce se figea. Il pouvait y avoir n'importe quel animal, tapi là derrière, un opossum, une marmotte, ou quoi encore ? Les animaux sortaient-ils la nuit ? Attaquaient-ils les hommes ? Et si c'était un putois, et qu'il l'arrosait ? Ce serait le bouquet. Peut-être était-ce un cerf. Mais les cerfs sont herbivores, cela, Joyce le savait. Elle ne lui servirait donc pas de dîner. Alors un chien ? Joyce détestait les chiens, et ils le lui rendaient bien. Elle espéra que ce n'en était pas un.

File dans ce garage au lieu de t'imaginer je ne sais quelle créature féroce ! réagit-elle enfin, furieuse contre elle-même. Elle sentait sa mauvaise humeur empirer de seconde en seconde. Elle repartit en clopinant. Un autre bruissement. Cette fois plus près. Beaucoup plus près. Joyce eut à peine le temps d'émettre un petit cri aigu qu'un objet dur s'abattait sur son crâne. Elle tomba lourdement sur sa gauche. Elle amortit sa chute avec son bras, mais la puissance du coup l'aveugla. Était-ce le sang qui tournoyait dans ses orbites, la privant de sa vision ? Joyce passa une main sur son visage. Il était trempé. De neige ou de sang ?

Elle voulut regarder sa main, mais un autre coup l'atteignit à la mâchoire. En criant, Joyce enfonça sa tête dans la neige et plaça ses deux mains sur son crâne pour essayer de le protéger. On visa cette fois la nuque. Joyce eut l'impression que ses membres ne répondaient plus. Pourtant elle était encore consciente. Elle entendit haleter, grommeler, et d'autres sifflements dans l'air, à chaque fois que l'objet revenait s'abattre sur son corps paralysé. Il n'y eut bientôt plus que son propre souffle, pénible et rauque, presque grinçant, et enfin — rien.

20

Laurel fit rentrer Alex et April aussi vite qu'elle put, elle verrouilla, bloqua la chatière, et s'assura que toutes les portes et fenêtres de la maison étaient bien fermées. Puis elle examina soigneusement ses chiens. Ni l'un ni l'autre n'avaient été mordus. Alex gémit légèrement lorsqu'elle passa la main sur sa hanche gauche. Il n'y avait pas de sang, pourtant il avait mal. Un coup de pied, pensa Laurel. Elle était maintenant certaine qu'elle avait vu un être humain.

Tout en enflammant de vieux journaux et du petit bois sous son unique bûche, elle se demanda ce que cette personne était venue faire. À tout le moins, l'effrayer. Et au pire ? La silhouette s'était dirigée vers la maison. Que se serait-il passé si les chiens n'avaient pas bondi à l'extérieur ?

Ils s'assirent par terre, près de Laurel, devant la cheminée. « En voilà des chiens courageux », dit-elle. Ils l'observèrent d'un œil anxieux. Encore énervés, ils avaient le souffle court. De fait, ils avaient volé au secours de leur maîtresse. Elle n'y aurait jamais cru. « Je suis fière de vous, poursuivit Laurel. Mais, s'il arrive à nouveau quelque chose, vous me laissez m'en occuper toute seule, d'accord ? »

Qu'aurait-elle pu faire ? Elle ne possédait pas de revolver, ne pratiquait pas les arts martiaux. La personne qui avait tué Angie était, elle, armée, forte, hargneuse, acharnée.

Quelques jours auparavant, Laurel aurait immédiatement appelé Kurt. Aujourd'hui, l'idée ne lui traversa même pas l'esprit. Pourtant, il devait y avoir des indices exploitables au-dehors. Des empreintes de pas. Du sang. Il fallait téléphoner à la police.

Deux agents arrivèrent vingt minutes plus tard. Laurel se réjouit que Kurt ne fût pas l'un d'eux. Elle leur expliqua ce qui s'était passé. Ils l'étudièrent d'un air sceptique. Laurel lut dans leurs yeux qu'ils se demandaient si elle ne venait pas de s'affoler à cause d'un animal. Mais elle parla de la couronne mortuaire qu'elle avait découverte sur sa porte, elle leur montra le cœur rouge qui s'y trouvait toujours, et enfin le bout de coton, taché de sang, qu'April avait ramené. « Ne me dites pas que les opossums portent du coton », lança-t-elle au plus jeune des agents, un dénommé Williams que Kurt, elle le savait, n'appréciait guère. « Il croit tout savoir, celui-là », lui avait-il confié un jour. Laurel était en train de comprendre. Williams se pavanait et s'adressait à elle comme si elle était la dernière des imbéciles. Dieu merci, son collègue paraissait plus intelligent. Ils sortirent examiner le parc à l'arrière de la maison, et ils confirmèrent qu'il y avait des traces de pas dans la neige. Les chiens, malheureusement, en avaient brouillé une grande partie. « Les empreintes se perdent dans les bois, madame Damron. Et il n'y a quasiment pas de neige par terre, à cause des arbres, qui retiennent tout sur leurs branches.

— Mais ces empreintes, ce sont plutôt celles d'un homme, ou d'une femme ? demanda Laurel.

— Environ du trente-six, dit Williams avec autorité. Une femme. »

L'autre agent afficha une mine exaspérée. « On ne peut pas l'affirmer avec certitude. Ça pourrait être du trente-huit, voire plus. Et, dans ce cas, un homme. Ou une femme avec des bottes.

— Faudrait qu'elle ait de grands pieds, contra Williams. Écoutez, madame Damron, c'était probablement un mauvais plaisantin, et vous avez pris peur à cause du meurtre à Oglebay. Fermez bien vos portes et vos fenêtres, et n'y pensez plus. »

Laurel n'appréciait guère d'être ainsi rembarrée. Sans doute la police était-elle trop souvent alertée pour rien, mais les deux hommes ne pouvaient ignorer que Denise avait été assassinée deux jours plus tôt. C'était peut-être l'explication : d'autres femmes seules qui auraient, depuis, appelé le commissariat au moindre bruit suspect, réel ou imaginé.

Une fois les policiers partis, Laurel ne put s'empêcher de réfléchir encore à l'incident. Elle étudia de nouveau le carré de coton blanc. Audra avait dit que le « fantôme » entré dans sa chambre portait une robe blanche. Y avait-il un cinglé en ville qui se déguisait pour faire peur à tout le monde ? Un cinglé meurtrier ? S'en prendre à Audra, qui avait seulement huit ans, était une chose. Tenter d'effrayer une adulte de trente ans en était une autre. Restait toujours à savoir qui ?

Le premier nom qui vint à l'esprit de Laurel était

celui de Genevra Howard. Il n'était pas si difficile d'imaginer qu'une femme, à peine sortie d'un asile psychiatrique, se pare d'un vêtement ample et blanc et se prenne pour un fantôme. Oui, cela semblait sortir tout droit de *Jane Eyre* mais, vu les circonstances, ce n'était pas si absurde.

Laurel aurait aimé savoir si Genevra était restée toute la soirée chez les sœurs Lewis. Seulement, quel prétexte allait-elle invoquer pour leur téléphoner ? Oh, et flûte, qu'importe, se dit-elle après avoir envisagé différentes possibilités. La vérité était plus importante que la diplomatie.

Elle trouva le numéro des sœurs dans l'annuaire. Au bout de quelques sonneries, une voix répondit : « Allô ?

— Mademoiselle Adelaïde ?

— Non, c'est mademoiselle Hannah.

— Je vous prie de m'excuser. Bonjour, mademoiselle Hannah. Laurel Damron à l'appareil.

— Tiens, bonjour, mademoiselle Damron. Je disais justement à Adelaïde que votre couronne était magnifique. Nous ne savons pas comment vous remercier.

— Mais je vous en prie. Et appelez-moi Laurel, tout simplement. Mademoiselle Hannah, je voudrais vous poser une question. Bien sûr, vous pouvez me répondre que cela ne me regarde pas, mais j'ai une bonne raison de vous demander cela. Est-ce que Genevra est restée chez vous, ce soir ? »

Mademoiselle Hannah mit tellement de temps à répondre que Laurel l'entendait déjà dire que, non, cela ne la regardait pas. « Eh bien, c'est-à-dire que...

Quand nous nous sommes levées, ce matin, Genevra était partie. Avec toutes ses affaires.

— Ah ? Je croyais pourtant qu'elle voulait essayer de reprendre contact avec Mary.

— Nous aussi. C'est à n'y rien comprendre.

— A-t-elle laissé un mot pour dire où elle allait ?

— Non. Genevra a un petit studio près de... Enfin, près de l'endroit où elle vivait avant. » De l'asile, pensa Laurel. « On a téléphoné, et personne ne répond. À l'heure qu'il est, elle aurait déjà eu le temps d'arriver...

— Je suis sûre qu'elle vous appellera très vite, mademoiselle Hannah.

— Vous croyez ?

— Mais bien sûr. Genevra a peut-être eu du mal à revoir Wheeling et à retrouver tant de souvenirs difficiles. Elle a sans doute eu peur de tomber par hasard sur Zeke. »

Un proche de Laurel aurait décelé une affectation forcée dans sa voix, mais mademoiselle Hannah répondit, pleine d'espoir : « Dire que cela ne m'avait pas effleuré l'esprit ! Vous avez raison, Genevra est restée si longtemps isolée du monde extérieur. Laurel, vous avez du bon sens.

— J'en manque parfois. Ecoutez, je ne voudrais pas être impolie, mais je dois vous quitter.

— Dites-moi quand même pourquoi vous vouliez savoir si Genevra était encore là.

— Bonsoir, mademoiselle Hannah. Et joyeux Noël. »

Elle raccrocha avant d'avoir à affronter d'autres questions — et d'inventer de nouveaux mensonges. La vérité était que Laurel ne croyait pas une seconde que Genevra était repartie en Pennsylvanie. Elle était plutôt certaine de l'avoir aperçue dans le parc, derrière chez elle, moins de deux heures auparavant.

Et Laurel de faire les cent pas dans le salon. Elle alluma la télévision, mais n'arriva à prêter aucune attention au journal du soir d'un des principaux réseaux. Les affaires internationales lui paraissaient irréelles, comparées aux menaces, tangibles et immédiates, qui pesaient sur elle. Elle savait déjà qu'elle ne dormirait pas de la nuit. Dans deux jours, Damron Floral serait fermé pour Noël. Laurel aurait souhaité fermer également demain. Bien sûr, comme elle était gérante, elle pouvait baisser son rideau si elle le désirait, mais la levée de corps de Denise avait lieu précisément le lendemain, et il y aurait cent cinquante mille commandes. Non, pas autant, évidemment. Cependant mieux valait s'occuper des commandes que passer la journée les bras croisés, à imaginer le cercueil de Denise Price, fermé sur un autre corps mutilé.

Comme si elles allaient éclater, Laurel prit ses tempes entre ses mains. Où tout cela menait-il ? Si la mort de Faith avait été un accident, elle avait aujourd'hui pour conséquence le meurtre de deux autres femmes. Deux femmes que Laurel aimait, elles aussi. Combien d'autres assassinats faudrait-il endurer avant de mettre un terme à cette folie ?

Le téléphone sonna. Quoi encore ? pensa Laurel. Kurt avait-il eu vent de l'apparition dans le parc ? Était-ce Mme Damron mère ? Mademoiselle Hannah ?

Laurel s'attendait à tout, sauf à la voix rêche et

asexuée qui lui parla. « Votre amie Crystal a besoin de vous. Elle est en danger de mort. » On raccrocha.

Le combiné en main, Laurel resta hébétée un instant. Dieu du ciel, qui venait d'appeler ? Un autre mauvais plaisant, ou « mauvais plaisantin », comme avait dit à tort cet illettré de Williams ?

Laurel trouva le numéro de Crystal sur le bloc-notes près du téléphone. Elle le composa et attendit. Trois sonneries. Six sonneries. Douze sonneries. Elle raccrocha. Que fallait-il faire ? Rester assise au chaud et prendre la chose comme une plaisanterie d'un mauvais goût atroce, ou se préparer à assister aux futures obsèques de Crystal ?

Laurel appela la police. « Williams », répondit justement l'autoritaire illettré.

Oh, mince, pensa Laurel. Ce crétin. Elle respira un bon coup et décrivit au policier le coup de fil qu'elle venait de recevoir.

« Ah, c'est qu'on n'a pas le temps de s'embêter ce soir, m'dame Damron, dit monsieur je-sais-tout avec une ironie non feinte.

— J'ai d'autres façons de m'occuper quand je n'ai rien à faire, rétorqua Laurel. Le téléphone ne répond pas chez Crystal.

— Voyons, elle passe peut-être la soirée chez des amis ?

— C'est possible, mais hautement improbable. Vous allez voir chez elle ou pas ? »

Williams poussa un soupir lourd de condescendance. « Je crois que c'est un mauvais plaisantin qui vient de vous appeler », dit-il. Et vous êtes une folle hystérique, conclut Laurel à sa place. « Enfin, si ça vous fait vraiment plaisir, on ira jeter un œil dans le coin tout à l'heure.

— Tout à l'heure ? répéta Laurel, incrédule. Mais c'est maintenant qu'il faut y aller !

— Calmez-vous, m'dame Damron. On y passera, j'vous dis.

— Mais *quand* allez-vous y... Oh, et merde, lâcha Laurel, dépitée. Essayez de faire au plus vite. »

Ce qui, vu l'attitude de Williams, pouvait bien prendre une heure, sinon plus. Et qu'est-ce que je fais en attendant ?

Elle sortit la bombe lacrymogène de son sac. « Un peu dérisoire, je trouve », marmonna-t-elle. Elle partit à la cuisine et fouilla les différents tiroirs à la recherche du plus grand couteau de la maison. Un couteau à viande. En le brandissant, elle se donna l'impression d'une adolescente dans un film d'horreur — Jamie Lee Curtis dans *Halloween*. « Je te jure que je vais acheter un pistolet et apprendre à m'en servir, dit Laurel à haute voix. C'est impossible de vivre seule comme je le fais et de n'avoir rien pour me défendre. »

Le couteau rejoignit le gaz lacrymogène dans le sac de Laurel, puis celle-ci enfila son manteau et regarda ses chiens. Non, elle ne les emmènerait pas. Ils l'avaient tirée d'affaire plus tôt ce soir, mais c'est elle qui, en fait, avait eu peur pour eux. Elle allait maintenant avoir besoin de toute son attention, et leur présence pouvait être un poids. « Vous restez ici, tous les deux, dit-elle en les voyant qui l'observaient, pleins d'expectative. Avec un peu de chance, je serai de retour dans une heure. »

En conduisant sous la neige, Laurel se demanda si

Crystal saurait se défendre au cas où quelqu'un s'en prendrait à elle. Elle avait toujours paru si douce, si enfantine. Laurel avait remarqué, il y avait bien longtemps déjà, que son nom lui ressemblait. Crystal, fragile comme un verre de cristal. Contrairement à Laurel qui, à l'intérieur, était aussi résistante que sa plante homonyme — le laurier.

Lorsqu'elle atteignit enfin la route étroite qui menait chez Crystal, elle aperçut une Lexus blanche garée à proximité, sur le bas-côté. Il ne semblait y avoir personne dedans. Quelqu'un qui avait peut-être eu un ennui mécanique. La maison la plus proche, depuis laquelle appeler de l'aide, était celle de Crystal.

Laurel s'engagea lentement dans l'allée. La petite Volkswagen rouge était là, et il y avait de la lumière dans la maison. Laurel éteignit son moteur et resta assise un instant au volant. Ce coup de téléphone n'était-il pas une ruse pour l'attirer ici ? N'était-ce pas terriblement imprudent d'être venue ? Si. Alors, que fallait-il faire ?

Elle klaxonna. Si Crystal ouvrait sa porte, Laurel comprendrait que l'appel était une plaisanterie idiote, elle parlerait quelques instants avec Crystal et rentrerait chez elle. Évidemment, Williams aurait tout lieu de se moquer d'elle lorsqu'il viendrait « jeter un œil dans le coin », comme il l'avait promis.

Mais Crystal ne se présenta pas à la porte. Laurel klaxonna à nouveau. Les yeux fixés sur la maison, elle sentait son angoisse monter. Rien. Personne. Alors, que faire ?

« Eh bien, tu prends tes armes et tu rentres, se dit-elle à haute voix. J'espère que Crystal me revaudra ça, parce que je suis morte de trouille. »

Laurel descendit de voiture et courut à la porte. Elle commençait à frapper lorsqu'il lui vint à l'esprit que si Crystal était là, voire en état d'ouvrir, elle se serait montrée en entendant le klaxon. La poignée n'offrit aucune résistance. La porte n'était pas verrouillée, ce qui n'augurait rien de bon. Laurel entra dans le salon. « Crystal ? » Silence. Une odeur de café, fort et amer, semblait provenir de la cuisine. Laurel s'y dirigea et découvrit un demi-centimètre de sirop noirâtre collé au fond du pot. Elle éteignit la cafetière électrique.

Puis elle inspecta rapidement le reste de la maison. Il n'y avait aucune trace de lutte. Un seul objet paraissait déplacé, dans les deux sens du terme : un manteau en cachemire, de bonne qualité certainement, posé sur le canapé. Il n'appartenait assurément pas à Crystal.

« Je ferais mieux de rentrer », marmonnait-elle quand elle aperçut une faible lumière scintiller derrière l'une des fenêtres du salon. C'était le garage. Crystal y était-elle ? Dans ce cas, que pouvait-elle bien y faire par une nuit glaciale comme celle-ci ?

Le garage se trouvait relativement loin de la maison. Gênant. De plus, l'allée qui y menait était bordée d'arbres. Laurel avait autant envie de s'y rendre que de marcher sur des charbons ardents. Mais elle savait que son angoisse persisterait tant qu'elle ne saurait pas Crystal saine et sauve.

Tenant son couteau à viande d'une main, la bombe de gaz lacrymogène de l'autre, elle sortit, en laissait la porte de la maison ouverte. Si elle se donnait l'impression d'une parfaite idiote, elle avait aussi tellement peur qu'elle en tremblait. La neige tombait sur son visage et sa tête nue. Laurel suivit lentement l'étroit sentier. Le vent s'était levé. Les branches des arbres gémissaient de chaque côté. Laurel n'avait pas pensé à enfiler des bottes, et ses pieds s'enfonçaient dans la neige jusqu'à la base des chevilles.

Elle avait parcouru la moitié du chemin lorsqu'elle entendit une branche craquer au-dessus de sa tête. Levant les yeux, elle l'aperçut juste à temps et se mit à courir sur le sentier glissant. La branche, de taille moyenne, s'effondra. Laurel regarda derrière elle, puis trébucha sur quelque chose par terre. Elle cria en perdant l'équilibre, et jeta son couteau, par réflexe, afin de ne pas tomber dessus. Atterrissant sur ses mains et sur ses genoux, elle récupéra son arme avant même de regarder sur quoi elle venait de basculer. Sa main retrouva vite la poignée de bois. Laurel tenta de se relever, mais elle glissa dans la neige et tomba de nouveau, cette fois directement sur la forme affalée.

Reprenant son souffle, elle s'efforça de combattre la terreur qui s'emparait d'elle. Cela faisait déjà une bonne minute qu'elle se débattait, et la forme restait parfaitement immobile. Le cœur battant, Laurel la tâta de la main. Elle reconnut un manteau. À carreaux. Celui de Crystal.

Hésitante, elle posa ensuite sa main sur ce qui était, elle avait compris, une épaule. Puis elle retourna le corps. Sous les cheveux châtain, collés, elle découvrit le visage broyé et sanguinolent d'une femme.

« Crystal ! hurla Laurel. Trop tard ! Je suis arrivée trop tard ! »

Laurel se releva précipitamment et repartit en sanglotant vers la maison. Elle claqua la porte derrière elle, la verrouilla et fondit sur le téléphone. Elle connaissait maintenant par cœur le numéro du commissariat. « Williams, répondit une voix.

— *Quoi ? Vous êtes encore là ?* hurla Laurel.

— Qui est à l'appareil ?

— Laurel Damron. Je vous appelé il y a une heure pour vous demander de passer chez Crystal Landis...

— Écoutez, madame Damron, on est plutôt occupés, ce soir, mâcha-t-il, hautain. Je vous ai dit qu'on irait y faire un tour plus tard...

— Elle est morte.

— Quoi ?

— Morte, vous m'entendez ! Je suis venue, moi, parce que je savais que vous ne le feriez pas, et je l'ai trouvée morte... » Laurel s'étrangla : « Battue à mort. » Puis : « Kurt Rider est-il là ? »

Williams parut soudain un rien nerveux. « Euh... Je ne crois pas... Non.

— Alors, trouvez-le. C'est lui que j'aurais dû appeler d'abord. Il aurait fait son boulot, au moins. Nom de Dieu de...

— Calmez-vous, madame Damron. On arrive tout de suite. »

Laurel raccrocha et ses yeux restèrent sur le combiné. Il était barbouillé de sang. Elle vit ses mains. Elles étaient rouges. Laurel ne se rappelait pas avoir touché le visage de Crystal, dehors, mais le manteau devait en être imbibé. Cet indicible manteau à carreaux qui ressemblait à une couverture de cheval.

Plus jamais Crystal ne passerait au magasin avec son affreux manteau.

Pleurant et hoquetant sous le choc et l'émotion, Laurel partit à la cuisine et ouvrit le robinet. Il n'y avait pas de savon en morceau, seulement du liquide vaisselle. Elle se lava, se rinça, se lava encore, en prêtant une attention particulière à ses ongles. En essayant aussi de détacher ses pensées de ce qu'elle venait de voir.

Et si elle était venue aussitôt après le coup de téléphone ? Serait-elle arrivée avant que Crystal trouve la mort ? Aurait-elle pu intervenir, l'empêcher ? Comment ? Avec sa bombe ? Son couteau ? Pourquoi n'avait-elle pas téléphoné à Kurt ? Par orgueil, uniquement. Un orgueil qui avait coûté la vie de Crystal.

Laurel ferma le robinet et saisit une serviette-éponge. Tandis qu'elle essuyait soigneusement ses mains, elle entendit un bruit dans l'entrée. Un clic, comme celui d'un loquet qu'on ouvre, puis le léger grincement de gonds mal graissés.

Laurel se figea. Ce n'était pas la police. Ils ne pouvaient pas déjà être là. Et ils auraient certainement été précédés par les hurlements des sirènes. Une vague d'air froid traversa le salon et atteignit la cuisine. La porte d'entrée se referma.

Laurel récupéra son couteau sur la table. Puis elle repartit silencieusement au salon. Son souffle était saccadé, irrégulier, au point qu'elle craignit de défaillir.

À la lumière du lampadaire, elle aperçut une femme qui, perplexe, regardait le manteau de cachemire noir posé sur le canapé. La femme leva les yeux et étouffa un cri.

C'était Crystal.

*

Crystal écarquilla les yeux. « Bon Dieu, Laurel, qu'est-ce qui se passe ? »

Laurel lâcha son couteau. « Tu es vivante ! »

Horrifiée, Crystal aperçut le couteau à viande par terre. Puis elle observa Laurel et prononça d'un filet de voix prudent : « Bien sûr que je suis vivante. Pourquoi ne le serais-je pas ? »

Laurel courut vers elle et la prit dans ses bras. « Je n'ai jamais été aussi heureuse de revoir quelqu'un. Oh, c'est abominable... »

Elle fit un pas en arrière. Si Crystal était bien là, en chair et en os, alors quelqu'un d'autre avait été rossé à mort dans l'allée.

« Laurel, qu'est-ce qu'il y a ? répéta Crystal.

— Où étais-tu ?

— À côté. Je gardais le bébé.

— Tu sors toute seule, la nuit, après ce qui est arrivé à Denise ?

— La petite fille des Grant est très malade. Ils l'ont amenée aux urgences et ils m'ont demandé si je pouvais garder leur petit bébé pendant ce temps. J'ai dit oui. C'est à deux pas d'ici, Laurel.

— C'est pour ça que ta voiture est devant la maison.

— Oui. C'est juste à côté, je te dis. » Crystal

fronça les sourcils. « Laurel, pourquoi me croyais-tu morte ? Et comment es-tu rentrée ici ? Je suis certaine d'avoir verrouillé.

— La porte n'était pas fermée. Crystal, assieds-toi.

— Que vas-tu me dire ? fit Crystal, alarmée. C'est grave ?

— Oui. Alors, assieds-toi et respire un bon coup. La police va arriver d'un instant à l'autre.

— La *police* !

— Crystal, écoute-moi. J'ai reçu un coup de fil anonyme. Quelqu'un m'a dit que tu étais en danger de mort. La voix était affreuse, rêche, grinçante. Je ne pourrais pas dire si c'était un homme ou une femme. J'ai appelé la police, mais, comme ils n'avaient pas l'air de s'affoler, je suis venue.

— Tu es venue en pensant qu'il y aurait peut-être un assassin ? Laurel, je... »

Elles aperçurent soudain par la fenêtre phares et gyrophares dans l'allée. Un instant plus tard, on frappait à la porte. Laurel alla ouvrir. Elle trouva Williams en face d'elle. « Vous avez trouvé le corps de Crystal Landis ?

— Hein ? s'écria Crystal. Je ne suis pas morte, je suis là ! »

Williams plissa les paupières pour étudier Laurel. Elle lui retourna un regard de pierre, et parla d'une voix égale. « *Il y a* un corps de femme dans l'allée entre la maison et le garage. J'ai supposé que c'était Crystal. Le visage est tellement mutilé qu'il est difficile de dire qui c'est. »

Williams continua de l'observer suspicieusement, puis il ordonna aux deux femmes de rester à l'intérieur. « S'il y a vraiment un cadavre au-dehors, il faut surtout ne toucher à rien », dit-il.

Tandis qu'il s'éloignait, Crystal demanda à Laurel d'une voix brisée : « Mais qui c'est, alors ?

— Je n'en sais rien. J'ai cru que c'était toi à cause du manteau écossais. Je n'ai pas vraiment vu ses cheveux dans le noir.

— Quelle couleur ?

— Un peu comme les tiens. » Laurel regarda le pardessus en cachemire sur le canapé. « C'est à toi ? »

Crystal effleura d'une main l'élégant vêtement. « Tu crois que j'ai les moyens ?

— Non, c'est ce que j'ai pensé. Il était là quand je suis arrivée. Ce qui implique que cette femme l'a enlevé pour mettre le tien.

— Écoute, je t'ai déjà dit que j'avais fermé la porte à clé !

— Il faut quand même croire qu'elle est entrée. » Laurel gardait les yeux rivés sur le manteau. « Crys, Chuck a-t-il encore les clés de la maison ?

— Les clés ? Je ne sais pas. Peut-être. Qu'est-ce que ça a à voir avec Chuck ? Ce n'est pas à lui, ce manteau.

— Qu'est-ce qu'elle a, comme voiture, Joyce ? »

Crystal fronça les sourcils. « Joyce ? Je n'en sais rien. Je n'y connais rien en voitures. Chuck me l'a assez reproché. Je crois qu'elle est blanche. Un truc cher. »

Laurel se rassit près de Crystal. « En arrivant ici, j'ai aperçu une Lexus blanche, garée sur le bas-côté. *Plus* les clés de la maison, *plus* le manteau en cachemire, *plus* ces cheveux de la même couleur que les tiens... Ça te fait penser à qui ?

— Est-ce que je sais, Laurel... Peut-être à... »
Crystal hoqueta : « Oh non ! Joyce ! »

21

« Crystal, je crois qu'on ferait mieux d'appeler Monica. »

Déconcertée, Crystal répondit : « Pourquoi ? Quel rapport y a-t-il ?

— Si c'est Joyce qui est dehors, tu vas avoir besoin d'un avocat.

— Un avocat ? Pourquoi est-ce que j'aurais besoin d'un avocat ? Je n'ai rien fait, moi !

— Crystal, qui aurait un meilleur mobile de tuer Joyce Overton que toi ? »

Crystal ouvrit la bouche, la referma, et devint si pâle que Laurel la crut sur le point de s'évanouir. « On n'en sait rien, si c'est Joyce...

— Moi, je le crois, et, sauf erreur... Crystal, je vais appeler Monica. Si Williams revient avant qu'elle n'arrive, tu ne lui dis rien, tu m'entends ? Pas un mot.

— Je n'ai rien fait, pleurnichait Crystal.

— Pas un mot, tu m'entends ! »

Laurel n'aimait pas employer ce ton, mais c'était sans doute la seule façon de faire comprendre les choses à Crystal. Elle ne semblait pas se rendre compte de la gravité de la situation. Elle avait l'air de ne plus savoir du tout où elle en était.

Par chance, Monica était dans sa chambre.

« Monica, c'est Laurel. Il faut que tu viennes chez Crystal.

— Pourquoi ?

— Il y a un cadavre dans l'allée, je crois que c'est celui de Joyce Overton.

— Qui ça ?

— La maîtresse de Chuck.

— Chouette, de l'action.

— Remballe tes plaisanteries idiotes et amène-toi. Crystal va avoir besoin d'un conseiller, quelqu'un qui s'y connaisse.

— J'arrive », dit Monica et elle raccrocha. Dieu merci, elle ne m'a pas forcée à la convaincre, pensa Laurel en se rasseyant à côté de Crystal qui tremblait. Williams serait là d'une minute à l'autre, et, dans un quart d'heure, qui sait combien d'autres policiers arriveraient pour tirer les vers du nez de la pauvre Crystal, incapable de surmonter ce genre de situation.

« Monica part tout de suite, lui dit Laurel.

— Je crois que j'ai besoin de boire quelque chose.

— Abstiens-toi. Ce n'est pas une très bonne idée de sentir l'alcool en face d'un policier qui te pose des questions.

— Je croyais que tu ne voulais pas que je leur parle.

— Pas avant que Monica soit là. Elle te dira ce qu'il faut répondre ou pas. »

Crystal se mordait l'ongle du pouce. « Peut-être que ce n'est pas Joyce.

— Que ce soit elle ou pas, ils vont t'interroger.

— Mais, si c'est elle, Chuck va penser que je l'ai tuée par jalousie.

— Ce que pense Chuck est le cadet de tes soucis, Crys. Oublie-le. »

Williams revint. « J'ai demandé du renfort », dit-il, la mine sombre. Il n'avait apparemment jamais été confronté à quelque chose d'aussi grave, et il avait perdu son air crâne. « J'ai trouvé le corps. Vous avez une idée de qui c'est ?

— Non, dit Laurel.

— Joyce Overton », lâcha Crystal simultanément. Laurel lui jeta un regard furieux.

Williams l'étudia et demanda : « Qui est Joyce Overton et pourquoi pensez-vous que c'est elle ? »

Crystal observa Laurel et sembla se recroqueviller sur elle-même. « Je ne sais pas.

— Qu'est-ce que vous ne savez pas ? aboya Williams. Qui est Joyce Overton et pourquoi pensez-vous que c'est elle ?

— Je n'ai rien à vous dire. »

Williams retrouva sa tête d'apprenti-dur-à-cuire. « Répondez, madame !

— Attendez que son avocate soit là, intervint Laurel.

— Son *avocate* ? Qu'avez-vous à cacher, mademoiselle Landis ?

— Rien, bafouilla Crystal.

— Alors, qu'est-ce que c'est que cette histoire d'avocat ? Il faut être coupable pour avoir besoin d'un avocat. »

Crystal prenait peur.

« Arrêtez de l'intimider », dit Laurel d'une voix

ferme. Sous cette façade déterminée, elle se sentait molle comme une chiffe, et elle ne faisait que répéter ce qu'elle avait entendu tant de fois à la télévision. « Selon la loi, elle est autorisée à ne vous parler qu'en présence de son avocat. » Vite, que Monica arrive, pria-t-elle intérieurement. Avant que je n'aggrave vraiment la situation.

D'autres lumières brillèrent dans l'allée. Rouges, bleues, blanches. Des voitures de police, pas celle de Monica. Williams rouvrit la porte et Laurel perçut des voix d'hommes. Reconnaissait-elle celle de Kurt ? Non. Il sembla bientôt que la scène, au-dehors, était éclairée comme un plateau de cinéma. Partout des hommes en uniforme, le grésillement des téléphones et des walkie-talkies. Enfin Laurel reconnut le timbre rauque de Monica. « Je suis l'avocate de Mlle Landis. Soit vous me laissez entrer, soit vous n'allez pas oublier de sitôt ce que je vais dire à vos supérieurs ! »

Trente secondes plus tard, elle entrait à pas vifs dans le salon, vêtue d'un pantalon de velours serré, d'un chemisier blanc, et d'une veste de cuir noir. Ses cheveux dansaient sur ses épaules, et elle portait aux oreilles de grandes boucles en or. Elle était superbe. Impressionnante, aussi. Laurel remarqua, non sans un certain amusement, que plusieurs agents de police, intimidés, reculèrent sur son passage.

Elle se retourna et les gratifia d'un regard sévère : « Il ne faut toucher à rien sur le lieu du crime.

— Nous n'avons pas d'ordres à recevoir de vous, risqua Williams. On sait très bien ce qu'on a à faire.

— Je n'en doute pas, rétorqua Monica, ironique. Mais je veux que vous regardiez s'il n'y a pas un cœur et un six tracés avec du sang près du cadavre. Et une carte de tarot, aussi. Je pense également que ce serait une bonne idée de faire venir Kurt Rider. Il a été chargé de l'affaire Denise Price, et *lui* sait bien ce qu'il a à faire. Maintenant, j'ai besoin de parler seule à seule avec ma cliente. »

Bouche bée, plusieurs agents la regardaient. Contrairement aux flics des grandes villes, ils n'avaient encore jamais vu de jeunes avocates agressives comme Monica, dont le style vestimentaire, par-dessus le marché, était plus volontiers celui d'un mannequin ou d'une actrice. Évidemment, les quelques plaideuses locales ressemblaient à des directrices d'école primaire.

« Tu ne jures plus que par Kurt, on dirait ? » souffla Laurel à l'oreille de Monica.

Cette dernière lui fit un clin d'œil. « Kurt te dira ce qu'ils auront trouvé. Pas eux. » Elle leva la voix. « Ça va, Crystal ?

— Non. Il y a une morte dans mon jardin.

— Oui. Ça gâche un peu la soirée, hein ? »

Crystal la regarda, ébahie. « Comment peux-tu plaisanter dans un moment pareil ?

— Tous les moments sont bons. » Monica s'assit près de Crystal sur le canapé et lui parla doucement. « Qu'as-tu dit à la police ?

— Une seule chose. Que je croyais le corps être celui de Joyce Overton. Non, en fait, c'est Laurel qui y a pensé. Je n'ai rien vu moi-même. »

Monica posa les yeux sur Laurel.

« Il y a une Lexus blanche comme celle de Joyce, garée sur le bord de la route. »

Monica hocha la tête. « Oui, j'ai vu.

— Crystal était chez les voisins en train de garder leur bébé. La porte ici était fermée, mais quelqu'un est entré avant moi. Il y a ce manteau en cachemire, aussi. Je pense que Joyce aura utilisé les clés de Chuck, qu'il avait conservées.

— Certainement. Mais pourquoi Joyce aurait-elle laissé son manteau ici ? Il gèle, dehors.

— Joyce a pris le manteau de Crystal. Il y a de la lumière au garage, là-bas. Elle a dû partir voir s'il y avait quelqu'un.

— Crystal, pourquoi y a-t-il de la lumière au garage ?

— J'ai tellement peur depuis un moment que je laisse toutes les lumières allumées, la nuit. Dans la maison comme au garage. Pour que personne n'ait la mauvaise idée de s'y cacher.

— C'est toi qui as demandé à Laurel de venir ? Pourquoi est-ce elle qui a découvert le corps ? »

Laurel expliqua qu'elle avait reçu un coup de téléphone anonyme, qu'elle l'avait rapporté à la police, et qu'elle avait pris l'initiative de les précéder. « J'ai constaté que Crystal n'était pas ici, et quand j'ai vu de la lumière dans le garage, je me suis dit que je la trouverais peut-être là. Je suis littéralement tombée sur le cadavre. »

Monica regarda Crystal. « Tu peux prouver que tu faisais du baby-sitting à côté ?

— Bien sûr. C'est les Grant qui m'ont appelée. Parce qu'ils amenaient leur autre fille aux urgences.

— Bien. On peut parler à ces messieurs de la police, conclut Monica. N'aie aucune crainte, Crystal, seulement si je te demande de ne pas répondre à une question, tu m'obéis. Compris ? »

Crystal hocha la tête. L'interrogatoire commença peu après. Un agent trouva entre-temps un porte-feuille qui avait glissé sous le canapé. Il l'ouvrit, et lut à haute voix : « Il y a un permis de conduire au nom de Joyce Overton. »

Laurel avait eu raison. Elle ferma les yeux. Lorsqu'elle les rouvrit, elle vit Crystal qui grelottait, blanche comme un navet. Il y eut un bruit, et le regard de Crystal s'envola vers la porte.

Encadré par deux policiers qui le retenaient fer-mement, Chuck Landis, rouge de colère, faisait irruption. Il hurla : « Crystal, espèce de pouflasse, qu'est-ce que tu as fait comme connerie ? »

*

Laurel se demanda plus tard ce qui se serait passé si Kurt n'était pas arrivé au même moment. Kurt, le meilleur ami de Chuck, le poussa d'abord à l'exté-rieur pour quelques paroles bien senties, puis le colla dans un fauteuil. « Maintenant, tu restes tranquille le temps qu'on t'interroge. Et même après. Sinon je te fais coffrer pour violences.

— Je ne l'ai pas touchée, répondit Chuck en dési-gnant Crystal.

— Tu en as bousculé quelques-uns, dehors. Je ne plaisante pas, Chuck. Je n'ai pas l'habitude de bluf-fer. »

Chuck observa Kurt d'un air boudeur, puis il lança un regard furieux à Crystal, qui baissa la tête. « Où est le shérif ? demanda-t-il.

— Il s'occupe des journalistes.

— Des journalistes ? demanda Laurel. Ils sont extralucides, ou quoi ?

— Non, ils ont un radar pour les véhicules de police », rétorqua Kurt, pince-sans-rire. Il fixa Chuck trente secondes sans ciller. « Bon, savais-tu que Joyce s'était rendue ici ?

— Non.

— Alors, qu'est-ce que tu viens faire ?

— Elle est partie il y a deux heures, sans dire où elle allait. C'était bientôt l'heure de coucher Molly, et Joyce n'était pas rentrée. Joyce est *toujours* là pour border Molly. Je me suis rendu compte peu après que mes clés d'ici avaient disparu. Il ne m'en a pas fallu plus pour comprendre.

— Comment savais-tu que Joyce était morte ? »

Chuck étudia Kurt d'un air incrédule. « Enfin, il y a cinquante voitures de police. J'ai essayé de passer et l'un de tes gars m'a appris qu'on venait d'assassiner une femme.

— Tu n'as pas pensé que ça pouvait être Crystal ?

— Quand je suis entré, un agent était en train de lire à haute voix son permis de conduire. Et Crystal était assise là.

— Quelle raison Joyce pouvait-elle avoir de venir ici ?

— Elle voulait sans doute demander à Crystal de signer nos papiers de divorce. Crystal s'y refuse depuis des mois. Le mari de Joyce a appelé ce matin en la menaçant d'exiger la garde des enfants, sous prétexte que nous ne sommes pas mariés. Elle était folle de rage toute la journée. » Chuck regarda Crystal, furieux. « Tu pouvais pas les signer, non, ces putains de papiers ? Au lieu de la tuer ? »

Les yeux de Crystal se remplirent de larmes. « Je n'ai rien fait, Chuck. Je n'étais même pas là. Laurel, dis-lui ce qui s'est passé.

— Quoi ? demanda Chuck.

— Quelqu'un m'a téléphoné pour me dire que Crystal était en danger de mort. Je suis venue tout de suite. C'est moi qui ai trouvé le corps. »

Kurt regarda Laurel. « Qui t'a appelée ?

— Je n'en ai aucune idée. La voix était tellement bizarre que je ne pourrais pas dire si c'était un homme ou une femme.

— Quelle heure était-il ?

— Presque sept heures. »

Kurt la fixait avec une intensité peu commune. J'ai d'autres choses à t'apprendre, hurlait Laurel au fond d'elle-même. Elle voulait lui parler de Genevra Howard et des liens qu'elle établissait entre celle-ci et les membres assassinés du Six de Cœur. Miraculeusement, Kurt parut saisir. Il se leva brusquement : « Chuck, tu ne bouges pas. Williams, surveille-le. Je sors une minute. »

Williams n'aimait à l'évidence pas qu'on lui donne des ordres, mais il ne broncha pas. Laurel eut le sentiment que Kurt l'intimidait. Dans de telles circonstances, elle devait bien admettre que le Kurt chaleureux et bon enfant qu'elle avait toujours connu était *vraiment* intimidant.

Williams poursuivit l'interrogatoire de Crystal. Cette dernière étant à l'abri dans les mains de Monica, Laurel se mit discrètement à observer Chuck, qui s'agitait sans cesse dans son fauteuil. Il étudiait l'un après l'autre les visages des policiers. Laurel décela dans son regard quelque chose d'autre que le simple chagrin. De l'anxiété ? De l'appréhension ? Qu'avait-il à craindre de la police, si celle-ci suspectait Crystal d'être l'assassin de Joyce ?

Contrairement à celle de Crystal, la voiture de Joyce n'était pas dans l'allée. Joyce avait enfilé le manteau de Crystal. Elles avaient toutes deux la même taille et presque la même couleur de cheveux. C'était une nuit dangereuse sur la route — la visibilité était mauvaise à cause de la neige. Chuck prétendait que le mari de Joyce avait appelé le matin même pour l'avertir qu'il voulait la garde des enfants. « Tu pouvais pas les signer, non, ces putains de papiers ? » avait crié Chuck à l'adresse de Crystal. Laurel connaissait à peine Joyce, mais elle l'avait croisée plusieurs fois avec ses enfants. Elle les adorait visiblement. Chuck Landis avait beau être jeune, fringant et sexy, Laurel était certaine que jamais Joyce n'aurait renoncé à ses enfants pour lui. Si elle avait dû l'abandonner, qu'aurait-il perdu ? Sa nouvelle vie, de l'argent, un travail.

Beaucoup de temps avait passé depuis l'enfance et Laurel comprit qu'elle ne savait plus rien de Chuck. Il n'était certainement plus le gamin casse-cou aux dents écartées qu'elle avait connu au lycée. Ses yeux ne brillaient plus d'expectative devant les promesses de l'existence. Des années d'échecs et de déceptions répétées avaient laissé leurs traces. Était-il concevable que, désespéré, n'ayant plus que Joyce pour tout espoir, Chuck ait recouru au crime ? Aurait-il pu la tuer en la prenant pour Crystal, à cause du manteau à carreaux ? Ce dernier meurtre n'aurait-il rien à voir avec ceux d'Angie et de Denise ?

Le regard de Chuck trouva bientôt celui de Laurel.

Ses yeux bleus et vifs parurent lire dans les pensées de Laurel, qui sentit ses joues s'empourprer. Elle se détourna d'un air vaguement coupable, mais bien décidée à faire part à Kurt de ses suspicions.

Kurt revint dans la maison. Laurel avait envie de bondir, de l'emmener dans une autre pièce, de lui dire ce qu'elle pensait. Que Chuck avait pu tuer Joyce par erreur. Kurt la dévisagea. Il avait la mine sombre, la mâchoire tendue. Il hocha brièvement la tête. Laurel comprit.

On avait trouvé le six, le cœur, la carte de tarot.

*

Kurt suivit Laurel chez elle à dix heures et demie. La maison de Crystal était encore sens dessus dessous, mais Monica avait promis de rester sur place, et Kurt avait pour l'instant fait tout ce qui était en son pouvoir. Il raccompagna Laurel jusqu'à sa porte. Elle lui proposa d'entrer et, à sa grande surprise, il accepta.

« Tu veux une bière ? lui demanda-t-elle.

— Il ne vaut mieux pas. Je vais travailler toute la nuit sur cette histoire. À vérifier les alibis.

— De Crystal et de Chuck ?

— Oui, malheureusement. » Kurt s'assit lourdement, l'air assez fatigué pour s'endormir sur place.

« Où étaient le six et le cœur ? »

Kurt répondit sans la regarder, en passant l'index sur un de ses sourcils : « Incisés sur l'abdomen de Joyce. »

Laurel s'exclama : « *Quoi ?* Incisés ! » Elle s'interrompit, puis : « C'est nouveau. L'assassin n'était pas encore allé jusque-là.

— Ce n'est peut-être pas le même.

— Alors, une mise en scène ?

— De la part de quelqu'un qui voulait se débarrasser de Joyce en répétant ce qui s'est passé avec Denise.

— Mais les journaux n'ont rien dit du six ou du cœur à propos de Denise.

— En revanche, tu en as parlé à Crystal, non ?

— Je ne pouvais pas faire autrement, dit Laurel, pensive. Crystal est elle aussi une victime potentielle.

— C'est pour cette raison que je t'ai donné tous les détails.

— Crystal aurait pu à son tour en parler à Chuck », reprit Laurel. Kurt acquiesça. « Ce qui ne simplifie pas les choses. Joyce ne faisait pas partie du Six de Cœur.

— N'empêche, la mort de Joyce arrange bien Crystal, quelque part.

— De là à ce qu'elle l'assassine, il y a une marge, dit Laurel. N'oublie pas que la voiture de Joyce était garée plus loin, presque invisible, que Joyce est sortie de la maison avec le manteau de Crystal, et qu'elles ont les cheveux pratiquement de la même couleur.

— Je sais tout cela, Laurel. Il est fort possible que l'assassin ait pris Joyce pour Crystal. De mon point de vue, c'est même plus facile à croire que l'autre hypothèse, selon laquelle Crystal aurait attiré Joyce chez elle, et qu'elle ait trouvé un moyen de la faire sortir pour lui régler son compte.

— Oui, ça, c'est complètement absurde. Tu penses alors à Chuck ?

— L'assassin est le même que pour Angie et Denise.

— Ce qui met Chuck hors de soupçon.

— Oui. » Kurt ferma les yeux. « Ah, je n'en sais rien. Mais je ne vois pas ce qui aurait poussé Chuck à tuer Angie et Denise.

— Alors qui ?

— Si je le savais, le dossier serait clos. »

Laurel s'assit près de Kurt. « Écoute, j'ai découvert quelque chose d'important, à propos de la mère de Faith, déclara-t-elle gravement. Je crois que la clé du...

— La mère de Faith, répéta Kurt. Dis-moi. »

Sans mentionner la présence de Neil, Laurel relata sa visite chez les sœurs Lewis, sa rencontre avec Genevra Howard, et le fait que celle-ci avait passé plus de vingt ans dans un hôpital psychiatrique pour le meurtre de son nourrisson.

Kurt l'écouta calmement. « Elle t'a paru dérangée, cette femme ?

— Bizarre, disons. Elle peut sembler très normale, et brusquement elle a un genre d'expression curieuse. À la fin, elle a souri d'une façon presque insupportable en expliquant qu'elle était sûre que Faith ne s'était pas suicidée. Elle a aussi déposé six œillets attachés à un petit porte-clés en forme de cœur sur la tombe de Faith. Elle dit que c'est Faith qui le lui avait donné. Je suis sûre qu'elle a connu l'existence du Six de Cœur.

— Si elle ne croit pas que Faith s'est tuée elle-même, elle pense sans doute...

— Que nous sommes responsables.

— Elle est toujours chez les sœurs Lewis ?

— Non. Elle est partie ce matin même, avant qu'elles ne soient levées. Elles n'ont aucune idée de l'endroit où elle se trouve. Kurt, je pense qu'elle est déséquilibrée. Je me demande même si ce n'est pas elle que j'ai vue au début de la soirée. » Laurel raconta à Kurt comment elle avait été terrifiée par une silhouette blanche dans le parc. « Tu ne me croiras jamais, mais Alex et April m'ont tirée d'affaire. Ils sont allés l'attaquer.

— Je reconnais que j'ai du mal à le croire.

— Alex a pris un coup de pied dans la hanche et April m'a ramené un bout de tissu en coton taché de sang. » Il était sur la cheminée et Laurel partit le prendre.

Kurt l'étudia attentivement. « Je peux le garder ?

— Bien sûr. Et le faire analyser.

— Avec la chance qu'on a, on va trouver que c'est le sang de ta chienne.

— Non. Ils ne saignaient ni l'un ni l'autre.

— Bon. Et cet appel téléphonique ? Cette voix, elle ressemblait à quoi ?

— Grave, rauque. Impossible de dire si c'était un homme ou une femme.

— Des bruits de fond ? »

Laurel réfléchit un instant. « Je ne me souviens pas. »

Le silence s'installa. Ce n'était pas l'un de ces silences complices qu'ils avaient partagés autrefois. Laurel savait qu'il ne restait plus désormais entre eux qu'une amitié distante.

« Bon, il faut que je reparte chez Crystal », dit Kurt. Il sourit. « Ferme bien toutes les portes.

— Oui.

— Essaie quand même de dormir, tu en as besoin.

— Oui.

— Et dis aux chiens que j'ai changé d'avis, en ce qui les concerne. Que je suis fier d'eux. »

Laurel sourit à son tour. « Entendu. Bonsoir, Kurt. » Et adieu, pensa-t-elle en le regardant monter dans sa voiture. Ce n'était pas si mal entre nous. Avant.

Kurt avait prédit qu'elle aurait du mal à s'endormir. Laurel, quant à elle, doutait foncièrement qu'elle trouverait le sommeil. Vers minuit toutefois, épuisée, elle commença à somnoler. Peu après, une voix se mit à déclamer : « Je te salue, ô prince des ténèbres. Au nom des maîtres de la Terre et des enfers, présente-toi en ces lieux. » Laurel était couchée par terre en chien de fusil, les yeux fermés. La douleur la lançait et elle les rouvrit lentement. Des ombres dansaient. Les mains jointes, les filles formaient un cercle mobile. Leurs pieds. Ils semblaient au départ nombreux, presque des centaines, mais flous. Puis leurs formes se précisèrent. Des mocassins. Des bottines à lacets et des talons plats. Une paire de santiags, en cuir, tachées. Le feu. Le feu qui léchait le sol, la botte de paille qui s'embrasa. Des cris. Des pas précipités. La brûlure qui se propagea des mains aux poignets, puis aux bras. Le vent qui s'engouffrait dans la grange. Laurel sentit les autres la transporter à l'extérieur.

Le souffle court, elle se réveilla en se débattant.

Encore ce rêve. Comme à leur habitude, Alex et April étaient venus près de leur maîtresse et lui léchaient le visage pour la libérer de l'horreur.

Laurel s'assit dans son lit. Son rêve avait été plus détaillé, cette fois. Elle ne se rappelait pas avoir jamais prêté attention aux pieds ou aux chaussures.

« Génial, se dit-elle à haute voix en repoussant ses mèches trempées par la sueur. Ça devient de pire en pire. »

22

Malgré son extrême fatigue, Laurel arriva à l'heure à Damron Floral. Norma avait déjà mis la cafetière en route. « Plus qu'un jour », lui dit Laurel. Norma avait apporté quelques-uns des excellents muffins qu'elle préparait elle-même. Laurel en prit un, le goûta et ferma les yeux. « Délicieux, dit-elle.

— J'ai appris ce qui était arrivé à Mme Overton, risqua Norma. Elle vivait avec le mari de ton amie Crystal, non ?

— Oui. Elle a été assassinée chez Crystal et, évidemment, la police la soupçonne, ce qui est complètement absurde.

— Je ne te demanderai pas de détail. Je vois que tu as veillé tard et que tu as mal dormi. Mais, vraiment, je ne sais pas ce qui se passe dans cette ville. On n'est pas à New York ou à Los Angeles, quand même ?

— Je sais. C'est à peine croyable, répondit vaguement Laurel.

— Ça sera un Noël que je ne suis pas près d'oublier. Tu te rends compte qu'on n'a pas eu un seul mariage ? Rien que des enterrements, les uns après les autres. Et comment peut-on marcher tranquillement dans la

rue après avoir battu à mort une pauvre femme ? »
Norma secoua la tête, comme pour chasser ces idées
pénibles. « Mais écoutez-moi déblatérer ! Je m'étais
promis de ne pas en parler, et je n'arrête pas ! » Elle
tapota gentiment l'épaule de Laurel. « Mange autant
de muffins que tu veux, ma grande. Je trouve que tu
maigris à vue d'œil. »

Malgré les réclamations de son estomac, Laurel
n'arriva pas à avaler plus d'un de ces merveilleux
muffins. La levée de corps de Denise avait lieu ce
soir. Comment vais-je supporter cela, pensa Laurel.
Elle ne savait pas non plus où on en était, au sujet de
Crystal et de Chuck. L'une ou l'autre avait été arrêté ?
Et les enfants de Joyce ? Leur avait-on appris ce qui
s'était passé ? L'ex-mari, qui, vingt-quatre heures
plus tôt avait menacé d'en demander la garde, était-il
venu les prendre ?

Vers dix heures du matin, Wayne Price se présenta au magasin. Fatigué, il avait le teint gris des
galets sur la plage, et il semblait avoir perdu vingt
kilos. « Bonjour, Laurel », dit-il. Sa voix elle-même
était maigre et tremblante, comme celle d'un vieil
homme.

« Wayne ! » Laurel éluda le traditionnel
« Comment ça va ? », qui n'avait pas de sens, et lui
demanda : « Je peux faire quelque chose pour vous ? »

— Oui. Deux choses. D'abord, j'ai besoin de votre
opinion. Vous savez que Denise aimait les marguerites, c'est pourquoi je vous en ai commandé pour
l'enterrement. Vous croyez qu'on va m'en vouloir et
me prendre pour un pingre, si je préfère les marguerites aux roses ? »

Laurel lui sourit gentiment. « Non, Wayne. Personne ne pensera rien de la sorte, et, quand bien même, qu'est-ce que cela pourrait faire ? Denise aimait les marguerites, et c'est cela qui compte.

— Bon. Vous devez avoir raison.

— Comment va Audra ?

— C'est l'autre chose que je voulais vous demander. Je sais que Denise et vous étiez moins proches qu'avant, et je me sens un peu gêné de...

— Dites-moi, Wayne.

— Eh bien, Audra sort de l'hôpital cet après-midi. Il est hors de question qu'elle assiste à la levée de corps. Je pourrais la confier à une autre amie de Denise, mais... elle est tellement bouleversée, et, de tous les adultes qu'elle connaît, vous êtes la personne dont elle parle le plus. De vos deux chiens aussi.

— Vous voulez que je vienne lui tenir compagnie pendant la levée du corps ?

— Je me demandais, en fait, si vous ne pourriez pas la garder chez vous. Il y aura du monde à la maison après, et je préfère qu'elle ne soit pas là. Les gens vont forcément parler des circonstances de la mort de Denise, même si j'ai demandé à tous de ne rien dire. Je n'ai pas envie qu'Audra entende ça. Comme vous l'aviez invitée, je me disais que peut-être... »

Laurel posa une main sur le bras de Wayne. « Bien sûr, Wayne, cela ne pose aucun problème.

— Vous êtes certaine ? Si vous aviez prévu quelque chose, je ne voudrais pas... Et vous ne pourrez pas être là au funérarium.

— Je pense que Denise aimerait autant savoir Audra avec moi, dans ces circonstances. À quelle heure voulez-vous que je passe la prendre ?

— Je vous l'amènerai à six heures, si cela vous

convient. Elle continue de suivre un traitement. Je vous expliquerai ce qu'elle doit prendre. Je passerai la récupérer vers dix heures et demie.

— Cela fait quand même tard, surtout avec ce froid. Vous pouvez peut-être me la laisser la nuit ?

— Jusqu'à demain ?

— Je comprends, vous préférez qu'elle dorme chez vous. »

Wayne fronça les sourcils. « Non, vous avez raison. Si elle dort, ce serait idiot de la réveiller. C'est vraiment gentil de votre part.

— Dites-lui qu'Alex et April seront contents de la voir. »

Laurel avait aperçu Norma, venue au comptoir pour vérifier la description d'une commande. Tandis que Wayne regagnait la porte, elle regarda Laurel et lui confia, les yeux embués de larmes : « Ce pauvre homme. Je crois que je ne comprends plus rien à la vie. » Mary sortit à ce moment-là de l'arrière-boutique. « Et ne me fais pas de sermons, toi ! »

Norma repartit à la cuisine d'un pas vif, pendant que Mary, médusée, regardait Laurel. « Mais je n'avais pas l'intention de dire quoi que ce soit. Je suis terriblement navrée pour le docteur Price.

— Norma est toute retournée. » Laurel fixait le visage impassible de Mary. « Comment va ton père ?

— Beaucoup mieux, répondit-elle sans grand enthousiasme. Je crois que c'est ce nouveau médicament que lui a prescrit le médecin. C'est vraiment efficace.

— Tant mieux. » Avant que Mary ne regagne l'arrière-boutique, Laurel s'empressa d'ajouter : « Je ne savais pas que les sœurs Lewis étaient tes grand-tantes. »

Mary s'arrêta net et se raidit. Elle se retourna avec un visage de pierre : « Comment sais-tu cela ?

— Je leur ai rendu visite l'autre soir. C'est elles qui me l'ont appris. Je ne savais pas non plus que ton père avait grandi à Wheeling, et qu'il était l'ami de leur frère Leonard.

— Elles en ont des choses à dire, à ce moment, commenta Mary d'une voix rêche. Elles ont fait d'autres révélations ? »

Laurel était toujours irritée que Mary ait pu lui mentir si longtemps. Elle lâcha : « J'ai rencontré ta mère. »

Mary blanchit instantanément. « Ma mère ?

— Oui. Elle m'a raconté toute l'histoire... Le bébé mort dans son berceau, et ses années d'internement. Elle est venue à Wheeling pour essayer de te parler. Tu ne l'as pas vue ? »

Mary entrouvrit les lèvres. Ses joues retrouvèrent leurs couleurs — plus rouges que roses. « Non, je ne l'ai *pas* vue, et je n'ai de toute façon *rien* à lui dire. Si papa apprend qu'elle est là...

— Elle est repartie », coupa Laurel. Elle avait mentionné Genevra pour voir si Mary avait une idée de l'endroit où elle se trouvait maintenant. Mary avait paru sincère et n'avait donc probablement pas rencontré sa mère. Cependant Laurel avait oublié que Zeke pouvait se révéler dangereux envers son épouse. Si Genevra n'était peut-être pas instable, Zeke l'était foncièrement. Instable et violent. Laurel ajouta donc : « Genevra n'était plus là quand ses tantes se sont réveillées hier matin.

— Où est-elle allée ?

— Elles n'en savent rien.

— Oh. » Mary était mal à l'aise.

« Puisqu'elle est partie, ça serait aussi bien que tu n'en parles pas à ton père, poursuivit Laurel. Inutile de le faire sortir de ses gonds. Surtout qu'il s'est calmé, d'après ce que tu dis.

— Oui, c'est vrai, admit lentement Mary. Je ne lui dirai pas. Mais j'espère qu'elle se ne montrera plus. Je me demande pourquoi Faith avait persisté à lui écrire toutes ces années. Cette femme est un fléau, il aurait mieux valu la condamner à mort.

— À mort ? répéta Laurel. Mais tu parles de ta propre mère !

— Elle a tué un enfant ! »

Laurel était abasourdie par une telle véhémence. « Ça pouvait être un accident, Mary. Tu n'as jamais entendu parler de mort subite du nourrisson ?

— Non. Papa a dit qu'elle l'avait tué. Je crois à la loi du talion.

— Tu es croyante. La Bible explique que la vengeance n'appartient pas aux hommes.

— Je préfère croire ce que dit mon père. Genevra a *tué* Daniel. »

Norma sortit de la cuisine, les yeux rouges. Quelques miettes de muffin étaient collées à ses lèvres. « Ne me dites pas qu'on a encore assassiné quelqu'un !

— Mais non, Norma, mais non. On parle de religion. »

Norma regarda durement Mary. « Oui, évidemment. Dans ce cas, je préfère retourner à mes couronnes. »

Une fois Norma repartie dans l'arrière-boutique, Mary, attristée, hasarda à son sujet : « Je crois qu'elle ne m'aime plus beaucoup. »

Moi non plus, pensa Laurel, qui s'efforça de n'en rien laisser paraître. « Norma est ébranlée par les événements, c'est tout. Nous sommes toutes éprouvées. Quelques jours de vacances nous feront le plus grand bien.

— Je ne changerai pas d'avis en ce qui concerne ma mère, s'entêta Mary. Elle a tué un enfant, condamné une vie innocente.

— Et ensuite, c'est Faith qui est partie », ne put s'empêcher d'ajouter Laurel.

Mary la jaugea lentement, d'un regard pénétrant. « Faith n'était pas un ange, mais elle a remplacé ma mère, une fois celle-ci envolée. Faith m'aimait, elle m'a donné tout le bonheur que mérite un enfant, malgré la culpabilité dans laquelle nous avons été obligées de vivre, après la mort de Daniel. J'ai aimé Faith plus que je n'aimerai personne. J'aurais tout fait pour elle. Je lui aurais tout donné. » Les yeux de Mary brillaient d'une froide intensité. « Maintenant, j'ai du travail, et je ne veux plus *jamais* entendre parler de ces choses. »

*

Laurel n'appréciait guère qu'on lui dise ce qu'elle avait à faire, surtout si l'ordre venait d'une de ses employées. D'un autre point de vue, elle l'avait cherché, c'est pourquoi elle ne s'autorisait qu'à moitié d'être furieuse. Mais c'était bien de la colère qu'elle ressentait à l'instant. Les sentiments — puisqu'on ne pouvait parler de relations — qu'éprouvait Mary envers sa mère ne concernaient en rien Laurel. En d'autres circonstances, elle se serait abstenue de mettre le pied sur un territoire qui n'était pas le sien, seulement Mary et Genevra étaient au nombre des suspects, et, avant tout, Laurel cherchait des failles, des faits, quoi que ce soit qui pût l'éclairer et la mener vers l'assassin. Maintenant, si Mary était innocente, la façon dont elle venait de répondre était parfaitement justifiée.

La plupart du temps, Mary, Penny et Norma bavardaient gentiment dans l'arrière-salle. Aujourd'hui, le magasin était couvert d'un voile de silence. Et les clients ne se pressaient pas. La plupart des gens avaient déjà acheté leurs bouquets de Noël. Laurel consulta sa montre. Onze heures. Encore six heures avant la fermeture. Six heures qui allaient paraître une éternité.

Laurel était en train de faire le tour de ses étagères presque vides, lorsque Neil Kamrath entra dans le magasin. « On dirait que vous venez d'être dévalisées, dit-il avec un sourire.

— C'est normal et c'est bien, dit-elle. J'aurais plus de raisons d'être inquiète si on avait des tas de fleurs invendues à la veille de Noël.

— Vous allez retrouver votre famille pour les fêtes ?

— Non, pas cette année. Déjà il y a la neige, et les avions sont pleins, mais avec tout ce qui se passe, j'ai la tête à autre chose. »

Neil s'approcha d'elle et poursuivit à voix basse. « J'ai appris ce qui s'est passé hier soir. Vous voulez en parler ?

— Pas vraiment », répondit froidement Laurel qui repensait à ce que Kurt lui avait révélé. Un homme qui battait sa femme. L'enquête de la police après l'accident.

Tout sourire disparut du visage de Neil. « Laurel, qu'est-ce qui ne va pas ?

— Un autre meurtre.

— Je veux dire, entre nous. J'ai des engelures rien qu'à vous regarder. »

Elle observa le bleu pâle de ses yeux, son expression tendue, légèrement lointaine et mêlée de tristesse, identique à celle qu'il avait eue en entrant dans le magasin quelques jours plus tôt pour la première fois. « O.K., Neil. Mais sortons d'ici. Allons au café plus bas dans la rue. »

Laurel prévint Norma et les autres qu'elle s'absentait un quart d'heure. Deux minutes plus tard, elle était assise avec Neil dans le café où elle avait emmené Crystal quand elles avaient reçu les photos de Faith et d'Angie. Ils commandèrent des cappuccinos et des croissants. « Je ne mange plus que des hot dogs et des croissants depuis une semaine, avec des litres de café, commenta Laurel. J'ai des crampes d'estomac rien qu'en regardant une boîte de haricots verts.

— Il faut surveiller votre alimentation, Laurel. Après la mort de Robbie et de Helen, je n'ai bu que du café en mangeant n'importe quoi. Deux mois plus tard, le médecin m'a dit que, si je continuais comme ça, je risquais d'avoir le scorbut.

— Le scorbut ? Je croyais que ça n'existait plus.

— Eh bien si. Si on ne fait pas attention. » Il se leva, commanda un jus d'orange au comptoir, et le rapporta à Laurel. « Avalez ça jusqu'à la dernière goutte. Vous avez besoin de vitamine C. »

Elle sourit et but le petit verre d'un trait. « Je suis déjà quelqu'un d'autre.

— Je le savais. » Il redevint sérieux. « Maintenant, dites-moi ce qui ne va pas. »

Elle inspira profondément. « Kurt a découvert des choses sur vous. »

Neil remonta brusquement sa garde. « Vous lui avez demandé d'aller fouiller dans mon passé ?

— Non. » Laurel ne pouvait pas s'empêcher de sourire. « Il paraît qu'on nous a vus chez McDonald's, deux fois même... C'est Kurt qui a pris tout seul l'initiative de ces recherches. »

Neil cherchait visiblement à feindre l'indifférence, mais Laurel n'y crut pas. Il rit doucement. « J'avais oublié ce que c'était, la vie dans une petite ville. Il s'est intéressé à ce qu'on a mangé, aussi, au McDo ?

— Oh, sûrement qu'oui...

— Alors qu'a-t-il découvert de si important ?

— D'abord, que Helen avait passé deux mains courantes contre vous. Une fois après que vous l'avez battue, une autre parce que vous l'auriez poussée dans les escaliers. Elle s'en serait sortie avec une côte cassée et un œil au beurre noir. »

Neil ferma les yeux. « Laurel, je vous ai déjà dit que Helen buvait. Elle est tombée je ne sais combien de fois dans tous les escaliers de sa vie. Elle n'a jamais voulu reconnaître que c'était à cause de l'alcool. Effectivement, elle a fini un jour par m'accuser de l'avoir poussée.

— Si elle est allée à l'hôpital après sa chute, les

médecins ont quand même dû s'apercevoir qu'elle était saoule ?

— Le père de Helen est juge à la cour suprême de l'État de Virginie. Dire qu'il exerce une influence sur certaines personnes est un euphémisme. Et impossible de lui faire admettre que sa fille était alcoolique. S'il m'avait écouté au lieu de prendre parti contre moi, on aurait pu, ensemble, aider Helen à s'en sortir, et certainement éviter le pire. Voilà. Kurt avait d'autres révélations ?

— Oui. La colonne de direction de la voiture de Helen aurait été volontairement endommagée.

— Écoutez, Laurel. Quelque temps avant l'accident, Helen avait déjà mangé un trottoir et percuté un réverbère. La police l'a arrêtée ce jour-là pour conduite en état d'ivresse. Deux semaines plus tard, le temps qu'on répare sa voiture, elle a recommencé à conduire alors qu'on lui avait retiré son permis. Elle a eu un nouvel accident, mortel, comme vous le savez. La police a en effet constaté un problème dans la direction — une histoire d'écrou mal fixé, ou je ne sais quoi. Le père de Helen a voulu m'en faire porter la responsabilité. En réalité, c'est le garagiste qui avait mal fait son boulot, ça devrait être inscrit dans le rapport de police. De toute façon, Helen conduisait à nouveau en état d'ivresse. Avec Robbie.

— Justement, Kurt dit que Robbie devait passer le week-end chez des amis.

— Chez Kathy et son fils. Helen m'avait téléphoné depuis chez elle pour me dire qu'elle avait changé d'avis. C'est ensuite Kathy qui m'a appelé parce qu'elle s'inquiétait pour Helen, qui, une fois de plus, avait bu. Je savais donc que Robbie était avec sa mère, ce week-end. Maintenant, si vous croyez que je suis le genre de type qui irait trifouiller la voiture de sa femme pour la faire disparaître, et mon fils que j'aimais par la même occasion... »

Laurel fixa un instant sa tasse de café. « Non. Je sais que vous êtes rongé par le chagrin.

— Je reconnais que je voulais me séparer de Helen, parce qu'elle refusait toute aide médicale. Son attitude était désastreuse pour Robbie. Je m'étais imaginé que j'obtiendrais la garde. Je sais bien sûr maintenant que mon cher beau-père m'aurait encore mis des bâtons dans les roues. Mais je vous jure que je n'ai jamais battu ma femme, que je n'ai pas touché à sa voiture, et que c'était un accident. »

Laurel se mordait la lèvre inférieure. « Je sais. Au fond de moi, je n'ai jamais cru à ce que m'a dit Kurt.

— Vraiment ?

— Oui. Seulement, je dois reconnaître qu'avec la vie impossible que je mène en ce moment, je finis par douter de tout le monde.

— Surtout de quelqu'un que vous ne connaissez pas bien, comme moi.

— J'ai parfois l'impression de vous connaître, pourtant. Peut-être parce que j'ai lu vos livres. »

Neil afficha un sourire ironique. « Mes horribles histoires.

— Pas tant que ça. Vous parlez de gens normaux qui doivent faire face à des situations impossibles.

— Pas si différentes de la nôtre, sauf qu'on a affaire à un assassin qui n'est pas le fruit de mon imagination, cette fois.

— Certes. » Laurel but une gorgée de cappuccino. « Je n'irai pas à la levée de corps de Denise, ce soir.

Wayne est venu me demander si je pouvais garder Audra pendant ce temps. Il ne veut pas qu'elle y aille. Il estime qu'elle en a assez vu comme ça. J'ai accepté. »

Neil approuva d'un signe de tête. « Il a raison. C'est un type bien, Wayne.

— Je ne suis pas sûre de savoir m'occuper d'un enfant. Enfin, si, il m'est arrivé de garder ma nièce et mon neveu. » Laurel ajouta avec un sourire : « Seulement, je ne suis pas sûre qu'ils soient tout à fait humains, ceux-là. »

Neil éclata de rire. « Le syndrome *Rosemary's Baby* ?

— Par exemple. Je ne devrais pas dire ce genre de chose, mais c'est comme ça. Je trouve qu'un peu de discipline ne leur ferait pas de mal. *Beaucoup* de discipline, même.

— Ce n'est pas toujours facile d'élever un enfant. On souffre souvent plus qu'eux d'imposer notre autorité.

— Sans doute. » Laurel soupira. « Je n'arrête pas de penser à ceux de Joyce Overton. Au moins, Audra avait jusque-là un foyer équilibré. Alors que Joyce était divorcée. D'après ce que j'ai compris, ses enfants aimaient beaucoup Chuck. Je suppose qu'en perdant la mère, ils le perdent lui aussi.

— Qu'est-ce qui s'est passé chez Crystal, à votre avis ?

— Je pense que l'assassin a pris Joyce pour Crystal. Il a encore laissé cette carte de tarot. Et il lui a incisé le six et le cœur à même la peau.

— *Incisé ?* répéta Neil, stupéfait. Voilà autre chose. Mais pourquoi ?

— Je ne sais pas. C'est peut-être parce que Joyce portait le manteau de Crystal — un manteau à carreaux rouges et verts. Denise avait elle un vêtement clair, sur lequel le sang se voyait. Enfin, c'est une supposition. Au fait, Genevra Howard a disparu. Hier matin. On ne peut pas écarter l'éventualité que ce soit elle, l'assassin. Elle a tout d'une psychotique, finalement. »

Neil hocha la tête. « Vous pensez que Mary sait où elle est ?

— Ouh là. Terrain miné. Prononcez le nom de sa mère et elle vous répond qu'on aurait dû la condamner à mort. On croirait entendre Zeke. »

Neil tapotait nerveusement du bout des doigts sur la table. « Ça me paraît trop simple que Chuck ait tué Joyce par erreur.

— Trop simple, mais pas impossible. Crystal a pu lui parler de la carte de tarot, du six et du cœur. Dans ce cas, il avait tous les éléments en main pour donner au meurtre de Crystal la même apparence que les autres. Et, s'il s'est rendu compte de son erreur au dernier moment, il a conservé sa mise en scène pour détourner les soupçons.

— À moins qu'il ne soit aussi l'assassin des autres.

— Difficile à imaginer. Quel mobile aurait-il ?

— Vous avez été amis autrefois, Chuck, vous, Faith et Kurt. Peut-être est-ce la mort de Faith qu'il n'a pas digérée et qui remonte à la surface ?

— Non, non, non. Chuck nageait dans le bonheur avec Joyce, sa vie allait changer. Et l'époque où nous étions proches remonte à notre enfance. » Laurel baissa la tête. « Enfin, ce n'est peut-être pas si

399

vrai. Je ne devrais sans doute pas vous le dire, parce que je sais combien vous aimiez Faith, mais je suis tombée l'autre jour sur une édition des *Sonnets* de Shakespeare dans l'appartement de Kurt. Avec une dédicace amoureuse de Faith sur la page de garde. » Laurel releva les yeux et lâcha malgré elle : « J'en déduis que Faith était enceinte de Kurt. »

*

Kurt ne parvenait pas à chasser Genevra Howard de ses pensées. Jusqu'à sa mort, Faith avait gardé le contact avec elle, et elle n'en avait rien dit. Même pas à Laurel. Elle avait préféré laisser croire que sa mère avait abandonné les siens. C'était, somme toute, compréhensible. C'était ça ou avouer que Genevra était internée dans un hôpital psychiatrique pour le meurtre de son bébé.

À peine réapparue, Genevra s'était envolée. Kurt avait interrogé le matin même les sœurs Lewis, qui l'avaient reçu comme le représentant du diable. Kurt avait bien essayé de les rassurer, mais cette visite impromptue de la police au sujet d'une nièce à peine sortie de l'asile les avait pétrifiées. Elles tremblaient encore sur le pas de leur porte quand Kurt les avait quittées.

Les alibis de Crystal et de Chuck avaient été vérifiés — ils n'étaient guère solides. Les Grant avaient affirmé avoir téléphoné à Crystal à dix-huit heures trente. Elle s'était précipitée chez eux pour garder la petite, tandis qu'ils emmenaient l'aînée aux urgences. À dix-neuf heures trente, ils avaient appelé Crystal depuis l'hôpital pour lui dire qu'ils ne tarderaient pas. Crystal avait décroché le téléphone aussitôt, et Laurel avait déclaré que Crystal était revenue chez elle peu après vingt heures.

Les enfants de Joyce Overton s'étaient trouvés chez le voisin. Alan, le plus grand, âgé de quinze ans, disait avoir trouvé Chuck à la maison lorsqu'il était repassé en coup de vent pour prendre un CD-ROM de jeux. Les trois enfants étaient ensuite rentrés chez eux peu après vingt heures, pour que la petite, Molly, puisse se coucher. Ils avaient expliqué que Chuck semblait inquiet, parce que Joyce s'était absentée deux heures auparavant sans préciser où elle partait. N'en pouvant plus, il leur avait dit avoir une idée de l'endroit où elle était, et, laissant les grands garder la maison, il s'était rendu directement chez Crystal.

Le froid compliquant la tâche des médecins légistes, la police ne savait pas à quelle heure précisément le meurtre avait été commis. Il était établi, en revanche, qu'on avait appelé Laurel depuis le téléphone portable de Joyce. Il était resté dans sa voiture. L'assassin avait laissé du sang sur l'appareil, mais Kurt était déjà certain que c'était le sang de Joyce et que cette piste ne mènerait à rien.

Une neige abondante était tombée depuis la veille. La température se maintenait autour de zéro degré. Ce n'était pas vraiment un temps à aller pique-niquer à la ferme Pritchard, mais Kurt n'avait pas oublié cette histoire de nœud coulant que Laurel avait trouvé dans la grange. S'il avait promis de l'inspecter, il n'en avait encore rien fait. Kurt ne croyait pas une seconde que ce nœud pût être l'œuvre d'un quelconque plaisantin. Surtout qu'il savait depuis peu comment Faith avait réellement trouvé la mort. Son intuition lui disait même que l'auteur des différents meurtres avait choisi la ferme Pritchard pour résidence secondaire.

C'était une cachette idéale, pensa Kurt sur la route, tandis que ses essuie-glaces bataillaient contre la neige. La ferme était isolée, et beaucoup à Wheeling, les enfants surtout, la croyaient hantée. Kurt se souvint que Chuck et lui, à l'âge de dix ans, avaient un jour décidé de passer une nuit dans la vieille grange dans l'espoir d'y rencontrer le fantôme d'Aimée Dubois. Ils s'étaient faufilés hors de chez Chuck et s'étaient arrangés pour qu'un ami de la famille, légèrement ivre et intrigué par leur escapade, les y emmène en voiture. Ils avaient emporté des sacs de couchage, des crucifix (Chuck prétendait qu'ils protégeaient aussi bien des fantômes que des vampires), un flacon d'eau bénite, et un appareil photo pour fixer Aimée sur la pellicule avant de réciter le *Pater noster*, la renvoyer ainsi dans les ténèbres et libérer Wheeling à jamais de la sorcière et de ses mauvais sorts. Ils croyaient que leurs portraits figureraient le lendemain dans le journal, qu'ils passeraient peut-être à la télévision, et que d'autres villes leur demanderaient ensuite de venir les débarrasser de leurs propres fantômes.

Ils étaient venus par une nuit d'automne fraîche, ils avaient installé tout leur « équipement », puis ils s'étaient assoupis vers minuit, après s'être goinfrés de chips arrosées de bière, volée dans le réfrigérateur familial. Chuck avait brusquement réveillé Kurt d'un cri perçant. Levant les yeux, Kurt avait aperçu l'énorme masse qui se dressait devant son ami. Ils s'étaient enfuis de la grange en hurlant, réveillant par la même occasion la famille qui occupait les lieux à l'époque.

Alerté, le propriétaire était sorti de la ferme, un fusil dans une main, une torche électrique dans l'autre, et avait découvert les deux garçons terrorisés. Ils lui expliquèrent qu'un monstre avait failli les engloutir. Nullement inquiet, le fermier était entré dans la grange, pendant que Chuck et Kurt, affolés, l'attendaient dehors en grelottant. Une minute plus tard, l'homme était ressorti en tirant une forme imposante derrière lui. « Le voilà, votre monstre, avait-il dit en éclairant avec sa torche la holstein qui les regardait avec de grands yeux doux. Je vous présente Bessie, et ça s'appelle une vache. Maintenant, je vais vous ramener chez vous, et si je vous retrouve ici, je vous fais la peau, petits crétins ! »

Penauds, Chuck et Kurt avaient pris place dans la camionnette du paysan qui les avait reconduits. Ils avaient cru pouvoir rentrer sans se faire remarquer, mais la mère de Chuck les attendait. Pour couronner le tout, ultime humiliation, elle leur avait administré une bonne fessée à l'un et à l'autre. Kurt éclata de rire en se remémorant la scène. « Et voici comment prit fin l'illustre carrière de Rider et Landis, chasseurs de fantômes. »

La grange, en revanche, n'avait impressionné ni Faith, ni Laurel, ni aucune des filles du Six de Cœur. Au contraire, elles en avaient fait leur quartier général. Une bande d'adolescentes qui pratiquaient des rituels sataniques. Kurt imaginait sans peine Monica en train de proférer d'étranges litanies, mais Laurel ? Et Crystal ? Combien de personnes croyait-on bien connaître, alors qu'on savait en définitive si peu de chose sur elles ?

Kurt comprenait qu'il n'était pas devin. Certes, il était un peu plus malin que Chuck. Mais pas aussi intelligent que Neil Kamrath, ce qui le rendait malade. Car, malgré ce prétendu quotient intellectuel, Kurt était persuadé que Kamrath était une ordure. Même s'il avait rompu avec Laurel — qui n'était pas la jeune femme douce et innocente en qui il avait cru trouver une épouse et peut-être la mère de ses enfants —, Kurt n'aimait pas qu'elle traîne avec un type de cette espèce.

Il s'engagea sur le vieux chemin de terre. La ferme paraissait abandonnée, désolée, menaçante. Il n'était pas étonnant, finalement, que tant de rumeurs y soient nées.

Kurt se gara aussi près qu'il put de la grange, et poursuivit à pied en traversant ce qui avait été autrefois un champ de maïs. L'éteule gelée lui égratignait les chevilles. Il ne restait debout que la moitié de la vieille grange. Kurt y pénétra. Le toit s'était effondré dans l'entrée, et le sol était garni d'une épaisse couche de neige. Ce vieux tas de bois aurait dû être démoli depuis des années déjà, pensa Kurt.

Il s'enfonça dans la grange et repéra aussitôt, par terre, la botte de paille dont avait parlé Laurel. Levant les yeux, il aperçut le nœud coulant, qui flottait légèrement au vent. Était-ce bien au même endroit que Faith avait trouvé la mort, au bout d'un nœud comme celui-ci ? Kurt ferma les yeux. Il avait été le témoin de plusieurs scènes épouvantables, surtout ces derniers temps, mais il n'avait pas la force d'imaginer Faith dans cette posture.

Il fit le tour de la grange. Pas d'empreintes de pas sur la neige fraîche, rien qui indiquât une présence ici pendant les dernières vingt-quatre heures. Il aperçut seulement de vieux outils de ferme rouillés, et quelques oiseaux pathétiques, blottis sur les poutres.

Puis il se rendit à la « nouvelle » grange, bâtie il y avait quand même plus d'un siècle. Le bâtiment était encore sain et entier, bien qu'il n'ait pas été utilisé depuis longtemps. Toute odeur animale y avait disparu. Cette grange-là avait dû abriter Bessie, la « monstrueuse » génisse qui les avait tellement impressionnés, Chuck et lui, vingt ans plus tôt. Bessie devait se trouver aujourd'hui au paradis bovin.

Au fond de la grange se trouvaient quelques râteaux, des sarcloirs, des pelles, et, contre toute attente, un vieux modèle de tracteur qui n'avait pas été emporté. Kurt remarqua aussi plusieurs couvertures, et l'empreinte d'un feu dans un angle. Des vagabonds avaient dû s'abriter ici, ou peut-être des gamins, comme lui et Chuck autrefois, y étaient venus boire leurs premières bières. Contrairement à l'autre, cette grange-là n'avait rien d'étrange ni d'intimidant. Tout semblait parfaitement normal.

Kurt se dirigea ensuite vers le corps de ferme. Il vit le petit étang dans lequel Mme Pritchard s'était noyée au XVIIIᵉ siècle. Deux oies sauvages glissaient, solitaires, sur la surface. Faute d'entretien, l'étang s'était couvert avec le temps d'algues et de nénuphars. Il faudrait des semaines de travail, de dragage, pour lui faire retrouver sa joliesse d'autrefois.

La ferme avait jadis été toute blanche. La peinture était aujourd'hui écaillée aux deux tiers. Plusieurs fenêtres manquaient. La balançoire, près du perron, ne tenait plus que par une des chaînes. Elle raclait le sol. De chaque côté des marches, les jardinières qui s'étaient enorgueillies d'exubérants géraniums étaient maintenant jonchées de canettes de bière et de paquets de cigarettes vides. Oui, des vagabonds venaient certainement se loger ici l'hiver.

Kurt hésita en arrivant devant la porte. Pour un certain nombre d'entre elles, les personnes qui s'étaient réfugiées dans cette ferme avaient perdu leur foyer et ne cherchaient qu'à se protéger des éléments. Mais d'autres avaient assurément une histoire et des motifs moins dignes. Kurt était d'ailleurs venu en pensant y trouver la trace d'un assassin.

Il dégaina son arme puis entra. Il ne faisait pas beaucoup plus chaud à l'intérieur. Kurt avança lentement dans le salon. Sur les murs, le motif floral du papier peint était délavé — ce qui avait dû être des roses ressemblait maintenant, à cause de l'humidité, à des balafres sanguinolentes. D'autres couvertures étaient entassées près de la cheminée, où Kurt distingua les restes d'un feu récent. La poussière par terre avait été remuée, bien qu'il n'y eût aucune empreinte reconnaissable de pas.

L'arme au poing, Kurt déambula de pièce en pièce. Il y avait partout des traces de séjour humain. Remontaient-elles à quelques jours, à quelques semaines ? — il était impossible de les dater. D'autres canettes de bière et de soda sur le comptoir de la cuisine. Même un carton à pizza vide et des emballages de hamburgers, tous rongés par les souris. L'évier, rouillé, était rempli d'ordures.

Kurt inspecta tout le rez-de-chaussée. Ici et là, un oiseau était mort, faute d'avoir retrouvé la fenêtre cassée par laquelle il était entré. Il y avait aussi quelques cadavres de rats en décomposition. Kurt se demanda s'ils avaient été empoisonnés.

Il entendit un craquement au plafond et se mit aussitôt en garde. Il revint rapidement sur ses pas jusqu'à l'escalier, arma son revolver, gravit lentement les marches. À en juger par la disposition de la poussière, quelqu'un était fréquemment monté et redescendu, et il ne devait pas y avoir longtemps. Il y avait des papiers sales partout, essentiellement des pages de journaux froissés. Kurt s'arrêta en haut de l'escalier. Un journal entier était ouvert à même le plancher. L'escalier était si près de la porte d'entrée que Kurt l'aurait remarqué, il en était sûr, s'il s'était trouvé là au moment de son arrivée.

Il se baissa pour regarder un gros titre : « Une jeune femme se pend à Wheeling ». Puis il lut les premières lignes. Elles rapportaient comment on avait trouvé le corps de Faith Howard, à moitié carbonisé, dans la grange de la ferme Pritchard.

Ce journal était vieux de treize ans et pourtant le papier n'avait pas jauni. On l'aurait cru daté de la veille, pensa Kurt, le souffle court. Quelqu'un l'avait donc soigneusement conservé, mais dans quel but ?

Kurt tressauta en entendant un mouvement presque imperceptible au-dessus de sa tête. Il avait maintenant la conviction intime de ne pas être seul dans la maison. En se redressant, il eut à peine le temps d'apercevoir une silhouette en robe blanche, avec des cheveux roux, qui brandissait un démonte-pneu. Lequel s'abattit sur son crâne avant qu'il puisse lever son arme.

Kurt dévala bruyamment les marches jusqu'au bas

de l'escalier, où il s'affala. La silhouette flotta à sa suite, se pencha sur son visage immobile et observa un instant le sang qui coulait sur ses tempes. Elle en recueillit quelques gouttes sur l'index et dessina par terre un six et un cœur. Puis, calmement, elle leva à nouveau son démonte-pneu.

23

À quatre heures et demie, toutes les commandes avaient été livrées. Mary et Norma ne s'adressaient toujours pas la parole. Et Laurel était si épuisée qu'elle ferma le magasin pour les congés de Noël avec une heure d'avance. Sur le chemin de la maison, elle s'arrêta faire des courses pour la soirée. Il n'était pas question d'offrir à Audra une paire de hot dogs surgelés et une quelconque crème glacée.

La neige tombait lourdement pendant que Laurel installait ses paquets dans le coffre. Elle conduisit lentement sur la route verglacée, en maudissant une fois de plus les nuits d'hiver qui tombaient si tôt. La longue allée qui menait à sa maison, qu'elle trouvait toujours si belle avec ses arbres majestueux habillés de neige, paraissait maintenant terriblement désolée, sordide.

Laurel rangea sa Chevrolet au garage, dont elle referma soigneusement le portail. S'inspirant de Crystal, elle y laissait depuis plusieurs jours la lumière allumée afin de ne pas descendre de voiture dans le noir. Les chiens l'attendaient de l'autre côté de la porte intérieure.

« Devinez quoi, les chéris ? leur demanda-t-elle tandis qu'ils entraient avec elle dans la cuisine. On a de la visite ce soir. Une de vos grandes amies — Audra. »

Ils restèrent assis à la regarder, visiblement plus intéressés par leur dîner que par une petite fille dont ils n'avaient sans doute pas retenu le nom. « D'accord, d'accord. Canigou d'abord. »

Laurel avait à peine fini de leur donner à manger qu'on frappa à la porte. Wayne était là, qui portait Audra dans ses bras, ainsi qu'une petite valise. Audra était vêtue comme pour une expédition au pôle Nord. À l'évidence, Wayne jouait les mères poules. C'était compréhensible. « Bonjour ! » dit gaiement Laurel. Ils échangèrent des sourires désolés. « Entrez.

— J'espère qu'on n'est pas trop en avance.

— Pas du tout. Comment ça va, Audra ? Mieux ?

— Ça va. Merci pour votre invitation, Laurel, c'est très gentil de votre part. »

Elle parlait comme un petit adulte, et on lui avait certainement fait répéter ce qu'elle devait dire.

« Ça me fait très plaisir, Audra. Alex et April sont en train de finir de manger à la cuisine, si tu veux aller les voir. C'est par là. »

Audra sourit franchement. Son père la posa sur ses pieds et elle suivit la direction que Laurel indiquait.

« Et vous, ça va ? demanda-t-elle ensuite.

— Pas terrible. Je me demande comment je vais pouvoir supporter la levée de corps, ce soir. J'ai fini par trouver où étaient les parents de Denise. Ils ne seront pas là avant demain. Ils sont furieux contre moi, comme si c'était ma faute si la mère de Denise s'est trompée dans son itinéraire.

— C'est ça, leur réaction ? D'être furieux contre vous ?

— Je ne suis pas sûr qu'ils se rendent compte. Cela doit être plus facile de se fâcher contre moi que d'accepter la mort de sa fille.

— Ils viennent à l'enterrement ?

— Je pense.

— Wayne, cela ne me regarde peut-être pas, mais croyez-vous que Audra doive y assister ? »

Il hocha la tête. « Sûrement pas. Même si ce n'était pas sa mère, d'ailleurs. Elle est encore trop faible. Je trouverai quelqu'un pour la garder.

— Confiez-la-moi, si vous voulez. Vous aurez du monde chez vous après l'enterrement. Vous n'avez toujours pas envie qu'elle entende les gens parler ?

— En effet. Mais... vous ne voulez pas assister à l'enterrement ?

— C'est que... euh...

— Non, bien sûr. *Qui* aime les enterrements, de toute façon ? Les gens viennent par gentillesse envers la famille — ou par curiosité malsaine. J'apprécie particulièrement votre gentillesse. Oui, si vous voulez bien garder Audra, ce serait très chouette.

— Je le ferai avec plaisir. »

Wayne afficha à nouveau son sourire désolé. Puis il posa la petite valise et l'ouvrit. « J'ai apporté les médicaments que prend Audra. Il y a un antibiotique, du sirop pour la toux, et un antalgique, au cas où. J'ai écrit les doses sur les emballages. Si quelque chose vous inquiète, appelez-moi. »

Audra revint dans le salon, suivie de près par les deux chiens. « Papa doit s'en aller maintenant, dit

Wayne à sa petite fille en la prenant dans ses bras. Sois bien sage.

— Je te promets, papa. Tu donneras mes fleurs à maman ? »

Wayne avait appelé la veille au magasin pour demander à Laurel si elle pouvait arranger pour l'enterrement un petit panier en osier de fleurs de printemps — de la part d'Audra. Laurel avait choisi des marguerites, des violettes, des pensées et des roses à cent feuilles, sur un fond de gypsophiles, le tout attaché avec un ruban rose. C'était, d'après Laurel, un des arrangements les plus réussis que Mary avait jamais composés.

« Bien sûr que je lui donnerai tes fleurs, ma chérie, répondit Wayne.

— Elles sont très jolies », l'assura Laurel. Elle alla chercha son sac et en sortit un Polaroïd. « On a pris une photo. »

Audra étudia le cliché. « Oh, ce qu'elles sont belles ! C'est les mêmes que maman faisait pousser dans le jardin. »

Wayne hocha la tête. Laurel comprit qu'il était muet d'émotion. « Je crois que ton papa doit s'en aller, dit-elle vite à la petite fille. Il doit conduire lentement, parce qu'il y a du verglas, et nous, il faut qu'on s'occupe du dîner. »

Wayne embrassa tendrement sa fille, salua Laurel, et les quitta. Laurel avait à peine refermé la porte qu'Audra lui demanda : « Ça veut dire quoi, la levée de corps ?

— C'est quand les amis et les parents de quelqu'un qui est mort viennent lui dire au revoir une dernière fois.

— Oh. » Les grands yeux bruns d'Audra se voilèrent de tristesse. « Alors, moi je ne peux pas lui dire au revoir. »

Laurel s'assit sur le canapé et fit signe à la petite de la rejoindre. Elle obéit. « Ne t'inquiète pas pour ça, ma chérie. Ce n'est pas pareil pour toi, parce que ta maman sera toujours dans ton cœur. Et tu peux lui parler tout le temps dans tes prières. »

Audra sembla vaguement réconfortée. « Tout le temps ?

— Bien sûr.

— C'est que j'ai mille choses à lui dire, moi. » Elle s'interrompit. « Laurel ?

— Oui.

— J'ai une faim de loup. »

Laurel éclata de rire. Non qu'elle sous-estimât l'affliction profonde d'Audra — mais les enfants ont parfois une façon si inattendue de repousser leurs chagrins, ne serait-ce qu'un court instant. « Moi aussi, j'ai faim. Qu'est-ce qui te ferait plaisir ?

— Une pizza ! » Laurel avait imaginé quelque chose de plus sain, de plus équilibré. Audra poursuivit : « C'était affreux, ce qu'on mangeait à l'hôpital, et papa m'avait promis une grosse pizza pleine de fromage pour quand je sortirais. »

Trois quarts d'heure plus tard, assise dans la cuisine, Audra engouffrait sa quatrième part de pizza — suffisamment garnie de matières grasses pour boucher les artères de Laurel pendant six mois — et déclarait : « Mon petit ami, Harry Lovely, m'a téléphoné aujourd'hui pour m'apprendre qu'une autre dame avait été tuée comme maman.

— Pourrait pas rester à sa place, celui-là ?

— Hein ?

— Je voulais dire qu'il ne devrait pas t'appeler pour te dire des choses qui te font de la peine.

— Il ne voulait pas me faire de la peine. Il dit qu'il va m'aider à trouver l'assassin, dès que j'irai mieux. »

Comme Monica, pensa Laurel. Denise s'était moquée de leurs prétentions de détectives amateurs, et elle avait catégoriquement refusé de s'en remettre à la police. Aujourd'hui, elle était morte.

« Trouver les criminels, c'est le travail de la police, Audra.

— Ils n'ont pas trouvé qui a tué maman.

— Ils trouveront. »

Pensive, Audra regarda un moment son assiette, et Laurel s'attendit à de nouvelles questions. Pas à celle-ci, toutefois : « Ils peuvent en manger de la pizza, April et Alex ? »

Les chiens s'étaient assis depuis un moment de chaque côté de la petite fille et, impassibles, ils regardaient les bouchées qui, l'une après l'autre, partaient dans le gosier d'Audra.

« Donne-leur à chacun un peu de croûte, mais pas de garniture, ça pourrait les rendre malades. Et fais attention à Alex, il aime bien les doigts des petites filles. »

Audra pouffa et détacha soigneusement quatre morceaux de croûte, en expliquant aux chiens pourquoi ils n'auraient rien de plus. Cela fait, elle s'enfonça sur sa chaise, gonfla les joues, et déclara : « Je crois que je vais éclater.

— Et moi donc, dit Laurel. Tu veux que je fasse du feu dans la cheminée, et regarder la télé un moment ?

— Super ! Il y a un spécial *Peanuts* ce soir.

— Parfait. Moi aussi, j'aime bien *Peanuts*. Emmène donc April et Alex au salon, pendant que je range ici. J'arrive tout de suite. »

Sa vaisselle faite, Laurel retrouva Audra sur le canapé, pelotonnée contre les deux chiens. Jamais elle ne les avait vus s'attacher aussi rapidement à quelqu'un. Audra leur racontait l'histoire d'une belle princesse dénommée April, et d'un gentil prince qui s'appelait Alex. Ils la regardaient comme s'ils comprenaient tout.

Laurel alluma le feu.

« On n'en fait jamais, chez moi, dit Audra.

— Parce que c'est salissant, sans doute. Tu as une grande maison, avec beaucoup de jolies choses. Moi, ça ne me dérange pas s'il y a un peu de fumée de temps en temps. »

Bien au chaud sous le plaid, les quatre amis regardèrent la soirée consacrée à *Peanuts*. Avant la fin, Audra bâillait déjà à s'en décrocher la mâchoire. « Je crois qu'il est l'heure de se coucher, ma belle », dit Laurel. Elle donna à Audra une cuillerée de sirop, et elle l'emmena dans sa chambre de jeune fille. « C'est là que je dormais quand j'étais petite, lui dit-elle.

— Oh, toutes ces peluches.

— Tu en veux une pour dormir ?

— Oui. » Audra choisit sans hésiter le vieux Boubou pelé. « J'aime bien celui-là.

— C'est Boubou, celui que je préférais, aussi.

— Ça existe en vrai, des ours orange comme ça ?

— Je ne crois pas. Tu sais, c'est un ours de dessin animé. Bien, maintenant, mets ton pyjama et au lit. »

Dix minutes plus tard, Laurel bordait Audra. « Ça va ?

— Oui. Je peux avoir un peu de lumière ? »

Laurel alluma une toute petite lampe à l'abat-jour formé d'un coquillage. « C'est bien, comme ça ?

— Parfait. » Elle embrassa Audra. « Si tu as besoin de quelque chose, appelle-moi. Je dors à côté.

— D'accord. Je fais souvent des cauchemars. »

Tiens donc, on sera deux, pensa Laurel. « N'hésite pas à me réveiller, dans ce cas-là. Bonne nuit, ma chérie. »

Laurel voulait passer plusieurs coups de téléphone, et elle ferma la porte de la chambre. Audra n'objecta pas. En sus de Boubou, elle avait également la compagnie d'Alex et d'April. Laurel lut l'heure dans le salon. Neuf heures et demie. Monica devait être revenue de la levée de corps, et Laurel avait besoin d'un compte rendu plus objectif de la situation de Crystal que cette dernière n'était capable de lui donner.

Personne ne répondit dans la chambre de Monica. Peut-être avait-elle raccompagné Crystal. Laurel ne voulait pas appeler chez celle-ci. Crystal devait être stressée au dernier degré, et Laurel ne se sentait pas le courage de l'affronter. Elle composa le numéro de Kurt, mais elle ne trouva que le répondeur. Il aurait été gênant de laisser un message, en indiquant qu'elle voulait des informations auxquelles elle n'avait légalement pas accès, c'est pourquoi elle raccrocha aussitôt.

Le feu s'était éteint et il faisait brusquement froid. Sur la pointe des pieds, Laurel revint dans la chambre d'Audra. Boubou dans ses bras, elle dormait profondément. Alex et April s'étaient installés sur le lit, de chaque côté d'elle. Alex ronflait, mais April leva les yeux vers Laurel. « De vrais petits anges gardiens, murmura-t-elle. Prenez soin d'elle. »

Avant de se coucher, Laurel se posta un instant devant la fenêtre de sa chambre pour observer la neige qui tombait avec insistance. Faiblement révélé par l'éclairage de nuit, le jardin offrait un spectacle glacé et solitaire. Il semblait inimaginable que l'été revienne jamais, que la pelouse retrouve la verdeur de l'herbe, ses fleurs de toutes les couleurs, et que les jours rallongent à nouveau.

Dans son lit, Laurel tira sa couette sur son menton. En se demandant pourquoi elle avait si froid ce soir, elle alluma la télévision à l'aide de la télécommande, puis regarda de vieilles sitcoms. Elle finit par couper le son et s'assoupit, sans éteindre le poste.

Il ne fallut pas longtemps pour qu'elle retrouve la vieille grange. Laurel combattait la nausée. Elle était gelée. Des ombres bondissaient. Psalmodiaient. « Salut, ô prince des Ténèbres... » Le tourbillon des chaussures. Le feu. Faith pendue. Des cris. Encore des cris.

Elle se réveilla en sursaut. Elle avait *réellement* perçu un cri. Elle bondit hors de son lit et entendit en même temps une porte qui s'ouvrait, puis des pas dans le couloir. Audra arriva dans la chambre, Boubou sous le bras, suivie par Alex et April. « Qu'est-ce qu'il y a, ma jolie ?

— Maman est morte ! sanglota Audra contre l'épaule de Laurel. Il neigeait et je courais, et il y avait des lumières partout, et j'ai vu quelqu'un qui la suivait... » Hoquetant, elle reprit son souffle.

« Audra, ce n'était qu'un vilain rêve, c'est tout »,
dit Laurel en la serrant contre elle. April et Alex les
regardaient nerveusement.

« Je sais que c'est un rêve, mais il y avait cette personne qui tapait sur maman, sans arrêter. Il y avait
du sang partout dans la neige, et...

— Audra, tu te rappelles ce que je t'ai dit, que ta
maman est dans un endroit où il y a plein de fleurs et
de gens gentils ? coupa Laurel. Pense à ça. Oublie le
reste.

— J'peux pas.

— Mais si, tu peux. Il ne faut pas que tu gardes ce
souvenir-là de ta maman. Il faut que tu en trouves un
où vous étiez heureuses ensemble. »

Audra frissonna et regarda au loin. « Comme le
jour où on est allées à *Disney World*, l'année dernière, et qu'on a piqué un fou rire aux *Pirates des
Caraïbes* ?

— Oui, voilà, dit Laurel, soulagée. Audra, tu préfères dormir avec moi ? Je suis toute seule dans ce
grand lit.

— Oh oui », répondit Audra en reniflant. Elle se
glissa sous la couette, et les chiens la suivirent au-
dessus. Bonne idée d'avoir un grand lit, pensa Laurel
en les voyant s'étirer. Audra, en revanche, vint se
blottir contre elle. Laurel se trouvait si rarement en
compagnie de jeunes enfants qu'elle avait oublié à
quel point ils étaient parfois minuscules et fragiles.
Elle comprit avec quelle énergie Denise avait voulu
protéger Audra. Laurel la prit dans ses bras.

« Tu fais comme maman, lui dit la petite fille.

— Ta maman était affectueuse.

— Vous étiez amies, à mon âge ?

— Oui. On s'est rencontrées à la petite école.

— Ouh, ça fait longtemps », dit Audra d'une voix rêveuse. Laurel eut comme l'impression d'être une antiquité. Audra reprit : « Quand on est devenue grande comme toi, on n'en fait plus, des cauchemars ?

— J'ai peur que si.

— De quoi tu rêves, toi ? »

Mon Dieu, pourvu que tu ne le saches jamais, pensa Laurel. « De chiens.

— J'adore les chiens, mais maman ne voulait pas que j'en aie un. » Audra soupira. « Tu me racontes une histoire ? »

Laurel se lança dans une description décousue d'une petite fille qui habitait la forêt et qui savait parler à tous les animaux. Elle se demanda, au fur et à mesure, où cela allait la mener, mais peu lui importait en fait. Les paupières mi-closes, Audra bâillait déjà. Laurel poursuivit son récit à voix basse, et quelques instants plus tard, Audra murmura : « Boubou est tout froissé, il est ouvert sur le côté. Je promets que c'est pas moi qui l'ai abîmé. » Puis elle ferma les yeux pour de bon, et dériva vers un sommeil que Laurel espéra paisible et sans rêves.

Tout doucement, elle détacha ses bras de la petite fille. En s'endormant, Audra avait relâché Boubou, et la peluche roula vers Laurel. Elle la saisit, lui sourit à la lumière de l'écran de télévision. Pauvre vieux Boubou. Il avait vécu. Laurel le serra contre elle, comme elle le faisait autrefois. Quelque chose produisit un léger bruit. Elle serra plus fort. On aurait dit du papier. Qu'avait dit Audra ? Que Boubou était tout « froissé » ?

Tendant le bras, Laurel alluma discrètement sa lampe de chevet, et examina l'ours en peluche. Le flanc droit était intact, mais l'autre côté était décousu sur environ cinq centimètres. Une petite épingle à nourrice avait empêché la garniture de s'échapper. Laurel ne se souvenait pas avoir placé cette épingle. Elle n'avait pas touché cette peluche depuis des années, et, si elle avait su que la couture avait lâché, elle l'aurait certainement recousue.

Elle détacha l'épingle à nourrice, glissa prudemment un doigt pour ne pas évaser le trou. Ses doigts trouvèrent un petit papier, plié en quatre. Elle reposa Boubou, retira le papier et le déplia. Elle écarquilla les yeux en découvrant la première ligne, parce qu'elle reconnaissait l'écriture élégante et penchée de Faith :

« Si je devais mourir. »

24

Laurel chercha automatiquement la date à l'angle supérieur droit. Elle la trouva. 6 décembre. Faith était morte le 13. Ce mot avait été écrit une semaine avant son décès, alors qu'elle était venue dormir chez Laurel. Laurel se souvint de l'humeur inégale de son amie, de sa gaieté forcée, de ses moments de repli dans un silence froid et lointain. Elle avait pensé que Faith lui en voulait. Ce silence, en réalité, n'aurait-il pas plutôt révélé une angoisse persistante ? Se réveillant au milieu de la nuit, Laurel avait trouvé Faith en train d'écrire sur son petit bureau. Tenait-elle donc maintenant ce message dans ses mains, un message que Faith aurait caché sous la couture de Boubou ?

Laurel tremblait d'émotion. C'était comme lire une lettre d'outre-tombe :

Ma chère Laurel,
Ce ne sera bientôt plus un secret que j'attends un bébé. Je devrais peut-être m'enfuir quelque part, mais cela reviendrait à abandonner l'homme que j'aime. Il dit être trop jeune pour le mariage, trop jeune pour accepter la responsabilité d'une femme et d'un

enfant. Il voudrait que j'avorte. Il a voulu me donner de l'argent pour ça, la semaine dernière, et j'ai refusé. Il est furieux. Mais c'est comme ça. Je l'aime et je ne veux pas renoncer à cet enfant. Puisqu'il est aussi le sien.

En vérité, Laurel, j'écris parce que j'ai peur. Ma mère dit qu'elle a un petit don de voyance. Je pense que moi aussi, et je flaire la mort. Le médaillon auquel je tiens tant a disparu. Je me suis toujours sentie en sécurité en le portant, et aujourd'hui je ne l'ai plus. J'ai parlé hier à une de ces voyantes dont on trouve le téléphone dans le journal. Elle m'a dit que quelqu'un brûle des cierges noirs contre moi, dans l'intention de me nuire. Elle prétend aussi que ce quelqu'un aurait un objet qui m'appartient, un bijou. Elle ne pouvait savoir, pour le médaillon. Alors je crois ce qu'elle m'a dit. Je pense courir un danger. J'ai peur de mourir bientôt. Si cela doit arriver, je voulais que tu saches que quelqu'un en veut à mes jours. Je le sens.

Laurel, tu es ma plus ancienne, ma plus fidèle amie, et je t'aime tendrement. Si je dois mourir bientôt, avec mon enfant, et que ce n'est pas un accident, il faut que tu trouves l'assassin. Je sais que tu y arriveras.

Bien à toi,

FAITH

Le cœur de Laurel battait à tout rompre lorsqu'elle reposa la lettre. Pas étonnant que Faith se fût comportée aussi bizarrement à la fin de sa vie. Non seulement elle était enceinte, mais en plus elle craignait le pire. Pourquoi n'en avait-elle parlé à personne ? Parce qu'elle supposait qu'on ne la croirait pas — elle, la fille d'un prêcheur fou et d'une mère internée ? Évidemment, peu de gens savaient ce dont on avait accusé Genevra, mais Faith avait peut-être redouté que les sœurs Lewis en parlent. « Faith, pourquoi ne dis-tu pas dans ta lettre de qui tu étais enceinte ? marmonna Laurel. L'as-tu dit à quiconque ? À Genevra ? »

Laurel se sentit happée dans un tourbillon de pensées. Quelqu'un en voulait à tous les membres du Six de Cœur. Cette personne pouvait-elle être le mystérieux amant de Faith ? Pourquoi ? Le père n'avait, c'était maintenant sûr, pas voulu de l'enfant.

Une porte s'ouvrit brusquement dans l'esprit de Laurel. Sur une comète. Avec une réponse, qui en entraîna une autre, puis une autre, si vite que Laurel posa ses mains sur son visage. Son cerveau lui donnait l'impression d'exploser. « Je sais. Mon Dieu, Faith, tu avais raison. Je le savais depuis le départ. Je refusais seulement de m'en souvenir. »

Elle voulut saisir le téléphone sur la table de chevet. C'était un appareil sans fil, et le combiné était resté dans une autre pièce. Merde.

Laurel se glissa silencieusement hors de son lit. Alex, comme d'habitude, dormait si profondément qu'il avait l'air de se fondre dans le matelas. Même April ne leva pas la tête quand Laurel se faufila hors de la chambre. Elle partit droit au salon, sans se donner la peine d'allumer la lumière. Laurel avait vécu la majeure partie de son existence dans cette maison. Elle pouvait s'y promener les yeux bandés. Elle trouva la table basse et décrocha le téléphone. Pas de tonalité. Étrange. La neige avait-elle coupé les lignes ou était-ce l'appareil ? Il y avait un autre téléphone à la cuisine.

Elle remarqua en se redressant que la pièce n'avait pas son aspect normal. Dans l'angle. Quelque chose n'était pas à sa place. L'angle semblait absent. Ou était-ce simplement le clair de lune qui ricochait sur un carré de neige au-dehors ? Il y eut un mouvement, presque imperceptible. Ce n'était pas une illusion d'optique. Il y avait quelqu'un. La bouche sèche, Laurel demanda : « Qui est là ? » Sa voix n'était guère plus qu'un murmure. Une ombre se détacha du mur. Le cœur battant, Laurel fit volte-face. Il fallait revenir dans la chambre protéger Audra et fermer la porte à clé.

Elle n'avait pas fait trois pas qu'un objet dur s'abattit sur sa tête. Elle s'évanouit sur le coup.

*

Ce fut la douleur qui la réveilla. Laurel posa une main sur sa tempe et y trouva une marque humide, collante.

Elle ouvrit ensuite lentement les yeux. Elle ne vit que l'obscurité. Elle comprit aussitôt qu'elle se trouvait confinée en position fœtale dans un espace clos — froid et étroit. Mais que cet espace bougeait. Un bruit de pneus sur la neige. Non, le coffre d'une voiture !

Depuis combien de temps était-elle là-dedans ? Était-elle gravement blessée ? Où la conduisait-on ?

Audra ! Elle leva la tête et se cogna sur le métal. Qu'était-il advenu d'Audra ? Bon Dieu, et Wayne qui lui avait confié la petite pour lui épargner le choc de

424

la levée de corps. En fait, il l'avait menée tout droit dans les griffes de l'assassin.

Laurel sentit la voiture ralentir, tourner et continuer à rouler sur une route cahoteuse. Son corps rebondissait douloureusement sur le plancher du coffre. On n'avait pas pris la peine de la couvrir d'un manteau. Elle ne portait qu'une fine chemise de nuit, et sa robe de chambre légère. Pas de chaussures. Laurel était gelée, ses pieds surtout. Combien de temps le trajet allait-il durer ? Elle aurait sûrement un bleu à la hanche.

Ce bleu-là était le cadet de ses soucis. On la conduisait à sa dernière heure, c'était évident. L'assassin n'avait certainement pas l'intention de la ramener chez elle saine et sauve. Pourquoi ne l'avait-il pas frappée à mort, dans le salon, comme Angie, Denise et Joyce avant elle ?

La voiture ralentit et, cette fois, elle s'arrêta. Quelques minutes de silence. Puis Laurel entendit une portière qui s'ouvrit.

« Non, je ne veux pas sortir ! »

Bon sang, la voix d'Audra.

« Non, je ne veux pas ! »

Une autre voix, âpre, méconnaissable, répondit : « Si tu ne sors pas, je laisse Laurel dans le coffre et elle va mourir asphyxiée. Tu sais ce que ça veut dire, asphyxiée ? »

Silence encore. La portière claqua. L'hésitation d'une clé dans la serrure du coffre. Il s'ouvrit. Un rayon de lumière aveugla Laurel.

« Sors. »

Laurel essuya la neige qui lui tombait sur le front et ouvrit difficilement les yeux. Audra la regardait, angoissée. La silhouette à côté d'elle avait le visage à moitié masqué par la capuche d'une parka.

« *Sors !*

— O.K., O.K. » Laurel tenta un mouvement. Ses membres, raides, endoloris, ne semblaient pas répondre.

« Plus vite !

— J'ai mal.

— Qu'est-ce que tu veux que ça me foute ? »

Tête baissée, Laurel s'assit sur l'extrémité du châssis, prit appui sur les rebords du coffre, puis poussa ses jambes vers l'avant. Un violent frisson lui parcourut l'épine dorsale quand ses deux pieds s'enfoncèrent dans cinq centimètres de neige.

Elle leva deux yeux furieux : « Ça va, t'es contente ?

— Très. » Le vent repoussa la capuche de la parka, découvrant le visage dur et pâle de Crystal. « Maintenant, *avance*. »

25

Laurel n'était pas surprise de reconnaître Crystal. Quelques instants avant de partir dans le salon à la recherche d'un téléphone, elle avait compris que c'était elle. « Et si on refuse de t'accompagner ? »

Crystal sortit un pistolet de sa poche qu'elle braqua sur Laurel. « Alors je tire.

— Je croyais que tu avais peur des armes à feu.

— Ouais, tu crois des tas de choses sur moi. » Crystal regarda rapidement son pistolet. « Un Glock modèle 19 compact. Neuf millimètres, chargeur dix balles. C'était celui de mon père. Je n'ai pas les moyens d'acheter ça.

— Je suis morte de peur », dit Laurel avec ironie. Pourtant elle tremblait réellement au fond d'elle. « Je suppose que ton père t'a appris à tirer, aussi.

— Bien sûr qu'il m'a appris. Je suis un peu rouillée, mais, à bout portant, je ne me vois pas rater une cible.

— Laurel ? fit Audra d'une petite voix.

— Ne t'inquiète pas, ma chérie. Elle ne tirera sur personne. »

Les yeux de Crystal lancèrent des éclairs. Laurel

crut qu'elle allait presser la détente. En répondant ainsi, elle avait seulement voulu tranquilliser la petite.

« Et où veux-tu que nous allions, Crystal ?

— La grange. »

Laurel regarda autour d'elle, déroutée.

« Ne me dis pas que tu n'as pas compris où nous sommes.

— La visibilité n'était pas formidable, dans le coffre.

— Ne joue pas au plus fin. Et avance. » Crystal indiquait le chemin du bout de sa torche.

« Elle n'a pas de chaussures », remarqua Audra.

Laurel regarda la petite. Elle portait les bottes, l'anorak, les gants et l'écharpe avec lesquels elle était arrivée au début de la soirée. Malgré sa peur extrême, Laurel ressentit un certain soulagement. Au moins Audra n'avait pas froid. À l'évidence, Crystal ne lui voulait pas de mal. Mais pourquoi l'avait-elle emmenée ?

« Laurel n'a pas besoin de chaussures, dit brutalement Crystal. Bientôt elle ne se rendra plus compte qu'il fait froid. »

Audra leva les sourcils. « Pourquoi ? »

Laurel prit une voix rassurante. « Parce qu'on sera au chaud. »

Tu parles, ajouta-t-elle intérieurement. Je serai morte avant.

Elles se mirent à avancer lentement dans la neige. Crystal fermait le cortège en éclairant les pas de Laurel et de la petite. Audra chercha la main de Laurel et la prit dans la sienne. Gantée. Laurel la serra et tenta de glisser rapidement un sourire à l'enfant.

« Crystal, demanda-t-elle d'une voix forte pour couvrir le vent. Comment es-tu rentrée chez moi, ce soir ? »

Crystal ne répondit pas tout de suite. Elle rit. « Par la chatière. Tu avais oublié de la fermer, et je ne suis pas encore si grosse. »

Bravo, pensa Laurel, folle furieuse contre elle-même. Tu offres de garder un enfant, et tu oublies les plus élémentaires précautions. Pauvre imbécile. « Tu n'as pas eu peur des chiens ? Ils t'ont quand même sauté dessus l'autre jour, quand tu te promenais en robe blanche avec cette perruque ridicule.

— Tu n'avais pas l'air de me trouver si ridicule que ça. Si tu avais vu ta tête. Tu étais verte de trouille.

— Mais les chiens étaient là.

— Je n'aurais pas cru qu'ils bougeraient. Il y en a un qui a une bonne mâchoire, pourtant. Faute de m'emporter la cuisse, il a pris un morceau de ma robe. J'avais prévu le coup, ce soir, mais c'était inutile, puisqu'ils étaient enfermés dans ta chambre avec Audra. »

Laurel était consternée. « Quoi ? À quelle heure es-tu entrée chez moi ?

— Je sais être patiente. J'ai passé un bon petit moment dans la cave, bien tranquille, à attendre que tu veuilles te coucher. Audra est soudain partie en courant dans ta chambre. J'en ai profité pour monter au salon. J'avais déjà coupé le téléphone.

— Mais... Qu'as-tu fait des chiens, pendant que tu nous... chargeais dans ta voiture ? »

Audra tira la main de Laurel. Elle pleurait. « Elle

les a aspergés avec quelque chose. Dans les yeux. Ils ont hurlé. Je la déteste !

— Non, tu ne me détestes pas ! lâcha Crystal. Je me suis simplement servie de la bombe lacrymogène que cette bonne Monica nous a conseillé d'acheter. Mais ne t'inquiète pas, Laurel. Demain, ils iront très bien, eux. »

Sous-entendu, moi, je ne serai plus là, conclut silencieusement Laurel.

« Crystal...

— La ferme ! *Avance !* »

Les cheveux de Laurel, trempés, lui barraient le front. La neige lui brûlait les joues et elle était obligée de baisser la tête pour protéger ses yeux. Elle croyait ne plus sentir ses pieds, lorsqu'un de ses orteils buta sur une tige de maïs gelée. Une vive douleur lui parcourut la jambe. Laurel poussa un cri et, instinctivement, se pencha pour saisir son pied. Crystal la poussa du genou et la fit tomber sur le côté.

« Arrêtez ! hurla Audra.

— Ça va aller », dit Laurel, la voix brisée. En sus de la douleur, la peur la cisaillait, mais elle ne voulait pas qu'Audra s'en aperçoive. Elle se releva aussi vite qu'elle put, dégagea la neige collée sur sa robe de chambre, et elle s'enveloppa maladroitement de celle-ci. « Je suis une dure à cuire, Audra. Il en faut un peu plus qu'une gamelle dans la neige pour venir à bout de mes forces.

— Je vous en prie, donnez-lui des chaussures, implora la petite fille.

— Je ne suis pas cordonnier. Allez, avancez. »

Laurel grelottait. Ses muscles dorsaux étaient raidis par le froid, et elle commença à s'inquiéter sérieusement pour ses pieds. Elle était presque reconnaissante d'avoir buté sur cette tige. Cela signifiait au moins que ses nerfs fonctionnaient encore. Mais dans un quart d'heure, une demi-heure ? Aurait-elle des engelures ? Elle pouvait perdre ses orteils, même ses pieds. À condition de survivre.

Audra serrait toujours sa main. Laurel l'entendit renifler. « Ne pleure pas, ma chérie, dit-elle. Tes larmes gèlent sur tes joues.

— J'peux pas m'empêcher.

— Crystal, fit Laurel d'une voix forte. Tu as choisi de faire attention à la petite, sinon tu ne l'aurais pas couverte comme il faut. Elle n'a pas besoin d'endurer ça. Et elle a été très malade.

— Je saurai m'occuper de sa santé. Occupe-toi de tes fesses, toi, pour l'instant. »

À travers les flocons tourbillonnants, Laurel distingua les contours imposants de la vieille grange. Dieu du ciel, cet endroit l'avait hantée pendant treize ans. Devait-elle être la dernière chose qu'elle vît avant de mourir ?

« Pourquoi allons-nous là ? demanda-t-elle.

— Je croyais que tu l'aimais bien, cette grange. Je t'ai installé un petit souvenir de Faith, il y a quelques jours.

— Le nœud ?

— Oui. Pour ton rendez-vous amoureux avec Neil. »

Laurel était stupéfaite. « Comment sais-tu que je l'ai vu ?

— Je sais tout ce qui se passe, ici. Je n'ai plus grand-chose à faire chez moi. » Laurel s'arrêta devant la grange. Elle sentit aussitôt une forme poin-

431

tue se planter dans son dos. Le pistolet. « Arrête de bavasser. Entre. »

Effrayée, Audra regarda Laurel. « Je ne veux pas aller là.

— Il va falloir. C'est juste une vieille bâtisse toute vide.

— Pas autant que ça, dit Crystal. Allez, entrez. »

Elles firent quelques pas à l'intérieur. La neige tombait par le toit écroulé. Laurel repéra plus loin, dans la partie abritée, le halo d'une lampe à pétrole. Elle n'en avait plus vu depuis la mort de Faith, et ce souvenir la précipita dans le passé. Le froid. L'obscurité. Cet environnement hors du temps qui avait donné à la scène un aspect irréel.

« Va au fond, vers la lampe », ordonna Crystal.

Laurel était pétrifiée. Son corps lui donnait l'impression d'être dans une prison de glace. Elle sentit à nouveau le canon de l'arme s'enfoncer dans son dos. Crystal n'avait visiblement pas l'intention de la tuer maintenant. Peut-être ne tirait-elle pas aussi bien qu'elle le prétendait. Seulement, à cette distance, Laurel et Audra étaient deux cibles faciles.

Laurel repoussa ses cheveux mouillés derrière ses oreilles, se passa sur le visage un pan trempé de sa robe de chambre. Elle fit quelques pas. Sous ce qu'il restait du toit, le halo de la lampe paraissait plus intense. Laurel aperçut la botte de paille, le nœud coulant accroché à la poutre, puis Monica, les mains et les pieds liés, et la bouche bâillonnée d'un épais ruban adhésif. Elle était attachée à l'un des piliers encore debout.

« Monica ! » s'écria Laurel. Si elle portait un manteau, Monica avait elle aussi les cheveux mouillés, et elle frissonnait constamment. Ses yeux s'affolèrent par-dessus son bâillon. « Depuis combien de temps est-elle là ?

— Je l'ai amenée après la levée de corps de Denise, annonça calmement Crystal. Elle est venue chez moi pour parler de mon *dossier*. Elle était presque sûre qu'on allait m'arrêter d'un instant à l'autre pour le meurtre de Joyce. À sept heures, je t'ai appelée depuis son portable dans la voiture. Mais à sept heures Chuck était encore chez elle. L'un des gamins l'a dit. C'est pour ça que j'ai dû faire vite, je vais en finir ce soir.

— Que vas-tu faire de Monica ? demanda Laurel.

— Exactement ce qu'elle a fait à Faith. Je vais la pendre. La brûler. Il y a bien trop longtemps qu'elle échappe au châtiment qu'elle mérite. »

Le cercle. Les psalmodies. Les chaussures. Le feu. Laurel ferma les yeux un instant. Elle les rouvrit et articula lentement : « Monica n'a pas tué Faith. C'est *toi* qui l'as tuée. »

Monica fixa aussitôt Crystal, qui se raidit et répéta : « Monica a tué Faith avec ses rituels sataniques. »

Laurel inspira profondément un air glacial qui lui racla les poumons. « Certainement pas, dit-elle. Si le diable était ici ce soir-là, c'est toi qui l'y avais amené. »

Crystal lui jeta une œillade assassine. « Ne raconte pas d'inepties. »

Laurel grelottait toujours, tant sous l'emprise du froid que de la peur. Elle était cependant fermement décidée à ne pas céder à la panique. Malgré sa faiblesse croissante, elle pensait qu'en continuant de parler, en exprimant à haute voix tout ce qu'elle se rappelait maintenant, elle arriverait sans doute à faire perdre les pédales à Crystal, suffisamment, peut-être, pour la désarmer et prendre le dessus.

« J'ai revu cette scène tant de nuits en rêve, tant de nuits d'horreur et de cauchemar, commença Laurel. Je sais maintenant pourquoi. Parce que j'essayais de me remémorer une chose, une chose qui m'est seulement revenue ce soir, en trouvant la lettre.

— Quelle lettre ?

— La lettre que Faith m'a écrite avant de mourir. Elle l'avait glissée sous la couture d'un ours en peluche.

— Un ours en peluche ? Et puis quoi encore ? Tu divagues, ma pauvre fille !

— Que non. Cette nuit-là, ici, il y a treize ans, j'ai découvert que je ne supportais pas l'alcool. Tu ne te souviens pas ? J'étais prête à vomir, c'est pour ça que je ne suis pas rentrée dans le cercle. J'avais gardé les yeux fermés presque tout le temps, mais je les ai rouverts au bon moment. »

Crystal leva un sourcil. « Et alors ? Tu as eu des visions ?

— Tout le monde a cru que c'est Faith, parce qu'elle était ivre, qui avait glissé de la botte de paille et renversé la lampe. Mais c'est faux, je m'en souviens parfaitement. » Laurel constata que Crystal était suspendue à ses lèvres. Elle avait même le souffle court.

« Tu portais des santiags en cuir, ce soir-là, poursuivit Laurel. Tu étais toujours si bien habillée à l'époque, quand tes parents roulaient encore sur l'or. Et c'était de très jolies santiags, très chères. Pendant que vous étiez toutes à psalmodier et à danser autour de Faith, j'ai vu que c'est toi, avec tes belles santiags, qui as donné un coup de pied à la lampe à pétrole. Et tu l'as fait *exprès*, Crystal. Il y avait de la paille par terre, qui a pris feu aussitôt, et le feu a embrasé la botte de paille sur laquelle était montée Faith. Elle a paniqué, elle a rué, et elle est tombée. Ce qui lui a brisé le cou. »

Crystal émit un grognement méprisant. « Tu étais saoule. Tu as halluciné.

— Je n'étais pas saoule, seulement malade. Je *sais* ce que j'ai vu, Crystal. Et à quoi bon mentir, puisque tu nous tiens à ta merci, Monica, Audra et moi ? Puisque tu vas nous tuer, de toute façon ?

— Pas Audra ! » cria Crystal en voyant la petite sangloter. S'adressant à elle, elle lui dit : « Ne pleure pas, mon bébé. Je ne toucherai pas à un seul de tes cheveux.

— Mais tu vas nous tuer, Monica et moi.

— Bien obligée, maintenant », répondit Crystal avec un mélange de fatalisme et d'allégresse.

« Tu as tué Faith parce qu'elle était enceinte de Chuck, n'est-ce pas ? »

Crystal gratifia Laurel d'un regard haineux. « Jamais de la vie. Tout le monde sait que c'est Neil qui l'avait engrossée.

— Neil aimait Faith. Il l'aurait épousée. Faith me dit dans sa lettre que le père préférait qu'elle avorte. Je me suis demandé pendant un moment si ce n'était pas de Kurt qu'elle était enceinte, mais Kurt a toujours été contre l'avortement. Faith mentionne aussi que le vrai père a voulu lui donner de l'argent, pour faire sauter le môme. Cet argent-là, Kurt n'aurait pas pu le trouver.

— Pas plus que Chuck.

— Chuck, non, mais toi, oui. Chuck te l'a dit, qu'il avait couché avec Faith, pas vrai ? Il a été obligé de te le dire, pour que tu lui *prêtes* cet argent. Et tu lui as prêté. Seulement Faith n'en a pas voulu.

— Faith voulait le garder, son chiard, pour mettre la main sur Chuck ! hurla Crystal. Seulement Chuck était *à moi* !

— La preuve, c'est qu'il allait coucher ailleurs.

— Une fois, c'est tout ! Et parce qu'il était saoul, que Faith s'est servie de lui ! Elle était prête à tout pour me le voler. Une fois qu'elle est tombée enceinte, elle a menacé de dire à tout le monde que c'était de lui. Après ça, mes parents m'auraient déshéritée si je l'épousais.

— Alors tu as décidé de recourir au meurtre.

— Faith était une petite salope, fille d'un malade mental. Si elle avait épousé Chuck, il serait devenu un dépravé. J'ai essayé de lui expliquer, mais il... »

Laurel s'engouffra dans la brèche : « Il *quoi* ? Il voulait l'épouser quand même ?

— *Non !*

— Tu as eu peur que tout se sache, que tes parents te coupent les vivres, qu'il épouse Faith à ta place. Chuck a le goût de l'argent facile, mais pas du meurtre. Jamais il ne t'a demandé de tuer Faith. Comment aurait-il pu imaginer que cette soirée à la grange en fournirait l'occasion ? C'est toi qui as bondi dessus. Sait-il au moins ce que tu as fait ? » Les lèvres de Crystal paraissaient rétrécir. « Tu as dit qu'après avoir accouché d'un enfant mort-né, tu as parlé de « Faith » et de « feu » sous l'effet des sédatifs. C'est là qu'il a commencé à se douter de quelque chose, pas vrai ?

— Chuck m'a épousée moi, pas Faith. C'est moi qu'il aimait.

— Difficile d'épouser une morte. Et tu avais de l'argent à l'époque. »

Le visage de Crystal était blanc comme l'écume. « Chuck s'en foutait, de l'argent. La preuve, c'est qu'il est resté avec moi quand on a appris que mes parents étaient ruinés.

— Parce que tu étais enceinte. Et que, de fausse couche en fausse couche, tu es *restée* enceinte. C'est peut-être la culpabilité qui l'a empêché de te quitter, ou l'absence d'occasions — du moins jusqu'à cet enfant mort-né, et les soupçons qui ont suivi. Quand Joyce lui a ouvert les bras, il t'a laissée tomber sans hésiter.

— Ta gueule, *salope* ! »

Laurel sentit Audra qui recula, mais elle garda fermement sa main dans la sienne. Que la petite esquisse un mouvement de fuite, et Crystal serait capable de tirer.

Laurel jeta un coup d'œil rapide vers Monica, qui frissonnait violemment. L'avocate devait être immobilisée là depuis des heures, et des heures. Laurel pensa que si ses propres pieds devaient à nouveau buter sur quelque chose, elle ne sentirait plus rien. Elle n'osa pas les regarder, de crainte de les voir bleus.

« Pourquoi, Crystal ? demanda-t-elle, en s'efforçant de garder ferme une voix à chaque instant plus éraillée. Pourquoi as-tu tué Angie et Denise ? Pourquoi veux-tu nous tuer, Monica et moi ?

— Parce que le Six de Cœur a bousillé ma vie ! cria Crystal. J'ai vécu une enfance merveilleuse.

Et puis vous m'avez entraînée dans votre club à la con. Vous m'avez forcée à participer à vos rituels sataniques. Vous m'avez fait rencontrer le diable. Le diable ! Est-ce que ça a changé quelque chose pour vous ? Non Il n'y a que moi qui ai souffert ! Moi et moi seule ! »

Malgré son angoisse et la menace d'une hypothermie imminente, Laurel rétorqua un ton au-dessus : « Mais tu délires complètement, tu es inconsciente ! Qu'est-ce que tu racontes ?

— Tout est toujours allé de travers depuis, dans ma vie. J'ai perdu mes parents. Je n'avais plus un rond. Chuck s'est fait virer de la fac. Il n'a jamais été foutu de garder un job. J'ai été enceinte quatre fois. Quatre fois pour rien. Et, pour couronner le tout, Chuck me largue comme sa première paire de chaussettes. » Ébranlée, Crystal reprit son souffle. « J'ai essayé de tenir, par orgueil, parce que j'avais encore foi en la vie. Jusqu'à ce qu'un jour, Angie me téléphone et me supplie de venir la voir à New York.

— Elle t'a demandé d'aller la voir ? s'écria Laurel, incrédule.

— Ouais. Personne ne l'a su. D'ailleurs, qui aurait pu le savoir ? Je n'avais plus d'ami, plus personne, même après ce que j'ai dû supporter. »

Laurel eut un vague sentiment de honte. Peut-être que rien ne serait arrivé si elle avait repris contact plus tôt avec Crystal. Mais toute honte disparut. Crystal avait tué Faith treize ans plus tôt. Et pas par négligence. Elle avait déjà recouru au meurtre pour arriver à ses fins.

« Tu y es allée ?

— Oui, je suis même restée un moment. Angie

était plus belle que jamais. Elle était l'actrice vedette d'une comédie sur Broadway. Elle venait de divorcer d'un mec plein aux as et elle était riche à crever. Elle n'avait pas mis longtemps avant de se trouver un autre jules. Ce qu'il était beau. Aussi beau que Chuck. Judson Green, qu'il s'appelle. Je ne l'ai pas rencontré, mais j'ai vu sa photo, et j'ai entendu Angie lui parler au téléphone. Elle n'occupait que le rez-de-chaussée de sa maison, mais ce que c'était classe ! Elle m'a emmenée dans les restaurants chic, elle m'a présentée à ses amis de la haute. Vous les auriez vus se mettre à plat ventre devant elle ! Mais moi, on me regardait comme la dernière des pommes. Un soir, pour une réception, j'ai mis ma plus belle robe et je me suis coiffée comme il faut. Je me croyais branchée. Et, tout d'un coup, il y a un type qui me demande de lui rapporter un verre. Il m'a prise pour une des serveuses. Quand je lui ai raconté juste après, Angie a éclaté de rire. Elle était *morte* de rire. On est rentrées chez elle et j'ai pleuré. Alors, pour le coup, elle m'a raconté que je n'avais vraiment pas eu de chance, que je menais une vie affreuse. Elle m'a répété je ne sais pas combien de fois : "Mais c'est horrible, ce qui t'arrive, alors que moi, tout me sourit." Et encore, et encore. "Oui, c'est *tragique*, Crystal. Bien sûr, je n'aurais jamais cru que Chuck resterait si longtemps avec toi, une fois qu'il était sûr que t'étais fauchée. Mais tu es bien mieux sans lui, maintenant. Chuck ne t'aimait pas vraiment. Tout le monde le savait." »

Peu à peu, la voix de Crystal s'était empreinte d'un chagrin acide, mêlé de colère. « Et moi, j'étais là à la regarder, à voir tout ce qu'elle avait gagné après le Six de Cœur. J'en étais malade. J'ai eu des envies de... de meurtre. » Elle s'interrompit, la voix coincée dans la gorge. « J'ai décidé de la tuer. Elle n'avait pas le droit de vivre.

— Mais Judson savait que tu étais là, si tu passais à l'acte...

— Il était en voyage d'affaires pendant mon séjour. J'avais demandé à Angie de ne pas lui parler de moi. Elle lui avait seulement dit qu'elle avait une vieille connaissance de Wheeling chez elle, c'est tout. En me faisant passer pour un homme. Elle s'amusait à le rendre jaloux. Parce qu'Angie était comme ça, toujours à prendre les autres pour des cons. Je la vois encore lui parler au téléphone, avec sa voix de petite chatte, sa lingerie fine, la bague de fiançailles à dix mille dollars qu'elle exhibait tout le temps, juste pour me faire braire. Alors ça m'est venu tout d'un coup, j'ai tout préparé en une seconde. J'ai fait faire des doubles de ses clés avant de m'en aller. Deux semaines plus tard, Judson repartait en voyage, alors je suis revenue. Manhattan est seulement à six heures de route de Wheeling.

— Alors tu l'as tuée, et tu nous as envoyé tes merveilleux Polaroïd avec de vieilles photos de Faith.

— Ouais. Je me les suis même envoyés à moi-même. À cause de mon putain de facteur qui fourre toujours son sale nez dans mes lettres. Comme ça, il pouvait attester que j'avais reçu une enveloppe de New York, avec mes belles photos, si besoin était. »

Laurel hésita. Devait-elle parler de la suite devant Audra ? C'était affreux. Mais il le fallait. Il fallait surtout gagner du temps. Du temps... « Et Denise ?

— De voir Angie en bouillie m'a donné le goût de la mort. Elle n'était pas la seule à avoir réussi sa vie malgré le Six de Cœur. Denise avait épousé son gentil médecin. Vivait dans une maison de rêve. Avec un enfant de rêve. » Crystal s'approcha d'Audra et voulut lui caresser la joue. Audra tressauta. « J'ai perdu mes enfants sans même les voir vivants. Alors que cette cruche de Denise avait donné naissance à un ange. Audra devrait être ma fille. Et je vais l'adopter. »

Ah, voilà donc, pensa Laurel. Voici pourquoi elle l'a emmenée. Pour remplacer l'enfant qu'elle n'a jamais eu. Mon Dieu, Crystal est folle à lier. Comme si j'avais besoin d'une preuve supplémentaire...

« Je ne veux pas ! cria Audra.

— Chut ! répondit Crystal, d'une voix douce. Tu parles à ta future maman. Tu seras si heureuse avec moi. »

Audra tapait du pied par terre. « Vous avez tué ma mère ! C'est vous qui êtes venue dans ma chambre, déguisée en fantôme ! Je vous reconnais, maintenant ! Vous êtes ignoble ! »

Les yeux de Crystal se durcirent. Laurel ne voulait pas qu'elle se fâche avec l'enfant. Crystal était suffisamment déséquilibrée pour tenter n'importe quoi, même envers cette petite qu'elle s'imaginait adopter. « Alors tu rends le Six de Cœur responsable de tes échecs ? » dit-elle en hâte.

Les yeux de Crystal revinrent se poser sur elle. « Tous mes ennuis ont commencé avec cette soirée ridicule. C'est pour ça que j'ai toujours dessiné un cœur, et un six, et que j'ai laissé une carte de tarot à côté de mes cadavres. Pour que celles qui restaient sachent que leur châtiment viendrait, tôt ou tard.

— Notre châtiment ? cria Laurel. Mais c'est toi qui as tué Faith en faisant tomber la lampe !

— Non, je n'aurais rien fait si vous ne m'aviez pas entraînée dans votre club de malades. Dans vos rituels diaboliques. À invoquer les esprits et les fantômes.

— Alors, c'est ça que tu crois ? répondit Laurel, sarcastique. Que tu es une victime du diable ?

— Ne te moque pas de moi ! gronda Crystal. Le mal est dans ce monde, et il m'a corrompue parce que je n'étais ni aussi forte, ni aussi intelligente que vous autres. Vous l'avez toujours su. Vous auriez dû faire attention à moi !

— Toi ! Toi qui as déjà tué quatre personnes, toi qui as réussi à échapper à la police depuis tout ce temps, toi, tu te trouves faible et idiote ?

— J'étais faible et idiote, oui, le jour où j'ai renversé cette lampe. J'ai obéi à une impulsion, à l'impulsion du malin, parce que Monica l'appelait de tous ses vœux !

— *Conneries !* »

Tout le monde sursauta en entendant brusquement la voix rauque de Monica. Elle avait réussi à dégager le bâillon de sa bouche, qui pendait maintenant à l'une de ses joues.

« Pour commencer, je n'ai appelé personne, ni Dieu ni démon, pauvre poire ! Ça ne t'est jamais venu à l'esprit que j'inventais ces conneries ? Tu crois peut-être que j'y connais quelque chose en messes noires, en satanisme, ou quoi ou qu'est-ce ?

— Menteuse ! hurla Crystal. Tu savais très bien ce que tu disais !

— Absolument pas. J'inventais au fur et à mesure. De toute façon, ça n'a rien de comparable avec tes meurtres. Tu n'as jamais assumé aucune responsa-

442

bilité. Jamais accepté de faire le moindre effort. Toujours la faute des autres. À l'école, c'est les profs qui avaient tort. Est-ce que tu as jamais ouvert un livre ? *Non.* Quand le club de foot n'a pas voulu de toi comme majorette, c'est parce qu'une autre fille avait couché avec le prof de gym, et ainsi de suite. Maintenant, tu es un assassin, et tu dis que c'est à cause de ces stupidités que j'inventais quand j'étais môme ! Mon cul ! Tout ça, ça s'appelle de la jalousie ! Tu as *tué* Faith, tu as *tué* Angie, tu as *tué* Denise, tu as *tué* Joyce, par *jalousie* !

— Parce que tu crois que c'est si simple ?

— Ça n'a pas l'air si compliqué ! Tu as craqué quand tu as constaté la réussite d'Angie, et tu l'as *simplement* assassinée ! Pareil avec Denise, tu viens de le dire. Faith était enceinte de Chuck et tu as eu peur qu'il l'épouse à ta place. Ensuite, Chuck tombe amoureux de Joyce, et elle y passe aussi. D'ailleurs, je me demande comment tu as fait avec elle ? Tu lui as filé un de tes coups de téléphone bidon pour qu'elle arrive chez toi ? »

Crystal commençait à être ébranlée. « Non, j'étais vraiment allée garder le bébé chez les voisins. C'est un tellement joli bébé. Puis je me suis rappelé que j'étais partie si vite que j'avais laissé la cafetière en marche. J'étais en train de revenir quand j'ai aperçu Joyce qui arrivait chez moi. D'abord, elle me prend mon mari, ensuite elle se sert de ses clés pour ouvrir ma porte, et elle rentre comme si c'était chez elle. J'ai décidé de la supprimer quand elle est ressortie avec *mon* manteau sur le dos.

— C'est à ce moment-là que tu m'as appelée depuis son téléphone », dit Laurel.

Crystal la regarda. « Ça ne pouvait pas être moi qui découvrais son corps. C'était tellement mieux que ce soit toi, que tu me trouves atterrée en me voyant rentrer chez moi, sans comprendre ce que tu y faisais, ni ce qu'il se passait.

— La police a fouillé chez toi, Crys. Elle n'a pas trouvé d'armes ou de vêtements tachés de sang ? », dit Laurel.

Crystal esquissa un petit sourire satisfait : « Les Grant avaient un chien, il n'y a pas si longtemps, avec une belle grande niche au fond de leur jardin. C'est là que je cachais le matériel, ou ici, à la ferme. » Un voile de regret se lut dans ses yeux. « Je n'avais pas pensé que Chuck passerait chez moi ce soir-là, ni que les enfants de Joyce ne pouvaient pas lui assurer un alibi, puisqu'ils étaient chez le voisin. Je ne voulais pas qu'on le suspecte. Je ne lui veux pas de mal, à Chuck. Je veux le récupérer, c'est tout.

— Et toi, tu ne pensais pas qu'on te soupçonnerait ?

— Pas une seconde. Mais Monica dit que les flics m'ont dans le collimateur. Ils pensent que j'ai eu le temps de sortir de chez les Grant, de tuer Joyce et de revenir garder leur bébé. » Crystal haussa les épaules. « Ils ont raison. C'est pourquoi il fallait que j'agisse vite. Avant d'être arrêtée.

— Comment savais-tu qu'Audra serait chez moi ? demanda Laurel.

— Wayne me l'a dit à la levée de corps. J'y suis allée, comme pour celle d'Angie. C'était la chose à faire. Dans un sens, ce n'était pas désagréable de les savoir l'une et l'autre dans un cercueil clos, privées de leur existence heureuse, pendant que j'avais encore toute la vie devant moi.

— Tu m'écœures, lâcha Laurel.

— Tu ne devrais pas me parler comme ça. J'avais l'intention de t'épargner.

— À quoi dois-je cet honneur ?

— Au fait que ton sort n'est guère plus brillant que le mien. Trente ans. Un grand amour envolé. Un autre, qui n'allait lui non plus nulle part. Pas d'enfants. Une vie solitaire entre la maison de tes parents, leur magasin de fleurs et tes deux clebs. Pathétique, vraiment. » Crystal marqua un temps. « Tu as toujours été gentille avec moi.

— Pas assez, il faut croire.

— Mais tu t'es mise à traîner avec Neil Kamrath. Tu as l'air de lui plaire. En plus, il est célèbre, probablement riche. Et tu as commencé à poser trop de questions, à jouer un peu trop sérieusement au détective amateur. Tu es plus fine que j'aurais cru. Tu aurais fini par tout comprendre.

— Tu as quand même essayé de me faire peur.

— Il fallait bien. Tu ne pouvais pas être la seule échappée du Six de Cœur à qui il n'arrivait rien. J'ai commencé par jouer aux autos tamponneuses avec toi, avec la vieille Chrysler que Chuck avait laissée dans le garage. Celle que j'ai prise ce soir, d'ailleurs. » Crystal soupira et se passa une main sur le front, comme pour s'éclaircir les pensées. « J'en ai assez de toutes ces explications. J'ai froid, la petite aussi. Je crois qu'il est temps d'en finir, maintenant. »

*

Neil se retourna dans son lit, tenta de donner une forme à son oreiller mollasson, et regarda la neige par la fenêtre. Du moins ce qu'il en voyait. Le givre commençait à s'amasser dans l'encadrement. Même pas un double vitrage. Neil avait proposé à son père de l'aider à remettre sa vieille maison en état, mais il avait refusé. Sous prétexte qu'il ne voulait pas d'un argent gagné en écrivant des « horreurs ». La mère de Neil avait vécu les dernières années de sa vie dans le froid et l'humidité, avec une arthrite qui empirait d'hiver en hiver, jusqu'à ce qu'elle meure paisiblement dans son sommeil. Dans un lit sans doute aussi inconfortable que celui-ci. Le jour où son père partirait à son tour, Neil n'avait pas l'intention de vendre la maison. Il emporterait les quelques objets qui lui importaient, et il ferait ensuite démolir.

Ce n'était pas le souvenir d'une enfance pénible, ni les vieux jours de ses parents, qui empêchaient Neil de dormir. Quelque chose ne tournait pas rond, et il n'arrivait pas à mettre le doigt dessus. Laurel n'était pas venue à la levée de corps, mais ce n'était pas cela. Wayne avait expliqué à Neil qu'elle s'occupait d'Audra, et Neil avait pensé que c'était une bonne idée. L'absence de Kurt lui avait paru étrange car il savait que Kurt connaissait la famille Price. Ce n'était pas ça non plus. C'est une chose qu'il avait entendue, qu'on avait dite, et qui lui avait vaguement paru déplacée. Mais quoi ?

Neil se retourna encore, en pestant contre son oreiller flasque. Bon Dieu, depuis quand ces plumes étaient-elles enfermées là-dedans ? Le XVIIe siècle ? Neil aimait les oreillers épais, bien garnis. Il aimait le bruit des vagues de l'océan, qui s'abattaient au bas des falaises, sous sa maison de Carmel. Cette maison aussi, il l'adorait, avec ses nombreuses baies vitrées, sa luminosité, son espace. Le décorateur l'avait qualifiée de minimaliste. Un endroit de rêve pour une femme, avec deux chiens marrants.

Une seconde, Kamrath, pensa-t-il. Ce n'est pas parce que tu as toujours bien aimé Laurel, qu'elle est la personne la plus chaleureuse et la plus intéressante que tu aies fréquentée depuis longtemps, qu'il faut bâtir des plans sur la comète. Laurel est l'amie de Kurt Rider. Tu viens de perdre ta femme et ton enfant il y a moins d'un an. N'empêche, en dix mois, Neil ne s'était vraiment senti bien que lors de ses entrevues avec Laurel. Il sourit. Deux rendez-vous scandaleux dans un fast-food. Ils avaient aussi parlé un jour dans l'arrière-boutique du magasin, puis dans un café de la même rue. Il y avait eu ensuite la rencontre improbable de Genevra Howard chez les sœurs Lewis. La scène avait été troublante, dérangeante. Même si elle n'avait pas manqué de sel, finalement.

Curieux, pensa Neil. Dans un sens, il avait l'impression d'être plus proche de Laurel qu'il ne l'avait été de Helen. Helen était comme la barbe à papa — jolie et délicate à l'extérieur, creuse à l'intérieur. Mais Robbie avait été un enfant merveilleux, dont Neil savait qu'il lui manquerait jusqu'à la fin de ses jours.

Tiens. Qui, à la levée de corps, avait exprimé de la compassion au sujet de la mort de Robbie ? Neil plissa les yeux en s'efforçant de faire revenir un visage. « C'est tellement affreux. Parfois je pense que c'est même pire pour le père que pour la mère. Je me souviens de... »

Il s'assit brusquement dans son lit. Voilà ! C'était exactement ça qu'il venait d'essayer de se rappeler ! Il attrapa le téléphone et composa le numéro de Laurel. Pas de réponse. Il regarda sa montre. Onze heures et demie. Laurel n'était pas partie se promener avec Audra à une heure pareille. C'était impossible. À contrecœur, il appela ensuite Monica à la Wilson Lodge. Personne. Plein d'appréhension, il chercha le numéro de Crystal. Personne non plus chez elle.

« Ça paraît assez clair, dit Neil en bondissant hors du lit. Maintenant, il faut faire quelque chose, mais quoi ? »

*

Crystal partit rejoindre Monica, sortit un couteau de son manteau, et commença à scier la corde autour de ses poignets. « Ne t'imagine pas que tu vas prendre le dessus, lui dit-elle. J'ai un revolver dans l'autre main.

— Parce que tu crois que je suis montée dans ton coffre pour te faire plaisir ? » cingla Monica.

Crystal trancha la corde. Monica se frotta les poignets et Crystal lui tendit le couteau. « Tu t'occupes de tes chevilles. » Elle braqua son arme sur Monica. « Et ne joue pas les héros. J'ai assez de balles pour te régler ton compte avec Laurel.

— Parce que tu nous tuerais devant la petite ? » demanda Laurel, d'une voix faible qui l'inquiéta. Elle ne serait bientôt plus capable de parler.

« Elle oubliera avec le temps. Les enfants se remettent de tout.

— Qu'est-ce que tu en sais ? Tu n'en as jamais eu ! brava Monica. Tu ne sais pas comment ça fonctionne, un môme.

— La ferme ! lança Crystal. Comme si tu y connaissais quelque chose, aux enfants ! Toi la célibataire new-yorkaise qui ne s'intéresse qu'à sa carrière !

— Il y a des tas de gens à New York qui sont capables de gérer leur carrière et d'élever correctement leurs enfants, figure-toi. »

Laurel ne savait pas si Crystal avait perçu, comme elle, l'appréhension qui perçait dans la voix de Monica. Monica fait la même chose que moi, pensa-t-elle, elle essaie de déséquilibrer Crystal, de lui faire perdre le fil, de trouver un moyen de renverser la situation à notre avantage. Le problème, c'est qu'elle doutait d'être capable, même maintenant à deux, de venir à bout de Crystal. Laurel commençait à sentir un curieux étourdissement la gagner, et, à la façon dont Monica s'attaquait maladroitement à la corde qui lui serrait les chevilles, elle comprit qu'elle était dans le même état qu'elle.

« Magne-toi ! » fit Crystal, hargneuse.

Monica leva les yeux vers elle. « Pourquoi tu ne m'envoies pas un pruneau, qu'on en finisse ?

— Parce que c'est trop facile. Tu m'as forcée à prendre part à tes rituels sataniques. Aujourd'hui je vais t'obliger à faire pareil. »

Monica poussa un soupir. « Combien de fois il faut que je te répète que ces rituels étaient bidon ? Je ne t'ai jamais forcée à rien faire.

— Tu m'as *forcée*. J'avais tellement peur de refuser.

— Ah vraiment ? Et qu'est-ce que tu crois qu'il te serait arrivé ?

— Je... Je ne sais pas. Tu avais l'air capable de tout.

— *Moi*, capable de tout ? » Monica émit un rire sec. « Crys, tu es vraiment devenue cinglée.

— La corde est coupée. Je ne veux plus t'entendre. » Crystal colla le canon de son arme contre la tempe de Monica. « Avance, monte sur la paille, et fiche-toi le nœud coulant autour du cou. Comme tu avais forcé Faith à le faire. »

26

En rentrant dans sa voiture, Neil pensa d'abord à se rendre au commissariat de police. Mais qu'allait-il leur dire ? Que personne ne répondait au téléphone ? Les flics l'enverraient promener. La plupart d'entre eux ne le tenaient sans doute pas en meilleure estime que Kurt Rider. Puisqu'il était une espèce de malade qui écrivait des trucs insensés. Prêt à se faire un peu de publicité pour pas un rond dans une ville de province, penseraient-ils. Non, il faudrait autre chose à leur mettre sous la dent pour escompter une réaction utile.

Alors, par où commencer ? En allant chez Laurel, évidemment. Car c'était son absence qui perturbait avant tout Neil. Il prit le chemin de sa maison en maudissant la neige, le verglas, et cette voiture de location qui se traînait. Rien à voir avec la Porsche qu'il avait laissée en Californie. Même la vieille guimbarde de son père avait plus de punch. Mais il avait choisi celle-ci parce qu'elle était équipée d'un téléphone cellulaire.

Neil frappa énergiquement chez Laurel. Personne ne répondit et la porte était verrouillée. Il fit le tour de la maison. En arrivant de l'autre côté, il entendit les chiens aboyer. En se guidant au bruit, il arriva près d'une fenêtre. Un museau écarta les rideaux et le regarda. C'était la chienne aux longs poils. Sa tête avait une expression étrange — les yeux. Irrités, ils pleuraient abondamment. En chemin, Neil avait remarqué la chatière. Il revint sur ses pas, tenta d'ouvrir la porte de la cuisine, mais elle était également verrouillée. Il s'agenouilla devant la chatière, appela les chiens. Il les entendait toujours, pourtant ils ne vinrent pas. Ils devaient être enfermés dans une pièce. Neil pensa à se faufiler par la chatière. Impossible, il était beaucoup trop volumineux. Il jura et retourna à l'avant de la maison. Laurel et Audra pouvaient elles aussi être enfermées à l'intérieur, et dans quel état ? Neil se baissa pour attraper une pierre, avec l'intention de fracasser une fenêtre, et c'est alors qu'il aperçut une tache de couleur sur la neige, dans l'allée. Il se raidit en redoutant de découvrir un cadavre. Il courut.

En se penchant, il émit un petit rire de soulagement. C'était un ours en peluche. Jaune-orange, d'une trentaine de centimètres. D'où venait-il ? De la maison. Alors, que faisait-il là ?

Neil ramassa la peluche et fit quelques pas dans l'allée. Il y avait des traces de pneus dans la neige dans le prolongement de celles de sa voiture. Elles n'allaient cependant pas jusqu'à la maison. Il marcha jusqu'à la porte du garage, scruta l'intérieur par le petit carreau vitré. La Chevrolet de Laurel était là. Il repartit le long de l'allée et découvrit un carré de neige piétinée, comme si on s'y était battu.

Il eut alors la conviction qu'on avait emmené

Laurel et Audra à bord d'une autre voiture, une ber-
line de grande taille à en juger par les traces de pneus.
Comme elles étaient fraîches et profondes, il ne pouvait pas y avoir bien longtemps. Soit Audra avait jeté
cet ours jaune *exprès*, au cas où quelqu'un passerait
par là, soit on ne lui avait pas laissé le temps de le
ramasser. Et Neil savait qui avait emmené Laurel et
la petite. La question était : où ?

*

« Si tu veux vraiment me voir monter sur cette
botte de paille, il va falloir que tu attendes, dit
Monica.
— Et pourquoi ? fit Crystal.
— Parce que je ne sens plus mes jambes. J'ai
besoin de faire circuler le sang.
— C'est ça, je vais te croire. »
Monica riposta : « Enfin, merde, Crystal, qu'est-
ce que ça peut te foutre, deux secondes de plus ou
de moins ? Ça fait des mois que tu prépares tout,
non ?
— Non, depuis que je suis allée voir Angie, pas
plus. »
À mon tour, maintenant, pensa Laurel. Monica
était d'évidence épuisée, sa voix rauque n'était plus
que du papier de verre.
« Pendant toutes ces années, il ne s'est pas passé
une journée, une nuit, une heure sans que je pense
à Faith et à la façon dont elle est morte, dit Laurel.
Mais toi, Crystal ? Tout cela est resté vivant en toi ?
Je devrais dire : aussi horriblement ? »
Légèrement hébétée, Crystal la regarda, comme

si Laurel venait de lui poser un problème de maths.
« Je ne sais pas. Sans doute, oui.

— J'en rêve. Je fais des cauchemars toutes les nuits. Nous n'en avons jamais parlé entre nous. Je me suis demandé si ça vous arrivait aussi.

— Je ne rêve jamais, dit platement Crystal.

— Moi si », dit la petite voix d'Audra.

Le visage de Crystal s'adoucit. Elle regarda Audra et, sans y faire attention, baissa le canon de son arme. « Et de quoi tu rêves, mon bébé ?

— De ce qui me rend heureuse, je crois. Enfin, souvent. D'un petit chien ou de jouer du piano, aussi bien que mon papa. Mais je fais des cauchemars aussi. J'en ai fait un, ce soir. Alors je suis allée voir Laurel. Elle m'a dit que même les grandes personnes font des cauchemars.

— Tu n'en auras plus quand tu seras avec moi, dit sérieusement Crystal. Tu verras, nous allons être heureuses ensemble, Audra. Et, dis-moi, je crois que je vais te donner un autre nom. Bettina, tu n'aimes pas ? »

Audra ouvrit la bouche, mais aucun son ne sortit. Laurel la crut sur le point de protester. Elle serra sa main, qui était toujours dans la sienne. Crystal, qui paraissait soudain ailleurs, fit un nouveau pas vers l'enfant. Sans remarquer Monica, qui se rapprochait d'elle lentement, silencieusement.

« Oh, si, c'est joli, dit la petite. C'est beaucoup plus joli qu'Audra. Vous connaissez déjà quelqu'un qui s'appelle comme ça ? »

Dieu te bénisse, Audra, pensa Laurel, qui exultait sans rien dire. Continue de l'attirer vers toi.

« Quand j'étais petite, ma grand-mère m'avait lu

un livre dont l'héroïne s'appelait Bettina. Après, elle m'a donné une jolie poupée de porcelaine, que j'ai aussi baptisée Bettina. Je l'ai toujours gardée. Elle est dans la ferme, à côté. Je te la donnerai, si elle te plaît.

— Oh oui ? » répondit Audra, faussement rayonnante.

Le sol craqua. Crystal fit volte-face, à temps pour trouver Monica qui était prête à lui frapper le poignet, lui faire lâcher son revolver. C'était une seconde trop tard. Audra hurla en entendant la détonation. Monica s'effondra.

*

Neil rejeta l'idée de téléphoner à Wayne Price pour lui apprendre qu'Audra avait été kidnappée. Non, il valait mieux essayer de deviner à quel endroit on l'avait conduite avec Laurel. Neil resta dans sa voiture deux minutes à réfléchir. Cela devait être logique. Quelque part, forcément, où la police ne penserait pas spontanément à les chercher. Un lieu isolé, à l'écart de la ville.

L'idée lui tomba sur la tête comme une cathédrale. « Bougre d'idiot ! Bon sang, mais c'est bien sûr ! » se dit Neil en se frappant le front. Il mit le contact, quitta la longue allée de Laurel, et prit la direction de la ferme Pritchard, en roulant aussi vite que le verglas lui permettait. L'image du nœud coulant dans la grange venait de se fixer dans son esprit. Mon Dieu, pria-t-il, pourvu qu'elle n'ait pas le temps de s'en servir.

Dix minutes plus tard, Neil s'engageait dans le

vieux chemin de terre. Sa voiture menaça deux fois de s'enliser dans le fossé. Non, non, pensa Neil, le souffle court. Le temps d'appeler une dépanneuse, et c'est l'horreur.

Le vent soufflait de plus belle, la neige virevoltait dans tous les sens. Les essuie-glaces, réglés à la vitesse maximum, haletaient sur le pare-brise. Et la visibilité restait très mauvaise. C'était le genre de scène que Neil aurait volontiers créée pour l'un de ses romans à suspense. Une de ceux qui finissent mal.

En arrivant à proximité de la ferme, il vit deux véhicules garés au bout du chemin de terre. Il s'arrêta près du premier. C'était un vieux modèle Chrysler, qui datait au moins d'une dizaine d'années. Il n'y avait personne à l'intérieur, et il était recouvert d'une légère couche de neige. Neil avança encore d'une trentaine de mètres. La seconde voiture paraissait immergée sous la neige. Elle était là depuis de longues heures.

Sans couper son moteur, Neil ouvrit la portière et descendit. Une rafale de vent glacial l'attendit au-dehors, si puissante qu'elle faillit le renverser. Une neige acide lui mitraillait le visage, qu'il dut protéger de ses deux mains. Rassemblant son courage, il marcha jusqu'à l'autre véhicule. Impossible de dire s'il y avait quelqu'un à l'intérieur, et impossible d'identifier le véhicule. Mais il y avait une protubérance sur le toit.

Neil dégagea la neige à cet endroit. Un gyrophare apparut. « Oh merde ! » À vitesse redoublée, il continua de retirer la neige. Non, il n'y avait plus de doute. C'était une voiture noire. La portière portait

l'emblème du « Ohio County Sheriff's Department ».
Plus le moindre doute. C'était un véhicule de police.

Trébuchant, Neil repartit vers sa voiture, sauta à
l'intérieur et décrocha le téléphone cellulaire. Cette
fois, il avait quelque chose de sérieux à annoncer au
commissariat. Et ils allaient l'écouter.

*

Audra hurlait encore, tandis que Monica, inerte,
gisait sur le sol froid et dur.

« Fais-la taire ! » jeta Crystal à Laurel.

Laurel s'agenouilla et prit la petite dans ses bras.
« Calme-toi, calme-toi. Il ne faut pas pleurer, tu vois
que ça la rend folle. »

Audra se calma, mais continua de hoqueter — en
refoulant comme elle put ses sanglots. Audra avait
la poitrine collée sur l'oreille de Laurel, qui crut
entendre un point de bronchite. Audra venait de
réchapper d'une pneumonie pas plus tard que cette
semaine. Dans quel état allait-elle sortir de ce cauchemar ?

Crystal se pencha sur Monica. « Elle est touchée
à l'épaule.

— Tu es sûre ? » demanda Laurel, qui tremblait
de tous ses membres. « Elle respire ? Elle a perdu
conscience ? Elle souffre ?

— Je ne suis pas le SAMU ! coupa Crystal. Elle
n'est pas morte, non. Je t'ai dit que c'est l'épaule, c'est
tout.

— Crystal, il faut stopper l'hémorragie. »

Crystal regarda Laurel comme si elle était folle.
« *Pour quoi faire ?* »

Laurel chercha désespérément une explication. « Parce que tu ne pourras pas lui mettre la corde au cou, si elle saigne comme un bœuf. »

Crystal balaya la grange du regard. Pour la première fois de la soirée, elle sembla perdre confiance en elle. C'était à nouveau la Crystal maladroite et vulnérable que Laurel avait toujours connue. « Qu'est-ce qu'il faut faire ?

— Presser quelque chose sur la blessure.

— Comment on fait ça ? » Crystal observait Monica à terre comme on regarde un insecte répugnant.

« Reste là pendant que je m'en occupe, dit Laurel à Audra.

— Non, rejeta Crystal. Garde-la près de toi. Je ne veux pas qu'elle en profite pour filer. »

Audra serra la main de Laurel tandis qu'elles s'approchaient de Monica. Mes pieds sont complètement engourdis, pensa Laurel. Mon corps me donne l'impression de ne plus m'appartenir. À deux, on serait peut-être arrivées à renverser la situation, mais dans l'état où nous sommes maintenant, Monica et moi, je n'ai plus d'espoir.

Laurel s'agenouilla, déboutonna le manteau de Monica. Audra ne put réprimer un violent frisson en apercevant le sang qui coulait sous l'épaule droite. Il avait dessiné une vaste tache rouge sur la robe blanche que Monica portait en dessous. Laurel se tourna vers Crystal. « J'ai besoin d'un bout de tissu, quelque chose ! »

Crystal prit une mine dégoûtée. « Où veux-tu que je trouve ça ? »

Audra détacha son écharpe en laine. « Tiens, elle est propre. »

Laurel lui sourit. « Merci, ma chérie. » Avais-je sa présence d'esprit et son courage, au même âge ? se demanda Laurel. Non. Audra ressemble à Monica. Elle sera une jeune femme forte et décidée.

Laurel appliqua comme elle put l'écharpe contre la blessure. Elle se demanda si la balle s'était contentée de déchirer le muscle, ou si elle avait percuté l'os. Il lui sembla que le sang coulait brusquement moins vite, mais peut-être était-il seulement absorbé par l'écharpe. Monica battit des paupières. « Monica, tu m'entends ? demanda Laurel, anxieuse.

— Oui, répondit-elle faiblement. Putain, j'ai cru crever.

— Ne parle pas comme ça devant Bettina ! ordonna Crystal. Maintenant, debout ! »

Du regard, Laurel implora Crystal. « Oh, Crys, laisse-lui une seconde, non ?

— Elle aura l'éternité pour se reposer. *Debout !* »

Laurel et Audra aidèrent Monica à se relever. À l'exception du vert furieux de ses yeux, toute couleur avait disparu de son visage. Elle vacilla, mais retrouva l'équilibre.

« Ça fait quel effet de ne plus commander ? fit Crystal. D'obéir à quelqu'un d'autre, pour une fois ?

— Je n'ai jamais commandé personne.

— Menteuse. On a toujours suivi tes quatre volontés.

— Bon Dieu, Crys, tu ne vas pas passer ta vie à rendre les autres responsables de tes problèmes, dit Monica.

— Vous êtes toutes responsables, et surtout toi.

Même si c'est impossible de te faire comprendre quoi que ce soit. Tu n'as jamais écouté personne.

— Tu te trompes, Crystal. Il y a *une* personne que j'écoutais. Mon père, si tu veux savoir. Mon père comptait pour moi plus que le reste du monde, et il m'a laissée tomber, exactement comme Chuck a fait avec toi. Il m'a envoyée chez une femme qui me détestait et me le répétait chaque jour. Oui, je me suis amusée à jouer au petit chef avec le Six de Cœur. Pour la première fois de ma vie, j'avais un pouvoir sur les choses, et enfin *les autres* m'écoutaient. Et, oui, je me suis amusée à vous faire peur avec mes conneries sataniques. Mais je n'ai *jamais* eu l'intention de nuire à personne. Je n'ai fait de mal à personne, Crys. Contrairement à *toi*.

— Ta gueule. » Le visage de Crystal revêtit à nouveau cette expression glacée, jusque-là inconnue. « Monte sur la botte.

— Crys, Monica est blessée, insista Laurel.

— Elle ne va plus souffrir longtemps. Allez, dépêche. »

Monica ferma brièvement les yeux. Pressant l'écharpe d'Audra contre son épaule, elle s'exécuta.

« Maintenant, la corde au cou.

— Crystal ? risqua Audra.

— *Maman* », corrigea Crystal.

Audra hésita, puis se força à répéter : « M-maman, je vous en prie, ne faites pas ça. Je vais pleurer.

— J'ai pleuré la première fois, moi aussi. Pendant des jours. Et puis c'est passé. Tu verras, tu t'y feras. Monica, la corde. » Résignée, Monica leva la main gauche et passa la tête dans le nœud. Crystal posa la lampe à pétrole à une trentaine de centimètres de la botte de paille, puis saisit la main de Laurel. « Bettina, prends l'autre main de Laurel. Maintenant, la psalmodie. »

Laurel crut qu'elle allait s'évanouir. Elle gémit : « Oh non, Crystal, pas ça.

— Si.

— Je ne m'en souviens même plus.

— Je l'ai répétée chaque jour depuis la mort de Faith. Je la récite une fois, et ensuite tu répètes, exactement comme on avait fait. Si tu refuses, je te tue. » Elle n'hésitera pas, pensa Laurel.

Crystal commença à les entraîner dans sa ronde funèbre, en déclamant ces inepties que Laurel se rappelait peu à peu :

« Je te salue, ô prince des ténèbres. Au nom des maîtres de la Terre et des enfers, présente-toi en ces lieux. Ouvre-nous ta porte, et redonne vie à ta fidèle messagère Aimée Dubois, qui a servi ta cause parmi les adorateurs de Dieu. Azazel, Azazel, toi qui, dans la géhenne, un jour de Grand Pardon, as reçu le bouc émissaire des anciens Hébreux. Apparaissez, Aimée et Azazel. Apparaissez devant le Six de Cœur, vos serviteurs d'aujourd'hui. Nous vous accueillons dans notre sein. »

La lampe projetait des ombres tremblotantes, creusait les yeux et les joues. Le vent sifflait dans les hauteurs de la grange. Audra était terrifiée. Monica et moi méritons peut-être cela, pensa Laurel, mais pas la petite.

Crystal les regarda. « À vous. »

Elle se remit à ânonner. Audra ne dit rien, mais Laurel répéta avec elle. Elle ne se sentait plus la force de bouger les lèvres. La voyant coopérer, Audra lui jeta un regard accusateur. Cependant Laurel avait une idée. C'était sans doute dérisoire, mais mieux que rien. Tant qu'elle tenait la main de Crystal dans la sienne, elle gardait un certain contrôle de ses mouvements. Peut-être qu'en rassemblant ce qui lui restait de forces, elle pouvait empêcher Crystal de renverser la lampe ou de déplacer la botte de paille.

Crystal les entraîna de nouveau dans sa danse. « Je te salue, ô prince des ténèbres. Au nom des maîtres de la Terre et des enfers, présente-toi en ces lieux... »

Treize ans plus tôt. Le froid. Les ombres mouvantes. Cette psalmodie. Laurel leva les yeux vers Monica. Elle vacillait légèrement, comme Faith avant elle. Mais, cette fois, Laurel n'était pas allongée, impuissante, sur le sol.

Par-dessus les sifflements du vent, elle crut percevoir un bruit à l'extérieur. Non, elle rêvait. Elle dormait déjà. Le bruit se reproduisit. Quelqu'un qui courait dans la neige ? Une voix étouffée. Audra regarda Laurel. Elle aussi avait entendu.

C'était la fin de la psalmodie. Treize ans plus tôt, le feu s'était élevé à cet instant précis. Cela impliquait que...

Avec l'énergie du désespoir, Laurel tira violemment le bras de Crystal, mais il était trop tard. D'un coup de pied, Crystal renversa la lampe. Audra hurla en voyant la paille s'enflammer par terre, puis le feu ramper vers Monica.

Mais Laurel avait réussi à déséquilibrer Crystal, qui recula de plusieurs pas à cloche-pied, et pressa la détente. Le coup partit. Cette fois, Laurel et Crystal crièrent d'une même voix.

Monica se projeta vivement vers la droite et Laurel

crut qu'elle était touchée. Elle vit les flammes lécher la botte, entendit celle-ci crépiter. Exactement comme Faith, Monica cherchait à se protéger. Elle allait tomber et... « Accroche-toi à la corde ! hurla Laurel. Monica ! La *corde* ! »

Monica lui rendit son regard, leva le bras gauche. Mon Dieu, elle ne peut pas se servir de son autre main, pensa Laurel. De son bras valide, Monica se cramponnait frénétiquement à la corde, en empêchant le nœud de se resserrer autour de sa gorge.

« *Salope !* hurla Crystal en revenant vers Laurel. Tu m'as poussée ! Mais tu ne m'arrêteras pas ! »

Monica poussa un cri. Laurel vit la jambe droite de son pantalon qui venait de prendre feu. « Crystal, il faut la faire descendre ! »

Crystal la regarda froidement. Laurel lâcha la main d'Audra et, comme elle l'avait fait treize ans plus tôt, plongea dans les flammes pour soutenir Monica.

« Pas un geste ! »

Une voix d'homme.

« J'ai dit : pas un... »

Laurel regarda derrière elle. Crystal fit volte-face en braquant le Glock sur un homme en uniforme. Une détonation. Puis une autre. Crystal lâcha son arme en criant. Un troisième coup de feu.

Crystal vacilla et tomba à la renverse derrière les flammes.

ÉPILOGUE

Laurel ouvrit brusquement les yeux et retrouva un instant la scène de la grange — la botte de paille enflammée, Monica qui empêchait désespérément le nœud de se resserrer autour de son cou. Le cœur de Laurel se mit à battre, mais une autre scène se superposa à la première. Laurel était allongée dans un petit lit, étroit et chaud. Sur le mur en face, un récepteur de télévision était monté sur une suspension. À gauche, la lumière passait par les stores à demi fermés de la fenêtre. C'était une chambre d'hôpital.

Laurel entendit un léger ronflement. Elle regarda à droite, et trouva Neil, assis sur une chaise, qui dormait paisiblement. Elle tendit le bras et effleura ses cheveux bouclés. Elle glissa un doigt sur sa joue. Neil ouvrit lentement les yeux et la regarda. Puis il dit : « J'avais peur de ne plus jamais revoir ce merveilleux sourire.

— Je ne sais pas ce qu'il a de merveilleux, mais, si vous n'étiez pas venu à la grange, il n'y en aurait plus, c'est sûr. Comment va Audra ?

— Bien. Elle rouspète, parce qu'elle est obligée de rester une nuit de plus à l'hôpital. Elle a de nouveau

465

pris froid. En tout cas, c'est un sacré caractère, cette petite. Elle m'a forcé hier soir à aller chercher un serrurier, à lui faire ouvrir votre porte, et à récupérer les chiens pour les emmener chez le Dr Ricci. Il dit qu'ils vont avoir de la conjonctivite pendant un jour ou deux. Autrement ils n'ont rien.

— Dieu merci. Et Monica ?

— Ça va. L'épaule abîmée, mais l'os est intact. Les jambes brûlées au premier degré. Elle a souffert d'hypothermie, elle aussi. Elle se rétablira.

— Crystal ?

— Elle a failli mourir. Elle a tiré sur les policiers, sans toucher personne heureusement. En revanche, ils l'ont eue à la jambe. Et elle s'est tiré une balle dans la poitrine en tombant. » Neil soupira. « Vu ce qui l'attend maintenant, il aurait peut-être mieux valu qu'elle y passe. »

Laurel ferma les yeux. « Qu'est-ce qu'ils vont faire d'elle ? La condamner à perpétuité, l'interner en hôpital psychiatrique ?

— Ça, les tribunaux en décideront. »

Laurel frissonna. « Bon, je crois que j'ai fait le tour.

— Pas tout à fait. Il semble que Kurt soit passé à la grange, hier après-midi, comme vous le lui aviez demandé. Il en a profité pour visiter la ferme. Crystal y était aussi...

— Ah non ! cria Laurel. Ne me dites pas qu'il est mort. »

Neil tapota la main de Laurel. « Elle l'a salement rossé, c'est vrai. Au point qu'elle l'a cru mort, sans doute. Il a le crâne fracturé, la clavicule cassée, et un bras aussi. Il est resté dans le froid sans connaissance pendant des heures. Heureusement qu'il avait un bon manteau. » Neil sourit. « Et qu'il porte des thermo-lactyls. »

Laurel sourit faiblement. « Moi qui me moquais de lui pour ça. C'est lui qui peut se fiche de moi, tiens. »

Neil la regarda gravement. « Vous l'aimez, n'est-ce pas ?

— L'aimer ? » Laurel fronça les sourcils. « Nous sommes amis depuis toujours. Je pense que je m'étais attachée à lui, mais ce n'est pas ce que j'appelle de l'amour. Plutôt de l'amitié. » Elle soupira. « Je suis contente qu'il s'en soit sorti. Et moi aussi. »

Neil hésita. « Euh, vous avez quand même un petit problème... »

Une vague d'angoisse souleva Laurel. « Mes pieds ! Je le savais ! Ne me dites pas qu'on m'a amputée ! » Elle allait soulever ses couvertures pour vérifier, mais Neil l'arrêta.

« Calmez-vous. Vous avez perdu le petit orteil, de chaque côté. C'est tout. Personne ne le verra jamais. Ça aurait pu être bien pire. »

Laurel se radossa à ses oreillers. « Vous avez raison. Au vu de ce que j'ai enduré, c'est un vrai mira-cle. » Elle se força à sourire. « Je n'ai jamais aimé les nu-pieds, de toute façon. »

Il sourit lui aussi. « Ni moi, les va-nu-pieds.

— Neil, comment saviez-vous que nous serions à la grange ? Vous nous avez sauvées.

— Sauvées, non. Je n'ai fait que prévenir la police.

— Trop modeste. Et si vous aviez attendu le len-demain ?

— Non. Je vous avais dit, dès le début, que Faith

n'était pas tombée enceinte de moi. J'ai toujours pensé que, si nous trouvions de qui, nous aurions aussi la clé de toute l'affaire. J'ai parlé à Crystal lors de la levée de corps de Denise. Elle m'a paru étrange, presque légère, bien qu'elle essayât de le cacher. Elle s'est mise à me raconter que c'était affreux pour Wayne de perdre Denise, mais que ce serait pire si ç'avait été Audra. Puis elle a pensé à haute voix que la disparition d'un enfant était sans doute plus dure pour le père que pour la mère. Que c'était la raison pour laquelle Chuck faisait n'importe quoi, parce qu'il avait perdu *cinq* fois le sien. Je ne l'avais écoutée qu'à moitié, mais en me couchant, je me suis rappelé ce que vous m'aviez dit, que Crystal avait fait trois fausses couches avant son dernier enfant mort-né. Ce qui fait quatre, pas cinq.

— C'est tout ? demanda Laurel, incrédule. C'est ça qui vous a mis la puce à l'oreille ?

— Non. Je vous ai dit que je l'avais trouvée bizarre. Il y avait une drôle d'expression dans son regard. J'ai repensé à nos années de lycée. Crystal était très jolie et sortait avec Chuck. Puis je me suis rappelé ce que Faith m'avait dit, qu'elle suspectait Crystal de ne pas être le petit ange que tout le monde croyait. Je me suis aussi souvenu que, à un moment, Faith avait eu le béguin pour Chuck.

— Neil, Faith m'avait laissé une lettre. Elle l'a écrite une semaine avant que Crystal ne la tue. Elle l'avait cachée sous la couture d'une de mes peluches. Ça commence par : "Si je devais mourir." Elle savait que quelqu'un voulait sa mort. Je crois qu'elle suspectait Chuck.

— À propos de Chuck, Kurt m'a demandé de vous

dire quelque chose. Comme quoi le livre des *Sonnets* de Shakespeare ne lui appartenait pas. Que c'était à un ami.

— À Chuck. Pourquoi Kurt ne me l'a-t-il pas dit aussitôt ?

— Parce que c'est son ami et qu'il le couvre. » Neil se tut et détourna les yeux.

« Il y *a* autre chose ? demanda Laurel. D'autres sales nouvelles ?

— Pas vraiment de "sales" nouvelles, dit-il lentement. J'ai parlé avec vos parents.

— Dieu du ciel, mais vous en avez fait des choses, ce matin. Audra, le serrurier, les chiens, le vétérinaire, Kurt, mes parents...

— Laurel, il est trois heures de l'après-midi. Bon, enfin, je sais que vos parents vous enquiquinent, seulement il fallait bien que je leur téléphone. Vous êtes leur fille et vous êtes à l'hôpital. » Elle acquiesça. « Votre mère s'est mise dans tous ses états. » Neil inspira profondément. « Votre père était lui aussi affligé, mais il y a une seconde raison. Votre sœur a accouché de deux jumeaux hier soir. »

Laurel s'esclaffa. « Des jumeaux !

— Parfaitement. Apparemment, Claudia savait depuis des mois qu'elle aurait des jumeaux, mais elle ne leur avait pas dit.

— Elle a dû avoir peur qu'ils s'enfuient en courant. Mon Dieu, deux nouveaux rescapés de *Rosemary's Baby.* » Laurel rougit. « Oh, je ne pourrais pas me taire, parfois ? »

Neil pouffa. « Votre père m'a dit la même chose avec des termes plus choisis. Votre mère rapporte cependant que Claudia va bien, et les bébés aussi.

Pour reprendre ses paroles : "Claudia est un peu irritée, en ce moment." »

Cette fois, Laurel éclata de rire. « Ça veut dire qu'elle envoie tout le monde promener en puisant dans son réservoir de jurons. Je plains le médecin, les infirmières, et son pauvre mari. C'est une vraie chiffe molle.

— Ce n'est pas tout. Votre père dit que cette agitation permanente l'agace et qu'il pense revenir s'établir à Wheeling avec votre mère. »

Le sourire de Laurel disparut. « Je vois. Dans ce cas, il voudra reprendre le magasin. Je ne vois pas comment il me le laisserait, s'il est dans les parages. Et ils vont réintégrer la maison. Comme ils ne supportent pas les chiens, il va falloir que je trouve un appartement...

— Je connais un endroit où on aime bien les animaux, dit Neil. Chez moi.

— Ah. Vous voulez louer la maison de votre père, quand il ne sera plus là ?

— Non. Je parle de ma vraie maison à Carmel.

— Votre maison. Vous voulez me prendre mes chiens ? »

Neil ferma les yeux en hochant la tête. « Laurel, vous êtes une fille intelligente, donc je dois mal me faire comprendre. Je veux les chiens *et* vous, et pas forcément dans cet ordre. Je gagne suffisamment d'argent pour nous faire vivre, mais si vous insistez pour travailler, je suis sûr qu'il y a de la place pour un nouveau fleuriste entre Carmel et Monterey. Il y a plein de gens riches et célèbres, là-bas, qui adorent les fleurs... »

Laurel regarda Neil, hébétée. « Neil, vous me proposez de vivre chez vous ?

— On peut commencer de cette façon, bien sûr. Enfin, je suis un peu vieux jeu, voyez. On pourrait trouver un point de départ plus respectable, nous marier peut-être...

— *Nous marier ?* couina Laurel. Neil, je ne voudrais pas vous offenser, mais nous nous connaissons à peine, et...

— On a passé douze années ensemble à l'école. Moi, j'ai l'impression de vous connaître mieux que n'importe qui d'autre. » Il l'embrassa sur la joue, tapota gentiment sa main et sourit. « Le temps de régler toutes sortes d'affaires ici, je ne serai pas rentré avant un mois. Entre-temps, on peut continuer à se voir, alors pensez à ce que je vous ai dit. D'ici quelques semaines, vous pouvez me renvoyer à mes chères études, si vous voulez. Je ne vous en tiendrai pas rancune. » Il regarda sa montre. « Il faut que j'y aille. À plus tard, ma beauté. »

Tandis qu'il refermait la porte, Laurel sourit jusqu'aux oreilles. Un peu que tu vas me voir, pensa-t-elle soudainement. Jusqu'à la fin de mes jours, j'espère.

DU MÊME AUTEUR

Aux Éditions de La Table Ronde

MORTEL SECRET, 2009, Folio Policier n° 592.

PERDUES DE VUE, 2008, Folio Policier n° 554.

LE CRIME DES ROSES, 2006, Folio Policier n° 522.

LES SECRETS SONT ÉTERNELS, 2005, Folio Policier n° 475.

SI ELLE DEVAIT MOURIR, 2004, Folio Policier n° 424.

DEPUIS QUE TU ES PARTIE, 2003, Folio Policier n° 348.

NE FERME PAS LES YEUX, 2002, Folio Policier, n° 320.

SIX DE CŒUR, 2001, J'ai Lu 2003 et Folio Policier n° 534.

PAPA EST MORT, TOURTERELLE, 2000, Éditions de La Seine, 2002, Folio Policier n° 483.

TU ES SI JOLIE CE SOIR, 1999, J'ai Lu, 2000 et Éditions de La Seine, 2002, Folio Policier n° 494.

PRÉSUMÉE COUPABLE, 1993, Folio Policier n° 386.

NOIR COMME LE SOUVENIR, 1991, J'ai Lu, 2000 et Folio Policier n° 535.

Aux Éditions Toucan Noir

CEUX QUI SE CACHENT, 2009.

COLLECTION FOLIO POLICIER